MOEWIG
KLASSISCHES
ABENTEUER

Zum Buch

Mit dem ihm eigenen Humor erzählt Mark Twain in der Titelgeschichte *Im Gold- und Silberland* vom Ausbruch des Goldfiebers in Nevada. Unzählige vermeintliche Gold- und Silberminen werden erschlossen, doch statt die ersehnten Reichtümer zu finden, verlieren die meisten Goldsucher nur ihr letztes Geld. Die Erzählung *Nach dem fernen Westen* schildert eine abenteuerliche Fahrt mit der Postkutsche durch den Wilden Westen nach Nevada. In *Die Verschwörung von Fort Trumbull* versetzt ein phantasiebegabter junger Trommler ein ganzes Fort in helle Aufregung. *Mark Twain auf Reisen* schließlich macht den Leser mit einer eigenwilligen Art zu reisen bekannt.

Zum Autor

Mark Twain (eigtl. Samuel Langhorne Clemens), geboren am 30. November 1835 in Florida/Missouri, verlebte Kindheit und Jugend am Ufer des mächtigen Mississippi-Stroms. Nach Teilnahme am Sezessionskrieg versuchte er sich als Journalist und Schriftsteller. 1865 stellten sich erste Erfolge und nationaler Ruhm ein. Der Konkurs seines Verlages und Millionenfehlinvestitionen in Setzmaschinen zwangen den in großem Stil lebenden Autor zu Vortrags- und Studienreisen in der ganzen Welt. Weltweit bekannt als bedeutendster amerikanischer humoristischer Erzähler wurde er durch seine Meisterwerke „Die Abenteuer Tom Sawyers“ (1876) und „Die Abenteuer des Huckleberry Finn“ (1884), in denen sein schriftstellerisches Können, sein Humor und seine Menschlichkeit volle Entfaltung fanden. Zu seinen Hauptwerken zählen auch „Prinz und Bettelknabe“ (1882) und „Leben auf dem Mississippi“ (1883). Einsam und verbittert starb Twain am 21. April 1910 in Redding/Connecticut, fern seiner heimatlichen Stromlandschaft, die in viele seiner Bücher so lebendig eingegangen ist.

KLASSISCHES ABENTEUER

Mark Twain

Im Gold- und Silberland und andere Erzählungen

MOEWIG Band Nr. 2598
Verlag Arthur Moewig GmbH, Rastatt

Neubearbeitung unter Verwendung von Übersetzungen
aus dem 19. Jahrhundert
Orthographie und Interpunktion wurden dem heutigen Stand angepaßt

Umschlagentwurf und -gestaltung: Werbeagentur Zeuner, Ettlingen
Verkaufspreis inkl. gesetzl. Mehrwertsteuer
Auslieferung in Österreich:
Pressegroßvertrieb Salzburg, Niederalm 300, A-5081 Anif
Printed in Germany 1988
Druck und Bindung: Ebner Ulm
ISBN 3-8118-2598-4

Inhalt

Nach dem fernen Westen

Erstes Kapitel

Mein Bruder war soeben zum „Sekretär“ des Territoriums Nevada ernannt worden – einem Amt von solcher Erhabenheit, daß es die Obliegenheiten und Würden eines Schatzmeisters, obersten Rechnungsbeamten, Staatssekretärs und im Fall der Abwesenheit des wirklichen Gouverneurs auch die des letzteren in sich vereinigte. Eine Jahresbesoldung von 1800 Dollar und der Titel „Mr. Secretary“ verliehen dieser hohen Stellung eine gewisse Großartigkeit. Jung und unerfahren, wie ich war, beneidete ich meinen Bruder. Seine hervorragende und finanziell glänzende Stellung stach mir in die Augen, ganz besonders aber die langen, eigenartigen Reisen, die er machen, und die wunderbare neue Welt, die er kennenlernen sollte. Er durfte reisen! Ich war niemals – abgesehen von meinen Fahrten auf dem Mississippi – weit von zu Hause weg gewesen, und das Wort „reisen“ hatte einen verführerischen Reiz für mich. Gar nicht mehr lange sollte es dauern, und er wäre hundert und aber hundert Meilen weit fort auf den großen Prärien und Wüsteneien inmitten der Gebirge des fernen Westens, bekäme Büffel, Indianer, Präriehunde und Antilopen zu sehen und hätte allerlei Abenteuer zu bestehen, würde vielleicht sogar gefangengenommen oder skalpiert. Und dieses herrliche Leben nähme niemals ein Ende, er würde alles nach Hause berichten und ein berühmter Mann werden. Er würde Gold- und Silberminen sehen und vielleicht am Abend nach vollbrachtem Tagewerk zwei oder drei Körbe voll glänzender gold- und silberhaltiger Klumpen draußen am Berghang auflesen. Und mit der Zeit würde er gewaltig reich werden, würde auf dem Seeweg heimkehren und imstande sein, so ruhig über San Francisco, den Ozean und den Isthmus zu sprechen, als wäre gar nichts dabei, diese Wunderdinge mit eigenen Augen gesehen zu haben. Die Qualen, die ich litt, wenn ich mir sein Glück ausmalte, kann keine Feder schildern. Als er mir dann auf einmal in aller Seelenruhe die herrliche Stellung als Privatsekretär unter ihm antrug, war es mir, als schwinde Himmel und Erde dahin, und das Firmament rollte sich vor meinen Augen auf wie ein Pergament! Ich hatte keinen Wunsch mehr. Ich war vollkommen zufrieden. Binnen einer oder zwei Stunden war ich reisefertig. Viel einzupacken brauchte ich nicht, weil wir von der Grenze von Missouri aus mit der Überlandpost nach Nevada fuhren und jeder Passagier nur ganz wenig Gepäck mitnehmen durfte. Eine Pazifikbahn gab es zu dieser schönen Zeit noch nicht – noch keine Schwelle dazu war gelegt.

Meine Absicht war es, nur drei Monate in Nevada zu bleiben – mich länger aufzuhalten, kam mir nicht in den Sinn. Ich wollte während dieser Zeit so viel Neues und Seltsames sehen, wie möglich, und dann schleunigst wieder zu meinen Geschäften nach Hause zurückkehren. Ich ahnte nicht, daß ich das Ende dieses auf drei Monate berechneten Vergnügungsausfluges erst nach sechs oder sieben ungewöhnlich langen und nicht immer vergnüglichen Jahren erleben sollte!

Die ganze Nacht träumte ich von Indianern, Wüsten und Silberbarren, und am folgenden Tag schifften wir uns rechtzeitig an der Werft von St. Louis auf einem den Missouri hinauffahrenden Dampfer ein. Wir brauchten sechs Tage von St. Louis nach St. Joseph – eine Fahrt, so träge, so schläfrig und ereignislos, daß sie nicht mehr Eindruck in meinem Gedächtnis hinterließ, als hätte sie sechs Minuten gedauert anstatt ebenso viele Tage. Keine andere Erinnerung ist mir davon geblieben als an einen verworrenen Knäuel wildgestalteter Baumwurzeln, über die wir mit dem einen oder anderen Rad hinfuhren; an Riffe, auf die wir immer wieder aufstießen, um uns dann davon zurückzuziehen und besseres Fahrwasser aufzusuchen; endlich an Sandbänke, auf die wir gelegentlich auffuhren und unfreiwillige Rast hielten, worauf wir dann unsere Krücken hervorholten und darüber hinweghumpelten. Wahrhaftig, das Boot hätte fast ebensogut zu Land nach St. Joseph fahren können, machte es doch nahezu die ganze Zeit seinen Weg auf dem Trockenen – indem es mit ebensoviel Geduld wie Emsigkeit den ganzen Tag über Riffe kletterte und über Baumstümpfe hinwegrutschte. Der Kapitän meinte, es sei „das reinste Renommierboot“, es fehle ihm nur mehr Schneid und ein größeres Rad. Mir kam es vor, als hätte es ein paar Stelzen brauchen können. Ich war jedoch weise genug, diesen Gedanken nicht verlauten zu lassen.

Zweites Kapitel

Unsere erste Tätigkeit am Abend nach unserer glücklichen Ankunft in St. Joseph war, im Sturmschritt zum Postamt zu laufen und uns für je hundertfünfzig Dollar zwei Karten zur Fahrt mit der Überlandkutsche nach Carson City in Nevada zu kaufen. In der Frühe des nächsten Morgens nahmen wir zunächst hastig ein Frühstück ein und eilten dann zum Abfahrtsplatz. Nun zeigte sich eine Widerwärtigkeit, die wir vorher nicht gebührend bedacht hatten, nämlich, daß ein schwerer Reisekoffer nicht für fünfundzwanzig Pfund Gepäck mitgehen kann, weil er eben viel schwerer ist. Aber es half nichts – mehr als fünfundzwanzig Pfund pro Person war nicht zulässig. So mußten wir unsere Koffer aufschnallen und in gehöriger Schnelligkeit eine Auswahl treffen. Wir packten unsere vorschriftsmäßigen fünfundzwanzig Pfund in einen Mantelsack zusammen und schickten die Koffer mit dem Schiff nach St. Louis zurück. Es war ein trauriger Abschied, denn nun hatten wir ja keine Fräcke und weiße Glacéhandschuhe mehr für die Abendgesellschaft bei den Pawnees im Felsengebirge, keine Angströhren und Glanzlederstiefel und was sonst dergleichen für die Ruhe und den Frieden des irdischen Daseins unentbehrliche Dinge sind. Wir waren auf Feldration gesetzt. Wir legten jeder einen schweren, groben Anzug an, dazu ein wollenes Soldatenhemd und Aufschlagstiefel, in den Mantelsack stopften wir einige weiße Hemden, etwas Unterzeug und dergleichen. Mein Bruder nahm ungefähr vier Pfund Regierungsverordnungen und ein sechspfündiges

Wörterbuch mit. Wir wußten ja nicht, wir armen grünen Jungen, daß man das alles in San Francisco bestellen und in wenigen Tagen in Carson City haben konnte. Meine Bewaffnung bestand in einem elenden, kleinen, siebenläufigen Smith & Wesson mit Kugeln von der Größe homöopathischer Pillen, die alle sieben nötig waren, um einem Erwachsenen genug zu geben. Trotzdem hielt ich den Schießprügel für etwas Großartiges und meinte, es sei eine ganz gefährliche Waffe. Er hatte nur einen Fehler – man traf schlechterdings nichts damit. Einer unserer Fuhrleute zielte mit ihm auf eine Kuh, und so lange diese stillstand und sich ruhig verhielt, blieb sie unversehrt; sobald sie jedoch anfing sich herumzubewegen und er nach anderen Zielen schoß, kam sie zu Schaden. Der Sekretär hatte zum Schutz gegen die Indianer einen Colt umgeschnallt, den er zur Verhütung von Unfällen ohne aufgesetzte Zündhütchen trug. Herr George Bemis aber – dies war der Name unseres Reisegefährten, den wir zuvor noch nie gesehen hatten – war geradezu furchtbar bewaffnet. Er trug im Gürtel einen Allen-Revolver von jenem ursprünglichen Bau, der von respektlosen Menschen gern als „Pfefferbüchse" bezeichnet wird. Sobald man den Drücker zurückzog, ging die Pistole los. Beim Zurückziehen des Drückers fing nämlich der Hammer an, sich zu heben und die Trommel sich zu drehen, dann fiel der Hammer sogleich wieder herunter, und die Kugel war draußen. Daß man hätte zielen können, während die Trommel herumging und das Ziel getroffen hätte, das war bei einem Allen-Revolver vermutlich auf der ganzen Welt überhaupt noch nicht vorgekommen. Trotzdem war der unseres George eine ganz vertrauenswürdige Waffe, weil er, wie einer unserer Postillione später einmal meinte, „in jedem Falle irgend etwas traf", wenn er auch das nicht bekam, worauf er zielte. Und so war es auch. Einmal zielte sein Besitzer mit ihm auf ein an einen Baum genageltes Pik-As und traf einen Maulesel, der etwa dreißig Ellen links davon stand. Bemis brauchte den Maulesel nicht, doch der Eigentümer erschien mit einer Doppelbüchse und überredete ihn, das Tier dennoch zu kaufen. Ja, es war eine herrliche Waffe, der „Allen". Manchmal gingen alle sechs Läufe auf einmal los, und dann war man in der ganzen Umgegend kaum seines Lebens sicher, außer in einiger Entfernung hinter der Waffe.

Zum Schutz gegen Frostwetter im Gebirge nahmen wir zwei oder drei Wolldecken mit. Was Luxusgegenstände betraf, so waren wir bescheiden; außer ein paar Pfeifen und fünf Pfund Rauchtabak nahmen wir nichts mit. Dagegen hatten wir zwei große Lederflaschen bei uns, um zwischen den Stationen auf der großen Ebene Wasser zu holen, außerdem nahmen wir noch ein Säckchen mit Silbergeld mit für die täglichen Ausgaben beim Frühstück und Mittagessen.

Um acht Uhr befand sich alles reisefertig auf der anderen Seite des Flusses. Wir hüpften in den Wagen, ein Peitschenknall des Kutschers, und wir rasselten dahin und ließen die „Staaten" hinter uns.

Es war ein prachtvoller Sommermorgen, und die ganze Landschaft glänzte im Sonnenschein. Dabei war es so frisch und lustig, und wir hatten ein Gefühl der Befreiung von Sorgen und Verantwortlichkeiten aller Art, das uns beinahe die Empfindung gab, als seien all die Jahre, die wir in der heißen Stadt unter Qual und Arbeit verbracht hatten, verloren und weggeworfen. Wir schoben uns weiter durch Kansas, und nach anderthalb Stunden waren wir schon ziemlich weit auf der großen Ebene. Hier begann gerade das wellenförmige Gelände – eine großartige Folge regelmäßiger Hebungen und Senkungen, so weit das Auge reichte –, ein Wogen und Schwellen, gewaltig wie auf dem Busen des Ozeans nach dem Sturm. Dazwischen überall Kornfelder, die durch ihr tieferes Grün die endlose Grasfläche unterbrachen. Dann aber verlor dieses wasserlose Meer plötzlich wieder seine wogende Oberfläche, um sich siebenhundert Meilen weit, flach wie die Dielen eines Stubenbodens, hinzustrecken.

Unsere Kutsche war ein großer, schwankender und schaukelnder Kasten mächtigen Kalibers – eine gewaltige Wiege auf Rädern. Sie wurde von sechs hübschen Pferden gezogen, und neben dem Kutscher saß der „Kondukteur", unter dessen Leitung bestimmungsgemäß das Ganze stand sowie die Besorgung der Brief- und Paketpost, des Eilguts und auch das Wohl der Passagiere. Wir drei waren bis jetzt die einzigen. Wir saßen innen auf dem Rücksitz. Fast der gesamte übrige Innenraum wurde von Postsäcken eingenommen, wir nahmen nämlich die liegengebliebene Post von drei Tagen mit. Eine senkrechte Wand von Poststücken, an welchen wir fast mit den Knien anstießen, erhob sich beinahe bis zum Dach des Wagens. Auf dem letzteren war ebenfalls ein großer Haufen davon aufgeschnallt. Die vordere wie die hintere Schoßkelle waren damit angefüllt. Siebenundzwanzig Pfund davon hatten wir bei uns, wie der Kutscher sagte – „ein wenig für Brigham*, für Carson und Frisco**, aber das meiste für die Indianer, die gewaltig eklig werden, wenn sie nicht immer eine Menge Zeug zu lesen haben“. Dabei verzog er jedoch sein Gesicht so gräßlich, offenbar als Einleitung zu einem markerschütternden Ausbruch seiner Heiterkeit, und daran merkten wir, daß er einen Spaß gemacht hatte und damit sagen wollte, wir würden unsere Postsachen zum größten Teil irgendwo auf der Ebene für die Indianer oder anderweitige Liebhaber abladen.

Alle zehn Meilen wechselten wir die Pferde, Tag für Tag, und flogen lustig auf der harten, ebenen Straße dahin. Sooft der Wagen hielt, sprangen wir hinaus, um unsere Beine zu strecken, und so fand uns die Nacht noch frisch und munter.

Nach dem Abendessen stieg eine Frau ein, die ungefähr fünfzig Meilen weiter zu Hause war, und wir drei anderen mußten nun abwechselnd beim Kutscher und Kondukteur Platz nehmen. Offenbar gehörte sie nicht zu den gesprächigen weiblichen Wesen. Da saß sie in dem immer mehr verblassenden Dämmerlicht und heftete ihre starren Augen auf eine Stechfliege, die sich an ihrem Arm festsog, dann erhob sie langsam die andere Hand, bis sie die Entfernung richtig abgemessen hatte, und versetzte ihr einen Schlag, der eine Kuh hätte zu Boden strecken können. Hierauf betrachtete sie den Leichnam mit ruhiger Befriedigung – sie verfehlte ihre Fliege niemals und traf ihr Ziel mit todbringender Sicherheit. Die Leiche beseitigte sie nie, ließ sie vielmehr als Köder liegen. Ich saß neben dieser grimmen Sphinx und sah zu, wie sie dreißig bis vierzig Fliegen totschlug – sah zu und wartete auf ein Wort aus ihrem Mund, jedoch vergeblich. So begann ich selbst endlich die Unterhaltung. Ich sagte:

„Die Stechfliegen sind recht schlimm hier herum, Madam.“

* Brigham Young, das bekannte Oberhaupt der Mormonen.

** Abkürzung von San Francisco.

„Ah was!“

„Wie meinten Sie, Madam?“

„Ah was!“

Nun wurde sie munter und sagte:

„Ich will verdammt sein, wenn ich euch Kerle nicht für Taubstumme gehalten habe. Ja, bei Gott. Da bin ich gesessen und gesessen und habe Fliegen totgeschlagen und mir den Kopf zerbrochen, was euch fehlt. Erst dachte ich, ihr wäret taubstumm, dann, ihr wäret krank oder verrückt oder so was, und nach und nach kam ich darauf, ihr müßt ein paar traurige Narren sein, die nichts zu reden wissen. Woher kommt ihr?“

Die Sphinx war keine Sphinx mehr. Die Brunnen der großen Tiefe waren bei ihr aufgegangen, und sie ließ alle neun Redeteile vierzig Tage und vierzig Nächte auf uns herabregnen, bildlich gesprochen, und übergoß uns mit einer solchen trostlosen Sintflut trivialen Geschwätzes, daß aus der tosenden Wüste von grammatischen Fehlern und schlechter Aussprache nicht einmal eine Felsspitze oder Zacke mehr hervorschaute, an die sich eine Erwiderung hätte knüpfen lassen. Was mußten wir erdulden! Stunde für Stunde machte sie fort, bis es mir leid tat, daß ich überhaupt die Moskitofrage eröffnet und ihr damit den Anstoß gegeben hatte. Erst als sie gegen Tagesanbruch an ihrem Ziel anlangte, hörte sie endlich auf. Beim Aussteigen weckte sie uns (wir waren nämlich eben ein wenig eingenickt) und sagte:

„Nun, steiget in Cottenwood aus, ihr Kerle, und bleibet ein paar Tage dort liegen, ich komme dann abends eine Weile hinüber, und wenn es euch recht ist, daß ich hier und da ein Wort dazwischenrede, so bin ich bereit dazu. Die Leute werden euch sagen, daß ich für eine Hinterwäldlerin immer etwas Vornehmes und Besonderes an mir gehabt habe, und so bin ich auch gegen das Lumpenpack und so muß ein Weibsbild auch sein, wenn sie was sein will. Aber wenn Leute daherkommen, die meinesgleichen sind, so bin ich, glaube ich, eigentlich ein ganz zutrauliches Kühlein.“

Wir beschlossen einstimmig, in Cottenwood nicht liegenzubleiben.

Drittes Kapitel

Etwa anderthalb Stunden vor Tagesanbruch rollten wir sanft dahin – so sanft, daß unsere Wiege nur ganz leise und sacht schaukelte. Dies hatte uns allmählich in Schlaf gelullt und unser Bewußtsein umnebelt, als plötzlich etwas unter uns nachgab. Wir hatten wohl eine undeutliche Empfindung davon, die Sache ließ uns jedoch gleichgültig. Jetzt hielt der Wagen an. Wir hörten Kutscher und Kondukteur draußen miteinander reden. Sie suchten nach einer Laterne und fluchten, weil sie sie nicht finden konnten – aber wir achteten nicht darauf. Der Gedanke an diese Leute, die draußen in der finsteren Nacht beschäftigt waren, erhöhte nur unser Gefühl von Behaglichkeit, und wir schmiegten uns fest in unser Nest hinter den herabgelassenen Vorhängen hinein. Inzwischen hatten sich die beiden, nach dem Geräusch zu schließen, an eine Untersuchung gemacht, und man hörte die Stimme des Kutschers sagen: „Bei Gott, der Schwungriemen ist gebrochen!"

Dies riß mich plötzlich völlig aus dem Schlaf – wie dies stets der Fall ist, wenn das unklare Gefühl über einen kommt, daß ein Mißgeschick passiert ist. Ich hatte noch nicht lange darüber nachgedacht, was wohl ein „Schwungriemen" sein könne, als einer der Vorhänge aufgehoben wurde und das Gesicht des Kondukteurs am Fenster erschien, wobei seine Laterne ihren Schein auf uns und unsere Wand von Postsachen warf. Er sagte: „Herrschaften, Sie werden einen Augenblick aussteigen müssen, der Schwungriemen ist auseinander!" Wir kletterten hinaus in ein frostiges Nebelgeriesel und fühlten uns recht unbehaglich und verdrießlich.

Als ich entdeckte, daß der sogenannte Schwungriemen die feste Vereinigung von Riemen und Federn sei, auf denen die Kutsche schaukelte, sagte ich zu dem Kutscher: „Ich erinnere mich nicht, je in meinem Leben einen so abgenutzten Schwungriemen gesehen zu haben. Wie ist es denn gekommen?"

„Nun, es ist gekommen, weil man einer einzigen Kutsche die Post von drei Tagen aufgeladen hat – dadurch ist es gekommen! Und gerade hierher sind alle die Zeitungssäcke adressiert, die wir für die Indianer hinauswerfen sollten, damit sie was zum Lesen haben und Ruhe halten. Es ist ein wahres Glück, denn es ist ja so höllisch finster, daß ich unversehens vorbeigefahren sein würde, wäre der Schwungriemen nicht gerissen."

Ich wußte, daß er jetzt wieder an einem seiner Lachkrämpfe arbeitete, obwohl ich sein Gesicht nicht sehen konnte, da er sich zu seiner Arbeit bückte. Ich wünschte ihm gute Verrichtung und wandte mich zu den anderen, um ihnen beim Ausladen der Postsäcke zu helfen. Als alles heraus war, bildete es eine hohe Pyramide. Nachdem der Schwungriemen ausgebessert war, füllten wir die beiden Schoßkellen wieder, legten aber oben hinauf nichts mehr und innen hinein nur halb soviel, als zuvor drinnen gewesen war. Der Kondukteur drückte sämtliche Sitzlehnen hinab und füllte die Kutsche von einem Ende zum anderen bis zur halben Höhe mit Postsachen an. Wir legten laut Protest ein, denn so hatten wir keine Sitze mehr. Aber der Kondukteur war gescheiter als wir und meinte, ein Bett sei mehr wert als Sitze und außerdem sei bei dieser Einrichtung der Schwungriemen vor Schaden sicher. Jetzt verzichteten wir gerne auf unsere Sitze. Dieses Faulbett war unendlich viel besser. Es verschaffte mir in der Folge manchen recht heiteren Tag, wenn ich auf ihm ausgestreckt in den Statuten und dem Wörterbuch las und mich dabei an dem seltsamen Herumhüpfen der Buchstaben ergötzte. Der Kondukteur erklärte schließlich noch, er wolle von der nächsten Station aus jemand zur Bewachung der zurückgelassenen Poststücke schicken; dann ging es weiter.

Der Morgen dämmerte herauf, und als wir unsere müden Glieder ihrer vollen Länge nach auf den Postsachen ausgestreckt hatten und durch die Fenster über die weiten, öden, grünen, in kühlen, rauchartigen Nebel gehüllten Grasflächen nach den verheißungsvollen Lichtstreifen am östlichen Himmelsrand hinschauten, ging das vollkommene Wohlbehagen, das wir empfanden, in ein stilles, seliges Entzücken über. Rasselnd sauste der Wagen die Straße entlang, der Luftzug blies die Vorhänge auf und ließ unsere aufgehängten Röcke höchst vergnüglich flattern. Die Wiege schaukelte und schwankte großartig, dazu erklang als Musik das Trappeln der Pferdehufe, das Peitschenknallen des Postillions und sein anfeuerndes „Hü, Hussa!". Der Boden unter uns und die Bäume an der Straße schienen uns im Vorüberfliegen ein stummes

Hurra zuzurufen, um dann plötzlich zu erlahmen und uns mit einem Ausdruck nachzublicken, von dem man nicht recht wußte, war es Teilnahme oder Neid oder was sonst. Und als wir nun so dalagen, die Friedenspfeife rauchend, und alle diese Herrlichkeiten mit den Jahren unseres früheren mühseligen Stadtlebens verglichen, fühlten wir, daß es nur ein vollkommen befriedigendes Glück auf der Welt gebe und daß uns das zuteil geworden war.

Nach dem Frühstück auf einer Station, deren Namen mir entfallen ist, kletterten wir drei auf den Sitz hinter dem Kutscher und überließen dem Kondukteur unser Bett zu einem Schläfchen. Als mich die Sonne allmählich schläfrig machte, legte ich mich auf dem Wagendach auf das Gesicht, hielt mich an dem dünnen Eisengeländer fest und schlief eine Stunde oder mehr. Man wird sich danach eine Vorstellung von der unvergleichlichen Güte der dortigen Straßen machen können. Instinktmäßig greift man im Schlaf nach dem Gitter, sobald der Wagen stößt, solange er bloß wiegt und schaukelt, ist dieses gar nicht nötig. Die Kutscher und Kondukteure der Überlandpost schliefen bei guter Straße oft auf ihrem Sitz in einem Zug dreißig bis vierzig Minuten lang, während wir acht bis zehn Meilen in der Stunde machten. Das habe ich einige Male gesehen. Es war ganz ungefährlich. Unfehlbar wird sich der Schlafende am Gitter halten, wenn der Wagen stößt. Die Leute hatten strengen Dienst und konnten nicht fortwährend wach bleiben.

Wir fuhren nun durch Marysville über den Big Blue und den Little Sandy, dann nach etwa einer weiteren Meile waren wir in Nebraska. Nach wiederum einer Meile befanden wir uns am Big Sandy – hundertachtzig Meilen von St. Joseph. Gegen Sonnenuntergang erblickten wir das erste Exemplar eines Tieres, das auf der ganzen zweitausend Meilen langen Strecke von Kansas bis hart an den Stillen Ozean unter dem Namen Eselskaninchen bekannt ist. Dieser Name ist bezeichnend. Es gleicht völlig einem gewöhnlichen Kaninchen, nur ist es um ein Drittel größer oder wohl auch doppelt so groß, hat im Verhältnis zu seiner Größe längere Beine und die widersinnigsten Ohren, welche die Natur irgendeinem Geschöpf angesetzt hat außer dem Esel. Wenn es ruhig sitzt und an seine Sünden denkt oder geistesabwesend ist oder keine Gefahr wittert, ragen seine mächtigen Ohren weithin sichtbar auf; allein das Brechen eines Zweiges genügt, um ihm einen tödlichen Schrecken einzujagen, und dann legt es seine Ohren hübsch zurück und drückt sich heimwärts. Man sieht zunächst nichts mehr von ihm als seine langgestreckte graue Gestalt, die blitzschnell durch die niedrigen Salbeibüsche schießt. Der Kopf ist aufgerichtet, die Augen stehen geradeaus, und die Ohren sind ein wenig nach hinten gesenkt. An ihnen bemerkt man stets, wo das Tier sich befindet. Dann und wann setzt es mit seinen langen Beinen hoch über die verdorrten Büsche hinweg mit einem gewaltigen Sprung, um den ein Pferd es beneiden könnte. Nach einiger Zeit verfällt es in einen anmutigen gestreckten Trab, um plötzlich in rätselhafter Weise zu verschwinden. Es hat sich hinter einen Salbeibusch geduckt, wo es lauschend und zitternd kauert, bis man ihm auf sechs Fuß nahe ist, um dann abermals auf und davon zu gehen. Will man das Tier jedoch in seiner ganzen, bezaubernd großartigen Schnelligkeit bewundern, so muß man auf es schießen.

Wir jagten unser Exemplar gehörig ins Bockshorn, wie unser Kondukteur sich ausdrückte. Der Sekretär jagte es mit einem Schuß aus seiner Waffe auf, dann begann ich mit der meinen nach ihm zu spucken, und zugleich krachte die ganze Breitseite des alten „Allen" prasselnd los, und da ist es denn nicht zuviel gesagt, daß das Kaninchen rein toll war. Es senkte die Ohren, hob den Schwanz und verschwand mit Blitzesschnelle in Richtung San Francisco. Lange nachher hörten wir es noch durch die Luft sausen. Wann wir zuerst auf Salbeigebüsch trafen, weiß ich nicht mehr, aber da ich es einmal erwähnt habe, kann ich es auch gleich beschreiben. Das ist leicht getan, denn man braucht sich nur einen knorrigen, ehrwürdigen Eichbaum zu einem Strauch von zwei Fuß Höhe verkleinert zu denken samt seiner rauhen Rinde, seinem Laubwerk, seinen gewundenen Ästen, kurz allem, was dazugehört, um sich eine genaue Vorstellung vom Salbeibusch zu machen. Er ist der König der Wälder in zierlicher Miniaturausgabe dieser Salbeibusch. Sein Laub ist von einem gräulichen Grün und verleiht der Wüste und dem Gebirge überall diesen Farbton. Die Blätter riechen und schmecken wie die des zahmen Salbei. Der Strauch ist eine merkwürdig zähe Pflanze und wächst im tiefen

Sand wie in kahlem Felsgestein, wo außerdem vom ganzen Pflanzenreich höchstens noch das sogenannte Bunchgras sein Fortkommen suchen würde. (Dieses wächst an den frostigen Berghängen Nevadas und der angrenzenden Gebiete und bietet selbst im Winter unter dem Schnee ein treffliches Viehfutter, das nach der Versicherung der Viehzüchter an Nährwert fast alle sonst bekannten Sorten von Gras und Heu übertrifft.)

Die Büsche stehen drei bis sechs oder sieben Fuß weit voneinander und überziehen Gebirge und Wüsten des fernen Westens bis hart an die kalifornische Grenze. Kein Baum irgendeiner Gattung auf Hunderte von Meilen, überhaupt kein Pflanzenwuchs ist in der richtigen Wüste zu finden, außer dem Salbeibusch und seinem Vetter, dem „Greasewood“, der sich kaum von ihm unterscheidet. Lagerfeuer und warmes Nachtessen wären in der Wüste nicht denkbar ohne den freundlichen Salbeibusch. Die Dicke seines Stammes bewegt sich zwischen der Stärke eines Knaben- und der eines Männerarmes, und seine gekrümmten Zweige erreichen die Hälfte dieser Stärke – alles gutes, gesundes, hartes Holz, ähnlich dem der Eiche.

Wenn man sich lagert, ist das erste, Salbeiholz zu schneiden, und in wenigen Minuten liegt ein reichlicher Haufen zum Gebrauch da. Man gräbt ein Loch von je einem Fuß Breite, einem Fuß Länge und zwei Fuß Tiefe und verbrennt das kleingemachte Salbeiholz darin, bis das Loch an den Rand mit glühenden Kohlen gefüllt ist. Dann beginnt das Kochen, bei dem es ohne Rauch und folglich auch ohne Fluchen abgeht. Ein solches Feuer hält mit nur wenigem Nachlegen die ganze Nacht vor. Es gibt ein sehr gemütliches Lagerfeuer, bei dem man die allerunmöglichsten Erlebnisse glaubhaft, belehrend und unterhaltend findet.

Der Salbeistrauch liefert also ein vorzügliches Brennholz, als Nährpflanze dagegen verfehlt er seinen Zweck völlig. Kein anderes Wesen verträgt dessen Geschmack als der Esel und sein Bastardkind, das Maultier. Aber das beweist nicht seine Eßbarkeit, denn diese sind ja auch imstande, Fichtenholz, Anthrazitkohle, Feilspäne, Bleirohre, alte Flaschen oder was ihnen sonst gerade mundgerecht kommt, zu verzehren und dann mit dankerfüllten Mienen vom Schauplatz abzutreten, als wäre es ein Austernschmaus gewesen. Dem Maultier, dem Esel und dem Kamel ist alles recht zur vorübergehenden Befriedigung ihres unersättlichen Hungers. In Syrien an den Jordanquellen ging einst ein Kamel während des Aufschlagens der Zelte an meinen Überzieher, den es mit kritischen Augen und mit einem Interesse musterte, als hätte es vor, sich einen solchen zu bestellen. Nachdem es sich ihn dann in seiner Eigenschaft als Kleidungsstück genügend eingeprägt hatte, faßte es ihn als Nahrungsmittel ins Auge. Es trat mit einen Fuß darauf, riß sich den einen Ärmel mit den Zähnen ab und kaute daran so lange, bis es ihn allmählich unten hatte, und dabei öffnete und schloß es die ganze Zeit über abwechselnd die Augen wie in himmlischer Verzückung, als hätte ihm in seinem ganzen Leben nichts so gut geschmeckt wie dieser Überzieher. Nach mehrfachem Schmatzen ging es an den anderen Ärmel. Hierauf kostete es den Samtkragen, und zwar mit einem so verklärten Lächeln, daß man deutlich sah, es betrachte diesen Teil als das zarteste Stück an einem Überzieher. Jetzt kamen die Schöße daran, in deren Taschen einige Zündhütchen, Hustenzucker und ein Stück Feigenpaste aus Konstantinopel steckten. Dabei fiel eine Anzahl Papiere heraus, und es machte sich gleich darüber her – es waren meine für die heimischen Zeitungen bestimmten Manuskripte. Doch damit hatte es einen gefährlichen Boden betreten. Es traf in diesen Schriftstücken auf ein solides Wissen, das ihm doch ziemlich schwer im Magen lag, dazwischen hinein bekam es dann und wann einen Witz zu schlucken, worüber es sich schüttelte, bis ihm die Zähne wackelten. Die Sache wurde jetzt allmählich bedenklich für das Tier, aber es hielt seine Beute voll Mut und Vertrauen fest, bis es zuletzt über Behauptungen stolperte, die selbst ein Kamel nicht ungestraft verschlucken kann. Es begann zu würgen und nach Luft zu schnappen, die Augen traten ihm heraus, es spreizte die Vorderbeine – und nach etwa einer Viertelminute fiel es um, so steif wie eine Hobelbank, und starb unter unbeschreiblichen Zukkungen.

Vor dieser Abschweifung von meinem Gegenstand hatte ich eben noch bemerken wollen, daß man gelegentlich auch Salbeibüsche von fünf bis sechs Fuß Höhe mit entsprechenden Ästen findet, doch zwei bis zweieinhalb Fuß ist das Gewöhnliche.

Viertes Kapitel

Als die Sonne unterging und die Abendkühle kam, machten wir unser Nachtlager zurecht. Wir rüttelten die harten, ledernen Briefbeutel und die Leinwandsäcke mit Büchern und Drucksachen, deren vorstehende Enden und Ecken sich sehr fühlbar machten, auf. Dann legten wir sie wieder so hin, daß unser Bett möglichst eben wurde. Es wurde auch wirklich besser dadurch, obwohl es noch immer ein aufgeregtes, wogendes Aussehen zeigte wie ein Stück sturmbewegter See. Nun stöberten wir zunächst unsere Stiefel auf, die zwischen den Postsäcken verstreut lagen, und zogen sie an. Dann nahmen wir unsere Röcke, Westen, Hosen und die schweren Wollhemden von den Armschlingen herunter, wo sie den ganzen Tag gebaumelt hatten, und zogen sie an – da es nämlich weder an den Stationen noch im Wagen Damen gab und es sehr heiß war, so hatten wir es uns bequem gemacht und schon am Vormittag alles bis auf die Unterhosen abgelegt. Als wir fertig waren, stopften wir das unbequeme Wörterbuch in eine Ecke, in der es sich so ruhig wie möglich verhalten konnte, und legten die Feldflaschen und Pistolen so hin, daß sie im Dunkeln griffbereit waren. Dann rauchten wir noch eine Pfeife und schwatzten dazu, worauf wir die Pfeifen, den Tabak und das Geldsäckchen in die Ecken und Vertiefungen zwischen den Postsäcken schoben und die Vorhänge herunterließen, daß es „finster war wie in einer Kuh", wie sich unser Kondukteur in seinem malerischen Stil ausdrückte. Jedenfalls hätte es nicht dunkler sein können. Und schließlich rollten wir uns zusammen wie Seidenwürmer, wickelten uns in unsere Decken und schliefen friedlich ein. Wenn der Wagen zum Wechseln der Pferde hielt, wachten wir auf und suchten uns zu vergegenwärtigen, wo wir uns befanden – was uns auch gelang –, und eine oder zwei Minuten darauf war der Wagen wieder fort und wir mit ihm. Wir kamen jetzt in eine da und dort von kleinen Flüssen durchströmte Gegend. Diese hatten beiderseits hohe steile Ufer, und jedesmal, socft wir auf der einen Seite des Wagens herunterflogen und auf der anderen hinaufkletterten, kam unsere Gesellschaft ein wenig durcheinander. Zuerst lagen wir alle am vorderen Ende auf einem Haufen, dann, eine Sekunde später, schossen wir dem anderen Ende zu und standen auf den Köpfen. Dabei suchten wir uns durch Zappeln und Ausschlagen die Kanten und Ecken der Postsäcke vom Leibe zu halten, die um uns herflogen. Und wenn aus dem Durcheinander Staub aufwirbelte, niesten wir sämtlich im Chor, und alle brummten und stießen Äußerungen hervor wie: „Gehen Sie doch mit Ihrem Ellbogen weg. Können Sie denn das Drücken nicht lassen?“

Sooft wir aus einer Wagenecke in die andere flogen, kam das Wörterbuch auch mit und traf einen von uns. Auf der einen Tour schürfte es den Sekretär am Ellbogen, auf der nächsten stieß es mich vor den Magen und auf der dritten versetzte es Bemis eins auf die Nase. Die Pistolen und der Geldsack blieben unten am Boden, dagegen rollten die Pfeifenköpfe, Pfeifenrohre und Feldflaschen jedesmal laut klappernd hinter dem Wörterbuch drein, sooft dieses auf uns losging, und leisteten ihm Hilfe und Vorschub, indem sie uns Tabak in die Augen streuten und uns den Rücken mit Wasser übergossen.

Trotzdem war es, alles in allem genommen, eine ganz behagliche Nacht. Sie ging nach und nach auch vorbei, und als schließlich das kalte und graue Morgenlicht durch die Falten und Schlitze in den Vorhängen schimmerte, gähnten und reckten wir uns ganz vergnügt, warfen unsere Verpuppung ab und hatten das Gefühl, genug geschlafen zu haben. Wie dann die Sonne allmählich heraufkam und der Welt Wärme spendete, zogen wir Rock, Hosen und Stiefel aus und machten uns zum Frühstück fertig. Es war gerade die richtige Zeit, denn fünf Minuten später ließ der Postillion die Töne seines Horns über die öden Graswüsten hinschweben, und nun entdeckten wir in der Ferne eine oder zwei niedrige Hütten. Jetzt ließen sich auf einmal das Rasseln des Wagens, das Klappern der Hufe unserer sechs Pferde und die kurzen Zurufe des Kutschers lauter und nachdrücklicher vernehmen, und wir fegten in flottester Gangart auf die Station los. Es war etwas Bezauberndes um so eine Fahrt mit der alten Überlandpost!

In der Unterwäsche sprangen wir hinaus, der Postillion warf die zusammengeknüpften Zügel auf den Boden, gähnte und reckte sich behaglich und zog seine schweren Buckskinhandschuhe mit großer Bedachtsamkeit und unerträglicher Würde aus. Es fiel ihm gar nicht ein, den teilnehmenden Fragen nach seinem Befinden, unterwürfig scherzenden und schmeichelnden Anreden, willfährigen Dienstanerbietungen, die ihm von den fünf oder sechs struppigen, halbzivilisierten Stationsleuten und Hausknechten entgegengebracht wurden (die eiligst unsere Gäule ausschirrten und das frische Gespann aus dem Stall zogen), die geringste Aufmerksamkeit zu schenken. Denn in den Augen des Postkutschers jener Tage waren Wirtsleute und Hausknechte an den Stationen eine Art niederer Geschöpfe – gut genug zu allem, nützlich an ihrem Platz und brauchbar, um einen neuen Staat gründen zu helfen, aber keine Wesen, mit denen ein Mann von Stellung sich einlassen konnte. Während wiederum in den Augen des Wirts und des Dienstpersonals der Postkutscher als ein Held, ein großer, glänzender Würdenträger, ein bevorzugtes Menschenkind dastand, das von allem Volk beneidet und von der ganzen Welt mit achtungsvoller Aufmerksamkeit behandelt wurde. Wenn sie mit ihm redeten, nahmen sie sein hochmütiges Schweigen als eine natürliche Eigenheit bei einem so großen Manne in Demut hin. Öffnete er die Lippen, so hingen sie alle voll Bewunderung an seinen Worten. Er beehrte übrigens niemals eine einzelne Person mit seinen Bemerkungen, richtete sie vielmehr in breiter Allgemeinheit gleichzeitig an Pferde, Ställe, die ganze Umgegend und nur so nebenbei auch an die untergeordneten menschlichen Wesen. Ließ er einmal eine beleidigende Anzüglichkeit auf einen der Hausknechte los, so fühlte sich dieser Hausknecht dadurch für den ganzen Tag beglückt. Gab er seinen einzigen Witz zum besten – einen Witz, so alt wie die Berge, grob, gemein und geistlos und stets derselben Zuhörerschaft mit denselben Worten aufgetischt, sooft die Post an der Station anhielt –, so brachen die Kerle in ein brüllendes Gelächter aus, schlugen sich auf die Schenkel und schworen hoch und teuer, das sei der beste Witz, den sie in ihrem ganzen Leben je gehört hatten.

Und wie sie flogen, wenn er ein Becken oder eine Feldflasche voll Wasser oder Feuer für seine Pfeife verlangte! Gegen einen Passagier, der sich so weit vergessen hätte, eine Gefälligkeit von ihrer Hand zu beanspruchen, würden sie sofort grob geworden sein. Sie konnten sich diese Unverschämtheit ebenso gestatten wie ihr Vorbild, der Postkutscher, denn dieser sah auf die Passagiere so ziemlich mit der gleichen Verachtung herab wie seine Stallknechte.

Dem wirklichen Träger der Macht, dem Kondukteur des Postwagens, begegnete das Stationspersonal zwar mit aller Höflichkeit, aber das war auch alles. Der Postillion dagegen war das einzige Wesen, vor dem sie sich beugten, das sie anbeteten. Mit welcher Bewunderung sie zu ihm aufblickten, wenn er auf seinem hohen Sitz langsam und bedächtig die Handschuhe anzog, während ihm irgendein beglückter Stallknecht die zusammengefaßten Zügel hinhielt, geduldig harrend, bis es dem hohen Herrn gefiel, sie zu ergreifen! Und wie sie ganze Salven von Beifallsrufen hinter ihm herriefen, wenn er mit seiner langen Peitsche knallte und im vollen Lauf davonjagte!

Die Stationsgebäude waren langgestreckte, niedrige Hütten aus an der Sonne getrockneten, schmutzfarbenen Backsteinen ohne Mörtel. Die kaum merklich geneigten Dächer waren mit Stroh bedeckt und dann mit Rasen belegt oder einer dicken Erdschicht, auf der Unkraut und Gras sprossen. Hier sahen wir zum erstenmal Häuser mit den Vorgärten auf dem Dach. Die Gebäude bestanden aus Scheunen, Ställen für zwölf bis fünfzehn Pferde und einer Hütte als Speisezimmer für die Passagiere. In der letzteren standen Pritschen für den Stationswirt und einen oder zwei Hausknechte. Den Ellbogen konnte man auf der Dachrinne aufstützen, und unter der Eingangstür mußte man sich bücken. Die Stelle eines Fensters vertrat ein viereckiges Loch ohne Scheiben, das einen Mann durchließ. Der Boden war nicht gedielt, sondern nur festgestampft. Ein Ofen war nicht vorhanden, vielmehr diente die Feuerstelle für alle notwendigen Zwecke, Regale, einen Geschirrschrank oder ein Klosett gab es nicht. In einer Ecke stand ein offener Mehlsack, an dessen Fußende sich ein paar altehrwürdige, geschwärzte, blecherne Kaffeetöpfe, ein ebensolcher Teetopf, ein Säckchen mit Holz und eine Speckseite lehnten. Außen, neben der Tür zum Schuppen des Stationswirts, stand ein blechernes Waschbecken auf dem Boden. Dabei befand sich ein Eimer Wasser und ein Stück gelbe Seife, und von der Dachrinne hing vielsagend ein grobes blaues Wollhemd herunter. Dies war das Privathandtuch des Wirts, und nur zwei Personen außer ihm hätten es wagen dürfen, sich daran abzutrocknen – der Postillion und der Kondukteur. Wir hatten Handtücher im Mantelsack; sie hätten ebensogut in Sodom und Gomorrah sein können. Wir, ebenso wie der Kondukteur, bedienten uns zum Abtrocknen unserer Taschentücher, der Postillion seiner Hosen und Ärmel. Innen, neben der Tür, war ein kleiner altmodischer Spiegelrahmen befestigt, in dessen einer Ecke zwei kleine Bruchstücke des einstigen Spiegelglases steckten.

Beim Hineinschauen empfing man ein hübsches Doppelbild, wobei die eine Hälfte des Kopfes ein paar Zoll hoch über der anderen erschien. Von dem Spiegel hing an einem Bindfaden ein halber Kamm herab – aber wenn ich die Wahl hätte, diesen Patriarchen zu beschreiben oder zu sterben, ich glaube, ich würde mir gleich ein paar Särge bestellen. Der Kamm stammte von Esau und Simson her, und seit jenen Zeiten waren stets Haare in demselben zurückgeblieben, zusammen mit gewissen sonstigen Unsauberkeiten. In einer Ecke standen drei oder vier Flinten und Büchsen, dazu Pulverhörner und Beutel mit Munition. Die Stationsleute trugen Beinkleider von grobem Bauerntuch, bei denen am Sitz und innen an den Beinen breite Lederstreifen eingesetzt waren, damit sie zugleich als Reithosen dienen konnten – infolgedessen waren die Beinkleider zur Hälfte dunkelblau und zur Hälfte gelb, was sich unbeschreiblich malerisch ausnahm. Sie steckten in den Schäften hoher Stiefel, deren Absätze mit großen spanischen Sporen bewehrt waren, die mit ihren kleinen Rädchen und Kettchen bei jedem Schritt klirrten. Der Mann trug gewöhnlich einen mächtigen Vollbart, einen alten Schlapphut, ein blaues Wollhemd, keine Hosenträger, keine Weste, keinen Rock – dagegen in einer Lederscheide am Gürtel einen großen, langen Matrosenrevolver (auf der rechten Seite mit dem Hahn nach vorn hängend), während aus dem Stiefel ein Bowiemesser mit Horngriff hervorragte. Die Ausstattung der Hütte war weder üppig noch beengend. Schaukelstühle und Sofas waren nicht da, auch nie dagewesen; ihre Stelle vertraten zwei dreibeinige Stühle, eine vier Fuß lange Bank aus Fichtenbrettern und zwei leere Lichterkisten. Der Tisch war ein fettiges Brett auf Pfählen. Tischtuch und Servietten waren ausgeblieben – und es verlangte sie auch niemand. An jedem Platz stand eine verbogene Blechschüssel, Messer und Gabel und eine große blecherne Tasse. Nur der Postillion hatte eine Untertasse aus Steingut, die einst bessere Tage gesehen hatte. Selbstverständlich saß dieser Großfürst oben am Tisch. Ein einziges Stück Tafelgerät war da mit dem rührenden Ausdruck gefallener Größe – ein Essig-und-Öl-Gestell aus Neusilber, verbogen und angelaufen. Sie nahm sich in dieser Umgebung so widersinnig aus, weil sie an einen abgedankten, unter Barbaren verbannten König erinnerte; die Hoheit ihrer ursprünglichen Stellung nötigte selbst in ihrer Erniedrigung Achtung ab. Von den Essig- und Ölflaschen war nur noch eine vorhanden, und diese war ein Ding ohne Stöpsel und ohne Hals, voller Fliegendreck, zwei Zoll Essig drin und außerdem ein Dutzend eingemachter Fliegen, die voll Betrübnis, es hier versucht zu haben, die Beine zum Himmel streckten. Der Wirt schnitt den letzten Rest eines Brotlaibes von der Woche vorher auf, der an Aussehen und Umfang einem Käse früherer Zeiten glich und es an Härte mit Nicholsohnschen Pflastersteinen aufnehmen konnte.

Auch von dem Speck schnitt er für jeden einen Streifen ab, allein nur erfahrene Kunden mochten sich daran wagen, denn es war zurückgewiesener Armeespeck, womit der Staat seine Soldaten in den Forts nicht füttern wollte und den die Postgesellschaft billig zum Vorsetzen für Bedienstete und Passagiere angekauft hatte.

Dann setzte er uns ein Getränk vor, das er „Slumgullion" nannte – eine Bezeichnung, die er sicherlich einer höheren Eingebung verdankte. Es sollte eigentlich Tee vorstellen, aber es enthielt denn doch gar zuviel Spüllumpenreste, Sand und eine alte Speckschwarte, um den kundigen Reisenden hinters Licht zu führen. Zucker und Milch hatte er nicht, nicht einmal einen Löffel, um die besagten Bestandteile umzurühren. Wir waren weder imstande, Brot und Speck zu essen noch den „Slumgullion" zu trinken. Beim Anschauen des melancholischen Essigfläschchens fiel mir eine alte Anekdote ein von einem Reisenden, der sich an eine Tafel setzte, auf der nichts als eine Makrele und ein Senftopf standen. Er fragte den Wirt, ob das alles sei. Der Wirt entgegnete:

„Alles? Ei, potz Donner und Blitz, ich dachte, an der Makrele da könnten sechse satt werden!"

„Aber ich esse Makrelen nicht gern."

„Oh, dann halten Sie sich eben an den Senf."

Sonst hatte ich diese Anekdote gut, sehr gut gefunden, aber hier nahm sie eine so betrübliche Glaubhaftigkeit an, daß aller Spaß dabei aufhörte.

Da stand unser Frühstück vor uns, unsere Kauwerkzeuge traten jedoch nicht in Tätigkeit.

Ich versuchte und roch, dann sagte ich, ich möchte lieber Kaffee nehmen. Der Herbergsvater stierte mich sprachlos an. Schließlich, als er wieder bei sich war, wandte er sich ab und sagte mit einem Ausdruck, als übersteige die Sache seine Fassungskraft völlig: „Kaffee! Nee, wenn mir das nicht über die Hutschnur geht, so will ich verd . . . sein!"

Essen konnten wir nicht, und eine Unterhaltung fand unter den Hausknechten und Viehhirten nicht statt – wir saßen nämlich alle an demselben Tisch. Wenigstens beschränkte sich die Unterhaltung darauf, daß dann und wann einer der Bediensteten an den anderen irgendein Verlangen stellte. Dies geschah stets in derselben Form, und zwar mit einer rauhen Freundlichkeit. Durch ihre westliche Frische und Neuheit erweckte diese zu Anfang meine Verwunderung und Teilnahme, wurde aber bald wieder eintönig und verlor ihren Reiz für mich.

Da hieß es: „Gib einmal das Brot her, du Sohn eines Stinktiers!" Doch nein – es lautete nicht Stinktier; ich meine, es sei noch stärker gewesen; ja, es ist gewiß so, doch ist es meinem Gedächtnis mittlerweile entschwunden. Nun, das macht nichts, jedenfalls war es ja wohl für den Druck zu stark. In meinem Gedächtnis bildet dieser Ausdruck den Grenzstein, der mir sagt, wo ich zuerst auf das kräftige neue Idiom der Ebenen und Berge des Westens stieß.

Wir verzichteten auf das Frühstück, zahlten jeder unseren Dollar und kehrten zu den Postsäcken in der Kutsche zurück, wo wir Trost in unseren Pfeifen fanden. Gerade an jener Station mußte sich unser fürstlicher Aufzug die erste Einbuße gefallen lassen, indem wir unsere sechs Pferde zurückließen und dafür sechs Maultiere bekamen. Aber es waren wilde mexikanische Burschen, deren jedes von einem Mann am Kopf festgehalten werden mußte, solange der Kutscher die Handschuhe anzog und sich fertigmachte. Ergriff dieser dann endlich die Zügel und gab das Zeichen zum Aufbruch, sprangen die Männer schnell zur Seite, ließen die Tiere los, und nun sauste die Kutsche vom Posthaus weg – wie aus der Kanone geschossen. Wie die aufgeregten Tiere dahinjagten! Es war ein wilder, toller Galopp, und aus dieser Gangart kamen sie nicht heraus, bis wir zehn oder zwölf Meilen weit gerast waren und an der nächsten Gruppe von Stationshütten und Ställen vorfuhren. So ging es mit Windeseile weiter den ganzen Tag. Um zwei Uhr nachmittags kam der Waldgürtel in Sicht, der den North Plate umsäumt und dessen Windungen durch die ungeheuren, völlig flachen Ebenen führen. Um vier Uhr kreuzten wir einen Arm des Plate, um fünf Uhr diesen selbst und hielten in Fort Kearny, nach sechsundfünfzig Stunden Fahrt von St. Joseph aus, dreihundert Meilen von dort enfernt.

Das also war die Postfahrt auf der großen Überlandroute vor zehn oder zwölf Jahren, als wohl keine zehn Menschen in ganz Amerika daran glaubten, daß sie einmal den Bau einer Eisenbahn auf dieser Route zum Stillen Ozean erleben würden. Aber nun ist die Bahn wirklich vorhanden, und es ruft tausend merkwürdige Vergleiche und Kontraste in meinem Geiste wach, wenn ich in der „New York Times“ die nachstehende Skizze einer Reise fast genau über die in meiner Beschreibung geschilderten Örtlichkeiten lese. Ich vermag die neuen Verhältnisse kaum zu fassen.

„Quer über den Kontinent“

„Um vier Uhr zwanzig an einem Sonntagnachmittag rollten wir von der Station Omaha weg, um unsere lange Fahrt nach dem Westen anzutreten. Nach einigen Stunden wurde die Hauptmahlzeit angesagt – ein Ereignis für jeden, der noch nicht aus Erfahrung weiß, was es heißen will, in einem der Pullmanschen Hotels auf Rädern zu speisen. Wir betraten also den nächsten Wagen vor unserem Schlafpalast und befanden uns im Speisewagen. Es war eine ungeahnte Überraschung für uns, dieses erste Sonntagessen – und obwohl wir noch viermal an der Mittagstafel speisten, und jedesmal auch Frühstück und Abendessen nahmen, war unsere ganze

Gesellschaft fortwährend voll Bewunderung über die vollendete Einrichtung und die großartigen Leistungen. Auf schneeweiß gedeckten und mit gediegenem Silbergerät besetzten Tafeln trugen äthiopische Kellner in fleckenlosem Weiß mit zauberhafter Schnelligkeit ein Mahl auf, dessen selbst Delmonico sich nicht hätte zu schämen brauchen. Ja, in manchen Punkten möchte es diesem hervorragenden Kochkünstler schwergefallen sein, es unserer Speisekarte gleich zu tun, denn hatten wir nicht neben alldem, was sonst zu einem Dinner ersten Ranges gehört, noch unser Antilopensteak (ein Feinschmecker, der dies nicht aus Erfahrung kennt – bah, was weiß der von Tafelgenüssen?), unsere köstliche Gebirgsbachforelle, auserlesenes Obst und Beeren und (als feinste Beilage, aber nicht für Geld zu haben) unsere süß duftende, appetitanregende Prärieluft! Man darf überzeugt sein, daß wir den Herrlichkeiten Ehre widerfahren ließen, und als wir sie mit Kelchen voll perlenden Schaumweins hinunterspülten, während wir dreißig Meilen in der Stunde durchflogen, mußten wir bekennen, daß uns ein flotteres Leben niemals vorgekommen war. Noch mehr leisteten wir übrigens zwei Tage später, als wir siebenundzwanzig Meilen in ebenso vielen Minuten zurücklegten, während aus unseren bis zum Rand gefüllten Champagnerkelchen nicht ein Tropfen überfloß. Nach der Mahlzeit zogen wir uns in unseren Salonwagen zurück, wo wir den Sonntagabend mit einigen schönen alten Kirchenliedern feierten. Lieblich klangen die Männer- und Frauenstimmen in der Abendluft zusammen, während unser Zug, mit seinem großen, grell aufleuchtenden Polyphemauge weithin die Prärie erhellend, in Nacht und Wildnis hineinjagte. Dann gingen wir zu Bett, wo wir den Schlaf der Gerechten schliefen bis zum nächsten Morgen um acht Uhr, um beim Übergang über den Plate zu erwachen, dreihundert Meilen von Omaha, die wir in fünfzehn Stunden und vierzig Minuten zurückgelegt hatten."

Fünftes Kapitel

Abermals eine Nacht, die abwechselnd Ruhe und Unruhe brachte. Aber der Morgen kam doch nach und nach heran.

Abermals ein solches Erwachen inmitten frischer Luft, sich endlos ausdehnender grüner Flächen, strahlenden Sonnenscheins, einer ergreifenden Einsamkeit und einer Atmosphäre von so merkwürdig vergrößernden Eigenschaften, daß Bäume in mehr als drei Meilen Entfernung scheinbar dicht vor uns standen. Wir machten es uns wieder leicht, kletterten auf das Dach unseres dahinfliegenden Wagens, ließen die Beine auf der Seite herunterhängen, riefen gelegentlich einmal unseren tollen Maultieren zu, lediglich um zu sehen, wie sie die Ohren zurücklegten und noch flinker dahinstoben, banden unsere Hüte fest, damit uns der Wind die Haare nicht wegblies, und hielten Ausschau über den unermeßlichen Teppich, der sich um uns herum ausbreitete. Noch heute durchströmt mein ganzes Wesen ein Wonnegefühl bei dem Gedanken an das Leben, die Fröhlichkeit und das unbändige Freiheitsgefühl, das an diesem herrlichen Morgen auf unserer Fahrt meinen Puls höher schlagen ließ.

Später, etwa eine Stunde nach dem Frühstück, erblickten wir die ersten Präriehunde, die erste Antilope und den ersten Wolf. Wenn ich mich recht entsinne, war es ein richtiger Kojote der entlegeneren Wüsten. Und wenn dem so war, so war er weder ein hübsches noch ein respektables Geschöpf. Ich machte nämlich später genaue Bekanntschaft mit seiner Sippe und kann es daher mit Bestimmtheit behaupten. Der Kojote ist ein langes, schmächtiges, krank und trübselig aussehendes, mit einem grauen Wolfsfell überzogenes Gerippe mit leidlich buschiger Rute, die stets mit einem verzweifelten Ausdruck von Not und Elend herabhängt, mit scheuem, tückischem Blick und langem, spitzem Gesicht und einer emporgezogenen Lippe, so daß das Gebiß zum Vorschein kommt. Sein ganzes Wesen hat etwas Schleichendes an sich. Der Kojote ist eine lebendige Verkörperung der Not. Er ist stets hungrig, arm, ohne Glück und ohne Freunde. Die geringsten Geschöpfe verachten ihn, und wenn die Flöhe die Wahl hätten zwischen ihm und einem Fahrrad, würden sie letzteres vorziehen. Er ist so mutlos und feige, daß sein ganzer übriger Gesichtsausdruck für die Drohung um Verzeihung bittet, die man in seinem Zähnefletschen finden könnte. Und wie häßlich er ist – so räudig, so klapperdürr, so struppig und erbärmlich! Wenn er einen erblickt, zieht er die Lippe ein wenig empor und bleckt die Zähne, biegt von seinem Weg ab, duckt den Kopf ein bißchen und schlägt einen langgestreckten, lautlosen Trab durch die Salbeibüsche an. Dabei schaut er von Zeit zu Zeit über die Schulter zurück, bis er aus der gewöhnlichen Pistolenschußweite ist. Dann macht er halt und faßt einen scharf ins Auge. Darauf trabt er fünfzig Ellen weiter und hält wieder an und so noch einmal, bis endlich das Grau seines dahingleitenden Körpers sich mit dem Grau der Salbeibüsche mischt und er verschwindet. Alles dies ist der Fall, wenn man keinen Angriff auf ihn unternimmt. Geschieht dies aber, dann entfaltet er ein lebhaftes Interesse an seinem Aufbruch, elektrisiert seine Fußsohlen und entfernt sich so schnell von unserer Waffe, daß man, bis der Hahn gespannt ist, schon sieht, daß eine weittragende Büchse nötig wäre, und bis man ihn in Schußlinie hat, erkannt, daß es einer gezogenen Kanone bedürfte, und man, bis er aufs Korn genommen ist, sich sagen muß, daß ihm jetzt höchstens noch ein ungewöhnlich langgezackter Blitzstrahl beikommen könnte. Läßt man einen schnellfüßigen Hund auf ihn los, so verschafft man sich ebensoviel Vergnügen – besonders, wenn der Hund eine gute Meinung von sich hat und aufs Laufen dressiert ist. Der Kojote wird mit sanftem Schwung in jenen trügerischen Trott verfallen und dabei in kurzen Zwischenräumen ein arglistiges Lächeln über die Achsel zurücksenden, das den Hund ganz mit Mut und weltlichem Ehrgeiz erfüllt, so daß er den Kopf noch tiefer senkt, den Hals noch weiter vorstreckt, noch wilder keucht, den Schweif noch gerader hinausstreckt und seine Beine mit noch tollerer Eile tanzen läßt, bis eine immer breitere, höhere und dichtere Wolke von Wüstensand hinter ihm aufwirbelt und seinen weiten Weg über die ebene Fläche bezeichnet. Und diese ganze Zeit über ist der Hund nur elende zwanzig Fuß hinter dem Kojoten drein, und – gälte es das Heil seiner Seele – er begreift nicht, warum der Abstand nicht merklich kleiner werden will. Er ärgert sich allmählich und wird schließlich immer toller, wenn er sieht, wie sanft der Kojote dahingleitet ohne

Keuchen, ohne Schwitzen und unter fortwährendem Lächeln. Und er wird immer entrüsteter, wenn er sieht, wie schmählich er sich von einem völlig Fremden hat anführen lassen und was für ein schnöder Schwindel dieser langgestreckte, sanfte, leisetretende Trab ist. Das nächste, was er merkt, ist, daß er zu ermatten anfängt und daß der Kojote in der Tat seine Gangart etwas mäßigen muß, um ihm nicht davonzulaufen. Jetzt aber ist dieser Stadthund allen Ernstes aus dem Häuschen; er bietet seine Kräfte auf unter Heulen und Fluchen und wirbelt den Sand toller auf denn je, um dem Kojoten mit verzweifelter Anstrengung beizukommen. Infolge dieser Kraftleistung befindet er sich nun sechs Fuß hinter seinem davongleitenden Feind und zwei Meilen weit von seinen Freunden. Als gerade eine neue Hoffnung in seinem Gesicht aufleuchtet, kehrt sich der Kojote noch einmal nach ihm um mit sanftem Lächeln und einem Ausdruck, als wolle er sagen: „Nun, ich werde mich wohl von dir losreißen müssen, mein Junge – Geschäft ist Geschäft, und ich kann unmöglich den ganzen Tag mit solchen Narrenpossen vertrödeln!" Im nächsten Augenblick hört man etwas durch die Luft sausen, und siehe da, einsam und allein steht der Hund mitten in der grenzenlosen Einöde!

In seinem Kopf wirbelt es. Er hält an und schaut sich um. Er klettert auf den nächsten Sandhügel und blickt ins Weite. Er jagt zu seiner Gesellschaft zurück, wo er sich einen bescheidenen Platz unter dem hintersten Wagen sucht, sich unsäglich erbärmlich vorkommt und vor lauter Beschämung den Schwanz eine ganze Woche lang auf halbmast trägt. Und wenn vielleicht nach Jahr und Tag wieder einmal ein gewaltiger Lärm und großes Geschrei hinter einem Kojoten her losgeht, dann wird dieser Hund nur einen gelassenen Blick in die Richtung werfen und ohne Zweifel zu sich selbst sagen: „Ich glaube, ich danke für Obst und Südfrüchte."

Der Kojote lebt hauptsächlich in den trostlosesten, unwirtlichsten Wüsten mit der Eidechse, dem Eselskaninchen und dem Raben zusammen, wo er sich einen ungewissen und fragwürdigen Unterhalt verdient.

Er lebt anscheinend ausschließlich von den Leichnamen von Ochsen, Maultieren und Pferden, die bei Auswandererzügen gefallen und verendet sind, von unverhofft sich darbietendem Aas und gelegentlichen Vermächtnissen von Abfall, die ihm von weißen Leuten hinterlassen werden, denen ihre Verhältnisse gestatteten, etwas Besseres aufzuschneiden als ranzigen Soldatenspeck.

Er frißt alles, was seine nächsten Vettern, die Indianerstämme der Wüste, essen, und die essen alles, was sie zu beißen imstande sind.

Der Kojote der Wüsten jenseits der Felsengebirge ist besonders übel daran, weil nämlich seine Verwandten, die Indianer, gerade so geschickt darin sind wie er selbst, zuerst einen verführerischen Duft in der Wüstenluft zu entdecken und ihm nachzugehen, bis sie die Ursache gefunden haben. In solchem Fall muß er damit vorliebnehmen, sich in einiger Entfernung hinzusetzen und zuzusehen, wie diese Leute alles Eßbare abstreifen, herausbohren und es mit fortnehmen. Dann untersucht er in Gemeinschaft mit den Raben das Knochengerüst und nagt dieses vollends blank. Man betrachtet es als einen Beweis für die Blutsverwandtschaft zwischen dem Kojoten, dem Aasvogel und dem Indianer der Wüste, daß sie in der Wildnis im Verhältnis vollkommener Vertraulichkeit und Freundschaft zusammen hausen, während sie alle anderen Geschöpfe hassen und ihnen den Tod wünschen. Der Kojote macht sich nichts daraus, für sein Frühstück hundert und für sein Mittagessen hundertfünfzig Meilen zurückzulegen, denn er weiß aus Erfahrung, daß von einer Mahlzeit zur anderen drei bis vier Tage vergehen können. Und so mag er ebensowohl auf Reisen gehen und sich die Gegend ansehen, wie untätig herumzuliegen und seinen Eltern zur Last zu fallen. Wir lernten bald das scharfe, boshafte Gebell des Kojoten zu unterscheiden, wenn er in der Nacht über die finstere Ebene daherkam und uns in unseren Träumen zwischen den Postsäcken störte. Beim Gedanken an seine elende Erscheinung und sein hartes Los wünschten wir ihm ernstlich das seltene Glück eines Tages voll guter Beute und einer unerschöpflichen Speisekammer für morgen.

Sechstes Kapitel

Unser neuer, eben aufgestiegener Kondukteur hatte seit vierundzwanzig Stunden nicht geschlafen. Derartiges kam sehr häufig vor. Von St. Joseph in Missouri bis Sacramento in Kalifornien betrug der Weg mit der Postkutsche nahezu neunzehnhundert Meilen, und die Tour wurde häufig in fünfzehn Tagen gemacht (die Eisenbahn besorgt es jetzt in vier und einem halben), während die in den Postverträgen verabredete und in den Zusatzbestimmungen verlangte Zeit, wenn ich mich recht erinnere, achtzehn bis neunzehn Tage betrug. Damit sollte den durch Winterstürme, Schneefälle und sonstige unvermeidliche Umstände verursachten Verzögerungen Rechnung getragen werden. Die Postgesellschaft hielt alles unter strenger Aufsicht und in guter Ordnung. Über eine Wegstrecke von je zweihundertfünfzig Meilen war ein mit großer Machtfülle bekleideter Agent oder Oberaufseher gesetzt. Die Strecke selbst führte den Namen „Division". Dieser Agent kaufte Pferde, Maultiere, Geschirr und Lebensmittel für Menschen und Tiere ein und verteilte diese Gegenstände von Zeit zu Zeit auf die einzelnen Stationen nach seinem Ermessen. Er ließ Stationsgebäude errichten und Brunnen graben. Er besorgte die Auslöhnung der Stationswirte, Hausknechte und Hufschmiede, die er sämtlich nach Gutdünken entlassen durfte. Er war ein sehr großer Mann innerhalb seiner „Division" – eine Art Großmogul, ein Sultan, in dessen Gegenwart die gemeinen Leute Bescheidenheit in Rede und Wesen annahmen und im Glanz der Größe selbst der leuchtende Postillion zu einem Pfennigbüchlein zusammenschrumpfte. Etwa acht solcher Könige gab es alles in allem auf der ganzen Überlandstrecke.

Gleich nach dem Divisionsagenten an Rang und Wichtigkeit kam der Kondukteur. Sein Bezirk war ebenso groß wie der des ersteren – zweihundertfünfzig Meilen. Er hatte seinen Platz beim Kutscher und durchfuhr nötigenfalls diese furchtbare Strecke Tag und Nacht ohne andere Ruhe oder Schlaf, wie er sie oben auf dem dahinfliegenden Fuhrwerk hockend haben konnte. Man stelle sich das vor! Er war unbedingt verantwortlich für die Postsachen, das Eilgut, die Passagiere und den Postwagen bis zur Übergabe an seinen Nachmann gegen Bescheinigung. Er mußte demzufolge ein Mann von Verstand, Entschiedenheit und beträchtlicher Geschäftsgewandtheit sein. Gewöhnlich war es ein ruhiger, freundlicher Mensch, der seine Obliegenheiten eifrig erfüllte und ein ziemlich wohlerzogenes Wesen an sich hatte. Der Divisionsagent brauchte nicht durchaus notwendig ein gebildeter Mann zu sein, und in der Tat war er dies nicht immer. Dagegen kam er an Befähigung zum Verwaltungsdienst stets einem General und an Mut und Entschlossenheit einer Bulldogge gleich, andernfalls würde ihm der Oberbefehl über das gesetzlose Unterpersonal der Überlandpost in keinem Falle etwas anderes eingebracht haben als nach einem Monat voll Unverschämtheit und Widerwärtigkeiten eine Kugel und einen Sarg dazu. Auf der ganzen Strecke gab es ungefähr sechzehn oder achtzehn Kondukteure, denn täglich ging ein Wagen in jeder Richtung und bei jedem war ein Kondukteur.

Nach dem letzteren kam an amtlichem Rang und Ansehen mein Liebling, der Postillion – wir haben aber bereits gesehen, daß in den Augen der großen Menge der Postillion über dem Kondukteur stand wie der Admiral über dem Kapitän des Flaggschiffes. Die Dienststrecke des Postillions war ziemlich lang und seine Schlafzeit auf den Stationen manchmal sehr kurz, und hätte ihn der Glanz seiner imposanten Stellung nicht einigermaßen entschädigt, so wäre sein Leben ebenso traurig wie hart und aufreibend gewesen. Wir bekamen jeden Tag oder jede Nacht einen neuen Postillion (denn jeder befuhr stets dieselbe Strecke hin und zurück) und wurden daher mit diesen Leuten nie so gut bekannt wie mit den Kondukteuren; abgesehen davon, daß es die Postillione meist unter ihrer Würde hielten, sich mit solchem Lumpenpack wie Passagiere auf die gleiche Stufe zu stellen. Doch waren wir, sooft der Dienst wechselte, neugierig, den neuen Postillion zu Gesicht zu bekommen, denn einen Tag wie den anderen waren wir entweder froh, einen unangenehmen loszuwerden, oder betrübt über den Abschied von einem, den wir liebgewonnen hatten und mit dem wir zum Ende hin auf freundschaftlichem Fuße standen.

So war stets an den Plätzen, wo wir einen neuen Kutscher bekamen, unsere erste Frage an den Kondukteur: „Was ist's für einer?" Das war vielleicht kein guter Stil, aber wir konnten damals noch nicht wissen, daß das einmal gedruckt würde. Solange alles glatt ablief, war der Überlandpostillion noch ziemlich gut daran, wurde jedoch ein Kollege von ihm plötzlich krank, dann war er übel dran; denn die Post mußte weiter, und so durfte denn der hohe Herr, der eben herunterklettern und üppiger Ruhe pflegen wollte nach seiner langen nächtlichen Sitzung in Wind, Regen und Finsternis, bleiben, wo er war, und den Dienst für den Erkrankten versehen. Als ich einst im Felsengebirge einen Postillion fest auf dem Bock schlafend traf, während die Maultiere in ihrer gewohnten halsbrechenden Gangart dahinstürmten, meinte der Kondukteur: „Na, lassen Sie ihn nur, es ist keine Gefahr dabei, und er tut doppelten Dienst – ist fünfundsiebzig Meilen mit einem Wagen gefahren und geht jetzt dieselbe Strecke zurück, unausgeruht und unausgeschlafen."

Die Stationsleute und Hausknechte waren gemeine und rohe Menschen, wie bereits erwähnt, und vom westlichen Nebraska bis Nevada durfte man eine beträchtliche Anzahl von ihnen getrost als gesetzloses Gesindel – Flüchtlinge vor der Justiz – und als Verbrecher bezeichnen, die sich am sichersten in einem Landstrich fühlten, wo es kein Gesetz gab und wo man nicht einmal Anspruch auf dergleichen geltend machte.

Wenn der Divisionsagent einem dieser Kerle einen Befehl erteilte, so war er sich dabei stets vollkommen bewußt, daß er ihn möglicherweise mit seinem Revolver werde durchsetzen müssen, und so war er denn stets gerüstet, um die Dinge im richtigen Geleise zu halten. Dann und wann war ein solcher Agent wirklich genötigt, einem Hausknecht irgendeine einfache Sache durch einen Schuß in den Kopf verständlich zu machen, die er ihm unter anderen Umständen und in anderer Umgebung auch mit einem Prügel hätte beibringen können. Es waren eben gescheite Leute, diese Agenten, und wenn sie einem Untergebenen etwas begreiflich machen wollten, „so ging es diesem in der Regel in den Kopf".

Am fünften Tag gegen Mittag kamen wir beim Übergang über den South Plate nach „Julesburg" alias „Overland City", vierhundertsiebzig Meilen von St. Joseph, das merkwürdigste, sauberste, schmuckste Grenzstädtchen, auf das unsere ungereisten Augen jemals ihre erstaunten Blicke gerichtet hatten.

Siebtes Kapitel

Nach einer für unser Gefühl so langen Bekanntschaft mit einer tiefen, stillen, fast leblosen und unbewohnten Einöde berührte uns der Anblick einer Stadt ganz merkwürdig. Wir stolperten hinaus auf die belebte Straße, und es war uns dabei zumute, als seien wir von einem fremden Planeten herabgeflogen und plötzlich auf dieser Erde erwacht. Eine ganze Stunde lang musterten wir Overland City mit einem Interesse, als hätten wir in unserem Leben noch nie eine Stadt gesehen. Wir hatten nämlich eine Stunde übrig, weil wir hier unsere Kutsche mit einem weniger anspruchsvollen Fuhrwerk – einem sogenannten Dreckwagen – vertauschten und die Frachtstücke ausgeladen werden mußten.

Bald darauf gingen wir wieder unter Segel. Wir kamen an den seichten, gelben, schmutzigen Plate mit seinen niedrigen Ufern, seinen überall verstreuten flachen Sandbänken und winzigen Inselchen – ein trübseliger Fluß, der sich mitten durch die unermeßliche Ebene windet und den man niemals mit bloßen Augen entdecken würde, wären nicht seine Ufer beiderseits von einer Baumreihe, gleich zerstreuten Schildwachhäuschen, umsäumt. Es hieß, der Plate sei „hoch", so daß ich gern gesehen hätte, ob er sich bei niedrigem Stand noch kränklicher und trauriger ausnahm.

Es hieß auch, es sei zur Zeit gefährlich, über den Fluß zu setzen, weil beim Durchwaten sein Treibsand leicht Pferde und Wagen samt den Passagieren verschlingen könnte. Aber die Post mußte gehen, und so machten wir den Versuch. Wirklich sanken mitten im Fluß die Räder ein- oder zweimal in so bedrohlicher Weise ein, daß wir fast meinten, wir hätten darum unser Leben lang alles, was Meer heißt, ängstlich gemieden, um nun zum Schluß mitten in der Wüste in einem Dreckwagen Schiffbruch zu erleiden. Doch wir schleppten uns durch und eilten weiter der untergehenden Sonne entgegen.

Am nächsten Morgen, kurz vor der Dämmerung, etwa fünfhundertfünfzig Meilen von St. Joseph entfernt, brach unser Dreckwagen zusammen. Wir sollten einen Aufenthalt von fünf bis sechs Stunden haben. Wir folgten daher einer Einladung, uns mit dem Pferd bei einer Büffeljagd zu beteiligen, zu der sich eben eine Gesellschaft aufmachte. Es war ein edles Vergnügen, an einem taufrischen Morgen über die Ebene zu jagen. Unsererseits nahm die Jagd jedoch ein Ende mit Schrecken und Ärger, denn ein angeschossener Stier trieb Bemis fast zwei Meilen vor sich her, bis dieser schließlich seinen Gaul im Stich ließ und sich auf einen einzelstehenden Baum flüchtete. Etwa vierundzwanzig Stunden lang war Bemis höchst verdrießlich über die Sache, dann fing er jedoch ganz allmählich an, sich wieder zu beruhigen, und schließlich sagte er:

„Na, es war kein Spaß, und es war recht albern von diesen Einfaltspinseln, sich darüber so lustig zu machen. Ich sage euch, eine Weile war ich ernstlich böse. Diesen langen, schlottrigen Lümmel namens Hank hätte ich gern über den Haufen geschossen, wenn ich es hätte fertigbringen können, ohne noch sechs oder sieben andere zu Krüppeln zu schießen – das war natürlich rein unmöglich, der alte Allen holt so verdammt weit aus. Ich wollte nur, diese Bummler wären oben auf dem Baum gesessen, dann wäre ihnen die Lust vergangen, so zu lachen. Wenn mein Gaul auch nur einen Pfifferling wert gewesen wäre – aber nein, sobald er sah, wie der Stier brüllend auf ihn loskam, stieg er kerzengerade in die Luft und blieb auf den Hinterbeinen stehen. Dann fing der Sattel an zu rutschen. Ich faßte den Gaul um den Hals und legte mich mit einem Stoßgebet fest auf ihn. Nun ließ er sich vorne nieder und streckte die Hinterhand in die Luft, so daß der Stier wirklich sein Scharren und Brüllen aufgab, um sich das unheimliche Schauspiel zu betrachten. Dann aber machte der Stier aus nächster Nähe einen mächtigen Satz auf den Gaul zu unter wahrhaft entsetzlichem Gebrüll. Das muß meinem Gaul buchstäblich den Verstand geraubt und ihn völlig toll und rasend gemacht haben, und ich will des Todes sein, wenn er nicht eine ganze Viertelminute lang auf dem Kopf stand und Tränen vergoß. Er war vollständig aus dem Häuschen – und wußte wirklich nicht mehr, was er tat. Jetzt kam uns der Stier auf den Leib, darauf ließ sich mein Gaul wieder auf alle viere nieder und nahm einen neuen Anlauf. Während der nächsten zehn Minuten machte er aber allen Ernstes einen Purzelbaum nach dem andern in solcher Geschwindigkeit, daß der Bulle ebenfalls außer Fassung kam und nicht mehr wußte, wo er anpacken sollte. So blieb er stehen, indem er nieste, sich Sand auf den Rücken schaufelte und dann und wann brüllte. Sicher meinte er, er habe ein Zirkuspferd für fünfzehnhundert Dollar als Frühstücksbissen vor sich. Nun, ich saß ihm also zuerst auf dem Hals – dem Gaul natürlich, nicht dem Bullen –, dann unter seinem Bauch, dann auf seinem Steiß und hatte bald den Kopf oben, bald die Fersen – aber ich sage euch, es hatte etwas großartig Haarsträubendes, sozusagen im Angesicht des Todes in dieser Weise herumgeschleudert, gerissen und gewirbelt zu werden. Bald darauf stieß der Bulle nach uns und riß meinem Gaul ein Stück vom Schweif ab (ich meine, so gewiß weiß ich es nicht, ich war da gerade ziemlich in Anspruch genommen). Auf einmal muß der Gaul von der Sehnsucht nach der Einsamkeit ergriffen worden sein und machte sich auf, um derselben nachzujagen. Nun hättet ihr einmal dieses alte, spinnenbeinige Gerippe ausgreifen sehen und beobachten sollen, wie der Büffel hinter ihm drein war – den Kopf am Boden, die Zunge außen, den Schwanz in der Luft, brüllend wie der Teufel, buchstäblich das Gras vor sich niedermähend, die Erde aufreißend und den Sand aufwühlend wie ein Wirbelwind! Bei Gott, das war eine heiße Hatz! Ich saß mit dem Sattel dem Gaul auf dem Kreuz, die Zügel hatte ich zwischen den Zähnen, und mit beiden Händen hielt ich mich am Sattelknopf fest. Zuerst ließen wir die Hunde hinter uns, dann ein Eselskaninchen. Hierauf überholten wir einen Kojoten, und wie wir eben im Begriff waren, eine Antilope einzuholen, brach der morsche Sattelgurt, so daß ich an die dreißig Ellen weit links hinausflog, und als der Sattel dem Pferd über das Kreuz rutschte, versetzte es ihm eins mit den Hufen, daß er über vierhundert Ellen weit in die Luft flog – ich will tot umfallen, wenn es nicht so war. Ich fiel am Fuß des einzigen Baumes nieder, der meilenweit in der Runde stand. Eine Sekunde später hatte ich alle zehn Fingernägel und die Zähne in die Rinde geschlagen und saß im nächsten Augenblick rittlings auf dem Hauptast, so unbarmherzig fluchend über mein Mißgeschick, daß mein Atem stank wie ein Schwefelpfuhl. Jetzt hatte ich den Bullen drangekriegt. Von meinem luftigen Sitz aus bis zur Erde waren es über vierzig Fuß. Vorsichtig wickelte ich das Lasso vom Sattel los und . . .“

„Nahmst du denn deinen Sattel mit auf den Baum hinauf?“

„Mit auf den Baum hinauf? Natürlich nicht. Das hätte kein Mensch gekonnt. Er war aus der Luft auf den Baum heruntergefallen."

„Ah, so!"

„Gewiß. Also ich wand das Lasso los und befestigte ein Ende an einem Ast. Der Riemen war aus allerbestem Rohleder und konnte Zentner tragen. An das andere Ende machte ich eine Schleife und ließ es hinunter, um zu sehen, wie weit es reichte. Es ging zweiundzwanzig Fuß wieder hinab, halb zur Erde. Dann versah ich sämtliche Läufe meines Allen mit doppelter Ladung. Nun war ich ruhig. Ich sagte bei mir selbst: Kommt er nicht auf den Gedanken, der mir so bange macht, gut – und kommt er doch darauf, nun auch gut – ich bin darauf gefaßt. Aber ihr wißt ja doch, daß immer das eintrifft, was man nicht gerne hat, nicht wahr? So geht es immer. Ich erwartete den Büffel mit Bangen – einem Bangen, das nur ermessen kann, wer sich schon in solcher Lage befunden hat, wo er den Tod jeden Augenblick erwarten mußte. Plötzlich blitzte ein Gedanke auf im Auge des Bullen. Ich wußte es ja – wenn mir jetzt die Spannkraft versagte, war ich verloren. Richtig, es kam ganz genau, wie ich befürchtet hatte – er machte Anstalten, auf den Baum zu klettern."

„Wie, der Büffel?"

„Natürlich – wer denn sonst?"

„Aber ein Büffel kann ja nicht auf einen Baum klettern!"

„Kann nicht? So, er kann nicht? Nun, wenn ihr es doch so genau wißt – habt ihr es denn schon einmal mit angesehen?"

„Nein. Der Gedanke wäre mir nicht im Traum gekommen."

„Nun, was hat dann all euer Geschwätz darüber für einen Wert? Weil ihr's noch nie mit angesehen habt, ist das ein Beweis, daß es nicht möglich ist?"

„Also gut – nun weiter. Was tatest du nun?"

„Der Stier kletterte los und kam vielleicht zehn Fuß weit ganz gut herauf, dann glitt er aus und rutschte zurück. Ich atmete auf. Er setzte wieder an und kam jetzt etwas weiter herauf, dann rutschte er wieder ab. Aber er machte sich nochmals dran und gab diesmal gut acht. Immer höher und höher stieg er, während mir der Mut immer tiefer sank. Immer näher rückte er – Zoll um Zoll – mit blutunterlaufenen Augen und heraushängender Zunge. Immer höher kam er jetzt – stemmte einen Fuß auf einen Ast und sah herauf, als wollte er sagen: ‚Freundchen, dich freß ich auf mit Haut und Haar.' Dann ging er wieder aufwärts – höher und höher und immer hitziger wurde er, je näher er kam. Er war keine zehn Fuß mehr von mir! Ich holte tief Atem. ‚Jetzt oder nie' – sprach ich. Ich hielt die Schlinge meines Lassos schon in Bereitschaft, vorsichtig ließ ich sie hinab, bis sie ihm gerade über dem Kopf hing, dann ließ ich rasch den Riemen fahren, und der Stier steckte ganz fein mit dem Kopf in der Schlinge! Ich nun schnell wie der Blitz meinen Allen heraus und ihm die ganze Ladung ins Gesicht. Es gab einen gräßlichen Knall – der Bulle muß davon betäubt worden sein! Wie der Rauch sich verzog, baumelte er zwanzig Fuß vom Boden in der Luft und fiel schneller, als man zählen konnte, von einer Todeszuckung in die andere. Ich hielt mich übrigens mit Zählen nicht auf – ich rutschte von meinem Baum hinunter und machte, daß ich weiterkam."

„Bemis, ist das alles wahr, so wie du es erzählt hast?"

„Ich will des Teufels sein auf der Stelle und krepieren wie ein Hund, wenn es nicht so ist."

„Nun, wir wollen's ja glauben, und glauben es auch gerne. Wenn man aber doch vielleicht einen Beweis . . ."

„Beweis! Habe ich mein Lasso mit heimgebracht?"

„Nein."

„Habe ich mein Pferd heimgebracht?"

„Nein."

„Habt ihr den Stier nachher noch einmal gesehen?"

„Auch nicht."

„Nun, was braucht es dann weiter? In meinem Leben habe ich noch keine Leute getroffen, die bei einer so einfachen Sache sich so seltsam anstellten wie ihr."

Nun, wenn dieser Mensch kein Lügner war, so fehlte jedenfalls nicht viel dazu. Dieses Vorkommnis erinnert mich an einen Zwischenfall während meines kurzen Aufenthalts in Siam, einige Jahre danach. Unter den Europäern einer Stadt bei Bangkok befand sich ein merkwürdiges Exemplar namens Eckert, ein Holländer, der wegen seiner vielen sinnreichen und verblüffend großartigen Lügen berühmt war. Unaufhörlich wurden seine berühmtesten Stückchen wiederholt, und stets versuchte man, in Gegenwart von Fremden etwas aus ihm herauszuziehen, aber selten mit Erfolg. Zweimal war er in dem Haus, wo ich zu Besuch war, eingeladen, aber nichts konnte ihn dazu bringen, eine Probe seiner Lügenkunst zu entlocken. Eines Tages nun lud mich ein Pflanzer namens Bascom, ein Mann von Ansehen, stolz und manchmal aufbrausend, ein, mit ihm zu Eckert hinüberzureiten und bei diesem vorzusprechen. Während wir so dahinschlenderten, meinte er:

„Nun, wissen Sie, woran der Fehler liegt? Daran, daß man Eckert stutzig macht. Sobald die Jungens ihn auszupumpen versuchen, merkt er ganz genau, was sie vorhaben, und macht nun natürlich seine Schale zu. Das könnte sich eigentlich jeder selbst denken. Aber wenn wir hinkommen, müssen wir ihn schlauer anpacken. Man muß ihn die Unterhaltung ganz nach seinem Gefallen wählen lassen – er mag sie fallenlassen oder wechseln, wie es ihm paßt. Er soll ganz so tun, wie er will. Dann wird es nicht lange dauern, so vergißt er sich, und die Lügen fallen nur so herunter wie das Mehl in der Mühle. Verlieren Sie nur die Geduld nicht – seien Sie ganz still und lassen Sie mich nur machen. Ich will ihn schon zum Lügen bringen. Ich meine, die Jungens müssen blind sein, um so einen auf der Hand liegenden einfachen Kniff zu übersehen."

Eckert nahm uns herzlich auf – ein Mann von liebenswürdigem, gebildetem Wesen. Wir saßen eine ganze Stunde auf der Veranda, schlürften englisches Bier und unterhielten uns über den König, den heiligen weißen Elefanten, das schlafende Götzenbild und alles mögliche. Dabei bemerkte ich, daß mein Begleiter nie die Unterhaltung leitete oder beeinflußte, sondern sich einfach Eckerts Leitung überließ und niemals Unruhe oder Befangenheit bei irgend etwas zeigte. Der Erfolg ließ sich bald bemerken. Eckert fing an, mitteilsam zu werden, er fühlte sich immer gemütlicher und wurde immer gesprächiger und geselliger. Noch eine Stunde verfloß in derselben Weise, als Eckert ganz plötzlich äußerte:

„Ach, apropos! Beinahe hätte ich es vergessen. Ich habe etwas, das Sie in Erstaunen setzen wird. Etwas, wie es weder von Ihnen noch von sonst irgend jemand gehört worden ist. Ich habe eine

Katze, die Kokosnüsse frißt – gewöhnliche, frische Kokosnüsse – und die nicht nur das Fleisch frißt, sondern auch die Milch trinkt! Es ist so – ich leiste einen Eid darauf."

Ein rascher Blick von Bascom – ein Blick, den ich verstand –, dann sagte er:

„Nun, Gott verzeih mir, so was habe ich noch nie gehört. Mensch, das kann nicht sein."

„Ich wußte, daß Sie das sagen würden. Ich will die Katze holen."

Er ging ins Haus. Bascom sagte:

„Da – was habe ich Ihnen gesagt? Nun, so muß man es machen, um Eckert dranzukriegen. Sie sehen, ich habe ihn geduldig gekirrt und seinen Argwohn eingeschläfert. Mich freut es, daß wir hergekommen sind. Erzählen Sie es nur den Jungens, wenn Sie nach Hause kommen. Eine Katze Kokosnüsse fressen – du guter Gott! Nun, das ist ganz genau seine Art – er tischt einem die abgeschmackteste Lüge auf und überläßt es seinem Glückstern, wie er sich dann wieder herauswickelt. Eine Katze und Kokosnüsse fressen – der einfältige Narr!"

Eckert kam ganz zuversichtlich mit seiner Katze daher.

Bascom lächelte und meinte:

„Ich will die Katze halten – bringen Sie eine Kokosnuß."

Eckert öffnete eine und schnitt ein paar Stückchen davon ab. Bascom gab mir verstohlen einen Wink und hielt der Mieze einen Schnitz vor. Sie schnappte danach, verzehrte ihn begierig und wollte noch mehr haben.

Auf dem Heimweg ritten wir unsere zwei Meilen stillschweigend und in weitem Abstand nebeneinander her. Ich wenigstens sprach nichts, während Bascom seinem Pferd reichlich Püffe und Flüche verabreichte, obwohl es sich ganz gut hielt. Als ich nach Hause abbog, meinte Bascom:

„Behalten Sie nur das Pferd bis morgen früh. Und – Sie brauchen den Jungens nichts zu erzählen von – dieser albernen Geschichte."

Achtes Kapitel

Gleich nachher richtete sich unser Sinnen und Trachten darauf, mit langgestrecktem Hals nach dem „Ponyreiter"* auszuschauen, dem Eilboten, der mit der Briefpost in acht Tagen neunzehnhundert Meilen weit über den Kontinent von St. Joseph bis nach Sacramento hinjagte! Man stelle sich diese Leistung vor für ein Pferd und einen Reiter aus Fleisch und Blut! Der Ponyreiter war meist ein schmächtiges Männchen, aber voll höchster Kühnheit und Ausdauer. Einerlei, zu welcher Tages- oder Nachtzeit sein Dienst an ihn herantrat, und einerlei, ob es Winter war oder Sommer, ob es regnete, schneite oder hagelte, ob sein „Strich" ihn auf ebener, gerader Straße führte oder über halsbrecherische Felsklippen und Abgründe im Gebirge, ob durch friedliche Gegenden oder durch solche, die von feindlichen Indianern wimmelten – stets mußte er bereit sein, in den Sattel zu springen und davonzujagen wie der Wind. Muße gab es für den Ponyreiter im Dienst niemals. Fünfzig Meilen weit ritt er ohne anzuhalten, bei Tag wie bei Nacht, wie es gerade kam. Das prächtige Tier, das er ritt, war ein geborener Renner und wurde in Verpflegung und Nahrung gehalten wie ein Gentleman. Zehn Meilen weit hielt er es zur höchsten Schnelligkeit an, und wenn er dann bei der Station angebraust kam, wo bereits zwei Mann ein frisches Tier am Zügel hielten, so war der Reiter mitsamt dem Postsack in einem Augenblick umgestiegen, um sofort weiterzujagen, so daß Roß und Reiter dem Zuschauer aus den Augen waren, ehe er sie recht gesehen hatte. Wie ein Flugfeuer huschten sie davon. Der Reiter war leicht und knapp gekleidet. Er trug eine Jacke ohne Schöße und eine kleine Mütze, die Hosen hatte er in die Stiefel gesteckt wie die Reiter bei den Rennen. Er führte keine Waffen bei sich – überhaupt nichts, was nicht durchaus notwendig war, denn selbst von den Briefen, die er bei sich hatte, war „Stück für Stück fünf Dollar wert". Er hatte nur wenig gleichgültige Briefsachen zu befördern, seine Tasche barg meistenteils Geschäftsbriefe. Sein Tier hatte ebenfalls kein überflüssiges Gewicht. Es trug einen Rennsattel, klein wie eine Oblate,

* Diese, wie so manche andere Figur, welche Mark Twain in diesem Buch schildert, hat Buffalo Bill mit seiner Truppe den Europäern anschaulich vorgeführt.

unter dem keine Decke sichtbar war, und ganz leichte oder gar keine Hufeisen. Die kleinen, flachen, unter den Schenkeln des Reiters festgeschnallten Brieftaschen faßten an Briefsachen etwa soviel, wie eine Kinderfibel Raum einnimmt. Sie enthielten viele wichtige geschäftliche Mitteilungen und Zeitungskorrespondenzen, aber alles auf hauchdünnem Papier, um damit Platz und Gewicht zu sparen. Während die Postkutsche innerhalb vierundzwanzig Stunden hundert bis hundertfünfundzwanzig Meilen zurücklegte, machte der Ponyreiter etwa zweihundertfünfzig in derselben Zeit.

Ungefähr achtzig Ponyreiter saßen ständig im Sattel, Tag und Nacht, und bildeten eine lange, durch weite Strecken unterbrochene Linie vom Missouri bis nach Kalifornien. Vierzig von ihnen ritten nach Osten, ebenso viele nach Westen, und vierhundert feurige Pferde verdienten sich unter diesen Reitern mit Anspannung aller Kräfte ihr Futter und bekamen dabei jeden Tag im Jahr ihr schönes Stück Gegend zu sehen.

Wir hatten von Anfang an den ungeduldigen Wunsch gehabt, einen Ponyreiter zu sehen, aber aus irgendeinem Grund traf es sich stets, daß sie während der Nacht vorübereilten, so daß wir immer nur einen Husch und ein Hallo vernahmen und das flüchtige Wüstenphantom bereits entschwunden war, ehe wir den Kopf aus dem Fenster stecken konnten. Aber nun war jeden Augenblick einer zu erwarten, den wir bei hellem Tag zu sehen bekommen sollten. Eben ruft auch schon der Postillion: „Da kommt er!" Alle Hälse recken sich länger, und unsere Augen öffnen sich weiter. Weit weg jenseits der endlosen toten Fläche der Prärie erscheint ein schwarzer Punkt am Horizont, der sich rasch nähert. Und wie rasch! Binnen einer oder zwei Sekunden werden Roß und Reiter daraus, auf und ab – immer näher stürmt es auf uns zu – immer deutlicher wird es, immer schärfer umrissen – noch näher kommt es, und das Klappern der Hufe schlägt schwach an unser Ohr – noch einen Augenblick, und vom Dach unseres Wagens herab erschallt ein Hussa und ein Hurra, das der Reiter nur durch ein Winken mit der Hand erwidert, dabei sausen Roß und Reiter an unseren aufgeregten Blicken vorüber und fliegen wirbelnd dahin wie ein verspätetes Herbstblatt im Sturm. So schnell geht alles, so ganz wie eine Geistererscheinung, daß wir ohne die weiße Schaumflokke, die zitternd und zerfließend noch an einem der Postbeutel hing, nachdem die Erscheinung vorübergehuscht war, vielleicht allen Ernstes im Zweifel gewesen wären, ob wir überhaupt ein Pferd mit einem Reiter darauf gesehen hatten.

Nun rasselten wir allmählich durch den Paß von Sotts Bluffs. Hier in der Gegend trafen wir irgendwo zum erstenmal auf echtes unverkennbares Alkaliwasser auf der Straße, das wir als eine Kuriosität ersten Ranges, die sich in den Briefen an die armen Ofenhocker zu Hause ausgezeichnet anbringen ließ, jubelnd begrüßten. Dieses Wasser ließ die Straße wie seifig erscheinen, und an vielen Stellen sah der Boden aus, als wäre er weiß getüncht. Ich glaube, das merkwürdige Alkaliwasser regte uns mindestens ebensosehr auf wie irgendeines der Wunder, auf die wir zuvor gestoßen waren, und nachdem wir es in das Inventar der Dinge aufgenommen, die wir gesehen hatten und andere Leute nicht, waren wir darüber voll selbstgefälliger Einbildung und sahen unser ganzes Lebensschicksal mit zufriedeneren Augen an als je zuvor. Wir waren in kleinerem Maßstab genau dieselben einfältigen Narren wie die Leute, die unnötigerweise die gefährlichen Kuppen des Montblanc und Matterhorn erklettern, ohne einen anderen Genuß davon zu haben als das Bewußtsein, daß es keine gewöhnliche Leistung ist. Aber manchmal gleitet auch einer dieser Bergfexen aus und saust auf dem Sitzfleisch die ganze Länge der Bergabhänge hinunter, daß der gefrorene Schnee hinter ihm raucht, fliegt von Absatz zu Absatz, von Terrasse zu Terrasse, so daß er jedesmal den Boden aufwühlt an den Stellen, wo er aufschlägt. Dann glitscht er abermals aus und fliegt weiter, wobei er sich alle Augenblicke einen Eiszapfen in den Leib rennt und seine Kleider in Fetzen reißt. Indem er nach irgendeinem Gegenstand hascht, um sich zu retten, hält er sich an den Bäumen fest, die er dann samt den Wurzeln und allem sonstigen Zubehör mit sich fortreißt, bringt zuerst da und dort ein kleines Felsstück, dann immer stärkere Brocken, endlich ganze Eis- und Schneefelder und ganze Streifen Wald ins Rollen und sammelt auf seiner Fahrt immer mehr um sich an, bis er schließlich inmitten einer riesenhaften Masse an einem dreitausend Fuß tiefen Abgrund anlangt, um unter stolzem Hutschwenken auf dem Rücken einer mächtig niederdonnernden Lawine der Ewigkeit zuzureiten!

Das ist alles recht schön, aber wir wollen uns nicht von der Aufregung hinreißen lassen, sondern uns in aller Ruhe die Frage vorlegen, wie es wohl so jemandem am Tag danach bei kühlerem Blut zumute ist, wenn er sechs- oder siebentausend Fuß tief unter Schnee und Geröll begraben liegt?

Wir fuhren jetzt über die Sandhügel hin, in deren Nähe im Jahre 1856 der Überfall der Post und das Blutbad durch die Indianer stattfand, wobei der Postillion und der Kondukteur sowie sämtliche Fahrgäste bis auf einen einzigen umgekommen sein sollen. Letzteres muß übrigens auf einem Irrtum beruhen, denn ich habe in der Folgezeit zu verschiedenen Zeiten an der Küste des Stillen Ozeans mit vielleicht hundert verschiedenen Leuten Bekanntschaft gemacht, die alle bei dem Blutbad verwundet wurden und kaum mit dem Leben davongekommen waren. Ein Zweifel an der Wahrheit war in keinem dieser Fälle möglich – ich hatte es jedesmal aus des Betreffenden eigenem Mund gehört. Einer der Herren erzählte mir, er sei nahezu sieben Jahre lang nach dem Blutbad immer noch auf Pfeilspitzen in seinem Körper gestoßen. Ein anderer berichtete, er sei dermaßen mit Pfeilen gespickt gewesen, daß er nach dem Abzug der Indianer, als er wieder auf die Beine gekommen war und sich habe betrachten können, die Tränen nicht hätte zurückhalten können – sein Anzug sei nämlich gänzlich zugrunde gerichtet gewesen.

Die glaubwürdigste Überlieferung versichert, es habe nur ein Mann mit Namen Babbitt das Blutbad überlebt, und zwar mit einer lebensgefährlichen Verwundung. Auf den Händen und einem Knie (ein Bein war gebrochen) schleppte er sich mehrere Meilen weit bis an eine Station. Er vollbrachte dies stückweise in zwei aufeinanderfolgenden Nächten, wobei er sich einen Tag ganz und den anderen zum Teil versteckt hielt und über vierzig Stunden lang Hunger, Durst, Schmerzen und unbeschreibliche Qualen litt. Die Indianer plünderten die Post vollständig aus, wobei ihnen ein nicht unbedeutender Betrag an Wertsachen und Geld in die Hände fiel.

Neuntes Kapitel

In der Nacht kamen wir durch Fort Laramie, und am siebten Morgen unserer Fahrt befanden wir uns in den Schwarzen Bergen, wo – scheinbar dicht neben uns – der Laramie Peak in gewaltiger Einsamkeit aufstieg. In tiefem dunklem Indigoblau starrte uns der alte Koloß unter den seine Stirn umschattenden Gewitterwolken hervor mächtig entgegen. In Wirklichkeit war er dreißig oder vierzig Meilen weit weg, aber es schien, als stünde er nur ein kleines Stück hinter dem niedrigen Höhenzug zu unserer Rechten. Das Frühstück nahmen wir an der Horseshoe-Station ein, sechshundertsechsundsiebzig Meilen von St. Joseph entfernt. Wir waren jetzt auf feindliches Indianergebiet gekommen und fuhren am Nachmittag an der Laparelle-Station vorbei, in deren Nähe es uns recht unbehaglich zumute war, wußten wir doch, daß oft hinter einem der Bäume, an denen wir auf Armeslänge vorüberfuhren, ein oder zwei Indianer auf der Lauer standen. Gerade in der Nacht zuvor hatte ein Wilder aus dem Hinterhalt dem Ponyreiter eine Kugel durch die Jacke gejagt. Dieser war trotzdem ganz ruhig weitergeritten, denn ein Ponyreiter darf sich mit der Untersuchung eines derartigen Vorkommnisses nur dann aufhalten, wenn er totgeschossen wird. Solange er noch lebendig genug ist, hat er am Pferd festzukleben und weiterzureiten. Vielleicht zweieinhalb Stunden vor unserer Ankunft an der Laparelle-Station hatte der dortige Wirt viermal auf einen Indianer gefeuert, aber dieser sei, fügte er mit gekränkter Miene hinzu, „so flink herumgetanzt, daß er ihm alles verdorben habe – und dabei sei die Munition so verteufelt rar". Offenbar wollte er durch diese Ausdrucksweise andeuten, der Indianer habe sich mit seinem „Herumtanzen" einen unerlaubten Vorteil verschafft. Unser Postwagen hatte – als Andenken an seine letzte Fahrt durch diese Gegend – im Vorderteil ein allerliebstes Loch. Die Kugel, von der es herrührte, hatte den Postillion gestreift, aber dieser machte sich nicht viel daraus. Er meinte, die richtige Gegend, um einen „dickköpfig" zu machen, sei die südliche Überlandroute gewesen durch das Apachengebiet, ehe die Gesellschaft die Linie weiter nach Norden verlegt habe. Die Apachen hätten ihm die ganze Zeit da unten keine Ruhe gelassen, so daß er nahe daran gewesen sei, mitten im Überfluß Hungers zu sterben, denn sie hätten ihn mit Kugeln durchlöchert wie ein Sieb, so daß er „seine Nahrung nicht mehr habe bei sich behalten können“ – eine Schilderung, die nicht ausnahmslos Glauben fand.

In dieser ersten Nacht auf feindlichem Indianergebiet zogen wir die Vorhänge möglichst dicht zu und legten uns auf unsere Waffen. Manchmal schliefen wir darauf ein, meist aber lagen wir bloß darauf. Wir sprachen nicht viel, sondern verhielten uns still und lauschten. Es war eine rabenschwarze, zeitweise regnerische Nacht. Wir steckten dermaßen zwischen lauter Wäldern, Felsen, Hügeln und Abgründen drin, daß wir beim Hinausschielen durch einen Schlitz in einem der Vorhänge schlechterdings nichts unterscheiden konnten. Postillion und Kondukteur saßen ebenfalls stumm auf ihrem Bock oder sprachen höchstens in langen Zwischenräumen und mit gedämpfter Stimme, wie man es tut, wenn man sich von unsichtbarer Gefahr umgeben weiß. Wir hörten dem Regen, der auf das Wagendach herabtropfte, dem Knirschen der Räder in dem kotigen Kies und dem dumpfen Heulen des Windes zu, und dabei wurden wir die ganze Zeit über die unsinnige Vorstellung nicht los, die mit einer nächtlichen Fahrt in dichtverhängtem Fuhrwerk stets untrennbar verbunden ist, daß wir nämlich unverrückt auf der Stelle stehenblieben trotz allem Stoßen und Schaukeln des Wagens, dem Trappeln der Pferde und dem Knarren der Räder. Lange horchten wir unter Anspannung aller Sinne und mit angehaltenem Atem. Wollte dann einer von uns erlahmen und mit einem tiefen Seufzer der Erleichterung ein paar Worte reden, so stieß gewiß einer der Gefährten plötzlich ein „horcht!“ hervor, worauf der Betreffende augenblicklich wieder starr dasaß und horchte. So schleppten sich die Minuten und Viertelstunden in ermüdendem Gang hin, bis zuletzt unsere angespannten Glieder von einer dumpfen Betäubung ergriffen wurden und wir einschliefen – so kann man unseren Zustand durchaus bezeichnen, denn es war ein Schlaf mit dem Finger am Drücker der Pistole, ein Schlaf, in dem die Fetzen und Bruchstücke unheimlicher, ängstlicher Träume durcheinanderwirbelten – das reinste Chaos. Plötzlich wurden Träume, Schlaf und die düstere nächtliche Stille durch einen lauten Knall verscheucht, dem ein langer, wilder Todesschrei folgte! Dann hörten wir nur zehn Schritt weit vom Wagen rufen:

„Hilfe! Hilfe! Hilfe!“ Es war die Stimme des Postillions.

„Schlagt ihn tot, schlagt ihn tot, den Hund!“

„Man will mich umbringen! Leiht mir denn niemand einen Revolver?“

„Seht euch vor! Wehrt ihn ab, wehrt ihn ab!“

Dann zwei Pistolenschüsse, Stimmengewirr und ein Getrappel, als ob sich eine Menschenmenge um etwas drängt. Mehrere schwere, dumpfen Schläge wie mit einer Keule. Dann eine flehende Stimme: „Lassen Sie mich, meine Herren, ach, lassen Sie mich – ich bin ja schon tot!“ Nun ein schwächeres Stöhnen und noch ein Schlag, und fort jagte die Post in die finstere Nacht hinein und ließ das gräßliche Geheimnis hinter sich.

Was für ein Schreck das war! Kaum acht Sekunden, vielleicht nur fünf, hatte der ganze Auftritt gedauert. Wir hatten nur Zeit, an einen der Vorhänge zu stürzen und ihn in ungeschickter, verwirrter Hast teilweise loszuschnallen und aufzuknüpfen, als ein scharfer Peitschenknall über unseren Köpfen erklang und wir mit Donnergepolter einen Berggrat hinabrollten. Die ganze Nacht lebten wir von diesem Geheimnis – sie ging übrigens bereits rasch ihrem Ende zu. Ein Geheimnis mußte es vorerst noch bleiben, denn alles, was wir vom Kondukteur als Antwort auf unsere Zurufe bekommen konnten, klang durch das Klappern der Räder hindurch ungefähr wie: „Erzähle es Ihnen morgen früh.“

So steckten wir unsere Pfeifen an, stellten in einer Ecke am Vorhang eine Abzugsöffnung für den Rauch her, und ein jeder erzählte dann, während wir im Finstern lagen, wie es ihm zumute gewesen war, wie viele Indianer seiner ersten Vorstellung nach auf uns losgestürzt seien und an welche Laute er sich erinnern könne. Wir stellten auch Hypothesen auf, doch waren wir nicht imstande, eine aufzutreiben, die es uns erklärt hätte, daß wir unseren Postillion abseits vom Wagen hatten sprechen hören und daß die indianischen Mordgesellen ein so gutes Englisch gesprochen hatten, vorausgesetzt, daß es überhaupt Indianer gewesen waren.

Unsere ahnungsvolle Ängstlichkeit war, seit wir einen wirklichen Anlaß zum Schrecken hatten, gänzlich verflogen.

Einen völlig befriedigenden Aufschluß über den geheimnisvollen Vorgang erhielten wir niemals. Alles, was wir uns aus den stückweisen, abgerissenen Mitteilungen, die wir am Morgen erhaschten, zusammenreimen konnten, war, daß der Auflauf an einer Station stattgefunden hatte, wo die Postillione wechselten, und daß der abgehende Postillion über irgendeinen der Galgenvögel, die die dortige Gegend unsicher machten (wie unser Kondukteur meinte, gab es nämlich dort herum keinen einzigen Menschen, auf dessen Kopf nicht ein Preis gesetzt gewesen wäre und der sich in den Ansiedlungen hätte sehen lassen dürfen), sich rücksichtslos geäußert hatte.

„Er hatte sein Maul durchgehen lassen über diese Kerle und hätte deshalb beim Anfahren den Revolver mit gespanntem Hahn neben sich hinlegen sollen und zuerst anfangen zu schießen, denn das mußte ja jeder Schafskopf wissen, daß sie ihm auflauern würden."

Dies war alles, was wir herausbekommen konnten, und wir sahen wohl, daß weder der neue Postillion noch der Kondukteur viel Aufhebens von der Sache machten. Offenbar hatten sie keine große Achtung vor jemand, der sich beleidigend über die Leute äußerte und dann einfältig genug war, ihnen unter die Augen zu treten, ohne „zur Vertretung seiner Meinung" bereit zu sein – mit diesem zarten Ausdruck bezeichneten sie das Niederschießen jedes beliebigen Mitmenschen, dem jene Meinung nicht behagte. Desgleichen flößte ihnen der Unverstand des Mannes, der es wagen konnte, den Grimm solcher Bestien wie diesem Auswurf der Gesellschaft zu reizen, offenbar Geringschätzung ein, und der Kondukteur setzte zum Schluß noch hinzu:

„Ich sage Ihnen, das heißt ja, sich gerade so viel getrauen, wie wenn er Slade selber wäre."

Diese Bemerkung gab meiner Neugier eine völlig neue Richtung. Ich kümmerte mich nicht mehr um die Indianer und hatte selbst für den ermordeten Postillion kein Interesse mehr. Eine solche Zauberkraft lag in dem Namen Slade! Tag und Nacht war ich von nun an stets bereit, jeden Gesprächsgegenstand ohne weiteres fallenzulassen, um einem neuen Bericht über Slade und seine furchtbaren Taten zu lauschen. Schon vor unserer Ankunft in Overland City hatten wir von Slade und seiner Abteilung (er war nämlich Abteilungsagent der Überlandpost) vernommen, und seit unserer Abfahrt von dort drehte sich die Unterhaltung unserer Postillione und Kondukteure nur noch ausschließlich um dreierlei: Kalifornien, die Silbergruben in Nevada und diesen verzweifelten Gesellen Slade. Und dabei nahm dieser letztere den breitesten Raum ein. Wir waren allmählich zu der unerschütterlichen Überzeugung gelangt, daß Slade ein Mensch, der für Beleidigungen, Kränkungen, Schmähungen oder Geringschätzung irgendeiner Art furchtbare Rache nahm – wenn möglich auf der Stelle, aber auch nach Jahr und Tag erst, falls es sich nicht früher schicken wollte; ein Mensch, dem der Haß Tag und Nacht keine Ruhe ließ, bis er seine Rache gesättigt hatte, und zwar genügte ihm dazu nur eines: der Tod seines Feindes – nichts Geringeres; ein Mensch, dessen Züge in schrecklicher Freude aufleuchteten, wenn er einen Feind überraschte und sich diesem gegenüber im Vorteil befand. Ein hoher und tüchtiger Angestellter der Überlandpost, selbst zum Auswurf der Gesellschaft gehörig und trotzdem die unbarmherzige Geißel dieses Gesindels, war Slade zugleich der blutigste, gefährlichste und wertvollste Bürger, den die wilden Felsennester des Gebirges beherbergten.

Zehntes Kapitel

Bereits seit dem Tag vor unserem Eintreffen in Julesburg hatten sich gewiß und wahrhaftig zwei Drittel dessen, was Kutscher und Kondukteur sprachen, mit Slade beschäftigt. Um nun dem Leser ein deutliches Bild von einem „Desperado" des Felsengebirges auf der höchsten Stufe seiner Entwicklung zu verschaffen, will ich die ganzen Geschichten, die bei der Überlandpost darüber im Umlauf sind, im folgenden zu einer zusammenhängenden Erzählung zusammenfassen:

Slade war ein Sohn achtbarer Eltern aus Illinois. Mit sechsundzwanzig Jahren erschlug er jemand im Streit und floh aus dem Land. In St. Joseph im Staat Missouri schloß er sich einem der ersten Auswandererzüge nach Kalifornien an und wurde mit dessen Führung betraut. Eines Tages bekam er mitten in der Prärie heftigen Streit mit einem seiner Fuhrleute – und beide zogen den Revolver heraus. Der Fuhrmann war jedoch schneller und hatte den Hahn an seiner Waffe zuerst gespannt. Deshalb meinte Slade, es sei nicht der Mühe wert, einander wegen einer solchen Kleinigkeit die Hälse zu brechen, und schlug vor, die Revolver wegzuwerfen und den Streit mit den Fäusten auszutragen. Arglos ging der Fuhrmann darauf ein und ließ den Revolver fallen – worauf ihn Slade, höhnisch lachend über seine Einfalt, einfach über den Haufen schoß!

Daraufhin flüchtete er und führte einige Zeit ein wildes Leben, das er zur Hälfte mit Indianerkämpfen und zum anderen Teil mit dem Bestreben zubrachte, einem Gerichtsbeamten des Staates Illinois auszuweichen, der ihn seiner Mordtat wegen festnehmen sollte. Damals soll er in einem Kampf mit Indianern drei Wilde mit eigener Hand getötet und nachher deren abgeschnittene Ohren dem Häuptling des Stammes mit seinen Grüßen überschickt haben.

Bald stand Slade überall im Ruf furchtloser Entschlossenheit, und das war ausreichend, um ihm die wichtige Stelle eines Abteilungsagenten bei der Überlandpost in Julesburg als Nachfolger eines gewissen Jules zu verschaffen, der seine Entlassung erhielt. Kurz zuvor war es häufig vorgekommen, daß der Gesellschaft Pferde gestohlen und Kutschen aufgehalten wurden, und zwar durch Banden flüchtiger Verbrecher, denen der Gedanke, es könnte jemand so tollkühn sein wollen, derlei Missetaten zu ahnden, stets nur ein höhnisches Lachen entlockte. Slade ahndete solche Vergehen, ohne lange zu fackeln. Das Gesindel hatte bald herausgefunden, daß Slade ein Mann war, der sich vor nichts fürchtete. Wer sich gegen Gesetz und Ordnung verging, mit dem machte er kurzen Prozeß. Das Ergebnis war, daß kein unfreiwilliger Aufenthalt bei den Postfahrten mehr vorkam, daß das Eigentum der Gesellschaft unangetastet blieb und daß Slades Kutschen stets ohne Störung rechtzeitig eintrafen, einerlei, was dabei vorkam und wer dabei Schaden erlitt. Allerdings, um diese heilsame Veränderung zuwege zu bringen, mußte Slade ein paar Menschen aus der Welt schaffen – die einen behaupten drei, andere vier, wieder andere sechs –, aber das war ein Verlust, bei dem die Welt nur gewann.

Die erste erhebliche Schwierigkeit hatte er mit dem Ex-Agenten Jules, der selbst im Ruf eines gewissenlosen, verzweifelten Menschen stand. Derselbe hatte auf Slade, der ihn um seine Stelle gebracht hatte, einen tödlichen Haß und wartete nur auf eine günstige Gelegenheit, um sich an ihm zu rächen. Er lauerte ihm hinter einer Ladentür auf und jagte ihm einen Flintenschuß in den Unterleib, doch Slade brachte ihn durch ein paar wohlgezielte Schüsse aus seinem historischen Revolver gleichfalls zu Fall. Jules, der zuerst wieder genas, zog sich ins Gebirge zurück, um dort in Sicherheit Kräfte für den Tag der endgültigen Abrechnung zu sammeln. Nach Jahr und Tag gelang es Slades Myrmidonen, Jules in einem seiner Felsenschlupfwinkel aufzutreiben und gefesselt seinem Todfeind in die Hände zu liefern, der ihn mit teuflischem Behagen langsam abschlachtete.

Inzwischen war Slade, nachdem die Gesellschaft sich überzeugt hatte, daß seine energische Verwaltung auf einer der schlimmsten Strecken ihrer Route Frieden und Ordnung wiederhergestellt hatte, an die Rocky Ridge Division im Felsengebirge versetzt worden. Man wollte sehen, ob er imstande sei, hier ein kleines Wunderwerk zu verrichten. Diese Strecke war nämlich das reinste Paradies für alle Gesetzverächter und Desperados. Hier bestand auch nicht der leiseste Schatten von Gesetz und Recht; Gewalt war an der Tagesordnung, Stärke die einzige anerkannte Macht. Die allergewöhnlichsten Mißverständnisse wurden auf der Stelle mit Revolver und Messer ausgetragen. Mordtaten kamen am hellen Tag und sehr häufig vor, ohne daß es einem Menschen einfiel, sich darum zu kümmern. Man ging davon aus, daß die Leute, wenn sie einander umbringen, ihre guten Gründe dazu haben: eine Einmischung Dritter in die Sache wäre als Taktlosigkeit erschienen. Alles, was die Etikette von Rocky Ridge von Augenzeugen einer Mordtat verlangte, war, daß diese dem Herrn Mörder sein Opfer begraben halfen.

In aller Ruhe und Gemütlichkeit schlug Slade seinen Wohnsitz inmitten dieses Bienenstockes von Pferdedieben und Banditen auf. Und gleich das allerste Mal, als einer derselben sein unverschämtes Maul in seiner Gegenwart laufen ließ, schoß er ihn nieder. Er begann eine Razzia gegen das gesetzlose Gesindel, und in merkwürdig kurzer Zeit hatte er die Diebstähle des Eigentums der Gesellschaft vermindert, eine große Zahl gestohlener Pferde zurückerobert, mehrere der schlimmsten Desperados der Gegend aus der Welt geschafft und sich bei den übrigen ein so furchtbares Ansehen errungen, daß sie Achtung, Bewunderung, Furcht für ihn empfanden und ihm Gehorsam leisteten. Er schaffte Ordnung wie in seiner Verwaltung in Overland City. Zwei Burschen, die sich am Eigentum der Gesellschaft vergriffen hatten, fing er ein und hängte sie mit eigener Hand auf. Er war oberster Richter in seinem Bezirk und zugleich Schwurgericht und Scharfrichter – und zwar nicht nur in Fällen, die seine Brotherren betrafen, sondern auch in Sachen durchziehender Auswanderer.

Im Schießen mit seinem Matrosenrevolver tat es Slade niemand gleich. Wie man sich erzählt, sah er eines Morgens in Rocky Ridge, als er recht gut aufgelegt war, einen Mann daherlaufen, der ihm einige Tage vorher dumm gekommen war. Er zog seinen Revolver mit den Worten: „Meine Herren, ein Schuß auf gut zwanzig Schritt – ich halte auf den dritten Rockknopf!“ Und er traf den Knopf zur Bewunderung aller Umstehenden. Diese gingen dann auch geschlossen mit zur Beerdigung. Einmal fiel Slade in die Hände einer Bande, die sich zusammengetan hatte, um ihn zu lynchen. Er wurde entwaffnet und in ein starkes Blockhaus gebracht. Dort überredete er seine Feinde, seine Frau zu holen, um sie noch ein letztes Mal zu sehen. Sie war ein tapferes, mutiges Weib und ihm unbedingt treu ergeben. Sie ritt sofort los, wurde, als sie angekommen war, vor der Blockhütte durchsucht und durfte erst dann zu ihrem Ehemann hinein. Und noch ehe die Tür hinter ihr geschlossen werden konnte, zog sie zwei Revolver heraus, mit denen sie und ihr Herr Gemahl unbeschadet ihre Pferde besteigen und fliehen konnten.

Fahrplanmäßig waren wir indessen bei einer Poststation angerasselt und ließen uns mit einer halbwilden Gesellschaft bewaffneter und sehr bärtiger Gebirgsbewohner, Farmer und Stationsleute, zum Frühstück nieder. Nirgendwo hatten wir einen so anständigen, ruhigen und freundlichen Beamten auf unserer ganzen Reise getroffen wie den, der hier am Tisch neben mir saß. Wer beschreibt nun mein Staunen und mein Entsetzen, als ich ihn Slade nennen hörte.

Hier saß der Romanheld – und ich ihm Auge in Auge gegenüber. Ich sah ihn, berührte ihn, trank mit ihm sozusagen aus einem Glas. Da, dicht neben mir saß der Menschenfresser, der in Gefechten, bei Raufereien und sonstigen Anlässen sechsundzwanzig Menschen des Lebenslicht ausgeblasen hatte. In diesem Augenblick erfüllte mich ein Gefühl des Stolzes, wie es wohl vor mir noch nie ein so junges Bürschchen empfunden hatte, das ausgezogen war, um fremde Länder und merkwürdige Menschen zu sehen.

Er war so freundlich, daß ich mich trotz seiner furchtbaren Lebensgeschichte zu ihm hingezogen fühlte. Man konnte es nur mit Mühe fassen, daß dieser angenehme Mensch die erbarmungslose Geißel der Verbrecher, der Popanz und der wilde Mann war, mit dem die Mütter im Gebirge ihren kleinen Kindern Angst einjagten. Und noch heute wüßte ich von Slade nichts Auffallendes zu berichten, als daß sein Gesicht über die Backenknochen herüber ziemlich breit war, während diese selbst niedrig standen, und daß er auffallend schmale und geradegeschnittene Lippen hatte. Das genügte, um einen nachhaltigen Eindruck auf mich zu machen. Immer nämlich, wenn ich ein Gesicht mit diesen erwähnten besonderen Merkmalen sehe, muß ich in seinem Besitzer einen gefährlichen Menschen vermuten.

Der Kaffee ging zur Neige. Wenigstens war nur noch eine Blechtasse voll da, die Slade eben für sich nehmen wollte, als er sah, daß ich eine leere Tasse vor mir hatte. Höflich bot er mir an, sie zu füllen, was ich, obwohl ich den Kaffee recht gut hätte brauchen können, ebenso höflich ablehnte. Ich fürchtete, daß er an jenem Morgen vielleicht noch niemand umgebracht haben und deshalb eine Zerstreuung benötigen könnte. Doch er bestand mit fester Höflichkeit darauf, mir die Tasse vollzugießen und meinte, ich sei die ganze Nacht hindurch gefahren und habe es nötiger als er – und unter diesen Worten schenkte er mir den Kaffee bis auf den letzten Tropfen ein. Dankend trank ich ihn aus, aber er schmeckte mir nicht sonderlich, denn ich war mir noch immer nicht sicher, ob ihn seine Freigebigkeit nicht reuen und er mich dann umbringen würde, weil er keinen Kaffee mehr erhielt. Es kam jedoch nichts Derartiges vor. Als wir uns von ihm verabschiedeten, hatte er nicht mehr als sechsundzwanzig Bluttaten auf dem Gewissen, und ich empfand eine rechte Befriedigung bei dem Gedanken, daß ich durch die weise Rücksicht, die ich der Nummer 1 am Frühstückstisch hatte zuteil werden lassen, mir das Schicksal ersparte, Nummer 27 zu werden. Slade kam an den Wagen und sah uns beim Wegfahren zu, nachdem er zuvor die Postsäcke bequemer für uns hatte packen lassen. Dann verabschiedeten wir uns in der angenehmen Hoffnung, bald wieder etwas von ihm zu vernehmen, und waren neugierig, in welchem Zusammenhang dies der Fall sein werde.

Elftes Kapitel

Und richtig, zwei oder drei Jahre später hörten wir wieder von ihm. Am Stillen Ozean traf die Nachricht ein, daß er vom Sicherheitsausschuß in Montana (dahin war er von Rocky Ridge aus übergesiedelt) gehängt worden sei.

Slade war hier ein Trinker geworden. Während er in nüchternem Zustand ein aufmerksamer Ehegatte, ein gastlicher Wirt und ein höflicher Mann war, konnte dagegen jeder, der ihm im Branntweinrausch in einer Bande bewaffneter Lümmel begegnete, in ihm nur einen eingefleischten Teufel sehen. Oft sah man ihn mit einem oder einigen seiner Genossen auf ein und demselben Pferd in der Stadt Virginia erscheinen, wo er unter Schreien, Brüllen und Revolverschüssen durch die Straßen galoppierte. Er ritt dann in Läden hinein, zerbrach die Ladentische, warf die Waagen auf die Straße und beleidigte die Anwesenden auf das gröbste. Er betrat

Saloons und Tanzlokale und schoß nach den Lampen, so daß alles flüchtete. Es war etwas ganz Alltägliches, daß die Kaufleute, wenn Slade „sich einen Jux machte", die Läden schlossen und die Lichter löschten. So verschaffte er sich viele Feinde, bis es schließlich zur entscheidenden Wende kam.

Slade war wieder einmal betrunken gewesen und hatte die Stadt zur reinen Hölle gemacht. Am anderen Morgen kam der Sheriff, verhaftete ihn und brachte ihn vor Gericht, wo er ihm den Haftbefehl vorzulesen versuchte. Slade, wütend darüber, nahm das Schriftstück, zerriß es und trat darauf herum. Gleichzeitig hörte man an den Revolvern seiner Gefährten die Hähne knacken. So mußte der Sheriff vorläufig nachgeben und Slade als Herrn der Situation ziehenlassen. Damit war der Krieg erklärt. Der Sicherheitsausschuß wußte, daß jetzt bei diesem Anlaß die Frage zur Entscheidung kommen müsse, ob die gesellschaftliche Ordnung und die gesetzestreuen Bürger oder Slades dreister Übermut die Oberhand behalten sollten. Seinen Tod wollte man noch nicht, nur gezüchtigt und gebändigt sollte er werden. Ein Mitglied des Ausschusses warnte ihn und erteilte ihm den Rat, unverzüglich sein Pferd zu besteigen und nach Hause zu reiten. Aber er schlug die Warnung in den Wind. Nun sollte er abermals verhaftet werden, und da man zu zeigen wünschte, daß im ganzen Tal ein und dieselbe Anschauung über die Sache herrschte, so wurde ein Bote nach Nevada geschickt, um die maßgebenden Persönlichkeiten von den Vorgängen zu unterrichten. Daraufhin schlossen sich die Bergleute zusammen, verließen ihre Arbeit und rückten in einer sechshundert Mann starken Abteilung, bis an die Zähne bewaffnet, nach Virginia hinauf. Der Führer kannte die Erbitterung seiner Leute gegen Slade und seine Genossen. Er jagte voraus, rief den Ausschuß zusammen und sagte offen, die Bergleute nehmen die Sache ernst; sich in einem Straßenkampf von Slade und dessen Leute totschießen zu lassen, dazu hätten sie keine Lust, sie hätten vielmehr vor, ihn zu fassen und zu hängen. Obwohl der Ausschuß das nicht wollte, erklärte er schließlich doch, er wolle sich dem Willen der Bergleute fügen und die Sache in deren Hände legen.

Slade befand sich gerade in einem Kaufladen, als die Kolonne der Bergleute im Geschwindschritt anrückte. Der Vollstreckungsbeamte des Ausschusses trat vor und verhaftete Slade mit der Eröffnung, daß sein Tod beschlossen sei. Dieser war darüber sehr betroffen, versank in tiefste Niedergeschlagenheit und bat unaufhörlich um sein Leben sowie um die Vergünstigung, seine Frau sehen zu dürfen, die auf ihrem Rancho am Madisonfluß wohnte. Sie wurde durch einen Boten benachrichtigt, worauf sie sich ohne langes Besinnen aufs Pferd warf, um die zwölf Meilen rauhen Felsbodens, die sie vom Gegenstand ihrer heißen Liebe trennten, im Flug zu durcheilen.

Inzwischen hatte eine Anzahl Freiwilliger die erforderlichen Vorkehrungen für die Hinrichtung getroffen. In einem Viehhof mit hohem Tor wurde dieses zu einem Galgen hergerichtet, indem man den Strick am oberen Querbalken befestigte. Eine Kiste wurde als Tritt daruntergestellt. Hierher wurde Slade von einer starken, bewaffneten Mannschaft geleitet. Mit Tränen, Gebeten und Jammern hatte er sich dermaßen erschöpft, daß er kaum imstande war, sich unter dem verhängnisvollen Balken auf den Füßen zu halten. So bot sich auch bei ihm das psychologisch so merkwürdige und doch im Charakter des echten Desperados tief begründete Schauspiel, daß ein Mann, der in den gefährlichsten Lagen des Lebens jederzeit einen bis zur Tollkühnheit gehenden Mut bewies, angesichts des Todes die Fassung völlig verlor. Seine Frau bekam er trotz seines Bittens und Flehens nicht zu sehen. Diese würde jedenfalls den Versuch gemacht haben, ihn mit Hilfe ihrer Freunde zu befreien, und die Rücksicht auf die damit unvermeidlich verbundenen blutigen Folgen erlaubte es nicht, diesen Wunsch zu erfüllen. Sobald alles bereit war, erging der Befehl: „Leute, tut eure Pflicht!“ Die Kiste wurde ihm unter den Füßen weggezogen, und fast augenblicklich trat der Tod ein.

Nach einer Weile wurde der Leichnam abgeschnitten und in einem verdunkelten Zimmer des Virginia-Hotels aufgebahrt. Kaum war das geschehen, sprengte auch schon die unglückliche Lebensgefährtin des Hingerichteten heran, aber nur um sich zu überzeugen, daß alles bereits vorüber und sie Witwe geworden war.

Zwölftes Kapitel

Gleich hinter der Frühstücksstation holten wir einen Zug mormonischer Auswanderer von dreiunddreißig Wagen ein. Müde und ihre Viehherde vor sich hertreibend, kamen Dutzende grobgekleideter Männer, Frauen und Kinder mit trübseligen Mienen an uns vorüber, die acht endlose Wochen lang Tag für Tag marschiert waren, um eine Strecke zurückzulegen, die wir mit der Post in acht Tagen und drei Stunden durchmessen hatten – siebenhundertachtundneunzig Meilen. Sie waren staubbedeckt und mit wirren Haaren ohne Kopfbedeckung, zerlumpt und sahen, ach, so müde aus!

Nach dem Frühstück nahmen wir ein Bad im Horse Creek – ein sehr schätzenswerter Genuß –, denn es kam höchst selten vor, daß unsere rasende Kutsche lange genug hielt, um uns etwas Derartiges zu gestatten. Alle vierundzwanzig Stunden wechselten wir zehn- oder zwölfmal die Pferde – oder vielmehr die Maultiere –, und dazu brauchten wir fast immer nur vier Minuten. Da ging es lebhaft zu. Sobald unsere Kutsche an der Station angerasselt kam, schritten sechs angeschirrte Maultiere frisch und munter aus dem Stall; und fast in Augenblicksschnelle war der alte Zug aus- und der neue eingespannt, dann ging es schon wieder auf und davon.

Während des Nachmittags kamen wir an Sweetwater Creek, Independance Rock, Devils Gate und Devils Gap vorüber. Die letzteren boten eine wilde, hochromantische und interessante Szenerie – wir waren jetzt im Herzen der Felsengebirge. Auch am Alkali- oder Sodasee kamen wir vorbei; und als der Postillion bemerkte, daß die Mormonen häufig von der Salzseestadt aus hierherkämen, um Saleratus zu holen, wurde uns doch bewußt, daß wir schon ein hübsches Stückchen Welt durchreist hatten. Erst wenige Tage vorher hätten sie zwei Wagenladungen reinen Saleratus vom Boden des Sees (dieser lag trocken) aufgeschaufelt, der nichts koste und den sie zu Hause für fünfundzwanzig Cents das Pfund verkaufen könnten.

In der Nacht fuhren wir an einer höchst beachtenswerten Merkwürdigkeit vorüber, von der wir seit einem oder zwei Tagen viel hatten reden hören und worauf wir sehr neugierig waren. Es war sozusagen ein natürlicher Eiskeller. Es war jetzt August und tagsüber glühend heiß, und doch brauchte man auf einer Station den Boden unter einigen Felsbrocken am Bergabhang nur sechs Zoll tief aufzuscharren, um reine Eisblöcke herauszuschneiden – hart, festgefroren und kristallklar!

Gegen Morgengrauen gingen wir wieder unter Segel, und während wir eben bei aufgezogenen Vorhängen unsere Morgenpfeife genossen und den ersten Schimmer der aufgehenden Sonne betrachteten, wie er an den Bergkuppen hinschwebte und Zacke um Zacke, Gipfel um Gipfel vergoldete, als ob der unsichtbare Schöpfer Heerschau über seine Veteranen hielte und diese ihm lächelnd ihren Gruß entböten, kamen wir in Sicht der Südpaßstadt. Der Gasthofbesitzer, der Postmeister, der Grobschmied, der Bürgermeister, der Konstabler, der Stadtmarschall und der ansehnlichste Bürger und Hausbesitzer – sie allesamt kamen freundlich grüßend heraus, und wir wünschten ihnen guten Tag. Sie erzählten uns einiges von den Indianern und aus dem Gebirge, und wir berichteten etwas von den Ebenen. Dann zogen sich die Herrschaften in ihre einsame Größe zurück, während wir zwischen den wolkenumhangenen Felszacken weiter aufwärts kletterten. Die Südpaßstadt bestand aus vier Blockhütten, darunter eine noch unfertige, und zählte zehn Bürger, deren vornehmster in einer Person sämtliche oben erwähnten Ämter und Titel vereinte. Man denke nur: Gasthofbesitzer, Postmeister, Grobschmied, Bürgermeister, Konstabler, Stadtmarschall und erster Bürger – alles in einer Person verdichtet und in eine Haut gestopft! Bemis meinte, das sei ein wahrer Allen-Revolver von Würden. Sollte der Mann in seiner Eigenschaft als Postmeister oder als Grobschmied oder auch am Ende in diesen beiden Eigenschaften den Tod finden, so wäre das vielleicht für die Bürgerschaft noch zu ertragen; müßte er dagegen in all seinen Eigenschaften zugleich sterben, so wäre dies ein entsetzlicher Verlust für die ganze Gemeinde.

Und so waren wir nun endlich im berühmten Südpaß und rollten lustig über der gemeinen Welt dahin. Wir fuhren auf der höchsten Stelle der Hauptkette des Felsengebirges, zu der wir Tag und Nacht geduldig und unablässig emporgeklettert waren, inmitten einer Versammlung von Bergkönigen, die ihre Häupter zehn-,

zwölf-, ja dreizehntausend Fuß erhoben. Diese Sultane des Gebirges trugen Turbane aus zusammengeballten Wolkenmassen, die sich bisweilen in einzelne Fetzen auflösten und zerfranst und zerzaust davonschwebten, ihre langgedehnten Schatten hinter sich herschleifend, bis sie bald wieder an einem Felshorn hängenblieben. Sie hüllten dieses eine Zeitlang brütend ein und zogen darauf abermals in Fetzen davon, indem sie die Felsenspitze mit einer flaumigen Decke blendendweißen Schnees zurückließen. Im Vorüberschweben hingen diesc riesigen Wolkenfetzen tief herab und fegten dicht über unseren Köpfen hin, so daß die Fransen uns fast das Gesicht streiften und wir uns unwillkürlich versucht fühlten zurückzufahren.

Wir rollten lustig weiter und kamen jetzt, auf der eigentlichen Höhe, an eine Quelle, die ihr Wasser durch zwei verschiedene Abflüsse nach entgegengesetzten Richtungen sandte. Wie der Kondukteur erklärte, ging der eine der beiden vor unseren Augen dahinfließenden Bäche geradeswegs durch Hunderte, ja Tausende von Meilen wüsten, öden Landes dem Kalifornischen Busen des Stillen Ozeans zu. Der andere dagegen verließ die Schneegipfel seiner Geburtsstätte, um eine noch mühseligere Reise nach Osten anzutreten. Er plätscherte über die Abhänge und durch die Schluchten des Gebirges, lief weiter zwischen den Ufern des Yellowstone und gelangte endlich im Schoß des Missouri und des Mississippi nach zwei langen Monaten voller Vergnügen, Abenteuern und Gefahren bis in den Mexikanischen Golf, um dort am Busen der tropischen See zur Ruhe zu gehen und die heimatlichen Schneegipfel auf ewig zu vergessen.

Ich gab einem Blatt in Gedanken eine Botschaft an die Freunde in der Heimat und ließ es in den Bach fallen. Aber da ich keine Postmarke aufklebte, so ist dasselbe wohl irgendwo unterwegs nicht weiterbefördert worden.

Noch oben auf der Höhe holten wir einen Auswandererzug ein, der viele Wagen, viele müde Männer und Frauen und viele Schafe und Kühe bei sich hatte. In dem traurig mit Staub überzogenen Reiter, der den Zug anführte, erkannte ich John. Von allen Menschen auf der Welt war er der letzte, den ich auf dem Kamm des Felsengebirges, Tausende von Meilen von der Heimat entfernt, erwartet hätte. Wir waren Schulkameraden und jahrelang Freunde gewesen. Ein Knabenstreich von meiner Seite hatte jedoch die Freundschaft zerrissen, worauf sie nicht wieder angeknüpft wurde. Der Vorfall, den ich meine, war der folgende: Ich besuchte manchmal einen Zeitungsredakteur, dessen Zimmer drei Treppen hoch lag und auf die Straße ging. Eines Tages erhielt ich von ihm eine Wassermelone, die ich sofort zu essen begann, als ich zufällig aus dem Fenster blickte und John darunter stehen sah. Ein unwiderstehliches Verlangen überkam mich, John die Melone auf den Kopf zu werfen, was ich sogleich tat. Die Melone brach entzwei, was mir John nie verzieh. Wir brachen unseren Verkehr völlig ab und gingen auseinander; jetzt, unter solchen Umständen, trafen wir uns wieder.

Wir erkannten uns sofort und drückten uns warm die Hände, als hätte es nie eine Entfremdung zwischen uns gegeben. Alle Empfindlichkeiten waren begraben, und die einfache Tatsache, an dieser einsamen Stelle so weit von zu Hause ein bekanntes Gesicht anzutreffen, genügte, um uns alles vergessen zu lassen – außer den angenehmen Erinnerungen. Als wir uns wieder trennen mußten, erklang ein aufrichtiges „Lebe wohl“ und „Gottes Segen mit dir“ von beiden Seiten.

Manche Stunde lang waren wir die langgestreckten Schultern des Felsengebirges hinaufgeklettert – jetzt ging es in keinem schlechten Tempo wieder abwärts.

Wir ließen die schneebedeckten Windriver-Berge und das Uinta-Gebirge unter uns und jagten weiter, durch prächtige Landschaften, aber auch gelegentlich an langen Reihen von Maultier- und Ochsenskeletten vorüber – Denkmälern der gewaltigen Auswanderung früherer Tage –, und da und dort bemerkte man senkrecht in die Erde gesteckte Pfähle und kleine Steinhaufen, die, wie der Postillion sagte, die Ruheplätze wertvoller Überreste bezeichneten. Für ein Grab konnte es keinen einsameren Platz geben. Hier herrschten nur der Kojote und der Rabe. In feuchten, trüben Nächten gaben die verstreuten Gerippe ein fahles, gespenstisches Glühlicht wider, so daß die öde Fläche an manchen Stellen wie von schwachem Mondschein beleuchtet schien. Diese Erscheinung rührte von dem in den Knochen enthaltenen Phosphor her. Auch mit dieser wissenschaftlichen Erklärung konnte man sich eines gewissen Schauders nicht erwehren, wenn man an einem dieser gespenstischen Lichter vorüberkam und sich vorstellte, daß es von einem Totenschädel ausging.

Um Mitternacht begann es zu regnen, wie ich es noch nie in meinem Leben gesehen habe – das heißt, ich sah auch diesmal nichts davon, weil es zu finster war. Wir zogen die Vorhänge fest herunter und verstopften die Fenster mit Kleidungsstücken, aber der Regen strömte dennoch überall herein. Da gab es kein Entrinnen. Zog man seine Füße aus einem Strom heraus, geriet man mit dem Oberkörper in einen anderen; und nahm man diesen beiseite, so traf er einen an anderer Stelle. Strampelte man sich aus den nassen Decken heraus und setzte sich auf, mußte man sich einen Wasserfall ins Genick stürzen lassen. Inzwischen irrte unsere Kutsche über eine Ebene voll gähnender Löcher, denn der Postillion war nicht imstande, eine Spanne weit zu sehen und konnte sich nicht auf der Straße halten. Dazwischen peitschte der Sturm so unbarmherzig, daß es keine Möglichkeit gab, die Pferde zum Halten zu bringen. Sobald das Unwetter etwas nachließ, machte sich der Kondukteur mit einer Laterne auf, um die Straße zu suchen. Dabei fiel er gleich einen etwa vierzehn Fuß tiefen Abgrund hinunter, wobei ihm seine Laterne nachflog wie eine Sternschnuppe. Sobald er Boden unter den Füßen hatte, schrie er wie toll: „Nur nicht nachkommen!" Worauf der Postillion, der über den Abhang blickte, an dem der andere verschwunden war, mit beleidigter Miene versetzte: „Halten mich scheint's für einen verdammten Esel!"

Über eine Stunde brauchte der Kondukteur, bis er die Straße wiederfand – daraus konnten wir entnehmen, wie weit wir uns verirrt hatten. An zwei Stellen verfolgte er die Spuren unserer Räder bis hart an den Rand drohender Gefahr. Wir hatten Glück gehabt, daß wir in jener Nacht nicht umkamen.

An unserem zehnten Reisetag setzten wir über den Green River, einen schönen, breiten, klaren Fluß, in dem wir so tief steckten, daß das Wasser bis an den oberen Rand unseres Postsackbettes reichte. Wir mußten auf Vorspannpferde warten, um uns das steile Ufer hinaufziehen zu lassen. Es war recht kühles Wasser, das uns aber kaum nässer machen konnte, als wir schon waren.

Auf der Green River Station nahmen wir unser Frühstück ein – warme Biskuits, frische Antilopensteaks und Kaffee –, die einzige ordentliche Mahlzeit, die wir zwischen den Vereinigten Staaten und der Salzseestadt zu kosten bekamen, und die einzige, für die wir wirklich dankbar waren. Man stelle sich nur die einförmige Abscheulichkeit der dreißig vorhergehenden vor, und man wird es begreifen, daß dieses einfache Frühstück nach so vielen Jahren noch wie ein Wachturm in meiner Erinnerung emporragt.

Um fünf Uhr nachmittags erreichten wir Fort Bridger, hundertsiebzehn Meilen vom Südpaß und tausendfünfundzwanzig von St. Joseph entfernt. Zweiundfünfzig Meilen weiter, in der Nähe des Eingangs zum Echo-Cañon, stießen wir auf sechzig Soldaten der Vereinigten Staaten von Camp Floyd. Diese hatten den Tag zuvor auf rund vierhundert Indianer gefeuert, die sich ihrer Überzeugung nach in keiner guten Absicht zusammengeschart hatten. Im darauffolgenden Gefecht waren vier Indianer zu Gefangenen gemacht und die Hauptmacht vier Meilen weit gejagt worden, wobei aber niemand getötet wurde. Wir wollten zuerst aussteigen und uns den sechzig Soldaten anschließen. Als wir uns jedoch überlegten, daß die Indianer vierhundert Mann stark waren, beschlossen wir, weiterzufahren und uns zu den Rothäuten zu gesellen.

Der Cho-Cañon* besitzt eine Länge von zwanzig Meilen und hat das Aussehen einer langen, ebenen, engen Straße, die sich allmählich senkt und von ungeheuren, senkrecht aufsteigenden, roh gefügten, manchmal bis vierhundert Fuß hohen Mauern eingeschlossen ist. Es war die tadelloseste Wegstrecke im ganzen Gebirge. Der Postillion meinte, da wolle er sein Gespann einmal laufen lassen. Dies tat er denn auch; und wenn die Eilzüge nach dem Stillen Ozean jetzt etwa noch rascher fahren als wir damals mit unserer Postkutsche, so beneide ich die Passagiere um ihr Vergnügen. Es war, als ob wir nicht mehr auf Rädern fuhren, sondern flogen, und die Postsachen schwebten geradezu frei in der Luft. Ich bin kein Freund von Übertreibungen, und wenn ich etwas sage, so ist es auch so.

Indes drängte die Zeit. Um vier Uhr nachmittags waren wir auf

* Cañons heißen die tiefeingeschnittenen Flußbette der Felsengebirge.

der Höhe des Big Mountain, fünfzehn Meilen von der Salzseestadt entfernt, während die sinkende Sonne die Welt mit ihren Strahlen verklärte und sich plötzlich ein wunderbares Panorama von Berggipfeln vor unseren Blicken ausbreitete. Über uns wölbte sich ein glänzender Regenbogen, während wir das erhabene Bild betrachteten. Selbst der Postillion hielt seine Pferde an, um zu schauen.

Vielleicht eine halbe Stunde später wechselten wir die Pferde und speisten bei einem mormonischen „Würgengel" zu Abend. „Würgengel" sind, soviel ich verstand, „Heilige des jüngsten Tages", die von der Kirche mit der besonderen Aufgabe betraut sind, für das Verschwinden solcher Bürger zu sorgen, die zu lästig geworden sind. Ich hatte viel von diesen mormonischen Würgengeln und von ihren dunklen, blutigen Taten gehört, so daß ich mich beim Betreten dieses Hauses gehörig gruselte. Aber all unsere Romantik war sofort verflogen – wir trafen nichts als einen lärmenden, gemeinen, schimpfenden Schurken! Mordgierig genug war er vielleicht wohl, um das Amt eines Würgers zu versehen, aber wer möchte sich wohl irgendeine Art von Engel ohne jede Würde und Hoheit vorstellen? Wer wollte sich einen Engel im schmutzigen Hemd und ohne Hosenträger gefallen lassen? Und wer könnte einem Engel Ehrfurcht zollen, der nicht lacht, sondern wiehert und aufschneidet wie ein Handlungsreisender?

Es waren noch mehr solcher Schufte da – Kameraden von ihm, außerdem auch ein anständig aussehender, großer und gutgewachsener junger Mann von etwa dreißig Jahren. Eine Schar schlampiger Weiber trippelte eilig mit Kaffeekannen, Tellern voll Brot und sonstigem Zubehör zum Abendessen hin und her.

Das war die erste Bekanntschaft, die wir mit der „eigentümlichen Einrichtung" des Westens – wie der Mormonenstaat diplomatisch bezeichnet wird – machten, und sie war nicht gerade einnehmender Art. Wir hielten uns mit deren Beobachtung auch nicht weiter auf, sondern eilten weiter, der Heimat der „Heiligen des Jüngsten Tages"*, der Burg des Propheten, der Hauptstadt des einzigen absoluten Alleinherrschers in Amerika – der Großen Salzseestadt, zu. Da die Nacht hereinbrach, nahmen wir Herberge im Salzseehotel und packten unsere Sachen aus.

* „Heilige des Jüngsten Tages" – ein Beiname der Mormonen.

Dreizehntes Kapitel

Unser Abendessen war sehr schmackhaft und bestand aus ganz frischem Fleisch, Geflügel und Gemüse. Später spazierten wir ein wenig durch die Straßen und blickten in Läden und Magazine und konnten es nicht lassen, jedes Geschöpf, das uns wie ein Mormone vorkam, verstohlen zu mustern. Das Land war für uns in jeder Hinsicht ein Märchenland voller Zauberspuk, Kobolden und schauerlicher Geheimnisse. Wir waren so neugierig, daß wir gerne jedes Kind gefragt hätten, wie viele Mütter es habe und ob es sie alle einzeln kenne. Und wenn wir im Vorübergehen durch eine zufällig geöffnete Haustür etwas von menschlichen Köpfen, Rücken und Schultern sahen, zitterten wir vor Erregung – so brannten wir darauf, eine Mormonenfamilie in ihrer Vielfalt, geordnet nach ihrem häuslichen Kreis, einmal sehr genau in Augenschein nehmen zu dürfen.

Bald darauf führte uns der Gouverneur des Territoriums bei anderen „Heiden" ein (Heiden = Nicht-Mormonen), mit denen wir eine gemütliche Stunde verbrachten. Unser Reisegefährte Bemis sorgte wähend dieser Abendstunden selbst für sich, hatte jedoch damit keinen großartigen Erfolg, denn gegen elf Uhr erschien er heiter auf unserem Zimmer, wobei er alle Augenblicke einmal ein Bruchstück von einem Wort herauswürgte, das mehr aus Schluchzern als aus Silben bestand. Dies zusammen mit dem Umstand, daß er seinen Rock am Fußboden neben einem Stuhl, seine Weste ebenfalls am Fußboden, nur auf der anderen Seite aufhängte und seine Hosen auf die Dielen vor den Stuhl hinlegte, um dann das Gesamtergebnis mit abergläubischer Scheu zu betrachten und schließlich mit den Worten: „Das geht mir doch über den Verstand", mit den Stiefeln ins Bett stieg, ließ uns vermuten, er habe etwas gegessen, was ihm nicht gut bekommen sei.

Später stellte sich jedoch heraus, daß es etwas gewesen war, das er getrunken hatte, nämlich den Erfrischungstrank der Mormonen, „Valley Tan". Valley Tan ist eine Art Whiskey oder nahe damit verwandt. Er ist eine Erfindung der Mormonen und wird nur in Utah hergestellt. Der Sage zufolge wird er aus (importiertem) Feuer und Schwefel bereitet. Wenn ich mich recht erinnere, so gestattete Brigham Young keine öffentlichen Trinkhäuser in seinem Reich sowie keine Privatkneipen, außer sie beschränkten sich auf Valley Tan.

Am folgenden Tag strolchten wir in den breiten, geraden und ebenen Straßen umher und genossen das ebenso seltene wie angenehme Schauspiel einer Stadt von fünfzehntausend Einwohnern, in der sich weder Bummler noch Betrunkene oder lärmendes Volk bemerkbar machten. Eine Stadt, wo an Stelle einer unflätigen Gosse ein klarer Bach durch jede Straße floß, wo ein Häuserviertel von netten Gebäuden aus Balkenwerk und an der Sonne getrockneten Backsteinen auf das andere folgte – und sich hinter jedem Haus ein großer, reichtragender Obstgarten erstreckte. Verzweigungen des Stadtbaches schlängelten sich zwischen den Beeten und Obstbäumen hin, weit und breit trug alles das Gepräge der Sauberkeit, der Ordentlichkeit, des Gedeihens und Behagens. Überall waren Werkstätten, Fabriken und sonstige Gewerbszweige, geschäftige Mienen und regsame Hände zeigten sich, wohin man Blickte, und unaufhörlich ertönte der Klang der Hämmer, das Summen des Geschäftsverkehrs und das vergnügliche Schnurren von Rädern aller Art ins Ohr.

Das Wappenbild meines Heimatstaates waren zwei Bären, die sich an einem Faß festhielten und dazu die passende Bemerkung machten: „Vereint stehen – (ha, ha!) – getrennt fallen wir." Einfacher und anspruchsloser dagegen war das mormonische Wappenbild, und es paßte wie ein Handschuh. Es stellte einen goldenen Bienenkorb dar, dessen Insassen alle an der Arbeit waren.

Die Stadt liegt am Rande einer ebenen Fläche von der Größe des Staates Connecticut und schmiegt sich dicht an den Boden unter einer schrägen Wand mächtiger Berge, die ihre Häupter in den Wolken verbergen und auf ihren Schultern den ganzen Sommer hindurch Reste des Winterschnees tragen. Von einer dieser schwindelnden Höhen auf zwölf bis fünfzehn Meilen Entfernung gesehen, nimmt sich die große Salzseestadt immer bescheidener und kleiner aus, bis sie zuletzt an ein Streichholzschachtel-Dörfchen unterhalb der Chinesischen Mauer erinnert.

Auf einigen dieser südwestlichen Berge hatte es zwei Wochen lang Tag für Tag geregnet, ohne daß in der Stadt ein Tropfen gefallen wäre. Und an heißen Tagen gegen Ende des Frühjahrs und in den ersten Herbstwochen konnten die Einwohner, wenn sie sich zu Hause genug Luft zugefächelt und genug gebrummt hatten, draußen vor der Stadt durch den Anblick eines großartigen Schneesturms im Gebirge Kühlung verschaffen. Jeden Tag konnten sie sich zu den erwähnten Jahreszeiten aus der Ferne dieses Vergnügen gönnen, obwohl in der Stadt selbst und der Umgegend kein Schnee fiel.

Die Salzseestadt war ein gesunder – ein ganz außerordentlich gesunder Ort. Es heißt, es sei nur ein einziger Arzt in der Stadt.

Wir hätten gern das berühmte Binnenmeer, das „Tote Meer Amerikas", den Großen Salzsee, besucht, der nur zu Pferde zu erreichen und siebzehn Meilen von der Stadt entfernt ist, denn wir hatten bei Beginn unserer Reise unaufhörlich von ihm geträumt, an ihn gedacht und nach ihm geschmachtet – aber jetzt, wo er auf Armlänge vor uns lag, hatten wir das Interesse für ihn fast verloren. Wir verschoben den Ausflug auf den nächsten Tag, womit der Plan endgültig begraben war. Wir speisten in Gesellschaft einiger gastfreier „Heiden" zu Mittag. Wir besichtigten die Fundamente des großartigen Tempels und hatten eine lange Unterredung mit dem geriebenen Yankee aus Connecticut, dem inzwischen verstorbenen Heber C. Kimball, einem Heiligen von hohem Ansehen und mächtigen Handelsherrn. Wir sahen das „Zehnthaus" und das „Löwenhaus", und ich weiß selbst nicht mehr wie viele sonstige Kirchen und Staatsgebäude verschiedener Art mit sehr sonderbaren Namen. Wir huschten hierhin und dorthin, genossen jede Stunde, schnappten sehr viel nützliche Belehrung und unterhaltenden Unsinn auf und legten uns am Abend befriedigt zur Ruhe.

Am zweiten Tag machten wir die Bekanntschaft des großen Telegraphenunternehmers Street, zu dem wir uns in weißen Hemden begaben, um ihm einen Staatsbesuch abzustatten. Er machte den Eindruck eines ruhigen, freundlichen, behaglichen, würdigen, gesetzten alten Herrn von fünfundfünfzig bis sechzig Jahren, dessen Blick eine ganz eigentümliche Mischung aus Sanftmut und Schlauheit ausdrückte. Er war höchst einfach gekleidet und nahm bei unserem Eintritt einen Strohhut vom Kopf. Er sprach mit unserem Sekretär und einigen in unserer Gesellschaft erschienenen

Regierungsbeamten über Utah, die Indianer, Nevada und über allgemeine amerikanische Angelegenheiten und Fragen. Mir dagegen schenkte er nicht die mindeste Aufmerksamkeit, obwohl ich verschiedentlich versuchte, ihn über die Politik der Bundesregierung und seinen hochmütigen Standpunkt gegenüber dem Kongreß auszuhorchen. Soviel ich meinte, hatte ich dabei ein paar Bemerkungen gemacht, die gar nicht übel waren. Aber er schaute sich bloß von Zeit zu Zeit nach mir um, so wie ich es wohl schon bei einer freundlichen alten Katze gesehen hatte, die gerne wissen wollte, welches Kätzchen mit ihrem Schwanz spiele. So versank ich nach und nach in ein entrüstetes Schweigen, in dem ich bis zum Schluß heiß und rot dasaß, während ich ihn in meinem Herzen als einen unwissenden Wilden verwünschte. Er dagegen verlor seine Ruhe überhaupt nicht. Seine Unterhaltung mit den anderen Herren floß so sanft und friedlich dahin wie ein Bach, der im Sommer durch die Fluren murmelt. Als wir uns nach Schluß der Audienz zurückzogen, legte er mir die Hand aufs Haupt und ließ seine Blicke verwundert auf mir ruhen, indem er zu meinem Bruder sagte: „Ah – vermutlich Ihr Kind – Knabe oder Mädchen?"

Vierzehntes Kapitel

Herr Street widmete sich mit dem größten Eifer seinen Telegraphenangelegenheiten – und wenn man bedenkt, daß er seinen Draht bis zu neunhundert Meilen durch wildzerklüftetes, schneebedecktes, unbewohntes Gebirgsland und wasser- und baumlose, trübselige Wüsten zu führen hatte, so wird man seinen Eifer begreiflich finden. Er konnte seine Stangen nicht einfach in aller Bequemlichkeit am Weg schneiden, sondern mußte sie mit Ochsengespannen durch diese elenden Wüsten schleppen lassen – und dabei waren es zwei Tagesreisen von einer Wasserstelle zur anderen. Herrn Streets Kontrakt war etwas sehr Gewaltiges, und doch mußte man, um die Bedeutung der allgemeinen Bezeichnung „neunhundert Meilen Gebirgsland und Wüsten“ richtig würdigen zu können, selbst an Ort und Stelle gewesen sein – Feder und Tinte vermögen dem Leser niemals die ganze traurige Wirklichkeit vor Augen zu führen. Und schließlich stellte sich noch eine Schwierigkeit als sehr gewaltig heraus. Die härteste und schwierigste Hälfte seines Unternehmens hatte er an Mormonen vergeben, die plötzlich auf den Gedanken kamen, daß sie wenig oder nichts bei der Sache verdienen würden, und nun in dem Augenblick, wo ihnen dies klar wurde, in aller Ruhe ihre Stangen im Gebirge oder in der Wüste, wo es gerade war, liegenließen, um nach Hause zu fahren und ihre gewohnten Geschäfte wieder aufzunehmen. Sie hatten zwar mit Herrn S. einen schriftlichen Vertrag abgeschlossen, aber das focht sie nicht an. Sie meinten, das wäre etwas Verwunderliches, wenn ein „Heide“ in Utah einen Mormonen zur Erfüllung eines Vertrages zwingen könnte, bei dem der letztere dann dadurch Nachteile hätte. Und sie fanden die Sache sehr lustig.

„Ich befand mich“, so erzählte uns Herr Street selbst, „in großer Not. Ich war bei schwerer Strafe zur Erfüllung meines Kontraktes verpflichtet, und dieses war ein großes Mißgeschick. Ich war wie vor den Kopf geschlagen. Die Schwierigkeit war eine so ganz unvorhergesehene, daß ich wirklich nicht mehr weiterwußte.

Ich bin Geschäftsmann – ich war immer nur Geschäftsmann – und nichts anderes. Sie können sich vorstellen, daß ich wie vom Donner gerührt war, mich in einem Land zu sehen, wo ein schriftlicher Kontrakt wertlos war – diese Hauptsicherheit, dieser Notanker, diese unbedingte Notwendigkeit für das Geschäft. Ich verlor den Mut. Neue Verträge abzuschließen, hatte keinen Wert – das war klar. Ich sprach zuerst mit einem hervorragenden Mormonen, dann mit noch einem. Beide waren voller Teilnahme für mich, wußten jedoch nicht, wie mir zu helfen sei. Zuletzt meinte ein Heide: ‚Gehen Sie zu Brigham Young. Diese unbedeutenden Knirpse können Ihnen doch nichts nützen.‘ Ich hielt nicht viel von dieser Idee, denn wenn das Gesetz mir nicht helfen konnte, was vermochte dann ein einzelner, der die Gesetze weder zu geben noch auszuführen hatte? Er mochte ja ein ganz guter Kirchenvater und Prediger auf seiner Kanzel sein, aber um mit einem ganzen Hundert widerspenstiger, halbwilder Mormonen fertig zu werden, dazu brauchte es strengerer Mittel als Religion und moralischen Zuspruch. Indes, was sollte man machen? Ich dachte, wenn Herr Young auch sonst nichts könnte, so könnte er mir doch wohl irgendeinen Rat oder ein paar wertvolle Winke geben, und so ging ich geradewegs zu ihm und legte ihm die ganze Angelegenheit vor. Er sprach nur ganz wenig, zeigte aber lebhaftes Interesse an der Sache. Er prüfte sämtliche Papiere eingehend, und wo er meinte, daß in den Papieren oder in meiner Darstellung etwas unklar war, ging er zurück, nahm den Faden auf und verfolgte diesen weiter, bis er zu einem vernünftigen und befriedigenden Ergebnis gelangte. Dann nahm er ein Verzeichnis der Namen der Unternehmer auf. Schließlich sagte er:

‚Herr Street, das ist alles vollkommen klar. Diese Verträge sind deutlich und gesetzmäßig abgefaßt und gehörig unterzeichnet und beglaubigt. Diese Leute sind offenbar mit sehenden Augen darauf eingegangen. Ich finde nirgendwo einen Fehler oder eine Lücke!‘

Darauf wandte sich Herr Young an einen Mann, der am anderen Ende des Zimmers wartete, mit den Worten: ‚Nehmen Sie dieses Namensverzeichnis mit zu dem und dem und heißen Sie ihn diese Leute auf die und die Stunde herzubestellen.‘ Auf die Minute fanden sie sich ein. Ich gleichfalls. Young richtete eine Reihe von Fragen an sie, die Antworten fielen zu meinen Gunsten aus. Darauf sagte er zu ihnen:

‚Ihr habt mit freiem Willen und Einverständnis diese Verträge unterzeichnet und diese Verpflichtungen übernommen?‘

‚Jawohl.‘

‚Dann führt sie buchstäblich aus, und wenn ihr darüber zu Bettlern werdet. Geht!‘

Und sie gingen auch wirklich. Sie sitzen jetzt überall draußen in der Wüste herum und arbeiten wie die Bienen. Und sie sagen kein Wort mehr. Da ist ein ganzes Pack Gouverneure, Richter und sonstige Beamte, die von Washington nach hier beordert wurden, um den Schein einer republikanischen Regierungsform zu wahren – aber es steht fest, daß Utah eine absolute Monarchie und Brigham Young der König ist.“

Herr Street war ein solider Mann, und ich glaube, was er erzählte. Einige Jahre später lernte ich ihn in San Francisco näher kennen.

Unser Aufenthalt in der Salzseestadt dauerte nur zwei Tage, und wir hatten deshalb keine Zeit, die übliche Untersuchung über die Wirkungen der Vielweiberei anzustellen und die gebräuchlichsten statistischen Notizen und Schlüsse zu sammeln, deren es bedarf, um die Aufmerksamkeit der Nation nochmals auf diese Angelegenheit zu lenken. Ich hatte die Absicht, es zu tun. Mit dem übersprudelnden Selbstvertrauen der Jugend brannte ich vor Ungeduld, mich kopfüber in großartige umwälzende Unternehmungen auf diesem Gebiet zu stürzen – bis ich die mormonischen Frauen gesehen hatte. Da war ich gerührt. Mein Herz war verständiger als mein Kopf. Es erwärmte sich für diese armen, linkischen und ausnehmend häßlichen Geschöpfe. Und während ich mich abwandte, um eine großmütige Träne zu verbergen, die mir ins Auge getreten war, sagte ich:

„Nein, der Mann, der eine von ihnen heiratet, übt eine Tat christlicher Barmherzigkeit aus, die den Beifall und nicht den harten Tadel der Menschheit verdient – und der Mann, der sechzig von ihnen heiratet, vollbringt eine Tat erhabenster Großherzigkeit, so erhaben, daß die Völker in stummer Verehrung vor ihm das Haupt entblößen sollten."

Fünfzehntes Kapitel

In diesem Land sind haarsträubende Geschichten von Ermordungen querköpfiger Heiden ein beliebtes Thema. Ich erinnere mich mit Vergnügen an jenen gemütlichen Abend, den wir im Lokal eines Heiden verbrachten, wo wir uns bei einer Pfeife erzählen ließen, wie Burton unter die um Gnade flehenden wehrlosen „Morisiten" hineinsprengte und sie alle, Männer und Frauen, wie Hunde niederschoß; oder wie Bill Hickmann, ein Würgengel,

D. u. A. totschoß, weil sie eine Schuld gegen ihn eingeklagt hatten; oder wie Porter Rockwell diese oder jene grausige Tat verübte; und wie oft Leute so unvorsichtig seien, nach Utah zu kommen und Bemerkungen über Brigham Young oder die Vielweiberei oder sonst etwas Heiliges zu machen, und dann die Betreffenden sich fest darauf verlassen dürften, gleich beim nächsten Morgengrauen irgendwo in einem Hintergäßchen aufgefunden zu werden, wo sie geduldig auf ihr Begräbnis harren.

Interessant ist es, diesen „Heiden" zuzuhören, wenn sie über die Vielweiberei reden, und sich erzählen zu lassen, wie so ein dickbäuchiger alter Frosch von einem Ältesten oder Bischof ein Mädchen heiratet – sie gern hat und ihre Schwester dazunimmt – sie gern hat und noch eine Schwester von ihr heiratet – sie gern hat und eine vierte nimmt – sie gern hat und deren Mutter ehelicht und schließlich deren Vater, Groß- und Urgroßvater heiratet und dann immer noch nicht genug hat. Und wie dann vielleicht das junge schnippische Ding von elf Jahren sein Lieblingsweib wird, und ihre würdige alte Großmutter nun in ihres gemeinsamen Eheherrn Wertschätzung nach D 4 hinunterrückt und in der Küche schlafen muß. Und wie die mormonischen Frauen dieses entsetzliche Zusammenpferchen von Mutter und Töchtern im selben faulen Nest, die Erhebung einer jungen Tochter an Rang und Einfluß über ihre leibliche Mutter sich geduldig gefallen lassen, weil nach den Lehren ihrer Religion je mehr Frauen ein Mann auf Erden hat und je größer die Zahl der Kinder ist, die er aufzieht, um so höher der Platz sein soll, den er mit den Seinigen in der zukünftigen Welt einnehmen werde – vielleicht auch um so wärmer.

Nach Aussage unserer heidnischen Freunde enthält Brigham Youngs Harem zwanzig bis dreißig Weiber. Einige davon, so sagten sie, seien alt geworden und aus dem aktiven Dienst ausgeschieden, seien aber ganz gut untergebracht und versorgt im Hühnerhaus oder „Löwenhaus", wie es seltsamerweise bezeichnet wird. Jede Frau habe ihre Kinder bei sich – fünfzig im ganzen. Es gehe ganz ordentlich und ruhig im Hause zu – wenn die Kinder sich still verhalten. Sie nehmen ihre Mahlzeiten alle zusammen ein, was als ein glückliches und anheimelndes Bild gerühmt wird. Von unserer Gesellschaft hatte niemand das Vergnügen, bei Herrn

Young zu speisen, aber ein Heide namens Johnson erklärte, einmal im Löwenhaus am gemeinsamen Frühstück teilgenommen zu haben. Er gab uns eine verrückte Schilderung vom „Verlesen der Präsenzliste“ und anderen einleitenden Akten und von dem Blutbad, das angerichtet worden sei, als die Buchweizenkuchen erschienen. Aber er trug doch etwas zu stark auf. Herr Young habe ihm, so berichtete er, verschiedene gescheite Äußerungen von einigen seiner „Zweijährigen“ erzählt und dabei mit einigem Stolz hervorgehoben, daß er in diesem Fach jahrelang der gewichtigste Mitarbeiter für eine der Zeitschriften des Ostens gewesen war. Daraufhin wollte er Herrn Johnson eines von den Püppchen zeigen, das die letzte hübsche Äußerung tat, er konnte jedoch das Kind nicht herausfinden. Er sah sich die Gesichter sämtlicher Kinder genau an, konnte aber nicht bestimmt sagen, welches es gewesen war. Endlich gab er es mit einem Seufzer auf und sagte: „Ich dachte, ich würde das kleine Ferkel wiedererkennen, aber es ist nichts damit.“

Weiter hätte Young die Bemerkung gemacht, „es sei doch etwas gar zu Trauriges um das Leben, denn die Freude über einen neuen Ehebund werde einem so leicht in ungelegener Weise durch die Leichenfeier für eine frühere Braut gestört“.

Dann erzählte Herr Johnson, während er sich mit Herrn Young gemütlich unterhalten hätte, sei eine von dessen Frauen hereingekommen und habe eine Busennadel verlangt; sie hätte nämlich herausgebracht, daß er der Nr. 6 eine solche gegeben habe, und sie gedenke, eine solche Parteilichkeit nicht durchgehen zu lassen, ohne ganz gehörigen Lärm zu schlagen. Herr Young machte sie darauf aufmerksam, daß ein Fremder zugegen sei, worauf Frau Young meinte, wenn dem Fremden nicht behage, was im Hause vorgehe, so könne er ja draußen Platz finden. Herr Young versprach ihr die Busennadel, worauf sie sich entfernte. Aber nach ein paar Minuten erschien schon wieder eine andere Frau Young, die ebenfalls eine Busennadel haben wollte. Herr Young versuchte ihr Vorstellungen zu machen, aber sie schnitt ihm einfach das Wort ab. Nr. 6 habe eine bekommen, meinte sie, und der Nr. 11 sei eine versprochen worden, er solle es nur aufgeben, sie einschüchtern zu wollen – sie kenne ihre Rechte. Er gab sein Versprechen und sie ging. Nun kamen gleich drei Frauen Young miteinander herein und ließen einen Sturm von Tränen, Schmähungen und Bitten auf ihren Eheherrn los. Sie hatten alles vernommen, was mit Nr. 6, 11 und 14 vorgekommen war. Drei weitere Busennadeln wurden zugesagt. Kaum waren jene fort, als neun weitere Ehehälften des Herrn Young auf einmal im Gänsemarsch anrückten und ein neues Gewitter losbrach und über den Propheten und seinen Gast hintobte. Neun weitere Busennadeln wurden zugesagt, worauf die Schicksalsschwestern im Gänsemarsch wieder abzogen. Und herein kamen nochmals elf Frauen unter Heulen, Wehklagen und Zähneknirschen. Mit dem Versprechen weiterer elf Busennadeln wurde noch einmal der Frieden erkauft.

„Da haben Sie eine Probe", sagte Herr Young. „Sie sehen, wie es steht. Sie sehen, was für ein Leben ich führe. Man kann eben nicht immer vernünftig sein. In einem unbedachten Augenblick gab ich meinem Liebling Nr. 6 – entschuldigen Sie, daß ich sie so nenne, aber ihr anderer Name ist mir augenblicklich entfallen – eine Busennadel. Sie kostete keine fünfundzwanzig Dollar – das war der scheinbare Preis –, aber das, was sie mich schließlich unvermeidlich kosten wird, beläuft sich weit höher. Sie haben selbst mit angesehen, wie die Summe bis auf sechshundertfünfzig Dollar angewachsen ist – und auch das ist noch lange nicht das Ende! Ich habe ja Frauen hier im ganzen Territorium Utah. Ich habe Dutzende von Frauen, deren Nummern ich nicht einmal weiß, ohne in die Familienbibel zu blicken. Sie sind weit und breit über Berg und Tal in meinem Reich verstreut. Und merken Sie wohl, jede einzelne wird von dieser unglückseligen Busennadel hören, und bis auf die letzte werden sie auch alle eine haben müssen oder sterben. Diese Busennadel meiner Nr. 6 wird mich auf zweitausendfünfhundert Dollar kommen, ehe ich das Ende der Geschichte absehe. Und dann werden diese Geschöpfe ihre Nadeln miteinander vergleichen, und wenn eine einzige um eine Idee schöner ist als die anderen, werden sie mir vor die Füße gelegt, und ich darf eine neue Bestellung aufgeben, wenn ich Frieden in meiner Familie behalten will. Sie haben es wahrscheinlich nicht gewußt, aber die ganze Zeit über, solange Sie mit meinen Kindern zusammen waren, wurde jede Ihrer Bewegungen von wachsamen Dienern meines Hauses beobachtet. Hätten Sie einem Kind ein Zehncentstück angeboten, ein Stück Kandiszucker oder sonst eine Kleinigkeit – augenblicklich wären Sie aus dem Haus hinausgeworfen worden. Ein Herr schenkte einmal einem meiner Kinder eine Blechpfeife – eine wahre Erfindung des Satans, vor der ich ein unbeschreibliches Grausen empfinde, wie es Ihnen gewiß auch ginge, wenn Sie achtzig bis neunzig Kinder im Hause hätten. Aber die Tat war geschehen – der Mann entkam. Ich wußte, wohin die Sache führen würde, dürstete nach Rache und schickte eine ganze Schar Würgengel hinter ihm her, die den Mann bis tief in die Felsenklüfte Nevadas jagten. Aber bekommen haben sie ihn niemals. Ich bin nicht grausam – ich bin nicht rachsüchtig, aber wenn ich ihn bekommen hätte, Herr, ich würde ihn, so wahr mir Joseph Smith* helfe, in die Kinderstube eingesperrt haben, bis die Kleinen ihn totgepfiffen hätten! Beim hingeschlachteten Leib des heiligen Parley Pratt (dem Gott seine Sünden vergebe), so etwas ist in der ganzen Welt noch nicht dagewesen! Ich wußte ja, wer dem Kind die Pfeife gegeben hatte, aber ich konnte die eifersüchtigen Mütter nicht davon überzeugen. Sie glaubten einmal, ich sei es gewesen, und das Ende vom Lied war, was jeder vernünftige Mensch längst hatte voraussehen können: Ich durfte hundertzehn Pfeifen bestellen – wir hatten damals nämlich hundertzehn Kinder im Haus, von denen jetzt eine Anzahl fort auf der Schule ist – hundertzehn solcher quiekender Dinger! Ich will auf ewig verstummen, wenn es nicht wahr ist, daß wir uns von da an mit der Zeichensprache behelfen mußten, bis die Kinder die Pfeifen satt hatten. Und wenn wieder jemand einem meiner Kinder eine Pfeife gibt, und ich bekomme ihn zwischen die Finger, den hänge ich höher als Haman!

Bei Nephis Schatten! Sie wissen nicht, was es heißt, verheiratet zu sein. Ich bin reich, und jedermann weiß es. Ich bin gutmütig, und alle Welt nutzt das aus. Ich habe starke väterliche Triebe, deshalb halst man mir alle Findelkinder auf. Wenn ein weibliches Wesen ihr Herzblättchen recht gut betten will, so quält sie ihr Hirn, bis sie einen Plan ausgetüftelt hat, um es mir in die Hände zu spielen. Sehen Sie, Herr, einst kam ein Weibsbild mit einem Kind von ei-

* Dieser Name sowie andere in Brigham Youngs Gespräch gehören der mormonischen Geschichte an.

gentümlich totenbleicher Farbe daher (sie selber sah gerade so aus) und schwor, das Kind gehöre mir und sie sei mein Weib – ich hätte sie zu der und der Zeit da und da geheiratet, aber ihre Nummer hatte sie vergessen, und an ihren Namen konnte ich mich natürlich nicht erinnern. Nun, sie machte mich darauf aufmerksam, wie ähnlich mir das Kind sehe – und so steckte ich das Kind in die Kinderstube, und sie ging ihrer Wege.

Und bei Orson Hydes Geist, wie man dem Kind die Farbe abwusch, war es eine Rothaut! Meiner Seele, Sie wissen nicht, was verheiratet sein heißt! Es ist ein wahres Hundeleben, Herr – ein wahres Hundeleben. Und wie soll man dabei sparen? Es ist unmöglich. Ich habe versucht, einen Brautanzug für alle Gelegenheiten aufzubewahren. Aber es nützt nichts. Einmal heiraten Sie eine Verbindung von Kaliko und Schwindsucht, mager wie eine Latte, und das nächstemal kommen Sie an ein Geschöpf, das nichts als in Kleider gesteckte Wassersucht ist, und dann können Sie das Brautkleid mit einem alten Luftballon weiter machen lassen! Ja, so geht es. Und denken Sie nur an die Wäscherechnung – entschuldigen Sie diese Tränen –, neunhundertvierundachtzig Stück die Woche! Nein, Herr, so etwas wie Sparen gibt es in einer Familie wie der meinen nicht. Schon der Artikel Wiegen – stellen Sie sich nur vor! Und Wurmsamen! Sirup! Zahnringe! Und Taschenuhren zum Spielen für die Kleinen! Und Streichhölzchen zum Essen und Glasstücke, um sich damit zu schneiden. Der Artikel Glas allein würde für den Unterhalt Ihrer Familie reichen, behaupte ich. Gott sei es geklagt, zur Zeit, da ich zweiundsiebzig Weiber hier im Hause hatte, stöhnte ich unter der Last, Tausende von Dollar in zweiundsiebzig Bettstellen stecken zu müssen, während das Geld hätte auf Zinsen ausgeliehen werden sollen. So schlug ich denn frischweg den ganzen Vorrat mit Verlust los und ließ eine Bettstatt zimmern, sieben Fuß lang und sechsundneunzig Fuß breit. Aber es war ein Mißgriff. Ich konnte schlechterdings nicht schlafen. Es kam mir vor, als schnarchten alle zweiundsiebzig Weiber auf einmal. Es war ein ohrenbetäubender Lärm. Und dann die Gefahr bei der Sache! Das war noch das schlimmste. Sie zogen alle den Atem zugleich ein, und da konnte man wahrhaftig sehen, wie die Wände des Hauses sich nach innen bogen – dann atmeten sie wieder alle auf einmal aus, so daß man sehen konnte, wie die Wände sich nach außen aufblähten und man die Balken knacken und die Schindeln knistern hörte. Mein Freund, lassen Sie sich von einem alten Mann raten: Laden Sie sich ja keine große Familie auf den Hals – hören Sie, tun Sie's ja nicht, ich sage es Ihnen. In einer kleinen Familie, und nur in einer kleinen Familie, werden Sie das Behagen und den inneren Frieden finden, welche schließlich die besten Segnungen sind, die diese Welt uns zu bieten vermag und für deren Mangel kein Reichtum, kein Ruhm, keine Macht und keine Größe uns je Ersatz bieten können. Verlassen Sie sich darauf, mit zehn bis elf Frauen haben Sie genug – gehen Sie nie darüber hinaus."

Ich hatte zwar ein unbestimmtes Gefühl, als sei dieser Johnson nicht ganz verläßlich. Und doch war er eine höchst unterhaltende Persönlichkeit, und ich glaube, daß irgendeine seiner Mitteilungen aus einer anderen Quelle stammen konnte. Er bildete einen recht angenehmen Gegensatz zu diesen schweigsamen Mormonen.

Sechzehntes Kapitel

Ich verließ die große Salzseestadt mit ziemlich unklaren Begriffen über die dort herrschenden Zustände – manchmal fragte ich mich sogar, ob überhaupt ein Zustand dort herrsche oder nicht. Doch fiel mir zu meiner wirklichen Erleichterung plötzlich ein, daß wir dort wenigstens ein paar Tatsachen erfahren hatten, auf die wir uns verlassen konnten, so daß unsere zwei Tage doch nicht völlig verloren waren. Zum Beispiel hatten wir erfahren, daß wir uns in einem neubesiedelten Land befanden. Die hohen Preise, die man uns für die wertlosesten Dinge abverlangte, gaben beredte Kunde von hohen Frachten und erstaunlichen Entfernungen. Im Osten war zur damaligen Zeit der kleinste Begriff eines Geldstücks ein Penny; er bezeichnete die kleinste Menge, die käuflich zu haben war. Westlich von Cincinnati war die kleinste im Umlauf befindliche Scheidemünze das silberne Fünfcentstück, und für weniger als fünf Cents konnte man keinerlei Ware kaufen. In Overland City schien das Zehncentstück die kleinste Münze zu sein; in der Salzseestadt jedoch gab es im Verkehr kein kleineres Stück als den Vierteldollar und keine kleinere käufliche Menge als im Wert von fünfundzwanzig Cents. Wir waren gewohnt gewesen, das Fünfcentstück als den kleinsten Begriff bei Geldausgaben zu betrachten; in der Salzseestadt dagegen zahlte man für eine Zigarre einen Vierteldollar, für eine Tonpfeife einen Vierteldollar; ob man einen Pfirsich verlangte oder ein Licht oder eine Zeitung oder den Barbier oder einen kleinen heidnischen Schnaps zum Einreiben der Hühneraugen oder gegen das Magendrücken oder das Zahnweh – stets kostete es fünfundzwanzig Cents. Wenn wir ab und zu in unser Geldsäckchen schauten, kam es uns vor, als ob wir unser Vermögen in einem wahren Luderleben verschwendeten, ein Blick in das Verzeichnis unserer Ausgaben bewies uns jedoch sofort, daß uns kein derartiger Vorwurf traf. Indessen versöhnt man sich leicht mit großem Geld und hohen Preisen, man hat sie gerne und ist stolz darauf – ein Herabsteigen zu kleiner Münze und niederen Preisen ist schwer zu ertragen, und man gewöhnt sich nur langsam daran. Hat der Durchschnittsmensch einmal einen Monat lang das Minimum von fünfundzwanzig Cents kennengelernt, so denkt er nur mit Erröten an seine verächtlichen Fünfcentstücke zurück. Wie dunkelrot ich in dem prächtigen Nevada jedesmal im Gesicht wurde, wenn ich an meine erste Erfahrung in Geldangelegenheiten dachte, die ich am Salzsee gemacht hatte! Ein junger Mischling mit der Gesichtsfarbe einer gelben Rübe fragte mich, ob er mir die Stiefel putzen solle. Es war am Salzseehotel am Morgen nach unserer Ankunft. Ich bejahte und er tat es. Dann händigte ich ihm mit der wohlwollenden Miene eines Menschen, der Reichtum und Glückseligkeit über die leidende Armut ausgießt, ein silbernes Fünfcentstück aus. Der Gelbe nahm es mit einem Ausdruck entgegen, den ich für unterdrückte Rührung hielt, und legte es ehrerbietig auf die breite Fläche seiner Hand. Dann begann er es zu betrachten, ungefähr wie ein Naturforscher ein Mückenohr auf dem weiten Feld seines Mikroskops beschaut. Mehrere Leute aus dem Gebirge, Fuhrleute, Postkutscher und andere, traten heran, gruppierten sich malerisch um uns und machten sich an die Untersuchung des Geldstückes mit jener anziehenden Unverfrorenheit, die den kühnen Bahnbrecher der Kultur kennzeichnet. Jetzt gab mir der Gelbe meinen Fünfer zurück mit dem Bemerken, er rate mir, einen Arzt zu konsultieren, da ich offenbar an – Großherzigkeit leide!

Das gemeine Gelächter, das daraufhin losbrach! Ich zertrat zwar den giftigen Wurm auf der Stelle, mußte jedoch die ganze Zeit über mich lächeln, während ich ihm den Skalp abzog, denn die Bemerkung war für solch einen Mischling wirklich gut.

Ja, wir hatten am Salzsee gelernt, von uns hohe Preise fordern zu lassen, ohne unseren inneren Schauder darüber zu zeigen – denn wir hatten lange genug den Ton, in dem sich die Unterhaltung zwischen Postkutschern, Kondukteuren, Hausknechten und schließlich auch zwischen den Bewohnern der Salzseestadt bewegte, mit angehört und aufgefaßt, um sehr wohl zu merken, wie gering diese höheren Wesen uns „Auswanderer“ achteten. Wir gaben daher in unseren Mienen keinen verräterischen Schauder oder Schrecken kund, denn wir wollten für Mormonen, Halbindianer, Fuhrleute, Postkutscher oder Banditen von Mountain Meadow* – kurz für irgend etwas auf der Welt gelten, das auf den Ebenen von Utah geachtet und bewundert wurde. Wir schämten uns dagegen erbärmlich, „Auswanderer“ zu sein und bedauerten, daß wir weiße Hemden anhatten und in Gegenwart von Damen nicht fluchen konnten, ohne wegzublicken.

Wir Armen! Da machen sie sich über den Hut lustig, den man trägt; über die Gewissenhaftigkeit, womit man die Grammatik, und die Unerfahrenheit, womit man das Fluchen behandelt; über die zum Totlachen drollige Unkenntnis, die man in bezug auf Erze, Schächte, Stollen und andere Dinge bekundet, die man noch nie gesehen und die man auch nie interessant genug gefunden hat, um darüber zu lesen. Und während man immer über sein trauriges Los nachdenkt, in diese entlegene Gegend, in dieses einsame Land verbannt zu sein, sehen die Eingeborenen mit vernichtendem Mitleid auf einen herab, weil man ein „Auswanderer“ ist und nicht eines jener stolzesten Wesen der Welt, ein „Neunundvierziger“.**

* An diesem Ort wurde ein großer Zug Auswanderer überfallen und niedergemacht.

** Aus diesem Jahr stammen die Pioniere des Goldlandes.

Das gewohnte Leben in der Postkutsche begann jetzt aufs neue, und gegen Mitternacht kam es uns bereits fast so vor, als hätten wir unser Nest zwischen den Postsäcken gar nie verlassen. Eine Änderung hatten wir übrigens getroffen. Wir hatten uns mit Brot, gekochtem Schinken und hartgesottenen Eiern so reichlich versehen, daß es noch einmal so weit reichen konnte als für die sechshundert Meilen, die wir noch vor uns hatten.

Es war uns während der folgenden Tage ein großes Behagen, von unserem Hochsitz aus das romanartige Panorama von Bergen und Tälern unter uns zu betrachten und uns an Schinken und harten Eiern zu laben, während unser geistiges Wesen abwechselnd in Regenbogen, Gewittern und unvergleichlichen Sonnenuntergängen schwelgte. Nichts unterstützt den Eindruck der Landschaft so mächtig wie Schinken und Eier. Schinken und Eier und eine großartige Umgegend, während der Wagen rasch einen Hang hinunterrollt, eine duftende Pfeife und ein zufriedenes Herz – darin besteht das Glück, nach dem die Menschen all die Jahrhunderte hindurch gestrebt haben.

Siebzehntes Kapitel

Um acht Uhr morgens erreichten wir die Überbleibsel und Trümmer dessen, was einst die wichtige Militärstation Camp Floyd gewesen war, einige fünfundvierzig oder fünfzig Meilen von der Salzseestadt entfernt. Um vier Uhr nachmittags hatten wir die Entfernung verdoppelt. Wir kamen jetzt in den Bereich einer besonderen Gattung von Wüste, einer Alkaliwüste. In der Vereinigung alles Abschreckenden und Entsetzlichen läßt sie selbst die Sahara mit ihren Schrecknissen hinter sich. Auf achtundsechzig Meilen gab es darin nur eine einzige Unterbrechung – wenn man ein in der Mitte dieser Strecke gelegenes Wasserreservoir überhaupt so nennen kann. Wenn mein Gedächtnis nicht trügt, so gab es keinen Brunnen und keine Quelle. Das Wasser wurde mit Maultier- oder Ochsengespannen vom Rand der Wüste dorthin geschafft. Es befand sich eine Poststation dort, vor der wir gerade bei Sonnenaufgang nach zwölfstündiger Fahrt eintrafen. Nachts im Schlaf durch eine Wüste zu fahren, dazu gehörte nicht viel, und dabei hatte man am anderen Morgen die angenehme Vorstellung, wirklich mit der Wüste Bekanntschaft gemacht zu haben und von nun an in Gegenwart von Neulingen aus eigener Erfahrung von Wüsten sprechen zu können. Und nicht minder angenehm war der Gedanke, daß es sich nicht um irgendeine unbekannte, im Hinterland versteckte Wüste, sondern um die hochberühmte Hauptwüste selbst handelte. Das war alles sehr gut, sehr behaglich und befriedigend – aber jetzt sollten wir bei hellem Tage durch eine Wüste kommen. Das war herrlich, neu, romantisch, dramatisch abenteuerlich – das war wirklich des Lebens, des Reisens wert. Alles sollte ganz genau nach Hause berichtet werden.

Aber diese Begeisterung, dieser ernstliche Durst nach Abenteuern verschwand bald unter der schwülen Augustsonne und hielt nicht länger vor als eine Stunde. Eine arme kurze Stunde – dann schämten wir uns bereits, so „begeistert" gewesen zu sein. Die Poesie lag ausschließlich im Vorgefühl – in der Wirklichkeit fehlte sie gänzlich. Man stelle sich einen ungeheuren wellenlosen Ozean vor, der staubtrocken und ein rauhes Aschenfeld ist; man denke sich diese feierlich stille Einöde mit aschenbestäubten Salbeibüschen bedeckt; man denke sich das leblose Schweigen und die Einsamkeit, die zu so einem Ort gehören; man denke sich dazu eine Kutsche, die wie eine Wanze über diese uferlose Fläche hinkriecht und dabei wirbelnde Staubwolken emporsendet, als kröche sie mit Dampf; man stelle sich vor, daß das mühselige Fahren durch den tiefen Staub mit peinigender Eintönigkeit Stunde um Stunde fortdauert, während das Ufer scheinbar immer noch nicht näherrükken will; man denke sich Gespann, Kutscher, Wagen und Reisende so dick mit Asche bedeckt, daß sie allesamt eine farblose Farbe tragen; man vergegenwärtige sich die Aschenhäufchen, die sich auf Bart und Augenbrauen wie Schneeflocken auf Sträucher und Büsche setzen. So nimmt sich die Wirklichkeit aus.

Die Sonne brennt mit dumpfer, blasenziehender, unbarmherziger Wut herunter. Schweiß bricht Mensch und Tier aus jeder Pore, aber kaum eine Spur davon gelangt an die Oberfläche – er wird aufgesogen, ehe er dahin kommt. Nicht der leiseste Lufthauch regt sich. Keine einzige mitleidige Wolke zeigt sich am strahlenden Himmelsgewölbe. Nach welcher Richtung man auch die leere Fläche, die sich meilenweit in eintöniger Gleichmäßigkeit ausbreitet, überblicken mag, nirgendwo ist ein lebendes Wesen zu erblicken. Kein Laut, kein Seufzer, kein Flüstern, kein Flügelschlag, keine Stimme eines Vogels aus der Ferne – nicht einmal ein Schluchzen einer der verlorenen Seelen, die ohne Zweifel diese erstorbene Luft bevölkern, läßt sich vernehmen. So hebt sich das zeitweilige Schnauben der rastenden Maultiere und ihr Kauen am Gebiß grell von der schauerlichen Stille ab, löst aber den Zauber nicht, sondern macht ihn nur drückender und erhöht noch das Gefühl der Einsamkeit und Verlassenheit.

Unter gewaltigem Fluchen, Schmeicheln und Peitschenknallen des Postillions nahmen die Maultiere von Zeit zu Zeit einen Anlauf und schleppten die Kutsche dann wieder bis zu zweihundert Ellen weit, wobei sie eine wogende Staubwolke hinter sich aufwühlten, die das Fuhrwerk bis zum oberen Rand der Räder einhüllte, so daß man meinte, es schwebe durch einen Nebel. Darauf folgte eine Ruhepause mit dem üblichen Schnauben und Kauen am Gebiß. Darauf kam wieder ein Anlauf und sodann abermals eine Ruhepause. So ging es den ganzen Tag fort, ohne daß die Maultiere getränkt oder gewechselt wurden. Wenigstens ging es zehn Stunden so, was doch wohl in einer Alkaliwüste für eine Tagesleistung, und zwar für eine recht anständige, gelten darf. Wir waren von morgens vier bis nachmittags zwei Uhr unterwegs. Und dabei war es so heiß und so beengend, unsere Wasserflaschen waren um die Mitte des Tages so trocken und wir so durstig! Es war so stumpf und dumpf und ermattend, die langweiligen Stunden schlichen und schleppten sich und hinkten mit so grausamer Bedächtigkeit dahin! Der Alkalistaub schnitt einem in die Lippen, peinigte die Augen und fraß sich durch die Nasenschleimhaut, so daß diese unaufhörlich blutete, die Romantik verschwand in weiter Ferne, und zurück blieb von unserer Wüstenfahrt nichts als die nackte Wirklichkeit – eine durstige, dürre, langweilige, hassenswerte Wirklichkeit. Zehn Stunden lang zweieinviertel Meilen – das war unsere ganze Leistung. Es war wirklich schwer, einen solchen Schneckengang zu begreifen, während wir sonst gewohnt gewesen waren, acht und zehn Meilen in der Stunde zu machen. Als wir die Station an der jenseitigen Grenze der Wüste erreicht hatten, waren wir zum erstenmal froh, das Wörterbuch bei der Hand zu haben, weil wir sonst niemals Worte genug hätten finden können, um unsere Befriedigung darüber auszudrücken. Um aber die Ermüdung zum Ausdruck zu bringen, die die Maultiere empfanden, nachdem sie uns dreiundzwanzig Meilen weit geschleppt hatten, dazu würde eine ganze Bibliothek von Wörterbüchern nicht genügt haben. Und wollten wir gar vollends versuchen, dem Leser eine Vorstellung von ihrem Durst zu geben – es wäre gerade, als wollten wir gediegenes Gold vergolden oder die Lilie weiß bemalen!

Achtzehntes Kapitel

Am sechzehnten Tag nach unserer Abfahrt von St. Joseph erreichten wir morgens den Eingang von Rocky Cañon, zweihundertfünfzig Stunden vom Salzsee entfernt. In dieser wilden Gegend, weit ab von allen Wohnplätzen weißer Menschen, mit Ausnahme der Poststationen, trafen wir auf die jämmerlichsten Vertreter des Menschengeschlechts, die mir bis dahin je zu Gesicht gekommen waren. Ich meine die Goschut-Indianer, die sich nach allem, was wir von ihnen sahen und in Erfahrung brachten, höchstens mit den Buschmännern Südafrikas vergleichen lassen. Diejenigen, die sich an der Straße und auf den Stationen herumtrieben, waren kleine, magere, verhutzelte Geschöpfe, ihre Gesichtsfarbe ein mattes Schwarz wie gewöhnlich bei den Negern in Amerika, ihre Gesichter und Hände mit einer Schmutzkruste bedeckt, die sich Monate, Jahre, ja Menschenalter hindurch je nach dem Alter des Besitzers aufgehäuft hatte. Sie erschienen als eine schweigsame, schleichende Sippe, die verstohlen alles beobachtete, ohne dabei eine Miene zu verziehen, stumpfsinnig, stets geduldig und unermüdlich. Schamlose Bettler! Hungrig, jederzeit hungrig, obwohl sie nichts verschmähten, was ein Schwein frißt und dagegen oft etwas essen, was ein Schwein zurückweist. Jäger, deren Ehrgeiz jedoch nicht über das Erlegen und Verspeisen von Eselskaninchen, Grillen, Heupferden und über Aas hinausgeht, das von Rechts wegen dem Mäusefalken und den Kojoten gehört. Wilde, die auf die Frage, ob sie den allgemeinen Glauben der Indianer an einen „Großen Geist" teilen, in eine Art von Rührung geraten, weil sie darunter Branntwein verstehen. Diese Goschuten sind ein kleines, weit zerstreutes Volk, das schlechterdings nichts hervorbringt, keine Dörfer und überhaupt keine feste Stammesgemeinschaft bildet – ein Volk, dessen einziges Obdach in einem Lappen besteht, der über einen Busch geworfen wird, um den Schnee teilweise abzuhalten, und das doch eine der felsigsten, winterlichsten Einöden bewohnt, die man in irgendeinem Teil der Erde finden kann.

Kriegslustig könnte man die Goschuten ungefähr mit demselben Recht nennen wie die Kaninchen, und doch kam es vor, daß sie, nachdem sie monatelang vom Abfall und Kehricht der Stationen gelebt hatten, in einer dunklen Nacht, während niemand Schlimmes vermutete, heranschlichen, die Gebäude niederbrannten und die herausstürzenden Leute aus dem Hinterhalt niederschossen. Einmal griffen sie bei Nacht die Postkutsche an, in der ein Distriktsrichter des Territoriums Nevada ganz allein fuhr, wobei sie mit ihrem ersten Pfeilhagel (darunter auch eine oder zwei Kugeln) die Vorhänge durchlöcherten, ein oder zwei Pferde verletzten und den Postillion tödlich verwundeten. Der aber war sehr schneidig und sein Passagier nicht minder. Der Richter schwang sich auf des Postillions Zuruf auf den Bock und ergriff die Zügel, und fort flogen sie mitten durch den rasenden Haufen und unter einem Hagel von Geschossen. Der Postillion war sofort auf den Schuß in die Knie gesunken, hielt aber die Zügel noch in den Händen und erklärte, er hoffe, sie bis zu seiner Ablösung halten zu können. Und als sie schließlich seiner ermattenden Hand entglitten, legte er seinen Kopf zwischen die Füße des anderen und gab ihm in aller

Ruhe Weisung betreffs des Weges. Er könne es wohl noch so lange aushalten, bis sie aus dem Bereich des Halunken seien, dann wäre die Hauptschwierigkeit vorüber, und wenn der Richter so und so führe (dabei gab er ihm Weisung für die schlimmen Wegstrecken), so würde er die nächste Station ohne Mühe erreichen. Der Richter kam wirklich dem Feind voraus und fuhr endlich an der Station vor. Nun wußte er, daß die Gefahren für jene Nacht vorüber waren, aber er hatte keinen Kriegskameraden mehr, um seine Freude zu teilen, denn der tapfere Postmann war tot.

Der Widerwille, den die Goschuten mir einflößten – einem Jünger Coopers und einem Verehrer des „Letzten der Mohikaner" –, veranlaßte mich zu ernsten Nachforschungen darüber, ob ich vielleicht den roten Mann überschätzt hatte, solange ich ihn im milden Mondschein der Romantik betrachtete. Die Enthüllungen, die ich erfuhr, waren jedenfalls sehr ernüchternder Art. Sie verdienen Mitleid, die armen Wesen; und ich zolle ihnen das meinige gern – aus der Ferne. In größerer Nähe wird ihnen solches von niemandem zuteil werden.

Neunzehntes Kapitel

Am siebzehnten Tag kamen wir an den höchsten Berggipfeln, die wir bis jetzt erblickt hatten, vorüber, und obwohl der Tag sehr heiß war, folgte ihm eine wirklich kalte Nacht, gegen die wir uns kaum mit unseren Decken schützen konnten.

Am neunzehnten Tag begegneten wir auf der Station am Neese River den Leuten, die an der Telegraphenlinie nach dem Osten arbeiteten, und gaben eine Depesche an Seine Exzellenz Gouverneur Nye zu Carson City auf. (Entfernung: hundertsechsundfünfzig Meilen.)

Am selben Tag kamen wir durch die große amerikanische Wüste – vierzig denkwürdige Meilen grundlosen Sandes, in den die

Wagenräder sechs Zoll bis einen Fuß tief einsanken. Den größten Teil dieser Strecke legten wir zu Fuß zurück, indem wir neben dem Wagen hergingen. Es war ein entsetzliches Ringen mit dem Sand und zugleich mit dem Durst, denn wir hatten kein Wasser. Von einem Ende dieser Wüste bis zum anderen war die Straße weiß von Ochsen- und Pferdeknochen. Ich könnte fast ohne Übertreibung behaupten, daß wir die vierzig Meilen weit Schritt für Schritt den Fuß auf einen Knochen hätten setzen können. Die ganze Wüste war ein ungeheurer Friedhof. Und die Hemmketten, Radschuhe und vermodernden Reste von Fuhrwerken waren fast ebenso dicht gesät wie die Knochen. Ich glaube, die Hemmketten, die da vor unseren Augen verrosteten, hätten in jedem Staat der Union von einer Grenze zur anderen gereicht. Geben uns diese Trümmer nicht ungefähr eine schwache Vorstellung von den furchtbaren Leiden und Entbehrungen, die die frühesten Einwanderer nach Kalifornien zu erdulden hatten?

Am Rand der Wüste liegt der Carson-See, auch „Carson-Sink“ genannt, ein seichter, trübseliger Wasserspiegel von achtzig bis hundert Meilen Umfang. Der Carsonfluß mündet dort hinein, um zu verschwinden. Geheimnisvoll versinkt er im Boden und erblickt nie wieder das Licht der Sonne – denn der See hat keinerlei Ausfluß.

Es gibt mehrere Flüsse in Nevada, die dasselbe rätselvolle Geschick haben. Sie münden in verschiedene Seen oder „Sinks“ und werden nicht mehr gesehen. Der Carson-, Humboldt-, Walter- und Mono-See sind große Wasserbecken ohne jeden sichtbaren Abfluß. Fortwährend fließt Wasser hinein, keines sieht man je abfließen, und doch bleiben sie stets gleich voll, ohne abzunehmen oder überzulaufen.

Am Westrand der Wüste machten wir einen Augenblick halt in Ragtown. Es bestand aus einem einzigen Blockhaus und ist auf der Karte nicht verzeichnet. Dabei fällt mir etwas ein. Gleich nach unserer Abfahrt von Julesburg, am Plate, saß ich beim Postillion. Dieser fing an:

„Ich kann Ihnen eine wirklich höchst lächerliche Geschichte erzählen, wenn Sie gern zuhören wollen. Horace Greeley* fuhr

* Seinerzeit ein bekannter Politiker.

einstmals auf dieser Straße. Beim Abgang von Carson City sagte er zum Postillion Hank Monk, er habe in Placerville einen Vortrag zu halten und wünsche rasch vorwärts zu kommen. Hank Monk ließ seine Peitsche knallen und fuhr in rasendem Tempo davon. Der Wagen hüpfte so schrecklich auf und nieder, daß alle Knöpfe an Horaces Rock absprangen und er schließlich geradezu mit dem Kopf durch die Wagendecke fuhr. Jetzt rief er Hank Monk zu und bat ihn, langsamer zu fahren, er habe es jetzt nicht mehr so eilig. Aber Hank Monk meinte: ‚Bleiben Sie nur ruhig sitzen, Horace, ich will Sie schon beizeiten hinbringen!‘ Und Sie können darauf wetten, daß er ihn zu rechter Zeit hinbrachte, das heißt, was noch von ihm übrig war.“

Einen Tag oder zwei Tage darauf lasen wir an der Straßenkreuzung einen Mann aus Denver auf, der uns allerlei über die Gegend und die Goldgruben von Gregory erzählte. Es schien ein recht unterhaltender Mensch zu sein, der über die Verhältnisse in Colorado gut Bescheid wußte. Nach einer Weile begann er:

„Ich kann Ihnen eine wirklich höchst lächerliche Geschichte erzählen. Horace Greeley fuhr einstmals auf dieser Straße. Beim Abgang von Carson City sagte er zum Postillion Hank Monk, er habe in Placerville einen Vortrag zu halten und wünsche rasch vorwärts zu kommen. Hank Monk ließ seine Peitsche knallen und fuhr in rasendem Tempo davon. Der Wagen hüpfte so schrecklich auf und nieder, daß alle Knöpfe an Horaces Rock absprangen und er schließlich geradezu durch die Wagendecke fuhr. Jetzt rief er Hank Monk zu und bat ihn, langsamer zu fahren, er habe es jetzt nicht mehr so eilig. Aber Hank Monk meinte: ‚Bleiben Sie nur ruhig sitzen, Horace, ich will Sie schon beizeiten hinbringen!‘ Und Sie können darauf wetten, daß er ihn zu rechter Zeit hinbrachte, das heißt, was noch von ihm übrig war.“

In Fort Bridger nahmen wir ein paar Tage darauf einen Kavalleriewachtmeister an Bord, einen sehr netten Menschen von echt soldatischem Wesen. Nirgendwo auf unserer langen Reise trafen wir sonst jemand, der uns einen solchen Vorrat an kurzer und guter Belehrung über militärische Dinge verschafft hätte. Es war ganz überraschend, in diesen verlassenen Einöden unseres Landes einen Mann von untergeordnetem Rang zu finden, der mit allem, was für seinen Lebensberuf zu wissen von Nutzen sein kann, so gründlich vertraut und dabei so anspruchslosen Wesens war. Volle drei Stunden hörten wir ihm mit ungemindertem Interesse zu. Schließlich kam er auf das Reisen über den Kontinent zu sprechen, und auf einmal begann er:

„Ich kann Ihnen eine wirklich höchst lächerliche Geschichte erzählen" – und erzählte wiederum wörtlich wie oben bis zu den Worten: „... was noch von ihm übrig war."

Acht Stunden nach unserer Abreise von der Salzseestadt stieg auf einer Zwischenstation ein Mormonenprediger ein – ein artiger Mann mit sanfter Stimme und freundlichem Wesen, zu dem jeder Fremde sich beim ersten Anblick hingezogen fühlen mußte. Nie kann ich den Ausdruck in seinen Augen vergessen, als er mit einfachen Worten die Wanderungen und grausamen Leiden seines Volkes schilderte. Keine Kanzelberedsamkeit war je so rührend und so schön wie das Bild, das dieser Fremdling von der Wanderung der ersten Mormonen durch die Prärien entwarf, wie sie sich kummervoll nach dem Land ihrer Verbannung durchschlugen, ihren einsamen Pfad mit Gräbern bezeichneten und mit Tränen benetzten. Seine Worte ergriffen uns sehr, so daß wir es alle als Erleichterung empfanden, als die Unterhaltung heiterer wurde und man auf die Natureigentümlichkeiten des seltsamen Landes, in dem wir uns befanden, zu sprechen kam.

Ein Gegenstand nach dem anderen wurde in angenehmer Weise erörtert, bis endlich der Fremde begann:

„Ich kann Ihnen eine wirklich höchst lächerliche Geschichte erzählen" – wörtlich wie oben bis zu den Worten: „... was noch von ihm übrig war."

Zehn Meilen hinter Ragtown fanden wir einen armen Wanderer, der sich zum Sterben niedergelegt hatte. Er war so lange gegangen, wie er konnte, aber seine Glieder hatten ihm schließlich den Dienst versagt. Hunger und Ermüdung hatten ihn überwältigt. Es wäre unmenschlich gewesen, ihn liegenzulassen. Wir bezahlten für ihn das Fahrgeld bis nach Carson und hoben ihn in den Wagen. Es dauerte eine Weile, bis er die ersten Lebenszeichen von sich gab, doch durch Reiben und Einflößen von Branntwein brachten wir ihn wieder zum Bewußtsein. Dann gaben wir ihm ein wenig zu essen, und nach und nach schien er seine Lage zu begreifen, denn ein Ausdruck von Dankbarkeit milderte den starren Blick seiner Augen. Wir machten es ihm auf dem Postbeutelbett so bequem wie möglich und richteten ihm aus unseren Röcken ein Kopfkissen her. Er schien sehr dankbar dafür zu sein. Dann schaute er uns ins Gesicht und sagte mit schwacher Stimme, in der etwas wie zarte Rührung bebte:

„Meine Herren, ich weiß nicht, wer Sie sind, aber Sie haben mir das Leben gerettet. Und wenn ich Ihnen dies auch niemals vergelten kann, so fühle ich doch, daß ich Ihnen wenigstens eine Stunde Ihrer langen Reise leichter zu machen vermag. Ich nehme an, Sie sind mit dieser großen Heerstraße nicht bekannt, ich dagegen bin ganz vertraut damit. In diesem Zusammenhang kann ich Ihnen eine wirklich höchst lächerliche Geschichte erzählen, wenn Sie sie gerne hören wollen: Horace Greeley . . ."

Ich unterbrach ihn nachdrücklich mit den Worten: „Fremder, fahren Sie fort, wenn Sie es verantworten können. Sie sehen in mir den traurigen Schatten einer ehemals kraftvollen, stolzen Männergestalt. Was hat mich so weit gebracht? Die Geschichte, die Sie eben auf der Zunge hatten. Langsam aber sicher hat diese alte langweilige Anekdote mir die Kräfte ausgesogen, die Gesundheit untergraben, das Leben ausgedörrt. Haben Sie Mitleid mit meiner Hilflosigkeit. Verschonen Sie mich nur damit und erzählen Sie mir lieber statt dessen vom jungen George Washington und seiner kleinen Axt."

Wir waren gerettet, nicht aber unser Kranker. Bei dem Versuch, die Anekdote bei sich zu behalten, verfiel er in krampfhafte Zukkungen und verschied in unseren Armen.

Ich weiß jetzt, daß ich selbst vom stärksten Mann in jener ganzen Gegend nicht hätte verlangen sollen, was ich diesem bloßen Schatten eines Menschen zumutete, denn nach siebenjährigem Aufenthalt an der Küste des Stillen Ozeans weiß ich, daß kein Postillion oder Reisender auf der Überlandroute jemals diese Anekdote verkorkt bei sich behalten hat, ohne daran zu ersticken. Innerhalb von sechs Jahren reiste ich dreizehnmal mit der Post über die Gebirgszüge zwischen Nevada und Kalifornien hin und her und hörte dabei diese nicht umzubringende Geschichte vierhundertein- und -zweiundachtzigmal mit an. Ich habe ein Verzeichnis darüber in meinem Besitz. Die Postillione erzählten sie, die Kondukteure, die Wirte erzählten sie, jeder gerade einsteigende Passagier erzählte sie, sogar die Chinesen und wilden Indianer erzählten sie nach. Ich habe erlebt, daß sie mir ein und derselbe Postillion an einem Nachmittag zwei- oder dreimal erzählte. Sie ist mir in jeder einzelnen der vielen Sprachen entgegengetreten, die Babel der Welt vermacht hat, und gewürzt mit den Düften von Whiskey, Brandy, Bier, Eau de Cologne, Tabak, Knoblauch, Zwiebeln und Heuschrecken, kurz von allem, was auf der langen Liste aller Dinge, welche durch Mund und Nase des Menschen eingehen, einen Duft an sich hat. Nie habe ich eine Geschichte so oft zu riechen bekommen wie diese, und nie habe ich eine gerochen, die so verschiedenartig roch. Und dabei war es nicht einmal möglich, sie am Geruch zu erkennen, weil sie jedesmal, so oft man meinte, man habe ihren Geruch los, wieder mit einem anderen Duft auftrat. Bayard Taylor hat über diese uralte Geschichte geschrieben, Richardson hat sie veröffentlicht, desgleichen Jones, Smith, Johnson, Roß Browne und jedes sonstige, Korrespondenzen liefernde Wesen, das einmal zwischen Julesburg und San Francisco den Fuß auf die große Überlandroute setzte; ja, wie man mir sagt, steht sie sogar im Talmud. Ich habe sie in neun verschiedenen Sprachen gedruckt gelesen; wie es heißt, bedient sich die Inquisition in Rom derselben, und jetzt vernehme ich mit betrübtem Herzen, daß sie in Musik gesetzt werden soll. Das halte ich nicht für erlaubt.

Die Überlandpost geht nicht mehr, und das Geschlecht der Postillione ist ausgestorben. Ich möchte wissen, ob sie diese Urgroßvatergeschichte ihren Nachfolgern, den Eisenbahnbremsern und Schaffnern, vermacht haben, und ob diese den schutzlosen Reisenden noch immer damit verfolgen, bis er zu der Überzeugung gelangt, die wahren Wunder der Küste des Stillen Ozeans seien nicht in Yosemite und den Riesenbäumen, sondern in Hank Monk und seinem Abenteuer mit Horace Greeley zu erblicken.

Und was diese abgedroschene Anekdote noch unausstehlicher macht, das ist, daß das Abenteuer, das sie verherrlicht, sich niemals zugetragen hat. Wäre die Geschichte gut, so läge in diesem scheinbaren Mangel gerade ihr größter Vorzug, denn Schöpferkraft gehört zur Größe. Was hat dagegen derjenige verdient, der mutwillig eine solche platte Mär verbricht? Wollte ich sagen, was nach meinem Dafürhalten mit ihm geschehen sollte, man würde es übertrieben finden. Aber was steht im Propheten Daniel, Kapitel 16? Aha!

Zwanzigstes Kapitel

Wir näherten uns dem Ende unserer langen Fahrt. Es war der Morgen des zwanzigsten Tages. Gegen Mittag sollten wir Nevadas Hauptstadt, Carson City, erreichen. Wir freuten uns nicht, im Gegenteil, wir waren betrübt darüber. Es war eine schöne Vergnügungsreise gewesen. Tag für Tag hatten wir uns mit Wundern gemästet. Wir waren an das Leben in der Postkutsche jetzt völlig gewöhnt und hatten es sehr liebgewonnen. So hatte der Gedanke, nun an einem Ruhepunkt angelangt zu sein und sich zu einem langweiligen Leben in einem Landstädtchen niederlassen zu sollen, nichts Anmutendes, im Gegenteil etwas Niederschlagendes für uns.

Augenscheinlich war unsere neue Heimat eine von öden, schneebedeckten Bergen eingeschlossene Wüste. Pflanzenwuchs war außer dem endlosen Salbeigebüsch und Fettholzgesträuch nicht vorhanden. Die ganze Natur hatte einen grauen Anstrich davon. Wir gingen wie ein Pflug tief durch Alkalistaub, der sich in dichten Wolken erhob und über die Ebene wälzte wie der Rauch eines brennenden Hauses. Lange Reihen von Frachtwagen, ganz in aufsteigende Staubmassen gehüllt, erinnerten aus der Entfernung an Bilder von Präriebränden. Diese Gespanne mit den dazugehörigen Fuhrleuten waren das einzige Leben, das wir erblickten. Im übrigen waren wir auf unserer Fahrt nur von Einsamkeit, Schweigen und Öde umgeben. Alle zwanzig Schritt kamen wir am Gerippe eines gefallenen Lasttieres vorüber, dessen staubbedeckte Haut sich straff über die fleischlosen Rippen spannte. Oft saß ein Rabe gravitätisch auf dem Schädel oder Hüftknochen und betrachtete sich die vorbeifahrende Post mit beschaulicher Heiterkeit.

Allmählich tauchte Carson City in der Ferne auf. Es schmiegte sich an den Rand einer großen Ebene und war eine genügende Anzahl Meilen entfernt, um sich wie ein Haufen weißer Punkte im Schatten einer finster herniederblickenden Kette von Bergen auszunehmen, deren Gipfel jeder Gemeinschaft mit den Angelegenheiten dieser Erde und jedem Gedanken daran weit entrückt schienen. Wir fuhren an, stiegen aus, und die Post ging weiter.

Im Gold- und Silberland

Erstes Kapitel

Da waren wir nun in der Hauptstadt des damals neu errichteten Territoriums Nevada, in der Stadt Carson. Es war eine „hölzerne" Stadt mit nahezu zweitausend Einwohnern. Die Hauptstraße bestand aus einer Reihe kleiner, weißer Bretterhäuschen mit Kaufläden, zu hoch, um darauf zu sitzen, aber für alle sonstigen Erfordernisse kaum hoch genug. Die Buden waren dicht aneinandergebaut, als fehle es an Raum auf der riesigen Ebene. Den Gehweg bildeten Bretter, die mehr oder minder locker waren und beim Darauftreten klapperten. Mitten in der Stadt, den Läden gegenüber, lag die allen Städten jenseits des Felsengebirges angeborene „Plaza" – ein großer, offener, ebener Platz mit einem Freiheitsbaum in der Mitte, sehr gut geeignet für öffentliche Versteigerungen, Pferdemärkte und Volksversammlungen sowie als Absteigeplatz der Fuhrleute. Zwei Seiten der Plaza waren von Läden, Büros und Ställen eingefaßt. Der übrige Teil der Stadt lag ziemlich verstreut.

Auf der Poststation und auf dem Wege zum Gouverneur wurden wir verschiedenen Bürgern vorgestellt, darunter einem Herrn Harris, der zu Pferde war. Dieser Harris begann ein Gespräch mit uns, unterbrach sich jedoch mit der Bemerkung: „Ich muß Sie auf einen Augenblick um Entschuldigung bitten; dort drüben steht der Zeuge, der geschworen hat, ich sei bei der Beraubung der kalifornischen Post beteiligt gewesen – eine ganz unverschämte Einmischung, da ich den Menschen gar nicht kenne."

Daraufhin ging er zu dem Betreffenden hinüber und machte ihm bittere Vorwürfe mit einem sechsläufigen Revolver, wogegen sich dieser mit dem seinigen entschuldigte. Als die Revolver leer waren, nahm der Unbekannte sein Geschäft (er flickte gerade seine Peitschenschnur) wieder auf, während Herr Harris mit einem höflichen Bückling an uns vorbei nach Hause ritt. Er hatte eine Kugel durch den einen Lungenflügel und mehrere in die Hüften bekommen, und die kleinen Blutströme, die dem Pferd über die Flanken liefen, gaben dem Tier ein ganz malerisches Aussehen. Ich habe später, sooft ich Harris nach jemandem schießen sah, immer wieder an jenen ersten Tag in Carson denken müssen.

Weiter sahen wir an diesem Tage nichts, denn es war zwei Uhr, und nach Landessitte brach jetzt der tägliche „Washoe-Zephyr“ los. Mit dem Wind kam eine aufsteigende Staubwolke, etwa von der Größe der Vereinigten Staaten, welche Nevadas Hauptstadt unseren Blicken entzog. Für Neuangekommene gab es dabei jedoch noch mancherlei Interessantes zu sehen, denn die mächtige Staubwolke war dicht betüpfelt mit Dingen, die den höheren Luftschichten gewöhnlich fremd sind. Sie flatterten zwischen den sich fortwälzenden Staubwirbeln hin und her, gingen und kamen, tauchten auf und verschwanden wieder – wie zum Beispiel Hüte, Hühner und Sonnenschirme, die hoch oben am Himmel hinsegelten; etwas tiefer flogen Decken, Blechschilder, Salbeigestrüpp und Schindeln; noch weiter unten kamen Strohmatten und Büffellederröcke, dann Schaufeln und Kohlenkästen in der nächsten Luftschicht; Glastüren, Katzen und kleine Kinder in der folgenden; zerbrochene Bretterzäune, leichte Einspänner und Schubkarren in der darunterliegenden; und zu unterst, höchstens dreißig oder vierzig Fuß über dem Boden, wehte ein Wirbelsturm auswandernder Dächer und leerer Bauplätze dahin. Es war wirklich etwas zu sehen dabei. Ich hätte noch mehr sehen können, wäre ich imstande gewesen, mir die Augen staubfrei zu halten.

Aber Spaß beiseite, ein Washoe-Wind ist durchaus keine Kleinigkeit. Er bläst schwächliche Häuser um, nimmt gelegentlich Schindeldächer mit, rollt Blechdächer zusammen wie Notenhefte, weht dann und wann eine Postkutsche um und verschüttet die Reisenden; und als Ursache der vielen Kahlköpfe dortzulande wird man überall angeben, der Wind wehe den Leuten die Haare vom Kopf, während sie himmelwärts nach ihren Hüten schauen. Die Straßen der Stadt bieten an Sommernachmittagen meist ein recht belebtes Bild, da stets eine Menge Leute Jagd auf ihre entweichenden Hüte macht, wie Stubenmädchen auf eine Spinne.

Der „Washoe-Zephyr“ (Washoe ist ein beliebter Spitzname für Nevada) ist eigentlich ein recht bibelgemäßer Wind, da nämlich kein Mensch weiß, „von wannen er kommt“, d. h. wo er entsteht. Er kommt geradewegs über die Berge aus Westen, aber jenseits der Kammhöhe, auf der andern Seite drüben, ist nichts von ihm zu entdecken. Er wird vermutlich auf der Höhe des Gebirges eigens hergestellt und fliegt dann von dort aus; er ist zur Sommerszeit ein recht pünktlicher Wind. Seine Geschäftsstunden sind von zwei Uhr nachmittags bis zum nächsten Morgen um dieselbe Stunde, und wer sich während dieser zwölf Stunden auf eine Reise wagt, muß mit dem Wind rechnen, will er nicht ein paar Meilen leewärts von seinem Ziel ankommen. Und doch ist das erste, worüber sich ein Besucher aus Washoe in S. Francisco beklagt, daß dort die Seewinde so heftig blasen. So ist der Mensch nun einmal!

Den Staatspalast des Gouverneurs von Nevada entdeckten wir in einem einstöckigen weißen Bretterhaus, das im Innern zwei kleine Zimmer enthielt und an der Stirnseite – der Großartigkeit halber – einen auf Stützen ruhenden Dachstock hatte; es zwang dem Bürger Hochachtung ab und erfüllte den Indianer mit Ehrfurcht. Die unlängst eingetroffenen richterlichen Beamten des Territoriums, der Ober- und der Hilfsrichter, und was sonst zur Regierungsmaschinerie gehörte, waren weniger glänzend untergebracht. Sie wohnten in Privathäusern zur Miete und hatten ihre Amtslokale in ihren Schlafzimmern. Mein Bruder („Mr. Secretary“) und ich schlugen unser Quartier in der „Ranch“ einer würdigen französischen Dame auf. Sie hieß Bridget O'Flannigan und gehörte zur Gefolgschaft Sr. Exzellenz des Gouverneurs. In seinen guten Tagen, als er Oberbefehlshaber der hauptstädtischen Polizei in New York war, hatte sie ihn gekannt und wollte ihn nun in seinem Mißgeschick als Gouverneur von Nevada auch nicht verlassen. Unsere Stube lag im unteren Stock und ging auf die Plaza hinaus, und nachdem wir unser Bett, einen kleinen Tisch, zwei Stühle, den feuerfesten Schrank der Regierung und das Konversationslexikon darin untergebracht hatten, war immer noch Raum genug für einen Besucher vorhanden – vielleicht sogar für zwei, aber nicht ohne Dehnung der Wände. Übrigens konnten die Wände eine solche vertragen – wenigstens die Zwischenwände, denn sie bestanden lediglich aus einem einzigen Stück grober Baumwolle, das von der Zimmerdecke zum Boden gespannt war. Dies war so üblich in Carson, eine Zwischenwand anderer Art bildete eine seltene Ausnahme. Wenn man in seinem dunklen Zimmer stand, die Zimmernachbarn dagegen Licht brennen hatten, so erzählten die Schatten auf dem Tuch oft merkwürdige Geheimnisse! Sehr häufig waren diese Zwischenwände aus zusammengehefteten alten Mehlsäcken hergestellt; dann war der Unterschied zwischen der gemeinen Herde und der Aristokratie nur der, daß die gemeine Herde schmucklose Säcke hatte, während die Wände des Aristokraten durch verblichene Fresken, d. h. rote und blaue Mühlenzeichen auf den Säcken, Staunen erregten. Gelegentlich verschönerten die besseren Stände ihr Sackleinen auch durch Aufkleben von Holzschnitten aus Harpers Wochenschrift, und nicht selten verstiegen sich die ganz Wohlhabenden und Gebildeten sogar bis zu Spucknäpfen und anderen Beweisen eines kostspieligen und üppigen Geschmacks. Wir besaßen einen Teppich und ein Waschbecken aus echtem Steingut. Infolgedessen wurden wir von den übrigen Insassen der Ranch der Dame O'Flannigan rücksichtslos gehaßt. Als wir gar noch einen bemalten Fenstervorhang aus Wachsleinwand dazu anschafften, waren wir unseres Lebens nicht mehr sicher. Um Blutvergießen zu verhüten, zog ich eine Treppe höher und schlug mein Quartier bei der Gouverneursgefolgschaft in einer der vierzehn weißen, schmalen Bettstellen aus Fichtenholz auf, die in zwei langen Reihen in dem einzigen Zimmer standen, welches das zweite Stockwerk bildete.

Sie waren eine lustige Gesellschaft, die vierzehn. Die meisten hatten sich aus freien Stücken dem Gouverneur angeschlossen. Als sie in New York und San Francisco zu seiner Gefolgschaft stießen, hatten sie sich gesagt, daß sie bei der Balgerei um Ämtchen und sonstige im Territorium abfallende Brocken nichts zu verlieren, sondern vernünftigerweise etwas zu gewinnen hätten. Sie hießen im Volksmund „die irische Brigade", obwohl sich in der ganzen Umgebung des Gouverneurs nur vier oder fünf Irländer befanden. Die gutmütige Exzellenz war sehr verdrießlich über das Gerede, das seine Leibgarde hervorrief – besonders, als sich das Gerücht verbreitete, es seien bezahlte Meuchelmörder, die er sich mitgebracht habe, um erforderlichenfalls die demokratischen Wahlstimmen in der Stille zu vermindern!

Frau O'Flannigan gab ihnen Kost und Wohnung für je zehn Dollar die Woche, und sie gaben ihr dafür fröhlich ihre Schuldverschreibungen. Sie waren damit völlig zufrieden. Dagegen fand Bridget bald heraus, daß uneinlösbare Schuldscheine doch keine genügende Sicherheit für eine Fremdenpension in Carson City bildeten. So lag sie nun dem Gouverneur in den Ohren, für die „Brigade" eine Beschäftigung aufzutreiben. Sie, sowohl als die Leute selbst, setzten ihm so lange zu, bis er in eine gelinde Verzweiflung geriet und schließlich die Brigade antreten ließ. „Meine Herren", redete er sie an, „ich habe mir eine einträgliche und ersprießliche Tätigkeit für Sie ausgedacht – eine Tätigkeit, welche Ihnen Erholung inmitten einer herrlichen Landschaft gewähren und Ihnen ununterbrochen Gelegenheit verschaffen wird, Ihr Wissen durch Beobachtung und Studium zu bereichern. Ich wünsche, die Möglichkeit der Anlegung einer Eisenbahn von Carson aus nach Westen bis zu einem gewissen Punkt festzustellen. Beim Zusammentritt der Legislatur werde ich dafür sorgen, daß das erforderliche Gesetz durchgeht und eine entsprechende Summe bewilligt wird."

„Wie, eine Eisenbahn über die Sierra Nevada?"

„Jawohl – und Sie sollen zu diesem Zweck die Gegend ostwärts bis zu einem gewissen Punkt untersuchen!"

Er machte die einen zu Vermessern, die andern zu Kettenträgern usw.; dann schickte er sie los in die Wüste. Das war eine Erholung reinster Art! Erholungsfußmärsche, auf denen sie die Meßketten durch Sand und Salbeigestrüpp schleppten, unter einer schwülen Sonne und zwischen Ochsengerippen, Kojoten und Taranteln. Es war die reinste, höchste Romantik! Sie betrieben die Vermessung sehr langsam, sehr bedächtig, sehr sorgfältig. Während der ersten Woche kehrten sie jeden Abend staubbedeckt, fußkrank, müde und hungrig, aber höchst vergnügt zurück. Sie brachten einen großen Vorrat ungeheurer haariger Spinnen – Taranteln – mit, die sie im oberen Zimmer der Ranch in zugedeckten Biergläsern einsperrten. Nach Verlauf der ersten Woche mußten sie auf freiem Feld kampieren, denn sie waren ein gutes Stück nach Osten vorgerückt. Sie erkundigten sich eifrig nach der Lage jenes im unklaren gelassenen „gewissen Punktes“, ohne jedoch Aufschluß darüber zu erhalten. Endlich, auf eine besonders dringende Anfrage: „Wie weit östlich?“ telegraphierte Gouverneur Nye zurück: „Bis zum Atlantischen Ozean, Ihr Teufelsbraten! – Über den schlagt eine Brücke und macht, daß ihr hinüberkommt!“

Daraufhin kamen die bestaubten Packesel zurück, die nun einen Bericht einreichten und ihre Arbeit einstellten. Der Gouverneur nahm die Sache leicht; er meinte, da Frau Flannigan sich wegen des Unterhalts der Brigade doch in jedem Fall irgendwie an ihn halten werde, so wolle er sich mit den Jungens auch soviel Spaß wie möglich machen; er gedenke, setzte er mit freundlichem Augenzwinkern hinzu, sie mit ihren Vermessungen bis nach Utah hineinzuschicken und dann an Brigham Young* zu telegraphieren, er solle sie wegen Grenzverletzung hängen.

Die Vermesser brachten immer mehr Taranteln mit, so daß wir schließlich eine ganze Menagerie auf Brettern und Fenstersimsen im Zimmer aufgestellt hatten. Manche von diesen Spinnen konnten ihre haarigen, muskulösen Beine über eine Untertasse spannen; und wer ihren Gefühlen zu nahe trat oder gar ihre Würde verletzte, so mußte man sie ihrem Ausdruck nach für die heillosesten Halunken im ganzen Tierreich halten. Bei jeder noch so leisen Berührung ihrer gläsernen Gefängnisse waren sie in einem Augenblick auf den Beinen und kampfgerüstet. In der ersten Nacht nach der Rückkehr der Brigade wehte wie gewöhnlich ein wütender „Zephyr“, der um Mitternacht das Dach eines benachbarten Stalles fortblies, so daß eine Ecke davon krachend zu unserer Ranch hereingefahren kam. Es folgte ein gleichzeitiges Erwachen, eine geräuschvolle Musterung der Brigade im Dunkeln und ein allgemeines Stolpern und Übereinanderpurzeln zwischen den Bettreihen. Mitten in dem Getümmel fuhr Bob H. als letzter aus seinem gesunden Schlaf auf und stieß dabei mit dem Kopf ein Brett herunter. Im selben Augenblick schrie er:

„Reißt aus, Jungens, die Taranteln sind los!“

Einen gräßlicheren Alarmruf hätte es nicht geben können. Niemand wagte mehr das Zimmer zu verlassen aus Furcht, auf

* Das langjährige Staatsoberhaupt der Mormonen.

eine Tarantel zu treten. Jeder tappte nach einem Koffer oder einem Bett und schwang sich hinauf. Dann folgte die eigentümlichste Stille – eine Stille gräßlicher Spannung, voll Erwartung, Hoffnung, Furcht. Es war pechfinster, und um das Schauspiel der Vierzehn zu genießen, wie sie in höchst mangelhafter Toilette ängstlich auf Koffern und Betten hockten, mußte man sich schon mit der Einbildungskraft behelfen, denn zu sehen war schlechterdings nichts. Dann folgten gelegentlich kleine Unterbrechungen der Stille; man konnte an der Stimme erkennen, wer sprach und wo der Betreffende sich befand; man konnte auch unterscheiden, aus welcher Richtung die sonstigen Geräusche kamen, die einer der armen Dulder durch sein Herumtappen oder eine Änderung seiner Körperlage verursachte. Die ab und zu vernehmbaren Stimmen waren jedoch nicht sehr gesprächig – man hörte nur ein schwaches „Au!", gefolgt von einem tüchtigen Aufstampfen; dann wußte man, daß der betreffende Herr einen haarigen Teppich oder sonst etwas Ähnliches auf der Haut gespürt und daraufhin einen Satz aus dem Bett und auf den Stubenboden gemacht hatte. Danach wieder tiefe Stille. Jetzt rief eine nach Luft schnappende Stimme:

„Mi-mir krabbelt etwas hinten am Hals hinauf!" Alle Augenblicke konnte man einen halbunterdrückten Schrei, ein schwaches Strampeln und ein angstvolles „Ach, Herrgott!" vernehmen – zum Zeichen, daß einer sich vor etwas zurückzog, was ihm wie eine Tarantel vorkam, und zwar ohne Zeitverlust. Nun schrie auf einmal hinten in der Ecke eine Stimme laut und wild auf:

„Ich hab' ihn! Ich hab' ihn!" (Hierauf Pause, während der die Verhältnisse sich vermutlich änderten.) „Nein, er hat mich! Oh, geht denn niemand und holt eine Laterne?"

In dem Augenblick erschien die Laterne in den Händen von Madame O'Flannigan. Nachdem diese aus dem Bett gestiegen war und Licht gemacht hatte, hatte sie trotz ihrer Begier, sich von der Größe des durch das feindliche Dach angerichteten Schadens zu überzeugen, wohlweislich nicht unterlassen, eine Weile zu warten, bevor sie nachsah, ob der Wind jetzt fertig sei oder noch mehr Untaten vorhabe.

Die Szenerie, welche sich enthüllte, als plötzlich der Schein der

Laterne ins Zimmer strahlte, war malerisch und wäre vielleicht manchen Leuten komisch vorgekommen – für uns war sie es nicht. Wir saßen zwar in höchst wunderlicher Stellung und in einem nicht minder wunderlichen Aufzug auf Kisten, Koffern und Betten herum, doch wir hatten viel zu große Angst und fühlten uns viel zu unbehaglich, um etwas Komisches dabei zu finden; so war denn nirgends auch nur der Anflug eines Lächelns zu bemerken. Was mich betrifft, so kann ich mir nichts Schlimmeres vorstellen als die Pein, die ich während der wenigen Minuten voll angstvoller Spannung im Dunkeln, umgeben von diesen kriechenden, blutgierigen Taranteln, erduldet hatte. In kaltem Todesschweiß war ich von Bett zu Bett, von Kiste zu Kiste gehüpft, und sooft ich an etwas Stachligem streifte, bildete ich mir bereits ein, ich spürte die Fänge.

Ich ginge lieber in den Krieg, als so etwas noch einmal mitzumachen. Es war übrigens niemand zu Schaden gekommen. Derjenige, welcher glaubte, eine Tarantel „habe ihn", irrte sich gründlich – er hatte sich nur die Finger in einen Kistenspalt geklemmt. Von den entwichenen Taranteln wurde keine jemals mehr gesehen; es waren zehn oder zwölf gewesen. Wir durchsuchten das Zimmer mit Licht von oben bis unten, jedoch ohne Erfolg. Und wenn jetzt jemand glaubt, wir gingen dann zu Bett, hat er den Ernst der Lage immer noch nicht erfaßt. Alles Gold der Welt hätte uns nicht dazu gebracht. Wir blieben die Nacht vollends auf, spielten „Cirbbage" und hielten scharfe Ausschau nach dem Feind.

Zweites Kapitel

Es war Ende August, der Himmel war wolkenlos und das Wetter prachtvoll. Im Laufe einiger Wochen hatte mich das merkwürdige neue Heimatland auf wunderbare Art und Weise bezaubert, und ich nahm mir vor, meine Rückkehr nach den „Staaten" noch einige Zeit hinauszuschieben. Ich hatte mich völlig daran gewöhnt, einen schadhaften Schlapphut, ein blaues Wollhemd und die Hosen in den Stiefelschäften zu tragen, und war stolz auf das Fehlen von Jacke, Weste und Hosenträgern. Es war mir so richtig rüpelhaft und großschnäuzig zumute (wie der Historiker Josephus sich in seinem schönen Kapitel über die Zerstörung des Tempels ausdrückt). Ein so schönes und romantisches Leben konnte es nicht wieder geben, davon war ich fest überzeugt. Ich war zwar Regierungsbeamter, doch das diente nur zum äußeren Glanz. Das Amt war eine reine Schau. Ich hatte nichts zu tun und bezog kein Gehalt. Ich war Privatsekretär Sr. Majestät des Sekretärs, und für zwei gab es noch nicht Schreiberei genug. So widmete ich meine Zeit dem Vergnügen in Gesellschaft von Johnny K., dem jungen Sohn eines Nabobs in Ohio, der sich hier zu seiner Erholung aufhielt. Er fand diese auch. Wir hatten von der wundersamen Schönheit des Tahoe-Sees reden hören, und schließlich trieb uns die Neugier, den See in Augenschein zu nehmen. Drei oder vier Mitglieder der Brigade waren dort gewesen, hatten ein paar Holzschläge an seinen Ufern abgegrenzt und in ihrem Lager einen Lebensmittelvorrat zurückgelassen. Wir schnallten uns ein paar wollene Decken auf den Rücken, nahmen jeder eine Axt und machten uns auf, mit dem Gedanken, uns auch eine Waldranch oder so etwas anzulegen und vornehme Leute zu werden.

Wir waren zu Fuß. Der Leser wird es vorteilhafter finden zu reiten. Man sagte uns, es sei elf Meilen bis zum See. Lange marschierten wir auf ebenem Boden, dann klommen wir mühsam einen vielleicht tausend Fuß hohen Berg hinauf und hielten Umschau. Kein See da. Wir stiegen auf der anderen Seite wieder hinunter, gingen durch die Talmulde hindurch und quälten uns noch einen Berg hinauf, der uns drei- bis viertausend Fuß hoch vorkam, um abermals Umschau zu halten. Noch immer kein See. Müde und schweißtriefend setzten wir uns hin und mieteten uns ein paar Chinesen, um die Leute zu verfluchen, die uns zum besten gehabt hatten. Nach dieser Erfrischung nahmen wir unseren Marsch mit neuer Kraft und Entschlossenheit wieder auf. Zwei oder drei Stunden schleppten wir uns noch weiter, bis endlich mit einemmal der See vor uns lag – eine herrliche blaue Wasserfläche, sechstausenddreihundert Fuß über dem Meeresspiegel und von einer Kette schneebedeckter Berggipfel umrahmt, die sich noch volle dreitausend Fuß höher auftürmten. Es war ein riesiges Oval von reichlich achtzig bis hundert Meilen Umfang. Wie er so dalag und die Schattenbilder der Berge sich herrlich auf seiner stillen Oberfläche widerspiegelten, war ich überzeugt, daß es auf der ganzen Erde kein schöneres Bild geben könne.

Wir fanden den kleinen Kahn, welcher der Brigade gehörte, und fuhren ohne Zeitverlust über eine tiefe Einbuchtung des Sees auf die Meßstangen zu, die das Lager bezeichneten. Ich ließ Johnny rudern – nicht aus Scheu vor der Anstrengung, sondern weil mir übel wird, wenn ich beim Arbeiten rückwärts fahre. Dagegen steuerte ich. Nach einer Fahrt von drei Meilen kamen wir gerade mit Einbruch der Nacht am Lager an; todmüde und mit einem wahren Wolfshunger stiegen wir ans Land. In einer Höhlung unter den Felsen fanden wir die Vorräte und das Kochgeschirr, und nun setzte ich mich trotz meiner Erschöpfung auf einen Felsblock und beaufsichtigte die Zurüstungen, während Johnny Holz sammelte und das Essen bereitete. Mancher, der so viel geleistet hatte wie ich, hätte sich wohl vor allem nach Ruhe gesehnt.

Es gab ein köstliches Essen – warmes Brot, gebratenen Speck und schwarzen Kaffee. Die Einsamkeit, die uns umgab, war ebenfalls köstlich. Drei Meilen entfernt befand sich eine Sägemühle mit einigen Arbeitern, außerdem gab es im ganzen weiten Umkreis des Sees keine fünfzehn menschliche Wesen. Als die Dunkelheit herabsank und die Sterne heraufkamen, so daß der gewaltige Spiegel wie ein Juwelenschmuck strahlte, schmauchten wir beschaulich unsere Pfeifen in der feierlichen Stille und vergaßen alle Sorgen und Schmerzen. Als es Zeit war, breiteten wir unsere Dekken über den warmen Sand zwischen zwei großen Felsstücken und schliefen bald ein, unbekümmert um die Ameisen, die uns in langen Reihen in die Kleider krochen und uns bis auf die Haut untersuchten. Den Schlaf, der uns umfing, vermochte nichts zu stören, denn wir hatten ihn redlich verdient, und wenn unser Gewissen uns irgendwelcher Sünden beschuldigte, so mußte es das Gericht für diese Nacht unter allen Umständen vertragen. Der Wind erhob sich gerade, als uns das Bewußtsein schwand, und das Anprallen der Brandung am Ufer lullte uns in Schlummer.

Es ist nachts stets sehr kalt am Rand dieses Sees, doch wir hatten genügend Decken dabei, die uns wärmten. Die ganze Nacht rührten wir kein Glied; in aller Morgenfrühe erwachten wir noch in derselben Lage, in der wir abends eingeschlafen waren, um sofort aufzuspringen, herrlich erfrischt, frei von Unbehagen und zum Übersprudeln voll von neuer Spannkraft. So ein Schlaf stärkt über alle Maßen. Heute wären wir mit zehn so hundemüden Leuten fertig geworden, wie wir tags zuvor waren. Heutzutage machen viele Menschen ihrer Gesundheit wegen Wasser- und Terrainkuren und gehen dazu in fremde Länder. Drei Monate Lagerleben am Tahoe-See würde selbst einer ägyptischen Mumie ihre urzeitliche Lebenskraft wiedergegeben, und sie bekäme einen Appetit wie ein Alligator. Damit meine ich natürlich nicht die ältesten und die trockensten Mumien, sondern die frischeren. Die Luft da oben in den Wolken ist rein und schön, frisch und köstlich. Und warum auch nicht? – Ist es doch dieselbe, welche die Engel atmen. Ich glaube, man würde die entsetzlichste Müdigkeit, die man sich überhaupt vorstellen kann, in einer Nacht auf dem Sand am Ufer dieses Sees sicher wegschlafen. Nicht unter einem Dach, sondern unter freiem Himmel. Es regnet dort im Sommer selten oder nie. Ich kenne jemanden, der sterbenskrank dorthin ging; aber es wurde nichts mit dem Sterben. Als ein Gerippe kam er an und konnte sich kaum auf den Füßen halten. Er hatte keinen Appetit und tat nichts als Traktätchen lesen und über die Zukunft grübeln. Drei Monate darauf schlief er regelmäßig im Freien, aß dreimal am Tag soviel in ihn hineingingund pirschte zur Erholung in dreitausend Fuß Höhe im Gebirge dem Wild nach. Dabei war er kein Gerippe mehr, sondern hatte ein beträchtliches Gewicht aufzuweisen. Das ist kein Hirngespinst, es ist die reine Wahrheit. Er hatte an Schwindsucht gelitten. Ich empfehle seine Erfahrung vertrauensvoll anderen Gerippen zur Nachahmung.

Ich begnügte mich wiederum mit der Oberaufsicht über die Küche. Sofort nach dem Frühstück stiegen wir ins Boot und ruderten drei Meilen am Seeufer entlang. Dann stiegen wir aus. Die Stelle gefiel uns, deshalb nahmen wir etwa dreihundert Morgen davon in Besitz und schnitten unser Merkzeichen in einen Baum. Es war ein Bestand von gelben Fichten – ein dichter Wald von Bäumen, hundert Fuß hoch und über der Wurzel mit einem Durchmesser von bis zu fünf Fuß. Wir mußten unser Besitztum jedoch einzäunen, anders konnten wir es nicht behaupten, d. h. wir mußten da und dort einen Baum fällen, und zwar so, daß dadurch eine Art Einfriedung mit ziemlich weiten Lücken entstand. Wir fällten jeder drei Bäume, fanden jedoch, daß es eine so herzbrechende Arbeit war, daß wir beschlossen, es dabei bewenden zu lassen; sicherten sie unser Eigentum – gut und schön, wenn nicht – nun, so sollte es durch die Lücken entwischen und davonlaufen. Totquälen wollten wir uns nicht wegen ein paar elend Morgen Land. Tags darauf kamen wir zurück, um ein Haus aufzuschlagen, denn ein Haus war unbedingt notwendig, wenn wir unseren Besitz behaupten wollten.* Wir beschlossen, ein tüchtiges Blockhaus zu bauen, das den Neid der Jungen von der Brigade erregen sollte. Als wir jedoch den ersten Klotz gehauen und zurechtgezimmert hatten, kam es uns unnötig vor, soviel Sorgfalt darauf zu verwenden, und wir beschlossen, es aus dünnen Stämmchen zu bauen. Doch nach dem Zuhauen und Abputzen zweier Stämmchen sahen wir uns zur Anerkennung der Tatsache genötigt, daß selbst eine noch bescheidenere Architektur dem Gesetz Genüge tun würde, worauf wir beschlossen, unser Haus aus Reisig zu errichten. Wir widmeten dieser Arbeit den folgenden Tag, leisteten jedoch so viel im Herumsitzen und Schwatzen, daß wir erst gegen Nachmittag ein halbwegs fertiges Ding zustande gebracht hatten. Während einer von uns Strauchwerk abhieb, mußte der andere unseren Bau bewachen, weil wir ihn sonst am Ende vielleicht nicht wiedergefunden hätten, wenn wir ihm beide den Rücken zukehrten. Er hatte eine zu starke Ähnlichkeit mit dem ihn umgebenden Buschwerk. Wir waren jedoch damit zufrieden.

So waren wir nun Landbesitzer, in aller Form eingerichtet und unter dem Schutz des Gesetztes. Wir beschlossen deshalb, unseren Wohnsitz auf unserem eigenen Grund und Boden aufzuschlagen und uns jenes großen Gefühls der Unabhängigkeit zu erfreuen, das nur eine solche Erfahrung verleihen kann. Spät am folgenden

* Um Regierungsland unentgeltlich zu bekommen, mußte ein Ansiedler in einer bestimmten Zeit ein Blockhaus gebaut und sonstige Arbeiten auf dem von ihm beanspruchten Boden verrichtet haben.

Nachmittag fuhren wir nach einer herrlichen und langen Rast von dem Lager der Brigade weg. Wir hatten soviel Vorräte und Kochgeschirr dabei, wie wir fortbringen konnten, und zogen gerade mit Einbruch der Nacht das Boot auf unserem eigenen Landungsplatz an den Strand.

Wenn es ein glücklicheres Leben gibt als das , welches wir in den folgenden zwei oder drei Wochen in unserer Waldhütte führten, so muß das eine Sorte Leben sein, die ich weder aus Büchern noch aus eigener Erfahrung kennengelernt habe. Wir sahen während der ganzen Zeit außer uns selbst kein lebendes Wesen und vernahmen keine anderen Töne als diejenigen, welche Wind und Wellen hören ließen, das Seufzen der Fichten und dann und wann den fernen Donner einer Lawine. Der Wald um uns war dicht und kühl, der Himmel über uns strahlte in wolkenlosem Sonnenschein, der breite See vor uns war je nach der Stimmung der Natur bald klar wie Kristall, bald von einem Lufthauch leicht gekräuselt und bald schwarz und sturmbewegt. Die ihn im Kreis überragenden Bergkuppen aber, mit dem Grün der Bäume überzogen, von Bergrutschen zerrissen, durch Schluchten und Täler gespalten und mit Hauben blitzernden Schnees bedeckt, bildeten den passenden Rahmen und Abschluß zu dem herrlichen Bild. Die Aussicht war stets fesselnd, bezaubernd, entzückend. Das Auge wurde nie müde zu schauen, bei Nacht oder Tag, bei Ruhe oder Sturm. Es kannte nur einen Schmerz, nämlich, daß es nicht ununterbrochen schauen durfte, sondern sich ab und zu zum Schlafen schließen mußte.

Wir schliefen im Sand, dicht am Rande des Wassers, zwischen zwei schützenden Felsblöcken, die dafür sorgten, daß die stürmischen Nachtwinde uns nichts anhaben konnten. Wir brauchten kein Schlafmittel, um einzuschlafen, und mit dem ersten Tagesgrauen waren wir wieder auf den Beinen und liefen gleich um die Wette, um unsere überschäumenden Kräfte loszuwerden und unsere übermütige Laune etwas zu dämpfen, d.h. Johnny lief – und ich hielt indessen seinen Hut. Während wir dann nach dem Frühstück die Friedenspfeife schmauchten, beobachteten wir, wie die Berggipfel auf ihrer hohen Warte sich in den Glanz der Sonne kleideten. Wir folgten dem Licht auf seinem Siegespfad, wie es zwischen den Schatten herabschoß und die in den Banden der Finsternis liegenden Felszacken und Wälder in Freiheit setzte. Wir sahen die farbigen Bilder auf dem Wasser immer größer und heller werden, bis jede kleine Einzelheit von Wald, Bergwand und Felszinne hineingewoben war und das Zauberwerk vollständig fertig vor uns lag. Dann ging es ans „Geschäft", d. h. an das Herumtreiben im Boot.

Wir befanden uns am Nordufer. Hier waren die Felsen auf dem Grund grau oder weiß. Dadurch kommt die wunderbare Durchsichtigkeit des Wassers besser zur Geltung als sonst irgendwo auf dem See. Gewöhnlich ruderten wir etwa hundert Ellen weit hinaus, dann legten wir uns im Sonnenschein auf die Sitzbretter und ließen das Boot treiben, wohin es wollte. Selten sprachen wir dabei ein Wort; das hätte nur die Stille unterbrochen und uns in den Träumen gestört, die wir unserer üppigen Ruhe und Trägheit verdankten. Das Ufer war überall durch tiefe Buchten ausgezackt, die von schmalen Sandbänken begrenzt wurden. Wo der Sand endete, stiegen die schroffen Bergwände in den Himmel auf wie eine ungeheure, fast senkrechte Mauer, die dicht mit schlanken Fichten bewachsen war.

Das Wasser war so eigentümlich klar, daß es an Stellen, wo die Tiefe bloß zwanzig bis dreißig Fuß betrug, den Grund mit einer Deutlichkeit erkennen ließ, daß man glaubte, das Boot schwämme in der Luft. Ja, dies war sogar an Stellen von achtzig Fuß Tiefe der Fall.

Jeder kleine Kiesel war deutlich sichtbar, jede gefleckte Forelle, jede Handbreit Sand. Oft, wenn wir mit dem Gesicht nach unten dalagen, tauchte ein Granitblock, scheinbar so groß wie eine Dorfkirche, blitzschnell vom Grund zur Oberfläche auf, bis er plötzlich unsere Gesichter zu berühren drohte und wir unwillkürlich nach einem Ruder griffen, um die Gefahr abzuwenden. Aber das Boot schwamm weiter, der Block senkte sich wieder, und wir konnten sehen, daß er, als wir uns genau über ihm befanden, immer noch zwanzig bis dreißig Fuß unter der Oberfläche gewesen sein mußte. In diesen großen Tiefen war das Wasser nicht mehr bloß einfach durchsichtig, sondern geradezu leuchtend und strahlend. Alle darin zu sehenden Gegenstände zeigten sich nicht nur in allgemeinen Umrissen, sondern bis zur kleinsten Einzelheit, mit solchem Glanz und solcher Klarheit, wie dies nicht der Fall gewesen wäre, hätte man sie durch eine Luftschicht von derselben Tiefe gesehen. Der ganze Raum da unten kam uns so leer und luftig vor, und wir hatten so lebhaft das Gefühl, hoch darüber mitten im Nichts dahinzuschwimmen, daß wir diese Ausflüge im Boot unsere „Luftballonreisen“ nannten.

Wir fischten fleißig, fingen aber kaum einen Fisch in der Woche. Wir konnten Forellen zu Tausenden unter uns durch den leeren Raum hinschwimmen oder an Sandbänken auf dem Grunde schlafen sehen, aber anbeißen wollten sie nicht – vielleicht konnten sie die Angelschnur zu deutlich erkennen. Oftmals suchten wir uns eine Forelle aus, die wir gerne haben wollten, und ließen ihr den Köder mit unermüdlicher Geduld dicht vor der Nase baumeln; aber sie schüttelte diesen nur verdrießlich ab und nahm eine andere Stellung ein.

Gelegentlich badeten wir, doch war das Wasser, obwohl es so sonnig aussah, ziemlich frisch. Manchmal ruderten wir hinaus zum „blauen Wasser“, ein oder zwei Meilen vom Ufer. Das Wasser war dort wegen der ungeheuren Tiefe ganz dunkelblau wie Indigo. Der amtlichen Messung zufolge ist der See in der Mitte 1525 Fuß tief!

Bisweilen streckten wir uns an müßigen Nachmittagen auf dem Sand aus und lasen bei einer Pfeife ein paar alte, abgegriffene Erzählungen. Abends am Lagerfeuer spielten wir zur Herzstärkung „Euchre“ und „Seven Up“, und zwar mit so fettigen und schäbigen Karten, daß es uns nur aufgrund unserer langen Bekanntschaft mit ihnen möglich war, bei gehöriger Aufmerksamkeit das Kreuz-As vom Schellenbuben zu unterscheiden.

In unserem „Haus“ schliefen wir nie, das kam uns gar nicht in den Sinn. Wir hatten es ja auch gebaut, um das Anrecht auf Grund und Boden zu erhalten, und das genügte. Zuviel zumuten wollten wir ihm nicht.

Allmählich begannen unsere Lebensmittel knapp zu werden. Wir kehrten deshalb ins alte Lager zurück, um neue Vorräte zu holen. Wir waren den ganzen Tag fort und kamen erst mit Einbruch der Nacht ziemlich müde und hungrig wieder heim. Während

Johnny die Hauptmasse der Lebensmittel zu späterem Gebrauch in unser Haus trug, schaffte ich den Brotlaib, etliche Scheiben Schinken und den Kaffeetopf ans Ufer, stellte die Sachen an einem Baum ab, zündete ein Feuer an und ging dann zum Boot zurück, um die Bratpfanne zu holen. Unterwegs hörte ich einen Schrei von Johnny, und als ich aufblickte, sah ich mein Feuer über die ganze Umgegend hingaloppieren. Johnny befand sich auf der anderen Seite und mußte durch die Flammen hindurchlaufen, um das Seeufer zu erreichen. Dann standen wir hilflos da und beobachteten die Verwüstung, die der Brand anrichtete.

Der Boden war mit einer hohen Schicht trockener Fichtennadeln bedeckt, die bei der ersten Berührung mit dem Feuer aufflammten wie Schießpulver. Es war faszinierend, mit welch rasender Eile die gewaltige Flammensäule sich fortbewegte. Mein Kaffeetopf war dahin und alles andere mit ihm. Nach anderthalb Minuten ergriff das Feuer einen dichten Busch trockenen Manzanita-Gesträuchs von sechs bis acht Fuß Höhe, und nun wurde das Brausen, Zischen und Prasseln geradezu fürchterlich. Die durchdringende Hitze trieb uns in das Boot, wo wir, wie durch einen Zauber gefesselt, blieben.

Binnen einer halben Stunde war alles vor unseren Augen ein rasendes und blendendes Flammenmeer. Das Feuer brauste an den nächsten Hügelkämmen empor, überstieg sie und verschwand in den jenseitigen Schluchten, um dann plötzlich auf ferneren und höheren Bergrücken abermals zum Vorschein zu kommen, wo es eine noch gewaltigere Helle ausstrahlte und dann wieder untertauchte. Dann flammte es wieder auf, höher und immer höher, sandte Glutströme wie Perlenketten nach allen Richtungen aus, die sich dann in rotglühenden Schlangenlinien zwischen Bergwänden, Klippen und Schlünden hinwälzten, bis die hoch aufragenden Gebirgsstöcke, so weit das Auge reichte, von roten Lavabächen überzogen waren, die einem verschlungenen Netzwerk glichen. Weithin über dem Wasser erstrahlten die Felshörner und Bergkuppen in grellrotem Glanz, und das Firmament droben flammte in einer wahren Höllenglut!

Dieses Schauspiel wiederholte sich Zug für Zug in dem glühenden Spiegel des Sees! Beide Bilder waren erhaben, beide schön, doch zeigte das Spiegelbild im See eine staunenswerte Farbenpracht, welche das Auge noch unwiderstehlicher fesselte.

Vier lange Stunden saßen wir in uns versunken und regungslos da; wir dachten weder an Essen noch Trinken und fühlten keine Ermüdung. Um elf Uhr hatte der Brand unseren Gesichtskreis überschritten, und allmählich lagerte sich das Dunkel wieder über die Landschaft.

Jetzt meldete sich der Hunger – aber es gab nichts zu essen. Die Lebensmittel waren ohne Zweifel sämtlich gekocht und gebraten. Wir suchten gar nicht nach ihnen. Wir waren wieder heimat- und besitzlose Wandervögel. Unser Zaun war fort, unser Haus verbrannt, und es war nicht einmal versichert gewesen. Unser Fichtenwald war gehörig versengt, die abgestorbenen Bäume sämtlich verbrannt und die weiten Strecken Manzanita-Gebüsch weggefegt. Unsere Decken jedoch befanden sich noch an unserem gewohnten Schlafplatz auf dem Sand; so legten wir uns denn hin und schliefen ein. Am nächsten Morgen brachen wir wieder zum alten Lager auf, aber während wir noch eine weite Strecke vom Ufer entfernt waren, brauste ein gewaltiger Sturm heran, so daß wir nicht zu landen wagten. So schöpfte ich denn die Wasserstürze aus, die uns ins Boot schlugen, während Johnny mit aller Macht durch die Wogen ruderte, bis wir drei oder vier Meilen jenseits des Lagers eine gute Landungsstelle erreicht hatten. Der Sturm blies immer stärker, und es wurde uns immer klarer, daß wir besser daran täten, das Boot auf gut Glück auf den Strand laufen zu lassen, als uns der Gefahr auszusetzen, in hundert Faden tiefem Wasser zu ertrinken. So fuhren wir denn aufs Land zu, hohe weiße Wellenkämme hinter uns. Ich saß hinten auf dem letzten Brett und lenkte die Spitze des Bootes nach dem Ufer hin. In dem Augenblick, als es aufstieß, kam eine Welle über den See herüber, die Mannschaft und Ladung ans Ufer spülte und uns dadurch viele Mühe und Not ersparte. Den ganzen Tag über zitterten wir hinter einem Felsblock vor Frost und froren auch die ganze Nacht hindurch. Am Morgen hatte sich der Sturm gelegt, und wir ruderten auf dem schnellsten Weg zum Lager. Wir waren dermaßen ausgehungert, daß wir den ganzen Rest des Proviants der Brigade aufaßen; dann machten wir uns nach Carson auf, um ihnen zu beichten und sie um Absolution zu bitten. Gegen Zahlung des Schadens wurde sie gewährt.

Wir machten später noch manchen Ausflug zum See und bestanden haarsträubende Abenteuer, bei denen wir nur mit knapper Not davonkamen. Aber die Geschichte schweigt darüber.

Drittes Kapitel

Kurz darauf faßte ich den festen Entschluß, mir ein Reitpferd anzuschaffen. Ich hatte noch nirgends, außer im Zirkus, eine so tolle, freie, prächtige Reitkunst gesehen, wie sie diese malerisch gekleideten Mexikaner, Kalifornier und mexikanisierten Amerikaner in Carson Tag für Tag zum besten gaben. Wie die ritten! Nur ein klein wenig nach vorn gebeugt, fegten sie durch die Straßen wie der Wind; die breite Krempe ihres Schlapphutes stand kerzengerade in die Höhe, und sie schwangen die lange Riata über dem Kopf. Eine Minute später waren sie nur noch ein Staubwölkchen, weit draußen in der Wüste. Beim Traben saßen sie stolz und anmutig auf dem Pferd, als wären sie mit ihm verwachsen, und hopsten nicht auf und nieder nach der albernen Manier der Reitschulen. Ich hatte bald gelernt, ein Pferd von einer Kuh zu unterscheiden, und brannte vor Begier, noch mehr zu können. Ich war entschlossen, mir ein Pferd zu kaufen. Während dieser Gedanke mir im Kopf herumschwirrte, kam der Auktionator auf einem schwarzen Tier über die Plaza gejagt; es war höckerig und eckig wie ein Kamel und ebenso häßlich, aber es wurde versteigert: „Zum drittenmal zweiundzwanzig – Pferd, Sattel und Zügel für zweiundzwanzig Dollar, meine Herren!“ Und da konnte ich kaum widerstehen.

Ein unbekannter Mann (wie sich später zeigte, war es der Bruder des Auktionators) bemerkte meine sehnsüchtigen Blicke und meinte, das sei doch für den Preis ein ganz respektables Pferd; der Sattel, fügte er hinzu, sei allein schon das Geld wert. Es war ein spanischer Sattel mit gewichtigen „Tapidaros“ und mit dem plumpen Überzug aus Sohlenleder unaussprechlichen Namens. Ich sagte, ich hätte halb und halb Lust zu bieten. Darauf sah mich der Mensch mit seinen stechenden Augen an, als wollte er prüfen, als er sprach, denn seine Worte waren voll argloser Aufrichtigkeit und Wahrhaftigkeit.

„Ich kenne dieses Pferd, kenne es genau“, sagte er. „Sie sind ein Fremder, dem Anschein nach, und so können Sie vielleicht meinen, es sei ein amerikanisches Pferd, aber ich versichere Ihnen, das ist nicht der Fall. Es hat nichts Amerikanisches an sich. Es ist – entschuldigen Sie, wenn ich leise spreche, es sind noch mehr Leute um den Weg – es ist ohne den geringsten Zweifel ein echter mexikanischer Stöpsel!“ Ich wußte zwar nicht, was ein echter mexikanischer Stöpsel war, doch es lag etwas so Besonderes in der Art, wie der Mann das sagte, daß ich mir im stillen gelobte, ich müsse einen echten mexikanischen Stöpsel haben, und sollte es mein Leben kosten. „Hat es sonst noch Vorzüge?“ forschte ich mit unsicherer Stimme, wobei ich meine Ungeduld nach Kräften zu meistern suchte.

Er faßte mit einem Finger in die Tasche meines Wollhemdes, zog mich beiseite und flüsterte mir mit Nachdruck ins Ohr: „Er ist im Bocken jedem anderen in ganz Amerika überlegen!“

„Zum dritten-, zum dritten-, zum drittenmal – vierundzwanzigeinhalb Dollar, meine Her ...“

„Siebenundzwanzig!“ schrie ich wie toll.

„Gehört Ihnen!“ erklärte der Auktionator, und damit übergab er mir den echten mexikanischen Stöpsel.

Ich konnte kaum meinen Jubel zurückhalten, bezahlte das Geld und stellte das Tier in den benachbarten Mietstall ein, damit es etwas zu fressen bekomme und sich ausruhe. Am Nachmittag nahm ich das Geschöpf mit auf die Plaza, wo es ein paar Leute an Kopf und Schwanz festhielten, während ich aufstieg. Sobald sie losließen, stellte der Gaul seine vier Hufe dicht zusammen, senkte den Rücken und wölbte ihn dann plötzlich wieder, so daß er mich drei oder vier Fuß hoch in die Luft hinaufschnellte! Ich kam ganz senkrecht wieder herunter, mitten in den Sattel, flog aber augenblicklich wieder in die Höhe und wäre fast auf dem hohen Sattelknopf aufgekommen, schoß dann ein drittes Mal empor und landete jetzt auf dem Hals des Gaules – alles im Verlauf von drei oder vier Sekunden. Nun bäumte er sich und stand fast kerzengerade auf den Hinterbeinen, während ich mich verzweifelt an seinen mageren Hals klammerte und so in den Sattel zurückrutschte. Kaum stand er wieder auf allen vieren, hob er sofort die Hinterbeine und stellte sich auf die Vorderbeine, während er mit den ersteren ausschlug, als wolle er dem Himmel eins versetzen. Dann begann er von neuem Flugübungen zu machen. Als ich das viertemal emporschnellte, hörte ich, wie ein Fremder bewundernd sagte: „Oh, aber der kann bocken!"

Ich schwebte noch in der Luft, als jemand dem Gaul einen schallenden Hieb mit dem Lederriemen gab, und als ich wieder herunterkam, war der echte mexikanische Stöpsel nicht mehr da. Ein junger Kalifornier jagte ihm nach, fing ihn ein und fragte, ob er einen Ritt mit ihm machen dürfe. Ich gestattete ihm diesen Hochgenuß. Er bestieg den Echten und flog ebenfalls einmal in die Höhe, rammte ihm aber, als er wieder herunterkam, die Sporen in die Rippen, worauf der Gaul davonging wie ein Telegramm. Er schwebte über drei Zäune wie ein Vogel und verschwand auf der Straße nach dem Washoe-Tal.

Ich ließ mich mit einem Seufzer auf einen Stein nieder und suchte unwillkürlich mit der einen Hand die Stirn, mit der anderen den Magen. Ich glaube, ich habe noch nie die Unzulänglichkeit der menschlichen Maschinerie so gründlich erkannt wie in diesem Moment – denn ich hätte mindestens zwei oder drei Hände mehr haben sollen, um sie noch an andere Stellen halten zu können. Keine Feder kann beschreiben, wie zusammengeschüttelt ich war. Keine Einbildungskraft reicht aus, um sich vorzustellen, wie mir zumute war: gänzlich aus dem Leim gegangen, innerlich und äußerlich zerrissen, zerfahren und durchgerüttelt wie ein Butterfaß. Es hatte sich inzwischen jedoch eine teilnehmende Schar um mich versammelt, und ein Mann von ältlichem Aussehen spendete mir Trost:

„Fremder, Sie sind hereingefallen. Jedermann in diesem Nest kennt dieses Pferd. Jedes Kind, jeder Indianer hätte Ihnen sagen können, daß es bocken würde; es ist im Bocken der schlimmste

Teufel in ganz Amerika. Hören Sie, was ich sage. Ich bin Curry, der alte Curry, der alte Abe Curry. Der Gaul ist ein echter mexikanischer Stöpsel durch und durch, und dazu noch ein ungewöhnlich niederträchtiger. Sie Tausendsapperlot, wenn Sie es gescheit angefangen hätten, so hätten Sie vielleicht ein amerikanisches Pferd für weit weniger kriegen können, als Sie für die elende, alte, hinterhältige Krake bezahlt haben."

Ich sagte keine Silbe, aber ich nahm mir im stillen vor, falls der Bruder des Auktionators während meines Aufenthalts im Lande zu Grabe getragen werden sollte, alle anderen Vergnügungen zu verschieben, um dieses Begräbnis nicht zu versäumen.

Nach einem Galopp von sechzehn Meilen kamen der kalifornische Jüngling und der echte mexikanische Stöpsel wieder in die Stadt gejagt. Die Schaumflocken flogen um sie herum wie um das Flugwasser, das vor einem Wirbelsturm dahertreibt. Mit einem letzten Satz, den sie über einen Schubkarren und einen Chinesen weg machten, warfen sie vor der Ranch Anker.

Dieses Keuchen und Schnauben! Wie die roten Nüstern des Pferdes arbeiteten und seine wilden Augen blitzten! Aber war der störrische Gaul etwa geduckt? Nein, wahrhaftig nicht. Seine Herrlichkeit, der „Sprecher des Hauses", glaubte das und wollte auf ihm zum Kapitol (Regierungsgebäude) reiten. Doch das Geschöpf machte einen Satz über einen Haufen Telegraphenstangen hinweg, halb so hoch wie eine Kirche, und den Weg zum Kapitol – eindreiviertel Meilen – flog es, anstatt zu laufen, das heißt es sauste schnurgerade über alles hinweg, indem es Zäune und Gräben den Windungen der Straße vorzog. Als der Sprecher beim Kapitol ankam, war er weit mehr in der Luft gewesen als auf dem Pferderükken und meinte, ihm sei zumute, als habe er die Tour auf einem Kometen gemacht.

Abends kam der Sprecher zu Fuß nach Hause und ließ den „Echten", hinter einem Steinwagen angebunden, stehen. Tags darauf überließ ich das Tier dem Sekretär des Hauses zu einem Ritt zu der sechs Meilen entfernten Silbergrube von Dana; auch er kam (um sich Bewegung zu machen) zu Fuß zurück und ließ das Pferd angebunden stehen. Ich mochte den Gaul leihen, wem ich wollte, alle kamen zu Fuß zurück, alle meinten, es fehle ihnen sonst an der nötigen Bewegung. Trotzdem borgte ich ihn fortwährend jedem, der ihn haben wollte; ich dachte, wenn der Gaul sich dabei einen Schaden holte, könnte ich ihn dem Betreffenden aufhalsen, oder bräche er das Genick, dann müsse mir der Reiter den Wert ersetzen. Es passierte ihm jedoch nicht das geringste. Er lieferte Stückchen, die noch nie ein Pferd geleistet hat, ohne Hals und Beine zu brechen, aber er kam immer mit heiler Haut davon. Tag für Tag unternahm er Sachen, die man bislang für unmöglich gehalten hatte, setzte aber alles durch. Manchmal verrechnete er sich allerdings ein klein wenig und brachte den Reiter in Schaden, aber ihm selbst wurde nie ein Haar gekrümmt. Natürlich hatte ich längst den Versuch gemacht, ihn zu verkaufen, doch fand dieses naive Unternehmen sehr wenig Anklang. Vier Tage lang raste der Auktionator auf ihm in den Straßen auf und ab, wobei er die Leute auseinanderjagte, den Verkehr störte und Kinder zu Boden ritt, ohne irgendein Gebot zu erhalten – wenigstens kein anderes als die achtzehn Dollar, die ein von ihm gedungener, notorisch vermögensloser Bummler bot. Die Leute lachten nur in aller Freundlichkeit, bezwangen aber ihre Kauflust, falls eine solche überhaupt bei ihnen vorlag. Darauf händigte mir der Auktionator seine Rechnung aus und zog den Gaul vom Markt zurück. Nun suchten wir ihn aus freier Hand loszuschlagen, indem wir ihn mit Verlust gegen ausrangierte Grabsteine, altes Eisen, Mäßigkeitstraktätchen – kurz gegen irgendwelche Ware im Tausch anboten. Doch die Eigentümer so schöner Sachen waren auf ihrer Hut, und aus dem Geschäft wurde nichts. Nie mehr machte ich den Versuch, den Gaul zu reiten. Für einen Menschen wie mich, der nur über Brüche, innere Schäden und dergleichen zu klagen hatte, reichte das Gehen als Bewegung vollständig aus. Endlich versuchte ich ihn zu verschenken, aber auch das verfing nicht. Die Leute meinten, an der Meeresküste seien die Erdbeben billig genug zu haben – sie wollten sich nicht selber eins anschaffen. Zuletzt verfiel ich darauf, ihn dem Gouverneur zum Gebrauch für die Brigade anzubieten. Im ersten Augenblick leuchtete sein Gesicht vor Begier auf, nahm aber bald wieder einen gleichgültigeren Ausdruck an – er meinte, die Sache wäre denn doch gar zu durchsichtig.

Gerade um diese Zeit brachte der Inhaber des Mietstalls mir

seine Rechnung für sechswöchige Pflege des Gauls – Stallraum fünfzehn Dollar, Heu zweihundertfünfzig! Der echte mexikanische Stöpsel hatte eine Tonne Heu gefressen, und der Mann behauptete, wenn er ihm den Willen gelassen hätte, würde er wohl hundert Tonnen aufgefressen haben.

Ich will hier nur bemerken, daß der durchschnittliche Preis für Heu während dieses und eines Teils des folgenden Jahres wirklich zweihundertfünfzig Dollar die Tonne betrug. Im vergangenen Jahr hatte die Tonne bisweilen fünfhundert Dollar in Gold gekostet, und im Winter vorher war der Artikel so knapp, daß kleine Vorräte gelegentlich achthundert Dollar die Tonne eingebracht hatten! Die Folgen lassen sich leicht erraten: Die Leute trieben ihr Vieh hinaus und überließen es dem Hungertod; noch ehe der Frühling ins Land kam, waren die Täler von Carson und Eagle mit den Leichnamen der Tiere förmlich übersät. Jeder alte Ansiedler wird dies bestätigen. Ich schaffte es, die Mietstallrechnung zu zahlen, und noch am selben Tag schenkte ich den „echten mexikanischen Stöpsel“ einem vorüberziehenden Auswanderer aus Arkansas.

Viertes Kapitel

Nevada bildete ursprünglich unter dem Namen „Carson County“ einen Teil von Utah und war eine recht ansehnliche „Grafschaft“. In einigen Tälern gab es Heu in Massen, und dies zog ganze Kolonien mormonischer Viehzüchter und Farmer dorthin. Von Kalifornien aus kamen auch vereinzelt kleine Scharen rechtgläubiger Amerikaner herüber, doch die beiden Klassen von Ansiedlern waren einander nicht sehr hold. Es herrschte so gut wie gar kein freundlicher Verkehr unter ihnen, jeder Teil blieb für sich. Die Mormonen waren bedeutend in der Überzahl und genossen außerdem den Vorzug eines besonderen Schutzes von seiten der mormonischen Regierung des Territoriums. Deshalb konnten sie sich erlauben, hochmütig, ja gebieterisch gegen ihre Nachbarn aufzutreten.

Im Jahre 1858 wurden in Carson County Silberadern entdeckt, und damit erhielten die Verhältnisse umgekehrte Vorzeichen. Kalifornier strömten in Scharen herein, und das amerikanische Element bildete bald die Mehrheit. Die Verpflichtung zum Gehorsam gegenüber Brigham Young und Utah wurde aufgehoben und die Bürger richteten eine provisorische Territorial-Regierung für „Washoe" ein. Gouverneur Roop war der erste und einzige höhere Beamte. Nach Ablauf der erforderlichen Zeit beschloß der Kongreß die Organisation des „Territoriums Nevada", worauf Präsident Lincoln den Gouverneur Ney an Roops Stelle setzte. Zu jener Zeit betrug die Bevölkerung des Territoriums ungefähr zwölf- bis fünfzehntausend Seelen und wuchs mit rasender Schnelligkeit; man beutete eifrig die Silbergruben aus und errichtete Pochwerke für das Silbererz. Geschäfte aller Art entstanden, und von Tag zu Tag wurden es mehr.

Die Bewohner waren zwar froh, eine gesetzmäßige, geordnete Regierung zu besitzen, doch waren sie nicht besonders erbaut davon, die Gewalt an Fremde aus weitentlegenen Staaten übertragen zu sehen – eine höchst natürliche Empfindung. Sie meinten, man hätte die Beamten aus ihrer eigenen Mitte wählen sollen – aus den hervorragenden Bürgern, die sich ein Recht auf solche Beförderung erworben hätten, die die Gefühle der Bevölkerung teilten und mit den Bedürfnissen des Territoriums gründlich vertraut wären. Dieser Gesichtspunkt war zweifellos völlig berechtigt. Außerdem waren die neuen Beamten „Auswanderer", und schon deshalb brachte man ihnen von keiner Seite Liebe oder Hochachtung entgegen. Die neue Regierung wurde also mit beträchtlicher Kälte aufgenommen, sie kam nicht nur als fremder Eindringling, sie war dazu noch arm. Es lohnte sich nicht einmal, sie zu rupfen – höchstens für die elendesten der kleinen Ämterhascher und Stellenjäger. Jedermann wußte, daß der Kongreß nur zwanzigtausend Papierdollar jährlich für ihren Unterhalt angesetzt hatte – gerade genug, um ein Quarz-Pochwerk einen Monat lang in Betrieb zu halten. Auch war allgemein bekannt, daß das Geld für das erste

Jahr noch in Washington lag und daß es lange dauern und manche Schwierigkeit machen werde, bis man es zu sehen bekäme. Carson City war zu unliebenswürdig und zu klug, um dem fremden Wechselbalg mit unschicklicher Hast ein Konto zu eröffnen.

Es liegt etwas Tragikomisches in den Kämpfen, unter denen eine neugeborene Territorial-Regierung sich ihren Platz in dieser Welt erobert; die unsrige hatte einen sehr schweren Stand. Das Organisationsgesetz und die Instruktionen des Staatsdepartments schrieben vor, daß binnen der und der Zeit eine gesetzgebende Versammlung gewählt und die Sitzungen an dem und dem Tag eröffnet werden sollten. Gesetzgeber zu bekommen war nicht schwer, selbst für drei Dollar Taggeld, obwohl Kost und Wohnung fünfeinhalb Dollar betrug, denn Würde und Ansehen haben in Nevada ihren Reiz so gut wie anderswo, und es gab eine Menge beschäftigungsloser patriotischer Seelen; aber eine Halle für die Versammlungen zu beschaffen, war nicht so leicht. Carson lehnte höflich ab, einen Saal mietfrei herzugeben oder der Regierung auf Kredit zu überlassen. Als jedoch Durry von der Schwierigkeit hörte, trat er ganz allein vor, nahm das Staatsschiff auf seine Schultern, trug es über die Sandbank und machte es wieder flott. Ich meine unseren Curry, den alten Curry, den alten Abe Curry. Ohne ihn hätte die Gesetzgebung ihre Sitzungen in der Wüste abhalten müssen. Er bot sein großes, massives Gebäude, dicht neben der Stadtgrenze, mietfrei an, was freudig angenommen wurde. Dann baute er eine Pferdebahn von der Stadt nach dem Kapitol, auf der er die Gesetzgeber gratis beförderte. Ferner lieferte er aus Fichtenholz Bänke und Stühle und ließ die Fußböden mit Sägespänen bestreuen, die Teppich und Spucknapf zugleich vorstellten. Ohne Curry wäre die Regierung in den Windeln gestorben. Zur Trennung des Senats vom Repräsentantenhaus ließ der Sekretär eine Zwischenwand aus Sackleinwand beschaffen, die drei Dollar vierzig Cent kostete, doch die Vereinigten Staaten lehnten eine Bezahlung ab. Auf den Einwurf, daß ja in den „Instruktionen" die Bezahlung eines reichlichen Mietpreises für einen Versammlungssaal vorgesehen sei und daß Herrn Currys Freigebigkeit dem Vaterland diese Summe erspart habe, erklärten die Vereinigten Staaten, das ändere nichts an der Sache; die drei Dollar vierzig Cent würden von dem Sekretärsgehalt von achtzehnhundert Dollar in Abzug gebracht werden – und so geschah es auch!

Eine der Hauptschwierigkeiten, mit welchen die neue Regierung anfänglich zu kämpfen hatte, bildeten die Drucksachen. Der Sekretär war eidlich zur Befolgung der geschriebenen Instruktionen verpflichtet, die zwei Dinge mit unfehlbarer Bestimmtheit von ihm verlangten, nämlich:

1. Die täglichen Berichte über die Verhandlungen beider Häuser drucken zu lassen und

2. bei dieser Arbeit für den Satz anderthalb Dollar pro tausend und für den Druck anderthalb Dollar pro Bogen in Staatsnoten zu zahlen.

Es war keine Kunst zu schwören, daß man diesen beiden Vorschriften nachkommen wolle, aber mehr als eine davon wirklich auszuführen, war völlig unmöglich. Als die Staatsnoten bis auf vierzig Cent für den Dollar gefallen waren, forderten die Druckereien allerdings anderthalb Dollar für das Tausend und ebensoviel für den Bogen, aber in Gold. Laut seiner Instruktion hatte der Sekretär aber einen von der Regierung ausgegebenen Papierdollar jedem anderen von ihr ausgegebenen Dollar gleich zu achten. Der Druck der Berichte wurde deshalb abgebrochen. Daraufhin erteilten die Vereinigten Staaten dem Sekretär eine ernste Rüge wegen Nichtbeachtung seiner Instruktionen und ermahnten ihn, bessere Wege zu wandeln. Er ließ deshalb einiges drucken und schickte die Rechnung nach Washington unter genauer Auseinandersetzung der hohen Preise im Territorium. Er machte dabei besonders auf einen gedruckten Marktbericht aufmerksam, woraus man ersehen möge, daß sogar die Tonne Heu zweihundertfünfzig Dollar koste. Hierauf antworteten die Vereinigten Staaten damit, daß sie die Drucksachenrechnung dem Unglücklichen vom Sekretärsgehalt abzogen, wobei sie außerdem mit würdevollem Ernst beifügten, er werde in seinen Instruktionen vergebens nach einer Anweisung suchen, Heu zu kaufen!

Auf der ganzen Welt ist nichts in eine so undurchdringliche Finsternis gehüllt wie der Verstand eines Kontrolleurs im Schatzamt der Vereinigten Staaten. Selbst die Feuerflammen der Hölle werden es kaum schaffen, auch nur einen matten Schimmer in seinem

Hirn zu verbreiten. Damals war nichts und niemand imstande, ihm begreiflich zu machen, wie es kam, daß zwanzigtausend Dollar in Nevada, wo alle Waren ungeheuer hoch im Preise standen, nicht so weit reichten wie in den andern Territorien, wo in der Regel alles außerordentlich billig war. Er war ein Beamter, der sein Augenmerk stets nur auf die kleinen Ausgaben richtete. Wie oben bereits bemerkt, benützte der Sekreätr des Territoriums seine Schlafstube als Amtszimmer und rechnete dem Staat dafür keinen Mietzins an, obwohl dies in seinen Instruktionen vorgesehen war und er ganz gut seinen Vorteil daraus hätte ziehen können (was ich augenblicklich getan haben würde, wäre ich selbst Sekretär gewesen). Doch die Vereinigten Staaten zollten dieser Hingebung niemals Anerkennung. Ich muß wirklich annehmen, mein Vaterland habe sich geschämt, einen Menschen in seinem Dienst zu haben, der sich so wenig auf seinen Vorteil verstand. Diese oft erwähnten „Instruktionen" (wir lasen gewöhnlich jeden Morgen ein Kapitel daraus als geistige Turnübung und in der Sonntagsschule waren es gleich ein paar Kapitel, denn sie beschäftigten sich mit allem möglichen unter der Sonne und enthielten neben anderem statistischen Material auch viele höchst schätzbare Abschnitte religiösen Inhalts) – diese „Instruktionen" also schrieben vor, daß den Mitgliedern der Gesetzgebung Federmesser, Briefkuverts, Federn und Schreibpapier geliefert werden sollten. Der Sekretär schaffte daher diese Artikel an und besorgte deren Verteilung. Die Federmesser kosteten drei Dollar das Stück. Da eines zuviel da war, so gab es der Sekretär dem Schriftführer des Repräsentantenhauses. Die Vereinigten Staaten bemerkten hierauf, der Schriftführer sei kein „Mitglied" des Hauses und zogen die drei Dollar nach Gewohnheit dem Sekretär vom Gehalt ab.

Es war eine nette Vereinigung von Souveränen, diese erste gesetzgebende Versammlung Nevadas. Sie legten Steuern auf bis zum Betrag von dreißig- oder vierzigtausend Dollar und bewilligten Ausgaben im Betrag von fast einer Million. Und doch hatten sie, wie alle anderen Körperschaften dieser Art, ihre zeitweiligen kleinen Anwandlungen von Sparsamkeit. Ein Mitglied schlug vor, durch Abschaffung des Kaplans der Nation drei Dollar täglich zu ersparen. Und doch brauchte dieser Mann den Kaplan nötiger als irgendein anderer, denn während des Morgengebetes hatte er meist seine Füße auf dem Pult und verzehrte rohe Rüben.

Zwei Monate tagte die Versammlung und erteilte die ganze Zeit nichts als Konzessionen zur Anlegung von Straßen und zur Erhebung von Wegegeld. Als sie auseinanderging, schätzte man, daß wohl auf jeden Bürger drei solche Konzessionen kämen. Und man bezweifelte, ob, falls der Kongreß dem Territorium nicht noch einen Längengrad zulegen würde, Platz genug für die Unterbringung all der Straßen vorhanden sein werde, deren Enden überall wie Fransen über die Grenzlinie hinaushingen.

Das Frachtgeschäft hatte bald einen so gewaltigen Umfang angenommen, daß über plötzlich erworbenes Vermögen aus Straßen beinahe dieselbe Aufregung herrschte wie über die wunderbar reichen Silberminen.

Fünftes Kapitel

Nach und nach bekam auch ich das Silberfieber. Große Gesellschaften brachen Tag für Tag nach den Bergen auf, wo sie reiche Silberadern und Quarzlager entdeckten und in Besitz nahmen. Das war ja ganz offenbar der Weg zum Glück. In der großen Grube „Gould and Curry“ war zur Zeit unseres Eintreffens der Quadratfuß drei- oder vierhundert Dollar wert; zwei Monate darauf war er auf achthundert Dollar gestiegen! Die „Ophir-Grube“ war das Jahr zuvor kaum eine Kleinigkeit wert gewesen, und jetzt wurde dort der Quadratfuß mit nahezu 4000 Dollar bezahlt. Es gab keine einzige Grube, die nicht in kurzer Zeit erstaunlich im Wert gestiegen wäre. Alle Welt sprach von diesen Wunderdingen. Man konnte kommen wohin man wollte, vom frühen Morgen bis spät in die Nacht hinein hörte man nichts anderes. Tom soundso hatte von der „Amanda Smith“ ein Stück für 40 000 Dollar verkauft – und hatte nicht einen Cent besessen, als er vor sechs Monaten die Schicht in Angriff nahm. John Jones hatte die Hälfte seines

Anteils an der Grube „Bald Eagle and Mary Ann" für 65 000 Dollar verkauft und war nun nach den Staaten gereist, um seine Familie zu holen. Die Witwe Brewster war in der Grube „Golden Fleece" auf reichhaltiges Erz gestoßen und hatte zehn Fuß für 18 000 Dollar verkauft – und doch war sie im letzten Frühjahr, als Sing-Sing-Tommy ihren Mann umbrachte, nicht einmal imstande gewesen, sich einen Krepphut anzuschaffen. Die Besitzer der Grube „Last Chance" hatten eine „Lehmscheide" gefunden und wußten, daß sie einer Silberschicht auf der Spur waren, so daß ein Fuß davon, der gestern noch ein Spottgeld wert war, heute den Wert eines Backsteinhauses hatte. Schäbige Anteilbesitzer, denen man gestern im ganzen Lande nirgends einen Schnaps geborgt hätte, brüllten heute im Champagnerrausch und sahen sich von Schwärmen wahrer Freunde umgeben in einer Stadt, wo sie aus jahrelangem Mangel an Übung nicht mehr gewußt hatten, wie man es macht, jemand zu grüßen oder ihm die Hand zu schütteln. Johnny Morgan, ein gemeiner Landstreicher, war eines Morgens in der Gosse mit 100 000 Dollar Vermögen aufgewacht, und zwar infolge der Entscheidung eines Prozesses über die Grube „Lady Frankling and Rough and Ready". Dergleichen Nachrichten tönten uns tagaus, tagein immer lauter in den Ohren, und immer höher loderte die Aufregung rings um uns empor.

Ich hätte gar kein Mensch sein müssen, um nicht auch toll zu werden wie die andern. Tag für Tag kamen ganze Karrenladungen voll gediegener Silberbarren, so groß wie Bleiklumpen, aus den Pochwerken herein, ein Anblick, der bewies, daß das tolle Gerede um mich her nicht aus der Luft gegriffen war. Ich glaubte daran und wurde einer der Allertollsten.

Alle paar Tage traf die Kunde von der Entdeckung einer nagelneuen Bergwerksregion ein. Sofort wimmelte es in den Zeitungen von Berichten über ihren Reichtum, und die ganze überschüssige Bevölkerung stürzte fort, um davon Besitz zu ergreifen. Die Krankheit steckte mir jetzt gehörig in den Knochen; eben noch hatte der Zulauf der Grube „Esmeralda" gegolten, und nun fing „Humboldt" an, mit lautem Geschrei die Aufmerksamkeit auf sich zu lenken. Humboldt, Humboldt! so hieß jetzt das Losungswort, und unverzüglich füllte „Humboldt", die neueste von den neuen, die reichste von den reichen, die wunderbarste von den wunderbaren Entdeckungen im Silbergebiet, zwei Spalten in den Tagesblättern, während „Esmeralda“ sich mit einer begnügen mußte. Ich war eben im Begriff gewesen, zu der „Esmeralda“ aufzubrechen, ließ mich aber von der Strömung mitreißen und machte mich nun zu „Humboldt“ auf.

Sechstes Kapitel

Jetzt hieß es flink sein! Wir verloren denn auch keine Zeit. Unsere Gesellschaft bestand aus vier Personen: einem sechzigjährigen Grobschmied, zwei jungen Advokaten und meiner Wenigkeit. Nachdem wir einen Wagen und zwei elende alte Gäule gekauft hatten, luden wir achtzehnhundert Pfund Lebensmittel sowie unsere Bergmannsgeräte auf und fuhren an einem kalten Dezembernachmittag von Carson City ab. Die Pferde waren so alt und schwach, daß wir bald eingesehen hatten, daß es wohl besser sei, wenn einer oder zwei von uns ausstiegen und den Weg zu Fuß fortsetzten. Bald aber sahen wir ein, daß es noch besser sei, wenn auch ein dritter ausstiege. So kam es denn auch. Ich hatte freiwillig das Amt des Fuhrmanns übernommen, obwohl ich vorher noch nie mit einem angeschirrten Pferd gefahren war, und der Fuhrmann mußte natürlich auf dem Wagen bleiben. Doch nach einer kurzen Weile erwies es sich als ratsam, wenn auch der Fuhrmann ausstiege und zu Fuß ginge. Damit verzichtete ich auf diese Stellung, zu der ich nie wieder gelangen sollte. Noch vor Ablauf einer Stunde fanden wir, daß es nicht nur besser, sondern unbedingt notwendig war, immer abwechselnd zu zweien den Wagen von hinten durch den Sand zu schieben, so daß die schwachen Pferde kaum noch etwas zu tun hatten, als die Zunge nicht heraushängen zu lassen und nicht zwischen die Räder zu kommen. Es hat vielleicht sein Gutes, wenn man von Anfang an weiß, was einem bevorsteht, und sich mit seinem Schicksal versöhnen kann. Wir hatten das unsrige an einem einzigen Nachmittag kennengelernt. Es war klar, daß wir zweihundert Meilen weit durch den Sand waten würden und den Wagen samt den Pferden vorwärtsschieben müßten. So fügten wir uns denn in die Umstände, und mit dem Fahren war es aus.

Nach einem Weg von sieben Meilen schlugen wir in der Wüste unser Lager auf. Der junge Clagett, jetzt Mitglied des Kongresses für Montana, schirrte die Pferde aus, fütterte und tränkte sie; Oliphant und ich schnitten Salbeiholz, machten Feuer und holten Wasser zum Kochen, und der alte Herr Ballou besorgte das Kochen selbst. Diese Teilung der Arbeit und die Bestimmung der Dienstleistungen für jeden einzelnen hielten wir während der ganzen Reise fest. Da wir kein Zelt hatten, schliefen wir in der freien Ebene unter unseren Decken. Unsere rechtschaffene Müdigkeit verschaffte uns einen festen Schlaf.

Wir brauchten für die zweihundert Meilen fünfzehn Tage, das heißt eigentlich nur dreizehn, denn einmal hielten wir irgendwo zwei Tage an, um die Pferde ausruhen zu lassen. Hätten wir diese hinten am Wagen angebunden, hätten wir den Weg sicherlich in zehn Tagen zurückgelegt, doch wir dachten daran erst, als es zu spät war, und schoben den Wagen samt den Pferden immer weiter, während wir uns die halbe Mühe hätten sparen können. Leute, die uns begegneten, rieten uns gelegentlich, die Pferde doch in den Wagen zu setzen, doch Herr Ballou, durch dessen eisengepanzerten Ernst kein spitzes Wort drang, meinte, das ginge nicht, da sonst die Lebensmittel in Gefahr kämen, weil die Pferde von der langen Entbehrung „bituminös“ geworden seien. Der Leser wird mich entschuldigen, wenn ich dies nicht übersetze. Was Herr Ballou meinte, wenn er ein langes Wort gebrauchte, blieb allemal ein Geheimnis zwischen ihm und seinem Schöpfer. Er war einer der besten, gutmütigsten Menschen unter der Sonne – die Sanftmut und Einfalt selbst und die Uneigennützigkeit ebenfalls. Obwohl mehr als zweimal so alt wie der älteste von uns anderen, tat er sich doch deshalb niemals wichtig und verlangte niemals ein Vorrecht oder eine Ausnahmestellung. Er verrichtete dieselbe Arbeit wie ein junger Mann und leistete seinen Teil an der Unterhaltung wie jeder andere, nicht von der anmaßenden, Ehrfurcht heischenden

Gipfelhöhe von sechzig Jahren herab. Die einzige auffallende Eigentümlichkeit an ihm war seine Vorliebe für lange Wörter, die er um ihrer selbst willen liebte und gebrauchte, ganz unbekümmert um ihre Beziehung zu dem Gedanken, den er ausdrücken wollte. Er ließ die gewichtigen Silben mit behaglicher Unkenntnis ihrer Bedeutung fallen, so daß diese niemals etwas Anstößiges haben konnten. Dabei war sein Benehmen so natürlich und einfach, daß man immer wieder in Versuchung geriet, in seinen großartigen Phrasen einen Inhalt zu suchen, während sie wirklich ganz und gar nichts bedeuteten. War ein Wort recht lang, großartig und vollklingend, so reichte dies aus, die Liebe des alten Mannes zu gewinnen; er ließ es dann in seinen Reden irgendwo an der möglichst unpassendsten Stelle einfließen und freute sich daran, als hätte er die tiefsinnigste Wahrheit ausgesprochen.

Wenn wir unser Nachtlager aufschlugen, breiteten wir immer unseren gesamten Vorrat an Decken zusammen auf dem gefrorenen Boden aus und legten uns Seite an Seite schlafen. Da Oliphant bald merkte, daß unser dummer, hochbeiniger Hund viel tierische Wärme in sich hatte, ließ er ihn zwischen sich und Herrn Ballou mit ins Bett kriechen und zog den warmen Rücken des Hundes an seine Brust, was er höchst behaglich fand. Aber während der Nacht fing der Köter an, sich zu strecken und sich unter wohlgefälligem Knurren gegen Ballous Rücken zu stemmen und ihn fortzuschieben. Wenn er sich recht warm und gemütlich fühlte, trommelte er wohl auch im Übermaß des Wohlseins voll Dankbarkeit und Glück dem Alten mit den Pfoten auf dem Rücken herum. Wenn er von der Jagd träumte, zerrte er den alten Mann hinten an den Haaren und bellte ihm ins Ohr. Ballou beklagte sich zuletzt sehr sanftmütig über diese Beweise echter Zutraulichkeit und schloß seinen Vortrag mit der Bemerkung, so ein Hund sei kein Tier, das zu müden Leuten ins Bett passe, denn es sei zu „meretriciös in seinen Bewegungen“ und zu „organisch in seinen Gefühlen“. Wir warfen den Hund hinaus.

Es war eine harte, mühselige Reise, die aber trotzdem ihre Lichtseite hatte, denn wenn nach Tagesschluß unser Wolfshunger mit einem warmen Mahl von gebratenem Speck, Brot, Sirup und schwarzem Kaffee gestillt war, fanden wir bei einer Pfeife, ein paar

Liedern und Geschichten am abendlichen Lagerfeuer in der stillen Einsamkeit der Wüste eine frohe, sorgenfreie Erholung, die uns als der höchste Gipfel irdischer Seligkeit erschien. Eine solche Lebensweise übt auf alle Menschen einen mächtigen Zauber aus, egal, ob sie aus der Stadt oder vom Land stammen. Wir sind die Abkömmlinge wüstendurchziehender Araber, und die endlose Zeit stetig fortschreitende Kulturentwicklung war nicht imstande, den Wandertrieb in uns auszurotten. Niemand von uns wird leugnen, daß ihn bei dem Gedanken an ein Nachtlager draußen im Freien stets ein Wonnegefühl durchbebt. Einmal wanderten wir fünfundzwanzig Meilen an einem Tag und ein andermal in der großen amerikanischen Wüste vierzig Meilen und dann noch einmal zehn, also im ganzen fünfzig Meilen innerhalb dreiundzwanzig Stunden, ohne uns Zeit zum Essen, Trinken oder Ausruhen zu gönnen. Wenn man einen Wagen samt zwei Pferden fünfzig Meilen weit geschoben hat, ist es ein solcher Hochgenuß, sich auszustrecken und sich dem Schlaf zu überlassen, wäre es auch auf steinigem und gefrorenem Boden, daß einem die Wonne für den Augenblick nicht zu teuer erkauft scheint.

Wir lagerten zwei Tage in der Nähe des Sees, in dem sich der Humboldtfluß verliert. Unsere Versuche, das stark alkalische Wasser des Sees zu trinken, fielen höchst kläglich aus. Es hinterließ einen bitteren, ganz abscheulichen Geschmack im Mund und ein höchst unangenehmes Brennen im Magen; es war, als tränke man starke Lauge. Wir taten Sirup hinein, aber das machte es nur wenig besser. Wir fügten eine Essiggurke hinzu, aber das Alkali schmeckte vor, und so war es zum Trinken nicht zu brauchen. Kaffee von diesem Wasser war das niederträchtigste Gebräu, das ein Mensch je erfunden hat. Er schmeckte wirklich noch abscheulicher als das unverbesserte Wasser selbst. Herr Ballou, der das Getränk gebraut hatte, fühlte sich verpflichtet, es zu verteidigen und trank deshalb in kleinen Schlückchen eine halbe Tasse davon, wobei er es fertigbrachte, ihm eine Zeitlang ein schwaches Loblied zu singen; schließlich aber schüttete er den Rest weg und erklärte offen und frei, der Kaffee sei „zu technisiert“. Bald nachher fanden wir eine Quelle mit brauchbarem, frischem Wasser, worauf wir uns in bester Laune zur Ruhe legten.

Siebtes Kapitel

Vom See aus zogen wir eine kurze Strecke den Humboldtfluß entlang. Leute, die an den riesig breiten Mississippi gewöhnt sind, verbinden mit dem Wort „Fluß" unwillkürlich den Begriff großartiger Wasserfülle. Infolgedessen fühlen sich solche Leute recht enttäuscht, wenn sie am Ufer des Carson oder Humboldt stehen und finden, daß ein Fluß in Nevada ein kränkliches Bächlein ist, das in allen Punkten ein Gegenstück zum Eriekanal bildet, ausgenommen, daß der Kanal zweimal so lang und viermal so tief ist. Es ist eine der angenehmsten und gesündesten Übungen, am Humboldtfluß entlangzulaufen, so lange hinüber und herüber zu springen, bis man tüchtig erhitzt ist, und ihn dann trockenzutrinken.

Am fünfzehnten Tag hatten wir den zweihundert Meilen langen Marsch vollendet und hielten bei heftigem Schneesturm unseren Einzug in Unionville. Die Stadt bestand aus elf Hütten und einem Freiheitsbaum. Sechs der Hütten standen in einer Reihe am Rande einer tiefen Schlucht und die anderen fünf ihnen gerade gegenüber. Auf beiden Seiten der Schlucht stiegen öde Bergwälle so hoch zum Himmel empor, daß das Dörfchen tief unten auf dem Grund einer Erdspalte zu liegen schien. Es war auf der Höhe dieser Berge immer schon lange Tag, bevor unten endlich die Dunkelheit wich und Unionville sichtbar wurde.

Wir bauten uns eine kleine, rohe Hütte in der Erdspalte und deckten sie mit Sackleinwand; eine Ecke ließen wir für den Rauchabzug offen, doch nachts purzelte gelegentlich das Vieh dort herein, so daß unser Hausrat Schaden nahm und wir im Schlaf gestört wurden. Es war sehr kalt, und das Brennholz war knapp. Indianer schleppten Gestrüpp und Buschholz mehrere Meilen weit auf dem Rücken herbei. Konnten wir einen solchen beladenen Indianer fangen, war es gut; konnten wir keinen fangen – dies war übrigens die Regel, nicht die Ausnahme –, so froren wir eben und fügten uns in unser Schicksal.

Ich gestehe ohne Beschämung, daß ich erwartet hatte, das Silber liege überall massenhaft auf dem Boden herum, und man könne es auf den Berggipfeln in der Sonne blinken sehen. Natürlich sagte ich nichts davon, denn ein inneres Gefühl flüsterte mir zu, ich könne doch am Ende eine übertriebene Vorstellung von der Sache haben und mich, wenn ich meine Gedanken verriete, lächerlich machen. Doch zweifelte ich nicht im mindesten daran, daß ich innerhalb ein oder zwei Tagen, spätestens aber in einer Woche, Silber genug finden würde, um ganz hübsch reich zu sein – und so beschäftigte sich meine Einbildungskraft bereits eifrig mit Plänen zur Verwendung des Geldes. Bei der ersten Gelegenheit schlenderte ich sorglos von der Hütte weg, behielt aber die anderen Jungen im Auge. Als ich merkte, daß sie mich beobachteten, blieb ich stehen und betrachtete den Himmel; sobald jedoch niemand mehr achtgab, rannte ich davon, als hätte ich einen Diebstahl auf dem Gewissen, und blieb erst wieder stehen, als ich weit außer Sicht- und Rufweite war. Dann ging ich in fieberhafter Aufregung ans Suchen, denn ich war gespannt wie ein Flitzbogen und meiner Sache fast hundertprozentig sicher. Ich kroch auf dem Boden umher, hob Steinbrocken auf und untersuchte sie, indem ich den Staub abblies oder sie an meinen Kleidern rieb und mit hoffnungsvoller Gier musterte. Es dauerte nicht lange, da fand ich einen glänzenden Brocken, und mir hüpfte das Herz. Hinter einem Felsblock versteckt, polierte und prüfte ich ihn mit nervöser Hast. Hatte ich es doch geahnt! Je genauer ich meinen Brocken untersuchte, desto fester war ich überzeugt, den Weg zum Glück gefunden zu haben. Ich bezeichnete mir den Ort und nahm meine Probe mit. Dann suchte ich weiter die zerklüftete Bergflanke ab. Meine Erregung steigerte sich immer mehr. Ich war von Dankbarkeit durchdrungen, daß ich nach „Humboldt" gekommen war, und zwar genau zur rechten Zeit. Dieses heimliche Suchen nach den verborgenen Schätzen des Silberlandes versetzte mich in die höchste Verzükkung, die ich je im Leben empfunden habe. Es war ein wahrer Taumel. Nicht lange danach entdeckte ich im Bett eines seichten Baches einen Bodensatz glänzend gelber Schuppen. Mir blieb fast das Herz stehen. Eine Goldgrube! Und ich war in meiner Einfalt mit Silber zufrieden gewesen! Zunächst fürchtete ich noch, meine überzeugte Einbildungskraft täusche mich. Dann packte mich die Angst, man könnte mich beobachten und mein Geheimnis erraten. Vorsichtig ging ich im Kreis um die Stelle herum und stieg spähend auf einen Hügel. Gott sei Dank, ich war allein. Kein lebendes Wesen weit und breit. Nun kehrte ich zu meinem Fundort zurück, indem ich mich gegen eine mögliche Enttäuschung wappnete, doch meine Befürchtung war unbegründet – die glänzenden Schuppen waren noch immer da. Ich machte mich daran, sie auszuschöpfen. Eine Stunde lang plagte ich mich die Windungen des Baches hinunter und plünderte sein Bett, bis die sinkende Sonne dem weiteren Suchen ein Ende machte und ich mich, beladen mit Schätzen, heimwärts wandte. Als ich so dahinging, konnte ich mich nicht enthalten, meine anfängliche Aufregung über den Brocken Silbererz zu belächeln, da mir doch ein edleres Metall beinahe vor der Nase lag. In dieser kurzen Zeit war das Silber in meiner Achtung so tief gesunken, daß ich ein- oder zweimal versucht war, es wegzuwerfen.

Zum Abendbrot war ich bei unserer Hütte. Während die Jungen ihren gewöhnlichen Hunger entwickelten, konnte ich nichts essen. Auch reden konnte ich nicht. Ich war im Land der Träume in weiter Ferne. Ihre Unterhaltung störte meine Phantasie und ärgerte mich zunächst sogar. Ich verachtete die lumpigen und alltäglichen Dinge, von denen sie schwatzten, doch allmählich fing das Gerede aber an, mir Spaß zu machen. Es hatte seinen eigenen, komischen Reiz, ihnen zuzuhören, wie sie über ihre ärmlichen kleinen Ersparnisse Pläne machten und über mögliche Verluste und Verlegenheiten seufzten, während doch eine Goldgrube dicht vor der Hütte lag, die unser volles Eigentum war und die ich ihnen nur zu zeigen brauchte. Ich schüttelte mich innerlich vor Lachen. Es war nicht leicht, dem Antrieb zu widerstehen, in hellem Jubel loszuplatzen und alles zu offenbaren, aber ich widerstand. Ich nahm mir vor, die große Neuigkeit gelassen durch meine Lippen träufeln zu lassen und dabei so ruhig und heiter auszusehen wie ein Sommermorgen und die Wirkung auf ihren Gesichtern zu beobachten.

Ich fragte: „Wo seid ihr alle gewesen?“

„Schürfen gegangen.“

„Was habt ihr gefunden?“

„Nichts.“

„Nichts? Was haltet ihr von der Gegend?“

„Kann’s jetzt noch nicht sagen“, erwiderte Herr Ballou, der ein alter Goldgräber war und auch in Silbergruben beträchliche Erfahrungen besaß.

„Nun, haben Sie sich denn nicht irgendeine Art Meinung gebildet?"

„Das schon. Es scheint freilich nicht übel hier, aber man hat die Sache überschätzt. Siebentausend-Dollar-Lager sind wohl selten. Die Sheba-Grube mag zwar reich sein, aber sie gehört uns nicht, und überdies ist das Gestein so voll von schlechten Metallen, daß alle Wissenschaft der Welt nichts damit anfangen kann. Wir werden hier nicht verhungern, aber ich fürchte, wir werden auch nicht reich werden."

„Sie halten also die Aussicht für ziemlich gering?"

„So ist's."

„Nun, dann täten wir wohl besser daran heimzugehen, nicht wahr?"

„Oh, jetzt noch nicht – noch nicht. Wir wollen's doch zuerst noch ein bißchen versuchen."

„Gesetzt den Fall – es ist eine bloße Annahme, wißt ihr –, gesetzt den Fall also, ihr könntet ein Lager finden, das, sagen wir hundertfünfzig Dollar per Tonne gäbe – würde euch das genügen?"

„Probieren Sie's mal mit uns!" schrie die ganze Gesellschaft.

„Oder nehmen wir an – selbstverständlich wiederum eine reine Vermutung –, nehmen wir an, wir fänden eine Ader, wo die Tonne zweitausend Dollar Ausbeute gibt – würde euch das genügen?"

„Halt – was meinen Sie? Auf was steuern Sie los? Steckt ein Geheimnis dahinter?"

„Erhitzt euch nicht. Ich sage gar nichts. Ihr wißt ja ganz genau, daß es hier keine reichen Gruben gibt – ihr müßt es wissen, denn ihr seid ja überall herumgestreift und habt gesucht. Gesetzt aber den Fall, es käme einer und sagte: ‚Ach was, eine Zweitausend-Dollar-Ader ist rein gar nichts, wo doch gleich da drüben, direkt gegenüber dieser Hütte, ganze Haufen von gediegenem Gold und Silber liegen – ganze Berge davon, genug, um euch alle in vierundzwanzig Stunden zu reichen Leuten zu machen.' Na, was würdet ihr dazu sagen?"

„Ich würde sagen, der ist verrückt wie ein Irrenhäusler!" sagte der alte Ballou, der aber trotzdem vor Erregung selber ganz wild wurde.

„Meine Herren!“ versetzte ich. „Ich sage gar nichts – ich bin ja nicht herumgelaufen, wie Sie wissen, und weiß deshalb natürlich nichts – aber ich bitte nur um das eine: Werfen Sie einmal einen Blick auf das hier zum Beispiel und sagen Sie mir, was Sie davon halten!“ Damit schüttete ich meinen Schatz vor ihnen aus.

Voll Begier stürzte alles darauflos und steckte die Köpfe unter der brennenden Kerze zusammen. Dann sagte der alte Ballou:

„Was ich davon halte? Gar nichts. Es ist nichts als ein Haufen Granitabfall und gemeines, glitzerndes Katzengold, von dem der Morgen keine zehn Cent wert ist!“

So schwand mein Traum dahin; so schmolz mein Reichtum, so stürzte mein Luftschloß zusammen, und ich blieb als ein geschlagener Mann zurück.

Ich zog die Moral aus der Geschichte mit dem bekannten Sprichwort: „Es ist nicht alles Gold, was glänzt.“ Herr Ballou meinte, ich könnte noch weitergehen und zu den Schätzen meines Wissens den Satz legen, daß nichts Gold sei, was glänze. So lernte ich denn ein für allemal, daß Gold im Naturzustand nichts als ein schwärzliches, unansehnliches Ding ist und daß nur Metalle gemeiner Art durch prahlerisches Glitzern die Bewunderung des Unerfahrenen erregen. Trotzdem unterschätze ich nach wie vor – die übrige Welt auch – echte Goldmenschen und verherrliche Katzengoldmenschen. Aber vielleicht lerne ich das auch noch.

Achtes Kapitel

Mit dem Geschäft des Silbergrabens wurden wir nur zu bald vertraut. Wir gingen mit Herrn Ballou „muten“. Zwischen Salbeibüschen, Felsen und Schneehaufen kletterten wir an den Berghängen hinauf, bis wir vor Erschöpfung fast umfielen, fanden aber kein

Silber und ebensowenig Gold. So ging es Tag für Tag. Da und dort stießen wir auf Löcher, die man ein paar Meter tief in die Abhänge getrieben und dann offenbar wieder aufgegeben hatte, und hie und da trafen wir auf ein oder zwei Leute, die noch emsig gruben. Aber Silber kam nirgends zum Vorschein. Diese Löcher waren die Ansätze von Stollen, die Hunderte von Fuß in den Berg getrieben werden sollten, um eines Tages auf die verborgene Schicht zu stoßen, in der das Silber steckte. Eines Tages! Dieser Tag schien in weiter Ferne zu liegen, und die Sache sah sehr hoffnungslos und trübselig aus. Tag für Tag mühten wir uns ab, kletterten herum und suchten, und dabei wurden wir jüngeren Genossen der aussichtslosen Plackerei immer mehr überdrüssig. Endlich machten wir hoch oben auf dem Berg unter einer überhängenden Felswand halt. Ballou schlug einige Stücke mit dem Hammer ab, prüfte sie lange und aufmerksam mit einem kleinen Augenglas, worauf er sie wegwarf und noch mehr abschlug; dann meinte er, dieses Gestein sei Quarz, und Quarz sei die Steinart, in der Silber enthalten sei. Enthalten sei! Ich hatte gemeint, es werde wenigstens außen daran kleben wie eine Art Überzug. Er schlug noch mehr Stücke los, um sie gründlich zu untersuchen, wobei er das betreffende Stück hie und da mit der Zunge benetzte und durch das Glas betrachtete. Schließlich rief er aus: „Wir haben es!“

Unsere Neugier war sofort aufs höchste gespannt. Das Gestein war rein und weiß an der Bruchstelle, und querdurch zog sich ein faseriger blauer Faden. In diesem kleinen Faden, meinte er, stecke Silber, aber gemischt mit unedlen Metallen, mit Blei, Antimon und anderem Quark, auch seien daran ein paar Tüpfelchen Gold sichtbar. Mit großer Anstrengung gelang es uns, ein paar kleine gelbe Fleckchen zu erkennen, von denen sich annehmen ließ, daß vielleicht ein paar Tausend davon einen Golddollar geben könnten. Wir waren nicht gerade entzückt, aber Ballou meinte, es gebe noch schlechtere Erzlager als dieses auf der Welt. Er hob das, was er das „reichste Stück Gestein“ nannte, auf, um seinen Wert durch die sog. Feuerprobe zu bestimmen. Dann gaben wir der Grube den Namen „Bergkönig“ (Bescheidenheit ist bei der Namengebung in den Bergwerken kein hervorstechender Zug), und Herr Ballou schrieb nachstehende Bekanntmachung auf, von der er sich eine Abschrift aufhob, um sie in die Bücher des Syndikus der Bergwerke in der Stadt eintragen zu lassen.

Bekanntmachung

Wir, die Unterzeichneten, belegten drei Stücke, jedes von dreihundert Fuß (und eins für die Entdeckung), an dieser silberhaltigen Quarzschicht nach Norden und nach Süden von diesem Anschlag, mit allen Einsenkungen, Verzweigungen und Winkeln, Biegungen und Krümmungen und dazu fünfzig Fuß breit Boden auf jeder Seite zu deren Bearbeitung.

Wir setzten unsere Namen darunter und versuchten uns in die Stimmung zu bringen, als sei nun unser Glück gemacht. Aber nachdem wir die Sache mit Herrn Ballou durchgesprochen hatten, waren unsere Zweifel eher noch gewachsen. Dieser Quarz an der Oberfläche, meinte er, sei nicht alles, was unsere Mine enthalte, vielmehr erstrecke sich die Wand oder Schicht, der wir den Namen „Bergkönig“ gegeben hatten, Hunderte und aber Hunderte von Fuß in die Erde hinab. Sie sei wie der Randstein eines Straßenpflasters, behalte ungefähr dieselbe Dicke, etwa zwanzig Fuß, bis hinab in die Eingeweide der Erde und unterscheide sich vollständig von dem Gestein, das sie rings umgebe; sie bleibe für sich und behalte stets ihren besonderen Charakter, einerlei wie tief sie in die Erde hineingehe oder wie weit sie sich längs der Berge und Täler oder quer über diese erstrecke; sie könne eine Meile tief und zehn Meilen lang sein, und man könne über oder unter der Erde hineinbohren, wo man wollte, so würde man Gold und Silber darin finden, aber nicht in dem geringeren Gestein, in das sie eingebettet sei. Unten in der großen Tiefe der Schicht, fuhr er fort, stecke ihr Reichtum, und mit der Tiefe nehme dieser stetig zu. Deshalb müßten wir, statt hier an der Oberfläche zu arbeiten, einen Schacht einsenken, bis wir an die reichen Stellen kämen – so etwa hundert Fuß tief –, oder unten vom Tal aus einen langen Stollen in den Bergabhang treiben und die Ader tief unter der Erde anzapfen. Das eine wie das andere war offenbar die Arbeit von Monaten, denn wir konnten täglich nur ein paar Fuß, ungefähr fünf oder sechs, ausbohren oder wegsprengen. Aber das war noch nicht alles. Er sagte, wenn das Erz herausgeschafft sei, müsse es erst zu einem entfernten Pochwerk gebracht werden, damit es zermahlen und das Silber durch einen langwierigen und kostspieligen Prozeß ausgeschieden werde. Eine Ewigkeit schien zwischen uns und unserem Glück zu liegen!

Aber wir gingen ans Werk. Wir beschlossen einen Schacht einzusenken und kletterten also eine Woche lang auf den Berg, beladen mit Hacken, Drillbohrern, Meißeln, Schaufeln, Brechstangen, Fäßchen, Sprengpulver und Lunten, und arbeiteten mit aller Macht. Anfangs war der Fels bröckelig und locker. Was wir mit den Spitzhacken abschlugen, schaufelten wir heraus, und das Loch machte ganz hübsche Fortschritte; aber allmählich wurde das Gestein fester, und nun kamen Meißel und Brechstange an die Reihe. Bald aber tat nichts mehr seine Wirkung außer dem Sprengpulver. Das war die mühseligste Arbeit! Während einer von uns den eisernen Drillbohrer hielt, schlug ein anderer mit einem achtpfündigen Schmiedehammer drauf – das reinste Nägeleinschlagen in großem Maßstabe. In zwei Stunden erreichte der Bohrer eine Tiefe von zwei bis drei Fuß und hatte ein Loch von ein paar Zoll Durchmesser gemacht. Dann legten wir die Pulverladung, steckten eine halbe Elle Lunte hinein, schütteten Sand und Kies darauf und stampften es fest; zuletzt zündeten wir die Lunte an und liefen weg. Kamen wir dann nach der Explosion, bei der Steine und Rauch in die Luft flogen, zurück, so fanden wir ungefähr einen Scheffel von dem harten, widerspenstigen Quarz herausgesprengt, kein bißchen mehr. Nach einer Woche hatte ich genug davon. Ich verzichtete; Clagett und Oliphant desgleichen. Unser Schacht war erst zwölf Fuß tief. Wir kamen überein, daß nur ein Stollen uns zum Ziel führen könne.

So gingen wir den Berg hinunter und arbeiteten dort eine Woche lang. Am Ende der Woche hatten wir einen Stollen ausgesprengt, in dem sich ungefähr ein Faß unterbringen ließ, und waren zu der Überzeugung gekommen, daß wir noch etwa neunhundert Fuß tiefer graben müßten, um auf die silberhaltige Schicht zu stoßen. Ich verzichtete auch jetzt wieder, und die anderen Jungen hielten es nur noch einen Tag länger aus. Wir stimmten überein, daß ein Stollen nichts für uns sei. Wir brauchten eine bereits „aufgeschlossene“ Schicht. Solche gab es aber im ganzen Lager nicht.

Den „Bergkönig“ ließen wir für jetzt liegen.

Mittlerweile füllte sich der Platz mit Leuten, und unsere Humboldt-Bergwerke riefen eine immer größere Aufregung hervor. Auch wir fielen der Seuche zum Opfer und strengten jeden Nerv an, um immer mehr „Fuß“ zu erwerben. Wir muteten herum und nahmen neue Stücke in Besitz, an die wir unsere Bekanntmachungen anschlugen und die wir mit hochtrabenden Namen belegten. Wir vertauschten eine Anzahl von unseren „Fuß“ gegen „Fuß“ in fremden Grubenteilen. Bald hatten wir namhafte Anteile am „Grauen Adler“, an der „Columbiana“, der „Münzfiliale“, der „Mary Jane“, dem „Universum“, der „Simson und Delila“, der „Schatztruhe“, der „Goldkonda“, der „Sultanin“, dem „Bumerang“, der „Großen Republik“, dem „Großmogul“ und noch fünfzig weiteren „Gruben“, die nie mit einer Schaufel oder Spitzhacke in Berührung gekommen waren. Wir besaßen nicht weniger als dreißigtausend „Fuß“ pro Mann in den „reichsten Gegenden der Erde“, wie die verruchte Schwindlersprache es nannte – und konnten den Fleischer nicht bezahlen. Wir waren ganz toll vor Aufregung, trunken vor Glück, begraben unter Bergen künftigen Reichtums, voll hochmütigen Mitleids mit den Millionen, die sich im Schweiß ihres Angesichts abmühten, weil sie unsere wundervolle Schlucht nicht kannten – aber unser Kredit beim Gemüsehändler stand schlecht. Es war die seltsamste Lebenslage, die man sich vorstellen kann – der Festschmaus eines Bettlers. Im Distrikt geschah nichts, man legte keine Gruben an, ließ keine Pochwerke arbeiten, man produzierte nichts und nahm nichts ein – im ganzen Lager war nicht so viel Geld zu finden, daß man hätte in einem Städtchen des Ostens einen Bauplatz dafür kaufen können; und doch mußte ein Fremder annehmen, er wandle unter lauter geschwollenen Millionären. Mutende Gesellschaften schwärmten beim ersten Tagesgrauen hinaus aus der Stadt und mit Einbruch der Nacht wieder herein, beladen mit Beute – Steinbrocken. Nichts als Steinbrocken. Jedermann hatte alle Taschen voll davon; in jeder Hütte war der Fußboden damit übersät, mit Zetteln beklebt, standen sie reihenweise auf den Wandsimsen.

Überall begegnete ich Leuten, die tausend bis dreißigtausend Fuß in unaufgeschlossenen Silbergruben besaßen, von denen jeder einzelne Fuß ihrer Überzeugung nach innerhalb kürzester Zeit fünfzig bis tausend Dollar wert sein mußte; und das waren oft genug Leute, die in der ganzen Welt keine fünfundzwanzig Dollar ihr eigen nannten. Man mochte treffen,wen man wollte, jedermann hatte eine neue Grube anzupreisen und seine „Proben" bereit.

Dann langte er regelmäßig ein fettiges Papier heraus, worin bezeugt war, das betreffende Stück habe in der Feuerprobe den Beweis geliefert, daß es Gold und Silber im Verhältnis von so und so viel hundert oder tausend Dollar die Tonne enthalte. Ich wußte damals noch nicht, daß üblich war, das reichste Stück aus einer Ausgrabung zum Probieren herauszusuchen. Sehr oft war dieses Stück von Nußgröße der einzige Brocken in einer ganzen Tonne, der überhaupt ein Metallteilchen enthielt, und doch erhob es nach dem Probierzeugnis Anspruch darauf, den Durchschnittswert der Tonne Geröll, woraus es stammte, zu repräsentieren.

Dieses Probiersystem war es, das die Menschheit im Humboldt-County verrückt gemacht hatte. Auf die Autorität solcher Probierzeugnisse hin schwärmten die dortigen Zeitungskorrespondenten vor Begeisterung über Gestein, das vier- bis siebentausend Dollar die Tonne wert sein sollte.

Wir rührten weder unseren Stollen noch unseren Schacht je wieder an. Warum? Weil wir nun das wahre Geheimnis des Erfolges beim Silbergraben entdeckt zu haben meinten – es bestand darin, daß man nicht selbst im Schweiß seines Angesichts und mit seiner Hände Arbeit nach Silber grub, sondern die Erzschichten an die dummen Sklaven der Arbeit verkaufte und ihnen das Graben überließ! –

Vor meinem Weggang von Carson hatte ich zusammen mit dem Sekretär von verschiedenen Mitbesitzern der „Esmeralda" eine Anzahl Fuß gekauft. Wir hatten sofortige Gegenleistung in ungemünztem Gold oder Silber erwartet, wurden aber statt dessen mit regelmäßig und ständig wiederkehrenden Zubußen – d. h. Geldforderungen zum Ausbau der genannten Gruben – heimgesucht.

Diese Zubußen waren dermaßen drückend geworden, daß es notwendig erschien, sich persönlich Einblick in die Sache zu verschaffen. Ich beschloß deshalb eine Pilgerfahrt nach Carson und von dort nach Esmeralda. Nachdem ich mir ein Pferd gekauft hatte, brach ich in Begleitung des Herrn Ballou und eines Herrn Ollendorff auf. Dieser letztere war ein Preuße. Wir ritten zwei oder drei Tage lang durch einen Schneesturm, bis wir vor Honey Lake Smiths einsam gelegenen Wirtshaus am Carsonfluß ankamen. Es war ein zweistöckiges Blockhaus auf einem kleinen Hügel, inmitten eines weiten Wüstenbeckens, durch das sich trübselig der dürftige Carson windet. Dicht bei dem Haus standen die aus Backsteinen erbauten Ställe der Überlandpost. Es war das einzige Haus in mehreren Meilen Umkreis. Gegen Sonnenuntergang trafen ungefähr zwanzig Heuwagen ein, die sich rings um das Haus aufstellten; sämtliche Fuhrleute kamen zum Abendessen herein – eine sehr, sehr rohe Bande. Auch ein oder zwei Postillione der Überlandpost waren da und außerdem ein halbes Dutzend Strolche und Landstreicher. Das Haus war also wohlgefüllt. Nach dem Essen gingen wir hinaus und besuchten ein kleines Indianerlager in der Nachbarschaft. Die Indianer waren aus irgendeinem Grunde in großer Aufregung, sie packten ein und beeilten sich, so schnell wie möglich fortzukommen. „In kurz Zeit Menge Wasser", sagten sie und gaben uns mit Hilfe von Zeichen zu verstehen, daß nach ihrer Meinung eine Überschwemmung im Anzug sei. Das Wetter war vollkommen klar, und die Regenzeit war noch weit. Das unbedeutende Flüßchen hatte höchstens zwei Fuß Wasser, seine Oberfläche war nicht breiter als eine schmale Dorfgasse und seine Ufer kaum höher als der Kopf eines Mannes. Wo sollte also eine Überschwemmung herkommen? Wir sprachen noch eine Weile darüber und gelangten zu dem Schluß, es werde wohl eine List der Indianer sein, die für ihren eiligen Abzug sicherlich einen triftigeren Grund haben müßten als die Furcht vor Überschwemmung bei dieser maßlosen Trockenheit.

Um sieben Uhr abends legten wir uns im zweiten Stockwerk zu Bett – in den Kleidern (unserer Gewohnheit gemäß) und alle drei in ein Bett, denn jeder verwendbare Raum auf dem Fußboden, auf Stühlen usw. war besetzt, und trotzdem gab es kaum Platz genug für alle Gäste des Wirtshauses. Nach einer Stunde weckte uns ein großer Lärm; wir sprangen aus dem Bett, stiegen über die reihenweise auf dem Boden schnarchenden Fuhrleute hinweg und gelangten so zu den Vorderfenstern der Stube. Ein einziger Blick enthüllte uns im Schein des Mondlichts ein merkwürdiges Bild. Der vielgewundene Carson war voll bis zum Rand, wild raste und schäumte sein Wasser, schoß mit wütender Geschwindigkeit um die scharfen Biegungen und brachte auf der Oberfläche ein Chaos von Stämmen, Strauchwerk und allerhand Unrat mit. Die Einsenkung, die früher das Flußbett gebildet hatte, war schon beinahe voll, und an mehreren Stellen begann das Wasser über das Hauptufer hinauszutreten. Die Leute rannten hin und her, um Vieh und Wagen dicht an das Haus zu bringen, denn die Bodenerhebung, auf der es stand, dehnte sich vorn nur etwa dreißig und an der Hinterseite vielleicht hundert Fuß weit aus. Dicht neben dem alten Flußbett stand ein kleiner Stall aus Baumstämmen, in dem unsere Pferde untergebracht waren. An dieser Stelle stieg das Wasser zusehends so rasch, daß nach wenigen Minuten ein Wildbach an dem Stall vorbeibrüllte und fortwährend höher an dem Gebälk emporschwoll. Da endlich wurde uns klar, daß diese Flut mehr sei als ein unterhaltsames Schauspiel. Sie bedrohte nicht nur den kleinen Blockstall, sondern auch die Gebäude der Überlandpost, dicht am Hauptfluß, denn die Wellen waren jetzt über die Ufer gestiegen, so daß sie die Grundmauern umspülten und in die anstoßende große Heuscheune eindrangen. Wir rannten hinunter und befanden uns bald mitten in einem Haufen aufgeregter Menschen und verängstigter Tiere. Bis an die Knie im Wasser wateten wir in den Stall und banden die Pferde los; beim Hinauswaten ging uns das Wasser schon bis zu den Hüften, so rasch war es gestiegen. Dann stürzten alle wie ein Mann nach der Scheune und machten sich daran, die mächtigen Heuballen hinauszuwerfen, die dann zu dem höhergelegenen Haus hinaufgewälzt wurden. Inzwischen hatte man entdeckt, daß ein Postillion der Überlandpost namens Owens fehlte. Ein Mann lief, bis zu den Schenkeln im Wasser, in den Stall hinein, fand den Vermißten schlafend und weckte ihn, worauf er wieder herauswatete. Aber Owens war duselig und schlief wieder ein, jedoch nur für ein paar Minuten, denn als er sich im Bett umdrehte, kam seine herabhängende Hand mit dem kalten Wasser in Berührung! Dieses ging schon bis zur Höhe der Matratze! Als er endlich herauswatete, ging es ihm bereits bis zur Brust, und schon im nächsten Augenblick schmolzen die Backsteine zusammen wie Zucker; das mächtige Gebäude stürzte ein und war im Nu weggespült.

Um elf Uhr schaute nur noch das Dach des kleinen Stalles aus dem Wasser heraus, und unser Wirtshaus war eine Insel im Weltmeer. So weit das Auge im Mondlicht schauen konnte, war nur noch eine weite, schimmernde Wasserfläche. Die Indianer hatten richtig prophezeit, aber woher hatten sie es nur gewußt? Ich weiß keine Antwort darauf.

Acht Tage und Nächte blieben wir mit jener sonderbaren Gesellschaft unter einem Dach zusammengepfercht.

Zehntes Kapitel

Zwei Leute in der Gesellschaft waren mir ganz besonders widerwärtig. Der eine war ein kleiner Schwede von ungefähr fünfundzwanzig Jahren, der nur ein einziges Lied konnte, das er in einem fort sang. Tagsüber waren wir sämtlich in einem einzigen kleinen, zum Ersticken rauchigen Schankzimmer zusammengepfercht, und so gab es vor der Musik dieses Menschen kein Entrinnen. Sein langweiliger Gesang, Lästern, Whiskysaufen, Stoßen und Zanken übertönte alles ohne irgendwelche Abwechslung in der immer gleichen einförmigen Weise, so daß ich zuletzt gerne den Tod erlitten hätte, nur um dieser Marter zu entgehen.

Der andere war ein stämmiger Raufbold namens „Arkansas". Im Gürtel trug er zwei Revolver und aus seinem Stiefel schaute ein Bowiemesser heraus; er war stets betrunken und auf der Suche nach Händel, doch fürchtete man ihn so sehr, daß ihm niemand den Gefallen tun wollte, sich mit ihm anzulegen. Durch allerlei kleine Kriegslisten versuchte er bald diesen, bald jenen zu einer beleidigenden Bemerkung zu verlocken, und hie und da leuchtete sein Gesicht freudig auf, wenn er meinte, er habe eine hübsche Rauferei eingefädelt. Anscheinend waren seine Opfer jedoch sämtlich klug genug, durch eilige Entschuldigungen Handgreiflichkeiten zu vereiteln, und jedesmal stand ihm die Enttäuschung deutlich auf dem Gesicht geschrieben. Den Wirt, Johnson, einen bescheidenen, gutmütigen Menschen, nahm Arkansas bald als vielversprechenden Gegner aufs Korn und ließ ihm eine Zeitlang Tag und Nacht keine Ruhe. Am vierten Morgen betrank sich Arkansas und wartete auf eine gute Gelegenheit. Bald darauf kam Johnson, gemütlich vom Whisky angeheitert, herein und begann:

„Ich glaube, die Wahl in Pennsylvania –"

Arkansas erhob warnend den Finger, worauf Johnson erschrokken innehielt. Arkansas richtete sich unsicher auf und trat ihm schwankend gegenüber:

Wa-was wissen Sie vo-von Pennsylvania? Antworten Sie mir. Wa-was wissen Sie von Pennsylvania?"

„Ich wollte bloß sagen –"

„Sie wollten bloß sagen – Sie! Sie wollten bloß sagen – was wollten Sie sagen? Das ist's! Das will ich wissen. Ich will wissen, wawas Sie (Schlucken) von Pennsylvania wissen, weil Sie sich so verdammt breit damit machen. Antworten Sie mir darauf!"

„Herr Arkansas, wenn Sie mir erlauben wollten –"

„Wer hindert Sie denn? Bringen Sie keine Sticheleien gegen mich vor – lassen Sie das sein. Kommen Sie nicht mit großtuerischen Redensarten und Fluchen und Schwören wie ein Verrückter herein – lassen Sie das gefälligst bleiben. Denn ich *lasse* mir das nicht gefallen. Wenn Sie sich mit mir schießen wollen, heraus mit der Schlüsselbüchse!"

Johnson flüchtete rückwärts in eine Ecke, Arkansas folgte ihm drohend. „Aber ich habe ja gar nichts gesagt, Herr Arkansas!" rief der Wirt. „Sie lassen einen ja nicht ausreden. Ich wollte bloß sagen, daß es in Pennsylvania nächste Woche eine Wahl geben wird – das war alles –, das war das einzige, was ich sagen wollte!"

„Gut, aber warum sagten Sie das nicht gleich? Was kamen Sie so geschwollen herein und versuchten, Spektakel anzufangen?"

„Aber ich bin doch gar nicht geschwollen hereingekommen, Herr Arkansas, ich wollte ja nur –“

„Ich bin also ein Lügner? Darauf wollen Sie also hinaus! Beim Geist des gr-großen Cäsar –“

„Aber bitte, Herr Arkansas, ich habe so etwas durchaus nicht sagen wollen. Ich will gleich tot sein, wenn ich daran auch nur gedacht habe. Die Jungens werden Ihnen alle bezeugen, daß ich stets gut von Ihnen gesprochen und Sie höher geachtet habe als irgend jemanden im Haus. Fragen Sie mal Smith. Ist es nicht so, Smith? Habe ich nicht erst gestern abend gesagt, wenn ihr einen feinen Herrn haben wollt, der es immer und unter allen Umständen ist und bleibt, so seht euch den Arkansas an? Sie können jeden von den Herren hier fragen, ob das nicht genau meine Worte waren. Kommen Sie jetzt, Herr Arkansas, wir wollen einen Schluck nehmen – wir wollen uns die Hände schütteln und ein Tröpfchen trinken. Kommen Sie her, alle miteinander, ich gebe einen aus! Kommt her, Bill, Tom, Bob, Scotty – kommt her. Ihr sollt alle mit mir und Arkansas, meinem alten Arkansas – meinem prächtigen, alten Arkansas, einen Kleinen trinken. Geben Sie mir noch mal die Hand. Seht ihn an, Jungens – nur einmal seht ihn an. Da steht der weiseste Mann in ganz Amerika – und wer das leugnet, der hat's mit mir zu tun, damit Punktum. Geben Sie mir die alte Tatze noch einmal!“

Sie umarmten sich. Dies geschah von seiten des Wirtes mit trunkener Zärtlichkeit, die von Arkansas, der um den Preis eines Schnapses wiederum seine Beute aus den Händen lassen mußte, mit lässiger Gleichgültigkeit hingenommen wurde. In seinem Glück darüber, der Schlachtbank entronnen zu sein, war der Wirt so töricht, noch weiter fortzuschwatzen, statt der Gefahr aus dem Weg zu gehen. Dies hatte zur Folge, daß Arkansas bald darauf wieder gefährliche Blicke nach ihm zu werfen begann und sagte:

„Wirt, wollen Sie ge-gefälligst diese Be-Bemerkung noch einmal machen, wenn es Ihnen beliebt?“

„Ich sagte zu Scotty, mein Vater sei über achtzig Jahre alt gewesen, als er starb.“

„War das alles, was Sie sagten?“

„Ja, das war alles.“

„Sagten Sie weiter nichts als das?“

„Nein, nichts weiter.“

Ein unbehagliches Schweigen folgte. Arkansas spielte einen Augenblick mit seinem Glas, die Ellbogen auf den Schanktisch gestützt. Dann kratzte er sich nachdenklich mit dem linken Stiefel am rechten Schienbein, während das unheildrohende Schweigen fortdauerte. Auf einmal schlenderte er mit verdrießlicher Miene dem Ofen zu, schob mit dreister Grobheit zwei oder drei Leute mit der Schulter aus ihren behaglichen Stellungen weg, machte sich's bequem und gab einem schlafenden Hund einen Fußtritt, daß er heulend unter eine Bank fuhr. Dann spreizte er seine langen Beine, nahm die Schöße seiner aus einer Pferdedecke gemachten Jacke unter die Arme und schickte sich an, sich die Hinterseite zu wärmen. Nach einem Weilchen begann er vor sich hin zu brummen, und bald darauf schlenderte er an den Schanktisch zurück und sagte:

„Wirt, was soll das heißen, daß Sie alte Persönlichkeiten zusammenkratzen und sich mit Ihrem Vater groß machen? Paßt Ihnen unsere Gesellschaft etwa nicht? Hm? Wenn Ihnen diese Gesellschaft nicht recht ist, so täten wir vielleicht besser daran, zu gehen. Ist das Ihre Meinung? Wollen Sie darauf hinaus?“

„Ei, du meine Güte, Arkansas, ich habe mit keinem Gedanken an so etwas gedacht. Meine Eltern –“

„Wirt, fiedeln Sie mir nicht solches Zeug vor. Lassen Sie das. Wenn Sie durchaus Spektakel haben müssen, frisch heraus damit (Schlucken) – aber scharren Sie nicht vergangene alte Dinge aus dem Boden auf, um sie Leuten in die Zähne zu werfen, die Frieden zu halten wünschen, wenn es halbwegs geht. Was ist denn überhaupt heut morgen mit Ihnen los? Noch nie habe ich einen Menschen gesehen, der sich so aufspielte!“

„Arkansas, ich habe mir wirklich nichts Schlimmes dabei gedacht, aber ich will's sein lassen, wenn es Ihnen unangenehm ist. Ich glaube, meine Schnäpse sind mir in den Kopf gestiegen, und dann die Überschwemmung und daß ich so viele Leute zu füttern habe und dafür sorgen muß, daß –“

„Also das ist's, was Ihnen im Kopf herumgeht? Sie wollen uns los sein, he? Ist's nicht so? Heraus damit!“

„Bitte, so seien Sie doch vernünftig, Arkansas. Sie wissen senr gut, daß ich nicht der Mann danach bin, um –"

„Wollen Sie mir drohen, he? Beim Himmel, der Mann muß erst geboren werden, der mich ins Bockshorn jagt. Probier's nur nicht, mir so aufzuspielen, mein Lämmchen. – Ich kann viel vertragen, aber das vertrag ich nicht. Komm hervor hinter dem Schanktisch da, daß ich dich Mores lehre. Du willst uns vertreiben, du schleichender, heimtückischer Hund. Geh heraus hinter dem Schanktisch da! Ich will dich lehren, einen Biedermann, der dir immer alles zulieb getan hat, mit Aufschneidereien zu quälen und mit hochmütigen Blicken zu reizen!"

„Bitte, Arkansas, nicht schießen, bitte! Wenn's zu Blutvergießen kommt –"

„Hören Sie, meine Herren? Hören Sie, wie er von Blutvergießen spricht? Also Blut willst du sehen, nicht wahr, du wütender Mordgeselle! Du hast dir vorgenommen, heut morgen jemanden umzubringen! Das hab ich gleich gewußt. *Mich* hast du auf dem Korn, nicht wahr? *Mir* willst du an den Hals, nicht wahr? Aber ich will dir schon zuvorkommen, du Niggersohn mit schwarzem Herzen und weißer Leber! Heraus mit deiner Schlüsselbüchse!"

Damit begann Arkansas zu feuern, während der Wirt in heller Todesangst über Bänke, Menschen und alles, was ihm im Weg stand, hinwegsetzte. Inmitten des tollen Getümmels fuhr der Wirt krachend durch eine Glastür, und als Arkansas ihm nachsprang, erschien plötzlich die Frau des Wirtes in der Türöffnung und trat dem Raufbold mit einer Schere entgegen. Die Frau war großartig in ihrer Wut. Erhobenen Hauptes und mit blitzenden Augen stand sie einen Augenblick da, dann rückte sie mit gezückter Waffe vor. Verblüfft hielt der Schurke inne und trat einen Schritt zurück. Sie folgte ihm, trieb ihn Schritt für Schritt bis in die Mitte der Schankstube und gab ihm hier vor der verwunderten Menge, die sich um sie sammelte und mit starrem Staunen betrachtete, eine solche Tracht Zungenhiebe, wie sie wahrscheinlich noch nie einem eingeschüchterten und gründlich beschämten Prahlhans zuteil geworden sind. Als sie zu Ende war und sich als Siegerin zurückzog, erzitterte das Haus von Beifallsgebrüll, und jedermann bestellte in einem Atem „Schnaps für die ganze Gesellschaft".

Die Lektion war erfolgreich. Die Schreckensherrschaft war vorüber, Arkansas' Macht für immer gebrochen. Während der restlichen Zeit, die wir noch auf unserer Insel in Gefangenschaft verbringen mußten, saß einer stets geduckt beiseite, mengte sich nie in einen Streit, ließ nie ein lautes Wort hören und nahm geduldig die Beleidigungen hin, die ihm die Menge, welche bisher vor ihm zu Kreuze gekrochen war, jetzt unaufhörlich zuschleuderte – und dies war Arkansas.

Am fünften oder sechsten Morgen verlief sich das Wasser wieder, aber die Strömung im alten Flußbett war immer noch hoch und reißend, und es gab keine Möglichkeit hinüberzukommen. Am achten Tag ging sie zwar immer noch zu hoch, als daß man ganz ohne Gefahr hätte übersetzten können, doch das Leben in der Schenke war bei der Unsauberkeit, Trunkenheit und Rauflust der Gäste nicht länger auszuhalten, und so wagten wir einen Versuch. Bei heftigem Schneesturm schifften wir uns in einem Kahn ein, nahmen die Sättel mit an Bord und zogen die Pferde im Schlepptau an den Halftern hinter uns drein. Der Preuße Ollendorff befand sich vorn am Bug mit einem Ruder, Ballou ruderte in der Mitte, und ich saß im Stern und hielt die Halfter. Als die Pferde den Boden unter den Füßen verloren und zu schwimmen anfingen, wurde Ollendorff ängstlich; er fürchtete, die Pferde könnten uns vom Ziel abbringen, und es war klar, daß, falls es uns nicht gelang, an einer gewissen Stelle zu landen, wir von der Strömung fortgerissen und unfehlbar in den Hauptarm des Carson treiben würden, der zur Zeit einen kochenden Strudel bildete. Ein solches Mißgeschick hätte aller Wahrscheinlichkeit nach unseren Tod bedeutet, denn wir wären mit unserem Kahn in den See geschwemmt worden oder umgestürzt und ertrunken. Wir mahnten Ollendorff, seine fünf Sinne zusammenzuhalten und sich vorsichtig zu verhalten, aber es nutzte nichts. In dem Augenblick, als das Boot ans Ufer stieß, tat er einen Sprung, so daß das Fahrzeug umschlug und in dem zehn Fuß tiefen Wasser herumwirbelte. Ollendorff erfaßte einen Strauch, an dem er sich ans Ufer zog, während Ballou und ich hinüberschwimmen mußten, wobei uns unsere Mäntel sehr hinderlich waren. Aber wir hielten uns an dem Kahn fest, und obwohl wir beinahe den Carson hinabgespült worden wären, gelang es uns zuletzt doch, das Boot ans Ufer zu schieben und sicher zu landen. Wir waren zwar durchgefroren und durchnäßt, aber doch in Sicherheit. Die Pferde halfen sich gleichfalls ans Land, aber unsere Sättel waren natürlich verloren. Wir banden die Tiere an Salbeibüschen fest, wo sie vierundzwanzig Stunden ausharren mußten. Dann schöpfen wir das Boot aus und schafften darin für sie Futter und wollene Decken hinüber, während wir selbst noch einmal in dem Wirtshaus übernachteten, ehe wir uns abermals auf die Reise wagten.

Am nächsten Morgen, als wir mit neuen Sätteln und sonstigen Ausrüstungsgegenständen aufbrachen, schneite es wie rasend. Wir stiegen auf und ritten ab. Der Schnee lag so hoch, daß keine Spur von der Straße erkennbar war, und er fiel so dicht, daß wir nicht mehr als hundert Schritt weit vor uns sehen konnten, sonst hätten wir an den Bergketten unsere Richtung erkennen können. Die Sache sah bedenklich aus, doch Ollendorff erklärte, er habe einen Instinkt so fein wie ein Kompaß und wäre imstande, schnurgerade auf Carson City zuzureiten und die Linie genau einzuhalten. Bei der geringsten Abweichung von dieser würde ihn sein Instinkt so sicher warnen wie einen Sünder sein Gewissen. Glücklich und zufrieden folgten wir seiner Spur. Eine halbe Stunde lang haspelten wir uns ziemlich mühselig weiter, dann aber trafen wir auf eine neue Fährte, und Ollendorff rief stolz:

„Ich wußte es ja, daß ich so unfehlbar bin wie ein Kompaß, Jungens! Hier sind wir genau in den Fußspuren von jemand, der uns den Weg zeigen wird, ohne daß wir uns anzustrengen brauchen. Wir wollen uns beeilen, damit wir uns der Gesellschaft da vorne anschließen können."

Nun ließen wir die Pferde traben, so schnell es in dem tiefen Schnee ging, und bald schien es, als kämen wir den vor uns Reitenden näher, denn die Spuren wurden deutlicher. Eilig strebten wir vorwärts, und nach einer Stunde sahen die Spuren noch neuer und frischer aus – nur waren wir überrascht, daß die Zahl der Reisenden fortwährend zuzunehmen schien. Wir konnten uns nicht denken, wie eine so große Gesellschaft zu solcher Zeit in diese Einöde käme, bis einer von uns meinte, es müsse wohl eine Kompanie

Soldaten vom Fort sein. Zufrieden mit dieser Lösung des Rätsels ritten wir noch etwas rascher weiter, sie konnten ja nicht mehr fern sein. Aber die Spuren vermehrten sich noch immer, so daß wir schon anfingen zu glauben, die Kompanie Soldaten müsse sich auf unerklärliche Weise zu einem Regiment vermehrt haben – Ballou behauptete, es seien schon mindestens fünfhundert daraus geworden. Plötzlich hielt er ruckartig an und sagte: „Jungens, das sind ja unsere eigenen Spuren! Mehr als zwei Stunden lang sind wir wahrhaftig wie in einem Zirkus immer wieder rundum geritten in dieser elenden Wüste! Bei Gott, das ist ja ganz ‚hydraulisch'!"

Dann wurde der alte Mann wild und fing an zu schimpfen. Er gab Ollendorff allerhand schlimme Namen, sagte, in seinem ganzen Leben hätte er keinen solch dämlichen Pinsel gesehen wie ihn, und machte zum Schluß die ganz besonders giftige Bemerkung, er wisse nicht einmal soviel wie ein Logarithmus!

Wir waren tatsächlich unseren eigenen Spuren gefolgt. Ollendorff samt seinem inneren Kompaß fiel von nun an in Ungnade. Am Schluß unseres mühseligen Rittes befanden wir uns wieder am Ufer des Baches, während sich drüben durch das Schneetreiben hindurch in matten Umrissen das Wirtshaus zeigte. Noch überlegten wir, was nun zu tun sei, da landete der junge Schwede mit dem Kahn und schlug seinen Weg zu Fuß nach Carson City ein, immer denselben langweiligen Singsang vor sich her leiernd. Eine Minute darauf war er nur noch undeutlich sichtbar und versank dann in dem weißen Meer der Vergessenheit. Man hörte nie wieder von ihm. Ohne Zweifel verlor er die ruhige Besinnung, verirrte sich, sank vor Ermüdung in Schlaf und fiel so dem Tod in die Arme. Möglicherweise folgte er auch unseren verräterischen Spuren, bis er vor Erschöpfung zusammenbrach.

Inzwischen fuhr die Überlandpost durch den jetzt rasch fallenden Bach; es war ihre erste Fahrt nach Carson seit dem Eintritt der Überschwemmung. Ohne Zeitverlust folgten wir den von ihr gezogenen Furchen und trabten lustig voran, denn wir setzten volles Zutrauen in die Lokalkenntnis des Postillions. Unsere Pferde konnten es zwar mit dem frischen Gespann der Post nicht aufnehmen, so daß wir diese bald aus den Augen verloren, doch hatte dies nichts zu bedeuten, denn die tiefen Einschnitte, die die Räder machten, dienten uns als Wegweiser. Mittlerweile war es drei Uhr nachmittags geworden, und es mußte bald Nacht werden. Das geschieht aber dortzulande nicht allmählich wie bei uns, sondern geht so plötzlich vor sich, wie wenn eine Kellertür zugeschlagen wird. Der Schnee fiel noch immer gleich dicht, so daß wir keine fünfzehn Schritte vor uns sehen konnten, aber ringsum erkannten wir durch den Schimmer des weißen Schneebettes die glatten, zukkerhutförmigen Erhöhungen, in welche sich die Salbeibüsche verwandelt hatten. Die beiden schmalen Rinnen dicht vor uns aber waren die mehr und mehr sich füllenden und langsam verschwindenden Wagenspuren.

Nun waren jene eingeschneiten Salbeibüsche alle von derselben Höhe, drei oder vier Fuß hoch, und sie standen alle etwa sieben Fuß auseinander, so weit das Auge reichte. Egal, welche Richtung man einschlug, man bewegte sich wie in einem gut angelegten Obstgarten immer durch eine rechts und links von einer Reihe dieser Schneehaufen eingefaßte Gasse – eine Gasse von der gewöhnlichen Breite einer Landstraße, in der Mitte sauber und eben und an den Seiten ganz natürlich ansteigend. Bisher war uns das noch gar nicht aufgefallen. Nun stelle man sich einmal vor, wie es uns eiskalt überlief, als uns tief in der Nacht der Gedanke kam, wir könnten vielleicht jetzt, wo die schwache Spur der Wagenräder längst begraben und unseren Blicken entzogen war, in einer bloßen Allee von Salbeibüschen, meilenweit weg von der Straße, hinirren und immer weiter von ihr abkommen. Wäre uns ein Eisklumpen über den nackten Rücken gerutscht, es hätte eine behagliche Empfindung sein müssen, verglichen mit diesem Gefühl! Das seit einer Stunde schläfrig gewordene Blut regte sich plötzlich wieder und schoß uns verzweifelt durch die Adern. Alle unsere in Schlummer versunkenen geistigen und körperlichen Kräfte flammten wieder auf. Mit einem Schlag waren wir wach und munter, aber nur um vor Angst und Bestürzung zu zittern und mit den Zähnen zu klappern. Unverzüglich machten wir halt, stiegen von den Pferden, um nach den Spuren der Straße zu suchen. Vergeblich; denn eine Bodenvertiefung, die nicht zu erkennen ist, wenn man sich vier oder fünf Fuß über ihr befindet, läßt sich erst recht nicht wahrnehmen, wenn man sie fast mit der Nase berührt.

Es kam uns zwar vor, als befänden wir uns auf einer Straße; aber das war noch kein Beweis. Denn als wir uns trennten und in verschiedene Richtungen gingen, zog jeder von uns aus den regelmäßigen Reihen von Schneehaufen und den dazwischen hinlaufenden Wegen den unumstößlichen Schluß, daß er den richtigen Weg gefunden habe und die beiden anderen sich geirrt hätten. Wir waren kalt und steif und die Pferde ermüdet. In unserer verzweifelten Lage beschlossen wir, ein Feuer aus Salbeibüschen anzumachen und bei diesem bis zum Morgen zu kampieren. Dies war das Vernünftigste, was wir tun konnten, weil, falls wir tatsächlich von der richtigen Straße abgekommen waren und der Schneesturm noch einen Tag anhielt, kaum noch eine Rettung blieb, wenn wir weiterritten.

Wir waren uns alle einig darüber, daß ein Lagerfeuer uns noch am ehesten am Leben erhalten könnte, und so machten wir uns unverzüglich an die Arbeit. Da wir keine Zündhölzchen finden konnten, versuchten wir es mit den Pistolen. Zwar hatte keiner von uns dies jemals probiert, aber wir glaubten, es werde sich ganz bequem machen lassen, denn wir hatten alle schon in Büchern davon gelesen und verließen uns nun darauf mit derselben vertrauensvollen Einfalt wie auf jenen anderen Bücherschwindel, der von Indianern und verirrten Jägern erzählt, die sich durch Reiben von zwei dürren Holzstücken Feuer verschafften.

Auf den Knien drängten wir uns in dem tiefen Schnee aneinander; die Pferde steckten ihre Nasen zusammen und beugten ihre Köpfe geduldig über uns, und so fuhren wir in unserem wichtigen Experiment fort, während die federigen Flocken herunterwirbelten und uns in eine Gruppe weißer Statuen verwandelten. Wir brachen Zweige von einem Salbeibusch, säuberten einen kleinen Platz vom Schnee und häuften das Holz auf, wobei wir es mit unseren Körpern schützten. Dies nahm zehn bis fünfzehn Minuten in Anspruch, und nun setzte Ollendorff unter allgemeiner Stille und atemloser, ängstlicher Spannung seinen Revolver daran, drückte ab und – fort flog unser Holzhäufchen in alle Winde.

Das war recht betrüblich, aber es verblaßte vor einem noch größeren Schrecken – die Pferde waren fort. Ich war damit betraut gewesen, die Zügel zu halten, hatte sie aber in der Aufregung des Pistolenexperiments unversehens fallen lassen, und die freigewordenen Tiere waren in dem Unwetter davongelaufen. Sie aufsuchen zu wollen wäre verlorene Mühe gewesen. Ihre Fußtritte brachten kein Geräusch hervor, und man konnte ihnen auf zwei Ellen nahe sein, ohne sie zu sehen. So gaben wir sie denn auf und verwünschten die Bücher mit ihren Lügen, in denen steht, daß Pferde in Zeiten der Not, Schutz und Gesellschaft suchend, bei ihrem Herrn bleiben.

Wir waren schon vorher elend genug daran gewesen, doch nun fühlten wir uns noch viel verlassener. Geduldig, allerdings ohne große Hoffnung, brachen wir noch einmal Reisig ab und schichteten es auf, worauf es der Preuße abermals in alle Winde schoß. Offenbar war das Feueranmachen mit einer Pistole eine Kunst, die Übung und Erfahrung erforderte, und eine Wüste um Mitternacht und bei Schneegestöber war nicht der Ort zur Erlangung dieser Fertigkeit. Wir gaben diesen Versuch auf und wandten uns zu dem anderen. Jeder von uns nahm zwei Hölzer und machte sich daran, sie aneinander zu reiben. Nach Ablauf einer halben Stunde waren wir vor Kälte ganz erstarrt – die Hölzer nicht minder. Bitter verwünschten wir Indianer, Jäger und Bücher, die uns mit ihrem einfältigen Rat betört hatten, und fragten uns, was nun als nächstes zu tun sei. In diesem entscheidenden Augenblick entdeckte Ballou in einer Tasche, die er bisher ganz übersehen hatte, vier Zündhölzchen. Wären es Goldbarren gewesen, hätten wir ihnen wahrscheinlich keinerlei Beachtung geschenkt. Man glaubt nicht, wie prächtig sich ein Zündholz unter solchen Umständen ausnimmt, wie lieblich und kostbar und von welch erhabener Schönheit umflossen es dem Auge erscheint. Voll hoher Hoffnungen sammelten wir nochmals Reisig, und als der Alte sich anschickte, das erste Hölzchen in Brand zu setzen, sahen wir ihm mit gespanntem Interesse zu. Hoffnungsvoll brannte das Zündhölzchen einen Augenblick lang und ging dann aus. Wäre es eine Menschenseele gewesen, man hätte ihr Erlöschen nicht tiefer betrauern können. Das nächste Hölzchen blitzte nur auf, um gleich wieder zu ersterben. Das dritte blies der Wind gerade in dem Augenblick aus, als es Erfolg verhieß. Enger als je drückten wir uns nun zusammen und entwickelten eine peinliche Aufmerksamkeit, als Ballou mit unserer letzten Hoffnung über sein Hosenbein strich. Das Hölzchen fing Feuer, brannte zuerst blau und kümmerlich, flackerte dann aber zu einer kräftigen Flamme auf. Der alte Herr schützte es mit der Hand und bückte sich langsam damit. Jeder von uns war mit ganzer Seele bei seinem Tun, Blut und Atem stockten uns. Endlich ergriff die Flamme die Hölzer, sprang auf einige über – zögerte – gewann wieder etwas mehr Kraft – zögerte nochmals – behielt fünf herzbrechende Minuten lang das Leben – um dann wie die Seele eines Sterbenden noch einmal aufzuflackern und zu erlöschen.

Mehrere Minuten lang sprach keiner ein Wort. Ein feierliches Schweigen herrschte. Selbst der Wind hielt verstohlen inne mit seinem Wehen und machte nicht mehr Geräusch als die fallenden Schneeflocken, so daß eine unheilverkündende Stille entstand. Endlich begann man sich mit gepreßter Stimme auszusprechen, und es zeigte sich bald, daß einer wie der andere in seinem Innern fest überzeugt war, diese Nacht sei unsere letzte in diesem Leben. Ich hatte im stillen gehofft, der einzige zu sein, der diese Empfindung hätte. Als die anderen sich jedoch ruhig zu derselben Überzeugung bekannten, klang es wie Grabgeläute in meinen Ohren. Ollendorff sagte: „Brüder, laßt uns zusammen sterben! Und laßt uns hinübergehen ohne ein bitteres Gefühl gegeneinander. Laßt Vergangenes vergeben und vergessen sein. Ich weiß, ihr grollt mir, weil ich schuld daran bin, daß gestern der Kahn umschlug, und weil ich gescheit sein sollte und euch im Schnee im Kreis herumführte – aber ich meinte es gut, verzeiht mir. Ich gestehe offen, daß ich auf Ballou böse war, weil er mich geschimpft und einen Logarithmus genannt hat. Was das ist, weiß ich nicht, es muß aber wohl etwas sein, das in Amerika für ungehörig und unehrenvoll gilt; es ist mir kaum einen Augenblick aus dem Sinn gekommen und hat mich sehr gekränkt – aber lassen wir das, ich vergebe Ihnen von ganzem Herzen, und –"

Der arme Ollendorff brach zusammen, und Tränen liefen ihm die Wange herunter. Aber nicht ihm allein, denn ich brach ebenfalls in Weinen aus, und Ballou schloß sich uns an. Als Ollendorff wieder reden konnte, erteilte er mir Vergebung für verschiedenes,

was ich ihm getan und gesagt hatte. Dann zog er seine Schnapsflasche heraus und erklärte, ob er nun sterben oder am Leben bleiben möge, nie werde er wieder einen Tropfen anrühren. Der Hoffnung auf das Leben habe er gänzlich entsagt und, obwohl schlecht vorbereitet, wolle er sich doch demütig in sein Schicksal ergeben. Allerdings wünschte er noch eine kleine Frist, aber nicht aus irgendwelchem selbstsüchtigen Grunde, sondern um seinen Sinn gründlich zu ändern, sich der Pflege der Armen zu weihen, Kranken zu helfen und der Welt Mäßigkeit zu predigen, damit sein Leben zu einem heilsamen Beispiel für die Jugend werde und er es zuletzt mit dem tröstlichen Gedanken beschließen dürfe, daß er nicht umsonst gelebt habe. Seine Umkehr solle gleich in diesem Augenblick beginnen, hier im Angesicht des Todes, da ihm keine Zeit mehr bleibe, sich zum Wohl und Heil der Menschheit zu betätigen – und damit schleuderte er die Whiskyflasche fort.

Ballou machte Bemerkungen ähnlichen Inhalts und begann die „Umkehr", deren Fortsetzung er nicht erleben sollte, damit, daß er das alte Kartenspiel wegwarf, welches unsere Gefangenschaft während der letzten Tage behaglich, ja überhaupt erträglich gemacht hatte. Nie habe er gewerbsmäßig gespielt, sagte er, aber er sei überzeugt, daß die Beschäftigung mit den Karten unsittlich und schädlich sei und daß, wer ganz rein und tadellos sein wolle, der Karten entsagen müsse, „und deshalb", so fuhr er fort, „fühle ich mich jetzt bei diesem Akt schon in größerer Sympathie mit jenen zu gänzlicher und absoluter Reform notwendigen spirituellen Saturnalien." Dieser Silbenfall rührte ihn tiefer, als irgendein verständlicher Satz des besten Redners es vermocht hätte. Der alte Mann schluchzte mit einer Wehmut, die nicht ohne eine gewisse Befriedigung war.

Meine eigenen Bemerkungen waren in demselben Ton gehalten wie die meiner Kameraden, und ich weiß, daß die Gefühle, denen sie entsprangen, tief empfunden und aufrichtig waren. Wir meinten es alle aufrichtig und waren tief erschüttert und voll heiligem Ernst, sahen wir uns doch ohne jede Hoffnung im Angesicht des Todes. Ich warf meine Pfeife weg mit der Empfindung, mich dadurch endlich von einem verhaßten Laster freigemacht zu haben, das mich mein Lebtag beherrscht hat. Während ich noch sprach, überwältigte mich der Gedanke an das Gute, das ich in der Welt hätte tun können, und an das noch größere Gute, das ich von nun an aus höherem Antrieb und mit besseren Zielen und Leitsternen hätte tun können, wären mir nur noch ein paar Jahre beschieden gewesen – und meine Tränen flossen wieder. Wir umarmten uns herzlich und erwarteten die Schläfrigkeit, die dem Tod des Erstarrens voranzugehen pflegt. Sie stahl sich sehr bald über uns, und wir sagten einander ein letztes Lebewohl. Ein behaglicher Traumschleier wob sich um meine schwindenden Sinne, während die Schneeflocken meinen nunmehr besiegten Körper mit einem Leichentuch bedeckten. Das Bewußtsein schwand. Der Kampf des Lebens war vorüber.

Zwölftes Kapitel

Ich weiß nicht, wie lange ich mich in dem Zustand völligen Vergessens befand, aber es kam mir wie eine Ewigkeit vor. Allmählich erwachte ich wieder einigermaßen zum Bewußtsein, und es stellte sich ein immer heftigeres, quälendes Schmerzgefühl in den Gliedern, ja im ganzen Körper ein. Mir schauderte, durch mein Gehirn schoß der Gedanke: Das ist der Tod, das ist das Jenseits.

Auf einmal erhob sich neben mir etwas Weißes, und eine grämliche Stimme sagte:

„Will einer der Jungens mir gefälligst einen Tritt in den Hintern geben?“

Es war Ballou – wenigstens war es ein struppiger Schneemann mit Ballous Stimme.

Ich erhob mich, und wer schildert mein Erstaunen, als ich im Morgengrauen keine zwanzig Schritt von uns weg die Bretterhütten einer Poststation erblickte und dabei unter einem offenen Schuppen unsere Pferde noch mit Sattel und Zaum!

In diesem Augenblick zerbarst eine gewölbte Schneewehe, aus

der Ollendorff auftauchte, und alle drei saßen wir nun da und starrten die Gebäude an, ohne ein Wort zu sagen. Wir hatten auch in der Tat nichts zu sagen. Wir standen da wie die Ochsen am Berg. Die ganze Situation war so peinlich lächerlich und demütigend, daß sie sich nicht in Worte fassen ließ.

Die Freude über unsere Rettung war vergiftet, ja fast zerstört. Nicht lange, so wurden wir immer verdrießlicher und mürrischer. Dann klopften wir, ärgerlich über einander, ärgerlich über uns selbst, ärgerlich über alles mögliche, mit finsteren Blicken den Schnee von unseren Kleidern und wateten in ungeselligem Gänsemarsch zu unseren Gäulen hin, nahmen ihnen die Sättel ab und suchten im Posthaus Obdach.

Ich habe kaum eine Einzelheit dieses seltsamen und abgeschmackten Abenteuers übertrieben. Es trug sich fast genauso zu. Wir hatten uns wirklich in eine Schneewehe gelegt und hielten uns für hoffnungslos verloren, während sich keine zwanzig Schritt weit von uns weg ein Wirtshaus befand.

Zwei ganze Stunden lang saßen wir im Posthaus, jeder einzeln für sich in seine ärgerlichen Gedanken vertieft. Das Geheimnis war enthüllt, wir wußten jetzt ganz gut, warum die Pferde uns verlassen hatten. Sie waren gescheiter gewesen als wir, hatten sich ohne Zweifel schon nach wenigen Augenblicken unter dem schützenden Schuppen befunden, von dort aus jedenfalls alle unsere Bekenntnisse und Klagelieder mit angehört und sich nicht schlecht darüber lustig gemacht.

Nach dem Frühstück fühlten wir uns besser, und die Lust am Leben kehrte bald zurück. Die Welt wurde wieder heiter, und das Dasein war uns lieb und wert. Auf einmal überkam mich eine seltsame Unruhe. Es bohrte und nagte immer stärker an mir. Ach, meine Wiedergeburt war nicht vollständig, ich war zu keinem neuen Leben erwacht – das alte hatte mich wieder: ich fühlte Lust zum Rauchen!

Ich widerstand mit aller Kraft, aber das Fleisch war schwach. Einsam wanderte ich fort und kämpfte eine ganze Stunde lang mit mir. Ich rief mir meine guten Vorsätze in Erinnerung und hielt mir selbst eine ausführliche Predigt voll überzeugender Kraft, voll schwerer Vorwürfe. Aber es war alles umsonst. Bald sah ich mich zwischen den Schneewehen herumschleichen und nach meiner weggeworfenen Pfeife suchen. Nach langem Forschen entdeckte ich sie endlich und verkroch mich, um mich im verborgenen daran zu erfreuen.

Eine Weile blieb ich in meinem Versteck hinter der Scheune und fragte mich, was wohl wäre, wenn meine tapferen, stärkeren, gesinnungstüchtigeren Kameraden mich in dieser meiner Erniedrigung anträfen. Endlich zündete ich mir die Pfeife an, und kein menschliches Wesen kann sich niedriger und gemeiner vorkommen, als ich mir damals erschien. Ich schämte mich meiner eigenen erbärmlichen Gesellschaft. In fortwährender Angst vor Entdeckung kam ich auf den Gedanken, die andere Seite der Scheune könnte vielleicht etwas mehr Sicherheit bieten, und so schlich ich mich um die Ecke. Als ich mit brennender Pfeife um diese bog, kam Ollendorff mit einer Flasche an den Lippen um die andere Ecke, und zwischen uns saß, ohne uns zu bemerken, Ballou, tief versunken in ein Spielchen Solitaire mit seinen alten Karten!

Das hieß denn doch die Abgeschmacktheit bis aufs Äußerste treiben! Wir schüttelten uns die Hände und gelobten uns, nie mehr von „Umkehren“ und „Beispielen für das heranwachsende Geschlecht“ zu reden.

Unsere Poststation lag am Rande einer Wüste von sechsundzwanzig Meilen Länge. Hätten wir uns ihr am Abend vorher eine halbe Stunde früher genähert, so würden wir lautes Rufen und Pistolenschießen vernommen haben, denn man erwartete einige Schaftreiber mit ihren Herden, die sich rettungslos verirren mußten, falls sie nicht durch den Schall geleitet würden. Während unseres Aufenthalts auf der Station trafen drei von den Viehtreibern ganz erschöpft von ihren Irrfahrten ein.

Rechtzeitig langten wir wieder in Carson an, wo wir uns Erholung gönnten. Hierdurch sowie durch die Vorbereitungen zu unserer Reise nach Esmeralda wurden wir eine Woche festgehalten, was uns die Möglichkeit verschaffte, dem Prozeß zwischen Hyde und Morgan wegen des großen Erdrutsches beizuwohnen – eine Episode, die noch heute in Nevada berühmt ist. Nach den notwendigen einleitenden Worten will ich diese eigentümliche Angelegenheit ganz so erzählen, wie sie sich zutrug.

Dreizehntes Kapitel

Um die Täler von Carson, Bagle und Washoe sind die Berge sehr hoch und steil, und so beginnen, wenn der Schnee im Frühling schnell schmilzt und das warme obere Erdreich feucht und weich wird, die verderbenbringenden Erdrutsche. Der Leser kann nicht wissen, was ein Erdrutsch ist, wenn er nicht hier in der Gegend gelebt und gesehen hat, wie eines schönen Morgens die ganze Seite eines Berges wie abgeblättert unten im Tal liegt, so daß nichts als eine ungeheure, baumlose, abschreckend kahle Wand am Bergeshang übrigbleibt, um das Andenken an den Vorfall lebendig zu erhalten.

General Buncombe war als Anwalt der Vereinigten Staaten nach Nevada geschickt worden. Dieser Territorialbeamte betrachtete sich gleichzeitig als Sachwalter für Privatpersonen und strebte sehr eifrig nach einer Gelegenheit zur Betätigung dieser Eigenschaft, teils aus reinem Wohlgefallen daran, teils weil sein Gehalt als Staatsbeamter eines Territoriums sehr mager war. Nun pflegen die älteren Bewohner eines neuen Territoriums auf die übrige Welt mit gelassenem, wohlwollendem Mitleid herabzusehen, das heißt solange man ihnen nicht in den Weg kommt. Tritt man ihnen in den Weg, so wird man angeschnauzt. Manchmal ziehen sie die Neulinge auch durch allerhand Streiche und Scherze auf.

Eines Morgens erschien Dick Hyde vor General Buncombes Tür in Carson City. Er kam mit seinem Pferd im tollsten Lauf daher und stürzte zu ihm hinein, ohne sich auch nur Zeit zum Anbinden seines Pferdes zu lassen. Er befand sich in großer Aufregung und bat den General, einen Prozeß für ihn zu führen, für den er fünfhundert Dollar bekäme, falls er ihm den Sieg erkämpfte. Dann ließ er sich unter wilden Gebärden und einem Schwall gotteslästerlicher Flüche über seine Beschwerdepunkte aus. Es sei so ziemlich allgemein bekannt, sagte er, daß er seit etlichen Jahren im Distrikt Washoe eine Farm oder nach der gewöhnlichen Bezeichnung einen Rancho mit ganz gutem Erfolg bewirtschafte, und ebenso, daß Tom Morgan unmittelbar über ihm auch einen Rancho besitze. Unglücklicherweise habe nun ein solcher verhaßter und gefürchteter Erdrutsch stattgefunden, wodurch Morgans

Rancho – Zäune, Hütten, Vieh, Scheunen, alles miteinander auf seinen Rancho herabgestürzt sei und sein Eigentum etwa achtunddreißig Fuß hoch vollständig zugedeckt habe. Morgan sei im Besitz des herabgerutschten Landes und weigerte sich, es zu räumen. Er mache geltend, daß er in seiner eigenen Hütte sitze und niemand in der seinigen störe, die Hütte stehe auf demselben Erdreich und demselben Grundstück, wo sie immer gestanden habe, und er wolle den sehen, der ihn zwinge auszuziehen.

„Und als ich ihn daran erinnerte", fuhr Hyde weinend fort, „daß er im Augenblick auf meinem Rancho sitze und daß er rechtswidrig in diesen eigebrochen sei, hatte er die höllische Unverschämtheit, mich zu fragen, warum ich denn nicht in meinem Rancho geblieben sei, um den Besitz zu verteidigen, als ich ihn hätte kommen sehen. Verrückter Faselhans, warum ich nicht geblieben bin? – Bei Gott, als ich das Geprassel hörte und den Berg hinaufsah, war es gerade, als käme die ganze Welt den Hang heruntergepoltert – Splitter und Holzstöße, Donner und Blitz, Hagel und Schnee, Bündel Heu und Stroh und fürchterliche Staubwolken! – Bäume kamen holterdipolter durch die Luft, Felsblöcke, so groß wier ein Haus, flogen aus einer Höhe von tausend Fuß und zerkrachten dann in zehn Millionen Stücke. Ochsen und Kühe, das Inwendige nach außen gekehrt, den Kopf voran, die Schwänze zwischen den Zähnen, kamen heruntergesaust – und mitten in dieser ganzen verkehrten und zertrümmerten Welt sitzt dieser verfluchte Morgan auf seinem Gartentürpfosten und fragt, warum ich nicht geblieben sei und meinen Besitz behauptet habe! Meiner Seel'! Ich warf nur einen einzigen Blick auf die Bescherung, und in drei Sätzen war ich aus dem Bezirk!

Aber was mich wurmt, das ist, daß dieser Morgan sich darauf herumtreibt und von dem Rancho nicht fort will – sagt, er gehöre ihm und er behalte ihn – es gefalle ihm besser da unten als oben am Berg. Zum Tollwerden! Na, ich war die beiden letzten Tage so verdreht, daß ich nicht einmal den Weg in die Stadt finden konnte. Bin nach dem Umherlaufen in Feld und Wald ganz erschöpft – einen Tropfen zu trinken, General? Aber jetzt bin ich hier und jetzt wird prozessiert. Sie haben's gehört."

Die Empörung des Generals kannte keine Grenzen. In seinem

ganzen Leben, meinte er, sei ihm noch kein so anmaßender Mensch vorgekommen wie dieser Morgan. Ein Prozeß, fuhr er fort, sei eigentlich ganz überflüssig. Morgan hätte nicht das geringste Recht, auf seinem jetzigen Platz zu bleiben – kein Mensch auf der ganzen Welt würde ihm das zugestehen, kein Sachwalter seine Sache führen, kein Richter ihn anhören. Hyde erwiderte, da sei er im Irrtum – die ganze Stadt gebe Morgan recht, Hal Brayton, ein sehr tüchtiger Anwalt, hätte seine Sache übernommen, und da Gerichtsferien wären, so sollte sie vor einem Schiedsmann verhandelt werden. Der frühere Gouverneur Roop wäre bereits zu diesem Amt ernannt worden und würde heute um zwei Uhr nachmittags in einem großen, öffentlichen Saal nahe beim Hotel die Verhandlungen eröffnen.

Der General war außer sich vor Staunen. Er hätte, sagte er, zwar stets geglaubt, daß die Menschen in diesem Territorium verrückt sein müßten, doch jetzt wisse er es ganz genau. „Aber“, fuhr er fort, „nur ruhig Blut und Zeugen gesammelt, denn der Sieg ist uns so sicher, als wäre das Urteil bereits gesprochen.“ Hyde trocknete seine Tränen und zog ab.

Um zwei Uhr wurde das Schiedsgericht eröffnet, und Roop thronte mit so ehrfurchtgebietender Feierlichkeit unter seinen Sheriffs, den Zeugen und den Zuschauern, daß einige seiner Mitwisser schon Angst hatten, er habe am Ende nicht begriffen, daß es sich nur um einen Scherz handle. Eine unheimliche Stille herrschte, denn beim leisesten Geräusch sprach der Richter den ernsten Befehl aus: „Ruhe vor Gericht!“, was die Sheriffs sofort wie ein Echo wiederholten. Kurz darauf drängte sich der General, beide Arme voll Gesetzbücher, durch die Menge, und an sein Ohr schlug der Befehl des Richters: „Platz für den Herrn Anwalt der Vereinigten Staaten“, die erste achtungsvolle Anerkennung seiner hohen offiziellen Würde, die ihm bislang zuteil geworden war und bei der es ihm behaglich durch alle Glieder prickelte.

Die Zeugen wurden aufgerufen: Gesetzgeber, hohe Regierungsbeamte, Bauern, Bergleute, Chinesen, Neger. Dreiviertel von ihnen waren von dem Beklagten Morgan aufgerufen, aber umsonst; ihr Zeugnis lautete ausnahmslos zugunsten des Klägers Hyde. Jeder neue Zeuge brachte nur neue Beweise dafür bei, wie abgeschmackt es sei, jemandes Eigentum zu beanspruchen, weil die eigene Farm daraufgerutscht sei. Dann hielten Morgans Advokaten ihre Reden, die erbärmlich matt ausfielen, sie taten in Wirklichkeit nichts für den Sieg ihres Schutzbefohlenen. Jetzt erhob sich mit triumphierender Miene der General und nahm einen leidenschaftlichen Anlauf. Er schlug mit der Faust auf den Tisch, klopfte auf die Gesetzbücher, Poesie, Sarkasmen, Statistik, Geschichte, Pathetisches, Volkstümliches, Lächerliches und schloß mit einem großen Schlachtruf für Redefreiheit, Pressefreiheit, Unterrichtsfreiheit, den ruhmreichen amerikanischen Adler und die Grundsätze ewiger Gerechtigkeit. (Beifall.)

Als der General sich niederließ, war er im Innersten überzeugt, daß, wenn auf günstige Zeugenaussagen, eine großartige Rede und auf die gläubigen und bewundernden Gesichter ringsum auch nur das mindeste zu geben sei, Morgan verloren sein müsse. Exgouverneur Roop stützte sein Haupt einige Augenblicke sinnend in die Hand, während die Menge auf seine Entscheidung wartete, dann erhob er sich und dachte gebeugten Hauptes abermals nach. Darauf ging er mit langen Schritten hin und her, das Kinn in der Hand, während die Menge immer noch harrte. Endlich kehrte er auf seinen Thron zurück und begann in gewichtigem Ton:

„Meine Herren, ich fühle die große Verantwortung, die heute auf mir ruht. Dies ist kein gewöhnlicher Fall. Im Gegenteil, es ist der großartigste und bedeutsamste, den je ein Mensch zu entscheiden berufen wurde. Meine Herren, ich habe aufmerksam die Zeugenaussagen angehört und bemerkt, daß ihr Gewicht, ihr überwältigendes Gewicht, zugunsten des Klägers Hyde spricht. Ich habe ferner mit hohem Interesse den Bemerkungen der Sachwalter zugehört, namentlich die meisterhafte und unwiderlegbare Logik des hochzuverehrenden Anwalts, welcher den Kläger vertritt. Aber, meine Herren, lassen wir uns in einem so feierlichen Augenblick nicht von bloß menschlichem Zeugnis, menschlichem Scharfsinn und menschlichen Begriffen von Gerechtigkeit beeinflussen. Meine Herren, es steht uns Erdenwürmern sehr übel an, uns in die Beschlüsse des Himmels einzumischen. Für mich liegt es klar auf der Hand, daß der Himmel in seiner unerforschlichen Weisheit den Rancho des Angeklagten nicht ohne Grund von der

Stelle gerückt hat. Wir sind nur Geschöpfe Gottes und müssen uns seinem Willen fügen. Wenn es dem Himmel beliebt hat, den Beklagten Morgan auf so merkwürdige und wunderbare Weise zu begünstigen, wenn der Himmel, unzufrieden mit der Lage von Morgans Rancho an der Bergflanke, diesen nach einer für seinen Besitzer bequemeren und vorteilhafteren Gegend befördern wollte, so steht es uns armen Eintagsfliegen nicht zu, die Gesetzmäßigkeit des Verfahrens in Frage zu ziehen oder nach der Ursache zu forschen, die dabei maßgebend war. Nein, der Himmel hat die Ranchos geschaffen, und es ist das Vorrecht des Himmels, sie anders zu ordnen, mit ihnen zu experimentieren, sie nach Belieben dahin oder dorthin zu schieben. Wir haben uns ohne Murren zu unterwerfen. Ich sage es euch zur Warnung, daß die unheiligen Hände, Köpfe und Zungen der Menschen sich mit diesem Ereignis nicht befassen dürfen. Meine Herren, der Wahrspruch des Gerichtshofes lautet, daß der Kläger Richard Hyde seines Ranchos durch die Heimsuchung Gottes verlustig gegangen ist! Und gegen diese Entscheidung gibt es keinerlei Berufung."

Buncombe packte seine Ladung Bücher zusammen und stürzte damit aus dem Gerichtssaal, ganz außer sich vor Entrüstung. Er hieß Roop laut einen Narren, einen schwärmerischen Trottel. In seinem Eifer suchte er ihn bei Nacht nochmals auf, machte ihm Vorwürfe wegen seines ungereimten Wahrspruchs und bat ihn inständig, doch einmal eine halbe Stunde in der Stube auf und ab zu gehen und nachzudenken, ob sich der Spruch denn nicht irgendwie abändern lasse. Schließlich gab Roop nach und stand auf. Dreieinhalb Stunden lief er im Zimmer hin und her, bis er plötzlich mit strahlendem Gesicht ausrief, jetzt sei es ihm klargeworden, daß der Rancho unter dem Rancho Morgans noch immer Hyde gehöre und daß dieser noch genausoviel Anrecht darauf habe wie zuvor, deshalb sei er der Meinung, daß Hyde berechtigt sei, ihn darunter hervorzugraben und ...

Der General wartete nicht, bis er ausgeredet hatte. Er war schon immer ein ungeduldiges, jähzorniges Temperament gewesen. – Es dauerte zwei Monate, bis die Tatsache, daß man nur Spaß mit ihm getrieben hatte, sich durch den harten Diamantfels seines Begriffsvermögens hindurchgebohrt hatte.

Vierzehntes Kapitel

Als wir endlich nach Esmeralda abritten, bekam unsere Gesellschaft Zuwachs in der Person des Kapitäns John Nye, eines Bruders des Gouverneurs. Er hatte ein gutes Gedächtnis, und die Zunge saß ihm am rechten Fleck. Das sind Eigenschaften, die der Unterhaltung ein ewiges Leben verleihen. Während der ganzen hundertzwanzig Meilen unserer Reise ließ der Kapitän das Gespräch nie abreißen oder auch nur stocken. Außer seiner Unterhaltungsgabe besaß er noch zwei ganz besondere Vorzüge. Der eine bestand in seiner außerordentlichen Geschicklichkeit, die vom Abstecken einer Eisenbahn oder der Organisierung einer politischen Partei bis herab zum Annähen eines Knopfes, zum Beschlagen eines Pferdes, zum Einrichten eines gebrochenen Beins oder zum Setzen einer Henne reichte. Der andere bestand in der Fähigkeit, sich jederzeit der Bedürfnisse, Verlegenheiten und Schwierigkeiten seiner Mitmenschen anzunehmen und mit bewunderungswürdiger Leichtigkeit und Geschwindigkeit Abhilfe zu schaffen, weshalb er stets leerstehende Betten in überfüllten Gasthäusern und eine Fülle von Vorräten in den leersten Speisekammern fand. Und endlich, wo er Mann, Weib oder Kind in einem Lager, einer Schenke oder mitten in der Wüste begegnete, immer kannte er entweder die Leute persönlich oder er war mit einem Verwandten von ihnen bekannt gewesen. Ein solcher Reisegefährte war uns bis dahin noch nicht vorgekommen.

Ich darf nicht versäumen, hier eine Probe zu geben von der Art, wie er Schwierigkeiten beseitigte. Am zweiten Reisetag langten wir sehr müde und hungrig vor einem kleinen ärmlichen Wirtshaus in der Wüste an, wo man uns sagte, das Haus sei voll, Lebensmittel seien nicht vorhanden, auch weder Heu noch Hafer für die Pferde – wir müßten weitergehen. Wir anderen wollten eilig weiter, solange es noch hell war, da der Kapitän aber darauf bestand, eine Weile haltzumachen, stiegen wir ab und traten ein. Kein einziges Gesicht hieß uns willkommen. Dann ließ der Kapitän seine Zauberkünste spielen, und binnen zwanzig Minuten hatte er folgendes zustande gebracht: in drei Fuhrleuten alte Bekannte gefunden; entdeckt, daß er mit der Mutter des Wirts in die Schule gegangen war; in dessen Frau eine Dame wiedererkannt, deren durchgegangenes Pferd er einst in Kalifornien aufgehalten und ihr dadurch das Leben gerettet hatte; einem Kinde sein zerbrochenes Spielzeug ausgebessert und damit die Gunst von dessen Mutter gewonnen; dem Hausknecht beim Aderlaß eines Pferdes geholfen und einem anderen Pferd, welches das Würgen hatte, etwas verschrieben; die ganze Gesellschaft dreimal am Schanktisch des Wirts freigehalten; eine neuere Zeitungsnummer, als irgend jemand seit einer Woche zu Gesicht bekommen hatte, zum Vorschein gebracht, sich hingesetzt und sie den höchst gespannten Zuhörern vorgelesen. Das Ergebnis war in summa folgendes: Der Hausknecht fand Futter in Fülle für unsere Pferde, wir bekamen ein köstliches Abendessen (Forellen) mit nachfolgender überaus gemütlicher Unterhaltung, wir erhielten gute Betten, fanden am anderen Morgen ein überraschend feines Frühstück, und bei unserem Abschied jammerte alle Welt, daß wir schon fort wollten. Der Kapitän hatte einige schlimme Eigenschaften, doch er besaß auch ungemein schätzenswerte Züge, die er dagegen in die Waagschale werfen konnte.

Esmeralda war in vielen Beziehungen ein zweites Humboldt, jedoch bereits etwas weiter entwickelt. Die Bergwerksanteile, für die wir Zuschüsse bezahlt hatten, waren völlig wertlos, wir gaben sie auf. Der bedeutendste lag auf einem Hügel von vierzehn Fuß Höhe, in den die schlauen Direktoren einen Stollen trieben, um auf die silberhaltige Ader zu stoßen. Dieser hätte siebzig Fuß lang werden sollen, um dann die Ader in einer Tiefe zu treffen, die man mit einem zwölf Fuß tiefen Schacht erreicht hätte. Die Herren Direktoren lebten von den „Zubußen". Sie spürten durchaus kein Verlangen, jene Ader zu finden, denn sie wußten wohl, daß sie so wenig Silber enthielt wie ein Betonklotz.

Wir belegten verschiedene Parzellen, auf denen wir Schachte und Stollen in Angriff nahmen, ohne aber je einen solchen fertigzumachen. Auf jeder von ihnen mußten wir eine gewisse Arbeit geleistet haben, um als Inhaber zu gelten, andernfalls konnte jeder andere nach Ablauf von zehn Tagen unser Eigentum in Besitz nehmen. Stets jagten wir neuen Parzellen nach, auf denen wir ein wenig arbeiteten, um dann auf einen Käufer zu warten, der sich jedoch niemals einstellte. Nie fanden wir Erz, das mehr als fünfzig

Dollar die Tonne ergeben hätte, und da die Pochwerke für die Verarbeitung des Erzes und Ausscheidung des Silbers genau fünfzig Dollar verlangten, schmolz uns das Geld aus der Tasche weg, ohne daß anderes dafür kam. Wir bewohnten eine kleine Hütte, in der wir eigene Küche führten, und hatten im ganzen ein saures, wenn auch hoffungsvolles Leben – denn wir hörten keinen Augenblick auf, ein Vermögen für uns und einen plötzlich sich einstellenden Käufer für unseren Besitz zu erwarten.

Zuletzt, als das Pfund Mehl auf einen Dollar stieg und Geld auch auf die beste Sicherheit hin nicht unter acht Prozent monatlich zu haben war (mir fehlte es außerdem an der Sicherheit), ließ ich den Bergbau fahren.

Fünfzehntes Kapitel

Was nun?

Das war eine wichtige Frage. Ich war mit dreizehn Jahren in die Welt hinausgegangen, um für mich selbst zu sorgen, denn mein Vater hatte für Freunde gebürgt und hatte uns zwar nach seinem Tod ein reichliches Erbe an Stolz auf seine Abstammung von einer feinen virginischen Familie und auf deren Verdienste um die Nation hinterlassen, doch fand ich bald heraus, daß ich davon nicht leben könne, sondern dazu gelegentlich ein Stück Brot als Beilage haben müsse. In verschiedenen Berufsarten hatte ich meinen Lebensunterhalt verdient, bis jetzt aber durch meine Leistungen noch niemand beeindrucken können. Mir stand eine große Auswahl zur Verfügung, falls ich Arbeit suchte – doch nachdem ich einmal so reich gewesen war, hatte ich keine Lust mehr dazu. Ich war einmal einen Tag lang Ladenjüngling bei einem Krämer gewesen, hatte aber dabei eine solche Masse Zucker verzehrt, daß der Besitzer mich aller weiteren Dienstleistungen entband und sagte, es sei ihm lieber, wenn ich bloß als Kunde in seinen Laden käme.

Eine Woche lang hatte ich Rechtsgelehrsamkeit studiert, sie aber dann aufgegeben, weil sie zu prosaisch und ledern war. Dann warf ich mich für kurze Zeit auf das Studium der Grobschmiedekunst, vertrödelte aber mit dem Versuch, die Blasebälge so einzurichten, daß sie von selbst bliesen, so viel Zeit, daß der Meister mich in Ungnade fortjagte und behauptete, aus mir würde im Leben nichts. Ich trat eine Weile als Gehilfe bei einem Buchhändler ein, aber die Kunden quälten mich derart, daß ich nicht in Ruhe lesen konnte, und so gab mir der Prinzipal Urlaub, vergaß aber dabei zu sagen, wann er abgelaufen sein sollte. Dann war ich im Sommer eine Zeitlang Gehilfe bei einem Apotheker, aber ich hatte Unglück mit meinen Rezepten, so daß wir mehr Magenpumpen als sonst was absetzten und ich auch dort gehen mußte. In dem Gefühl, daß in mir ein zweiter Franklin steckte, hatte ich die Schriftsetzerei leidlich erlernt. Aber bei der „Union" in Esmeralda war keine Stelle offen, und außerdem hatte ich immer so langsam gesetzt, daß ich die Lehrlinge von zwei Jahren um ihre Leistungen beneidete. Wenn ich ein Stück Satz übernahm, so pflegte der oberste Setzer anzudeuten, man werde es im Lauf des Jahres wohl einmal brauchen. Als Lotse zwischen St. Louis und New Orleans machte ich meine Sache später dann ganz ordentlich und brauchte mich meiner Leistungen in diesem Berufszweig keineswegs zu schämen. Der Lohn betrug zweihundertfünfzig Dollar monatlich bei freier Kost und Wohnung, und ich sehnte mich wirklich danach, wieder hinter dem Steuerrad zu stehen, statt ewig herumzuschweifen. Aber ich hatte mich in der letzten Zeit durch prahlerische Briefe, die ich über meinen blinden Gang und meine Europareise nach Hause gerichtet hatte, so lächerlich gemacht, daß es mir ging wie schon manchem armen enttäuschten Bergmann, der sich selber sagt: „Mit mir ist es jetzt aus und vorbei, und es fällt mir nicht ein, je wieder heimzukehren, um bemitleidet und über die schräge Schulter hinweg angesehen zu werden." Ich war Privatsekretär, Silbergräber und Arbeiter in einem Pochwerk gewesen, hatte es in allen diesen Fächern zu weniger als nichts gebracht, und jetzt...

Was sollte jetzt geschehen?

Auf Higbies Bitten willigte ich ein, es nochmals mit dem Bergbau zu versuchen. Wir kletterten weit den Berghang hinauf und machten uns an die Arbeit auf einer uns gehörenden kleinen, nichtsnutzigen Parzelle, auf der sich ein Schacht von acht Fuß Tiefe befand. Higbie stieg hinab und arbeitete tapfer mit seiner Spitzhacke, bis er eine Menge Gestein und Erde losgehauen hatte, und dann ging ich hinunter, um es mit einer langstieligen Schaufel, der widerwärtigsten aller menschlichen Erfindungen, herauszuwerfen. Man muß die Schaufel vorwärtsschieben und mit dem Knie nachhelfen, bis sie voll ist, und sie dann mit kühnem Schwung über die linke Schulter entleeren. Ich machte den Schwung und setzte das Geröll genau am Rande des Schachtes ab, von wo es mir samt und sonders wieder auf Kopf und Nacken herunterkam. Ohne ein Wort zu sagen, stieg ich heraus, ging nach Hause und beschloß in meinem Innern, lieber zu verhungern, als dieses Scheibenschießen mit Schutt auf meine werte Person vermittels einer langstieligen Schaufel noch länger zu betreiben. Ich setzte mich in die Hütte und überließ mich dort sozusagen einem gediegenen moralischen Katzenjammer. Nun hatte ich in angenehmeren Tagen zu meinem Vergnügen dann und wann der Hauptzeitung des Territoriums, der „Daily Territorial Enterprise“ in Virginia, Berichte eingeschickt und war stets überrascht gewesen, wenn sie im Druck erschienen. Die Redakteure waren dabei in meiner Meinung nicht eben gestiegen, denn im nachhinein wollte mir scheinen, als hätten sie etwas Besseres finden können, um ihre Spalten zu füllen, als meine literarischen Leistungen. Auf dem Heimweg fand ich im Postbüro einen Brief, den ich zu Hause öffnete. „Heureka!“ rief ich laut – ich wußte zwar nicht, was das heißt, fand aber den Klang des Wortes meiner Stimmung ganz angemessen –, es war ein ernstliches Anerbieten von fünfundzwanzig Dollar wöchentlich, falls ich nach Virginia kommen und Lokalredakteur der „Enterprise“ werden wollte.

In den Tagen des „blinden Ganges“ würde ich den Herausgeber gefordert haben, jetzt hätte ich vor ihm niederfallen und ihn anbeten mögen. Fünfundzwanzig Dollar die Woche – das war ein Kapital – ein Vermögen! Zwar kühlte sich meine Verzückung etwas ab, wenn ich an meine Unerfahrenheit und meinen Mangel an jeder Befähigung für diese Stellung dachte und mir die Reihe der verfehlten Versuche, etwas aus mir zu machen, vor Augen hielt. Doch in meiner derzeitigen Lage konnte ich das Angebot einfach nicht ausschlagen, wollte ich nicht meinen Nächsten zur Last fallen. So wurde ich wohl oder übel Lokalredakteur. Not bricht Eisen. Ich bin fest überzeugt, hätte man mir damals das Angebot gemacht, gegen Gehalt den Talmud aus dem hebräischen Original zu übertragen, ich hätte auch dieses Angebot ruhig angenommen und versucht, mich für mein Geld möglichst anständig aus der Affäre zu ziehen.

Ich ging also hinauf nach Virginia, um meine neue Stellung anzutreten. Für einen Lokalredakteur sah ich recht ruppig aus, das gestehe ich offen; ohne Rock, mit Schlapphut und blauem Wollhemd, die Hosen in den Stiefeln, mit einem Bart, der mir über die halbe Brust herunterhing, und dem üblichen Matrosen-Revolver am Gütel. Doch verschaffte ich mir einen christlicheren Anzug und gab meinem Revolver den Abschied. Ich hatte niemals Gelegenheit gehabt, jemanden totzuschießen und verspürte auch keinerlei mörderische Gelüste; nur aus Rücksicht auf die allgemeine Anschauung hatte ich das Ding getragen, um nicht unangenehm aufzufallen und zu dummen Bemerkungen Anlaß zu geben. Zu meiner Überraschung bemerkte ich jedoch, daß die anderen Redakteure sowie sämtliche Setzer und Drucker Revolver trugen. Ich bat den Chefredakteur und Eigentümer des Blattes, Mister Goodman, um einige Anweisungen betreffs meiner Pflichten, worauf er mir sagte, ich solle nur durch die ganze Stadt gehen und allerhand Leute über alles mögliche ausfragen, mir die erhaltene Auskunft notieren und sie dann ausführlicher zur Veröffentlichung niederschreiben. Er fügte noch bei:

„Sagen Sie niemals: ‚wir erfahren‘, oder: ‚es heißt‘, oder: ‚es geht das Gerücht‘, oder: ‚wie verlautet‘, sondern rücken Sie vor die rechte Schmiede, verschaffen Sie sich die absoluten Tatsachen, und dann reden Sie von der Leber weg und sagen Sie: so und so ist es. Sonst trauen die Leute Ihren Nachrichten nicht. Unumstößliche Gewißheit ist es, was einer Zeitung den festesten und wertvollsten Ruf verschafft.“

Damit hatte ich das Wesen der Sache im Kern erfaßt, und bis auf den heutigen Tag beschleicht mich, sooft ich sehe, daß ein Berichterstatter seinen Artikel mit „wie verlautet“ anfängt, der Verdacht, er habe auf seine Erkundigungen nicht genug Mühe verwandt. Freilich, solange ich Lokalredakteur war, habe ich nicht immer nach jener Vorschrift gehandelt, sondern manchmal, wenn Nachrichtenflaute herrschte, der Phantasie die Oberherrschaft über die Tatsachen gelassen. Nie werde ich die Erfahrung vergessen, die ich an meinem ersten Tag als Berichterstatter machte. Ich wanderte durch die ganze Stadt, fragte alle Welt, bohrte jedermann an, und kein Mensch wußte etwas. Nach fünf Stunden war mein Notizbuch noch immer leer. Ich sprach mit Mister Goodman darüber. Dieser meinte:

„Ihr Vorgänger Dan pflegte in der Sauregurkenzeit, wenn's sonst nichts gab, aus den Heuwagen Kapital zu schlagen. Sind keine Heuwagen vom Feld hereingekommen? Sind welche da, so könnten Sie von wiederaufgenommener Tätigkeit im Heugeschäft sprechen. Das ist zwar nicht besonders aufregend, aber es hilft doch das Blatt füllen und sieht geschäftsmäßig aus."

Ich durchstreifte die Stadt nochmals und stöberte einen einzigen elenden alten Heuwagen auf, der sich langsam vom Feld hereinbewegte. Aber ich wußte ihn auszuschlachten. Ich multiplizierte ihn mit sechzehn, ließ ihn aus sechzehn verschiedenen Richtungen her in die Stadt fahren, machte sechzehn besondere Artikelchen über ihn und schlug einen Lärm über das Heu, wie man es in ganz Virginia City noch nie erlebt hatte.

Das war ermutigend. Ich hatte zwei Spalten zu füllen und kam damit ganz nett vorwärts. Gerade als der Stoff wieder zur Neige ging, brachte ein Raufbold in einer Schnapsbude einen Mann um, und abermals kehrte Freude bei mir ein. Niemals in meinem Leben war ich wegen einer Bagatelle wie dieser so vergnügt gewesen. Ich sagte zu dem Mörder:

„Mein Herr, Sie sind mir ein Fremder, aber Sie haben mir heute einen Gefallen getan, den ich Ihnen nie vergessen werde. Wenn ganze Jahre von Dankbarkeit Ihnen einen Ersatz bieten können – er soll Ihnen zuteil werden. Ich war in Not, und Sie haben mir zu rechter Zeit edelmütig herausgeholfen, als alles dunkel und öde aussah. Zählen Sie mich fortan zu Ihren Freunden; denn ich bin nicht der Mann, der eine Gefälligkeit vergiß."

Wenn ich das alles nicht wirklich zu ihm sagte, so empfand ich doch wenigstens das Verlangen danach. Ich berichtete über die Mordtat mit einem wahren Heißhunger auf interessante Einzelheiten, und als ich zu Ende war, bedauerte ich nur, daß man nicht meinen Wohltäter auf der Stelle gehenkt hatte; ich würde ihn gern auch noch verarbeitet haben.

Darauf entdeckte ich ein paar Wagen mit Auswanderern, die sich eben anschickten, auf der Plaza ihr Lager aufzuschlagen, und von denen ich erfuhr, daß sie vor kurzem durch feindliches Indianergebiet gekommen und dabei ziemlich übel gefahren waren. Ich machte aus dieser Nachricht alles, was die Umstände erlaubten. Hätte nur nicht die Anwesenheit der Berichterstatter anderer Blätter strenge Grenzen gesetzt, so hätte ich zweifelsohne den Artikel durch einige Zutaten noch viel interessanter gestalten können. Einen Wagen fand ich jedoch, der nach Kalifornien weiterzog, und ich holte bei dessen Besitzer geschickt Erkundigungen ein. Als ich aus seinen kurzen, mürrischen Antworten auf meine Kreuz- und Querfragen herausbekommen hatte, daß er ganz bestimmt abfahren und am nächsten Tage nicht mehr in der Stadt sein würde, also keinen Lärm schlagen konnte, lief ich den anderen Zeitungen den Rang ab, indem ich mir sein Personenverzeichnis abschrieb und seine ganze Gesellschaft unter den Toten und Verwundeten aufführte. Da ich mich in diesem Falle nicht zu beschränken brauchte, ließ ich den Wagen einen Kampf mit den Indianern bestehen, der bis auf den heutigen Tag in der Geschichte nicht seinesgleichen hat.

Meine beiden Spalten waren damit gefüllt. Als ich sie am Morgen durchlas, fühlte ich, daß ich endlich meinen wahren Beruf gefunden hatte. Neuigkeiten, und zwar aufregende Neuigkeiten waren es, was die Zeitung brauchte, und ich fühlte in mir in ganz besonderem Maß die Fähigkeit, solche zu liefern. Mister Goodman meinte, ich stehe als Berichterstatter nicht hinter Dan zurück. Ein höheres Lob wünschte ich mir nicht. Auf diese Ermutigung hin fühlte ich mich stark genug, im Notfall den Interessen des Blattes zuliebe sämtliche Auswanderer auf der Ebene eines grausamen Todes durch meine Feder sterben zu lassen.

Sechzehntes Kapitel

Sechs Monate, nachdem ich unter die Journalisten gegangen war, begann die große Zeit des Silberlandes, wo es „flott herging“, und diese dauerte in unvermindertem Glanz drei Jahre lang. Alle Schwierigkeit, die Spalten mit Lokalnachrichten zu füllen, war nun vorüber. Man hatte im Gegenteil jetzt seine liebe Not, die Unmasse von Begebenheiten und Vorkommnissen, die trotz der Vergrößerung des Formats jeden Tag in unser literarisches Netz gingen, unterzubringen. Virginia hatte sich zur lebhaftesten Stadt entwickelt, die es in Amerika je gegeben hat, wenn man ihr Alter und ihre Einwohnerzahl in Betracht zieht. Die Gehwege wimmelten von Menschen, so daß es meist keine leichte Aufgabe war, durch die Menschenflut hindurchzukommen. Die Fahrstraßen waren gedrängt voll von Quarzwagen, Frachtwagen und sonstigen Fuhrwerken in endlosem Zug. Das Gedränge war derartig, daß kleine Gefährte oft eine halbe Stunde lang warten mußten, bis es ihnen gelang, über die Hauptstraße hinüberzukommen. Vergnügt strahlten alle Gesichter. Eine fast wilde Anspannung sprach aus jedem Auge und erzählte von den Plänen zum Geldmachen, die in jedem Gehirn kochten, und von den großen Hoffnungen, die alle Herzen erfüllten. Geld gab es wie Sand am Meer. Jeder einzelne hielt sich für reich, und eine trübselige Miene war nirgends zu sehen. Es gab Miliz-Kompanien, Spritzen-Kompanien, Musikchöre, Banken, Hotels, Theater, liederliche Tanzböden, „Hurdy-Gurdy-Häuser“ genannt, weit offenstehende Spielhöllen, politische Klubs, Bürgeraufzüge, Straßenkämpfe, Mordtaten, Leichenbeschauungen, Tumulte, alle fünfzehn Schritte eine Schnapsbrennerei, einen Gemeinderat mit einem Bürgermeister, einen Stadtvermesser, einen Stadtingenieur, einen Direktor der städtischen Feuerwehr mit einem ersten, zweiten und dritten Assistenten, einen Polizeidirektor, einen Stadtmarschall und eine starke Polizistenschar, zwei Kollegien von Kuxmaklern, ein Dutzend Brauereien und ein halbes Dutzend Gefängnisse und Polizeistationen in voller Arbeit. Man sprach sogar davon, eine Kirche zu bauen. Der Aufschwung war großartig in jeglicher Beziehung. Mächtige feuerfeste Backsteinhäuser wuchsen aus dem Boden entlang der

Hauptstraßen, und die hölzernen Vorstädte breiteten sich nach allen Richtungen aus. Für Bauplätze in der Stadt erzielte man ganz erstaunliche Preise.

Die große Combstock-Erzader, reich an Edelmetall, erstreckte sich von Norden nach Süden über die ganze Länge der Stadt, und ihre sämtlichen Gruben waren unaufhörlich in Betrieb. Eine einzige Grube beschäftigte allein schon sechshundertfünfundsiebzig Mann, und bei Wahlen hieß es stets: „Wie die Gould & Curry-Grube stimmt, so stimmt die ganze Stadt." Der Tageslohn der Arbeiter betrug vier bis sechs Dollar. Sie arbeiteten in drei Schichten oder Abteilungen, und das Sprengen, Hacken und Schaufeln ging Tag und Nacht ohne Unterbrechung fort.

Die Stadt Virginia thronte königlich auf halber Höhe des steil ansteigenden Mount Davidson, 7200 Fuß über dem Meeresspiegel, und war in der klaren Atmosphäre Nevadas bis auf fünfzig Meilen sichtbar. Ihre Bevölkerung betrug 15 000 bis 18 000 Seelen, und den ganzen Tag über schwärmte die Hälfte dieser kleinen Armee wie Bienen durch die Straßen, die andere Hälfte dagegen schwärmte hundert und aber hundert Fuß tief unter ebendiesen Straßen in den Schächten und Stollen der Combstock-Erzschicht. Oft fühlten wir unsere Stühle beben, während der schwache Knall einer Sprengung aus den Eingeweiden der Erde unter der Redaktion heraufklang.

Der Bergabhang war so steil, daß die ganze Stadt schräg wie ein Dach daran hinaufging. Die Straßen bildeten sämtlich Terrassen, von denen eine immer vierzig bis fünfzig Fuß über der anderen lag. Es war ein mühseliges Klettern selbst in dieser dünnen Atmosphäre, wenn man von der D-Straße nach der A-Straße hinaufsteigen mußte, und man kam keuchend und außer Atem oben an. Dagegen brauchte man sich nur umzudrehen, um wie ein Pfeil wieder hinabzufliegen. Die Luft war in dieser Höhe so dünn, daß einem das Blut stets durch die Haut zu dringen schien und eine Stecknadelschramme ernstliche Sorgen machen konnte, weil leicht ein gefährlicher Rotlauf daraus entstand. Aber zur Entschädigung dafür waren Schußwunden wunderbar schnell geheilt, und so hatte man wenig Aussicht, sich durch einen Schuß, der dem Gegner nur durch beide Lungen ging, dauernde Genugtuung zu verschaffen.

Man konnte beinahe sicher sein, daß er bald wieder auf dem Damm war und sich nach einem umsah, und zwar nicht mit einem Opernglas.

Von Virginias hoher Lage aus überschaute man ein mächtiges, weitumfassendes Panorama von Bergzügen und Wüsten, und ob nun der Tag hell oder bewölkt war, ob die Sonne auf- oder unterging oder am Zenit flammte, ob es Nacht war oder der Mond am Himmel leuchtete, immer hatte man einen schönen, unvergeßlichen Ausblick. Über uns ragte der Mount Davidson mit seiner grauen Kuppel empor, während vor und unter uns eine wildzerrissene Schlucht sich öffnete und ein düsteres Tor bildete, durch welches der Blick auf die mattgefärbte, von dem Silberfaden eines Flusses durchzogene Wüste fiel. Die Ufer des Flusses waren mit Bäumen eingefaßt; die sich in der meilenweiten Entfernung nur wie eine zarte Franse ausnahmen. In noch weiterer Ferne bildeten die verschneiten Berge ihre langgezogene Schranke bis zum nebligen Horizont hin. Davor breitete sich ein See aus, der in der Wüste wie eine vom Himmel gefallene Sonne flammte, obwohl auch er fünfzig Meilen entfernt lag. Man mochte aus seinem Fenster blikken, wohin man wollte, stets bot sich ein bezauberndes Bild. Selten, sehr selten kam es vor, daß Wolken am Himmel standen, dann aber vergoldete, rötete und verklärte die sinkende Sonne dieses weitausgedehnte Landschaftsbild mit einer geradezu verwirrenden Farbenpracht, die das Auge wie mit Zaubergewalt fesselte und die Seele wie Musik ergriff.

Siebzehntes Kapitel

Mein Gehalt wurde auf vierzig Dollar die Woche erhöht, aber ich ließ es mir selten auszahlen. Ich hatte eine Menge anderer Hilfsquellen; und was bedeuteten schon zwei 20-Dollar-Stücke für einen Mann, der die Taschen voll von solchen Dingern und zugleich blanke Halbdollarstücke in Überfülle hatte? Das Berichterstatten war einträglich, und in der ganzen Stadt war jedermann freigebig mit seinem Geld und seinem „Fuß". Die Stadt und der ganze große Bergabhang waren von Schächten durchlöchert wie ein Sieb. Es gab mehr Bergwerke als Bergleute. Allerdings lieferten kaum zehn von diesen Bergwerken Erze, die es wert gewesen wären, sie zu einem Pochwerk zu schaffen, aber jedermann sagte: „Wartet nur, bis der Schacht so weit hinunterkommt, daß die Ader gediegen wird, dann werdet ihr schon sehen!" So war kein Mensch mutlos. Die Gruben waren fast sämtlich taub und ohne allen Gehalt, aber das glaubte damals kein Mensch. Jedermann war fest überzeugt, daß seine kleine taube Parzelle ebensogut an der „Hauptader" sei wie die ergiebigsten Combstock-Gruben und unfehlbar tausend Dollar wert sein werde, sobald der Schacht „aufs Gediegene komme". Die armen Kerle! Sie sollten diesen Tag nie erleben, und es war nur gut, daß sie blind dafür waren.

So bohrten sich die tausend tauben Schächte Tag für Tag immer tiefer in die Erde, und jedermann war außer sich vor Hoffnung und Glück. Wie sie arbeiteten, prophezeiten, jubelten! Wahrlich, seit die Welt stand, hatte man etwas Ähnliches nicht erlebt. Von diesen Bergwerken – oder vielmehr diesen Löchern über eingebildeten Bergwerken – war ein jedes gesetzlich eingetragen und hatte hübsch mit Illustrationen verzierte Kuxe, und diese Kuxe waren verkäuflich. Mit fieberhafter Gier wurden diese Tag für Tag in den Maklerbanken verkauft und gekauft. Man konnte oben am Berg ein bißchen herumscharren, bis man einen Erzgang fand (davon gab es genug), dann eine „Bekanntmachung" mit einem prahlerischen Namen aufstecken, sich „Anteilscheine" drucken lassen und ohne den mindesten greifbaren Beweis dafür, daß die betreffende Grube auch nur einen Pfifferling wert sei, das Papier auf den Markt bringen, wo es für Hunderte, ja Tausende von Dollar verkauft wurde. Geld zu machen, und zwar im Flug, kostete nicht mehr Mühe, als ein Mittagsmahl zu verzehren. Jedermann besaß „Fuß" in fünfzig verschiedenen tauben Gruben und betrachtete sich als reich. Man denke sich eine Stadt, in der es nicht einen einzigen armen Mann gibt! Man sollte meinen, als Monat auf Monat verging und immer noch keine einzige „Wildkatzengrube" (so wurden alle nicht auf der Mutterader, das heißt der Combstock-

Schicht, belegten Parzellen genannt) eine Tonne Erz geliefert hatte, die das Zerstampfen lohnte, die Leute hätten sich endlich gefragt, ob sie nicht am Ende doch zu fest an ihre vermeintlichen Reichtümer glaubten – aber kein Gedanke daran. Sie wühlten die Erde weiter auf, kauften und verkauften und waren glücklich dabei.

Täglich wurden neue Stellen belegt, und es herrschte dabei die freundliche Gepflogenheit, schnurstracks zu den Zeitungsredaktionen zu laufen, dem Berichterstatter vierzig oder fünfzig Fuß zu schenken und ihn damit zur Besichtigung der Grube und zu einer Notiz darüber zu gewinnen. Was man darüber sagte, war ihnen egal, wenn man nur etwas sagte. So schrieben wir gewöhnlich mit ein paar Worte, die „Anzeichen" seien gut, oder die Gesteinsschicht sei sechs Fuß breit, oder der Fels sähe dem Combstock ähnlich, was auch der Fall war, nur war die Ähnlichkeit nicht so groß, daß man vor Verwunderung darüber auf den Rücken fiel. Versprach das Gestein einigermaßen etwas, so folgten wir der Landessitte, warfen mit starken Eigenschaftswörtern um uns und priesen dieses Wunder auf dem Gebiete der Silberentdeckung dermaßen, daß uns der Schaum vor den Mund trat. War die Grube schon abgeteuft und bearbeitet, ohne brauchbares Erz aufzuweisen (weil überhaupt keines drin war), so lobten wir den Stollen, über den wir in den höchsten Tönen faselten, ohne aber ein Wort über das Gestein selbst zu verlieren. Oder wir verschwendeten auch eine halbe Spalte voll Lobeserhebungen auf einen Schacht oder ein neues Drahtseil u. dgl. oder auch auf „das vornehme und tatkräftige Auftreten des Herrn Obersteigers der Grube", wiederum ohne über das Gestein auch nur die leiseste Silbe zu verlieren, und doch waren jene Leute stets froh, stets befriedigt. Gelegentlich flickten oder lackierten wir unseren Ruf verständiger Prüfung und ernster, höchst genauer Beschreibung dadurch, daß wir für irgendeine alte aufgegebene Parzelle in die Trompete stießen, daß ihr die dürren Knochen hätten rasseln sollen, und dann pflegte irgend jemand diese zu nehmen und sie auf die ihr so verschaffte vergängliche Berühmtheit hin zu verkaufen. Nichts, was die Gestalt einer Bergwerkparzelle trug, war unverkäuflich. Wir bekamen Tag für Tag Geschenke von „Fuß". Brauchten wir hundert

Dollar oder so etwas, so verkauften wir ein paar davon. Wenn nicht, so speicherten wir sie auf, überzeugt, daß sie eines Tages tausend Dollar der Fuß wert werden mußten. Ich hatte meinen Koffer beinahe voll von Kuxen. Wenn eine Parzelle Aufsehen auf dem Markt erregte und hoch hinaufging, suchte ich mein Paket durch und sah nach, ob ich von den betreffenden Kuxen etwas hatte. Gewöhnlich fand ich auch, was ich suchte.

Ich hatte aber nicht bloß als Gegenleistung für Zeitungsnotizen meine Kuxe geschenkt erhalten. Jedermann trug alle Taschen voll davon, und es war damals geradezu Landessitte, ungebeten kleine Mengen an seine Freunde zu verschenken, wie man diesen sonst Obst oder Zigarren anbietet. Höchstens ein „Danke schön“ erwartete man dafür, und selbst dazu war man nicht gesetzlich verpflichtet. Flotte Zeiten in der Tat! Ich dachte, sie würden ewig dauern, aber ich war noch nie ein guter Prophet gewesen.

Um zu zeigen, welch ein toller Geist in den Köpfen dieser Bergmannsgemeinde spukte, will ich bemerken, daß Parzellen sogar bei Kellerausgrabungen belegt wurden, wenn die Spitzhacke etwas bloßlegte, was einer Quarzader glich. Und das waren nicht etwa Keller in den Vorstädten, sondern mitten im Herzen der Stadt. Sofort wurden dann Anteilscheine ausgegeben und auf den Makt geworfen. Man kümmerte sich wenig darum, wem der Keller gehörte, die Ader gehört dem Finder, und wenn sich nicht die Regierung der Vereinigten Staaten hineinmischte, die damals das Vorrecht auf Edelmetallgruben in Nevada besaß, so nahm man an, daß er wirklich das ausschließliche Recht habe, diese auszubeuten. Nun stelle man sich vor, wie ein Fremder mitten unter den kostbaren Gewächsen unseres Vorgartens eine Stange mit der Bekanntmachung aufpflanzt, daß er hier ein Stück Land zu einer Grube belegt habe, und sich in größter Seelenruhe anschickt, den Boden mit Hacke, Schaufel und Sprengpulver zu verwüsten. Das ist in Kalifornien jedoch häufig vorgekommen. Mitten in einer Hauptgeschäftsstraße Virginias belegte jemand eine Parzelle zu einer Grube und teufte einen Schacht darauf ab. Er gab mir hundert Fuß davon, die ich jedoch gegen einen feinen Anzug tauschte, weil ich befürchtete, es könnte jemand in den Schacht fallen und uns auf Entschädigung verklagen. An einer anderen, gleichfalls mitten in einer Straße belegten Parzelle war ich Miteigentümer, und um zu zeigen, wie einfältig die Menschen sein können, erwähne ich hier nur, daß die Kuxe der „East India", wie die Grube hieß, sich ganz flott verkauften, obwohl ein alter Stollen unter der Parzelle verlief, in dem sich jedermann ungehindert mit eigenen Augen überzeugen konnte, daß er keine Quarzschicht oder irgend etwas einer solchen nur von weitem Ähnliches berührte.

Eine Methode, plötzlich zu Reichtum zu gelangen, bestand auch darin, eine Wildkatzengrube zu „salzen" und dann zu verkaufen, solange die Aufregung andauerte. Das Verfahren war einfach. Der Betreffende belegte eine wertlose Schicht, teufte einen Schacht darauf ab, kaufte eine Wagenladung von reichem Combstock-Erz, ließ einen Teil davon in den Schacht werfen und das übrige daneben an der Oberfläche aufschütten. Dann zeigte er sein Besitztum einem Einfaltspinsel, der es ihm zu einem hohen Preis abkaufte. Natürlich war jene Wagenladung reiches Erz alles, was das Opfer bei seinem Kauf herausschlug.

Ein höchst merkwürdiger Fall von „Salzung" ereignete sich bei der Grube „Nord-Ophir". Man behauptete, diese Ader sei eine entfernte Fortsetzung des eigentlichen „Ophir", einer wertvollen Grube auf dem Combstock. Mehrere Tage sprach alle Welt von der reichen Ausbeute im „Nord-Ophir". Es hieß, die Grube gebe vollständig reines Silber in gediegenen Klümpchen. Ich ging mit dem Besitzer an die Stelle und fand einen sechs bis acht Fuß tiefen Schacht und unten an dessen Sohle eine schlecht gesprengte Ader von dunklem, gelblichem, nichts versprechendem Gestein. Ebensogut hätte man in einem Schleifstein Silber vermuten können. Wir holten eine Pfanne von dem Quark herauf und wuschen ihn in einer Pfütze aus, und wahrhaftig, in dem Bodensatz fanden wir ein halbes Dutzend runder Kügelchen von unzweifelhaftem, gediegenem Silber. Etwas Derartiges hatte noch kein Mensch gehört. Für die Wissenschaft war diese seltsame Neuigkeit ein völliges Rätsel. Die Anteilscheine stiegen auf fünfundsechzig Dollar für den Fuß, und zu diesem Preis kaufte sich der weltberühmte Heldendarsteller Kean Buchanan einen bedeutenden Vorrat davon und beschloß wieder einmal – wie schon sooft – der Bühne zu entsagen. Auf einmal hieß es, die Grube sei „gesalzen" worden, aber nicht etwa nach irgendeiner abgedroschenen Methode, sondern in ungewöhnlich kecker, frecher, eigenartiger und schandbarer Weise. Man entdeckte nämlich auf einem der Silberklümpchen Bruchstücke der Münzumschrift „United States of America", und nun lag es klar auf der Hand, daß die Grube mit geschmolzenen Halbdollars „gesalzen" worden war. Die so gewonnenen Klümpchen hatte man geschwärzt, bis sie gediegenem Silber im Urzustand glichen, und sie dann mit dem losgesprengten Gestein auf dem Boden des Schachtes vermischt. Dies ist buchstäblich wahr. Natürlich fielen die Kuxe sofort auf Null, und der Heldendarsteller war ruiniert. Doch ohne diese Dreistigkeit wäre McKean Buchanan uns für die Bühne verlorengegangen.

Achtzehntes Kapitel

Die „flotten Zeiten" gingen inzwischen munter fort. Vor etwas mehr als zwei Jahren hatten Mister Goodman und ein anderer Setzer sich vierzig Dollar geborgt und waren damit von San Francisco aufgebrochen, um ihr Glück in der neuen Stadt Virginia zu versuchen. Sie fanden dort das „Territorial Enterprise", ein traurig hinsiechendes Wochenblättchen, das nach Luft schnappte und in den letzten Zügen lag. Sie kauften es: Typen, Einrichtung, Kundschaft, alles miteinander für tausend Dollar, die ihnen lange gestundet bleiben sollten. Redaktion, Zeitungsstube, Druckerei, Expedition, Schlafkammer, Wohnzimmer und Küche, alles war in ein Zimmer zusammengepreßt, und dies war nicht einmal besonders groß. Die Redakteure und Drucker schliefen auf dem Fußboden, ein Chinese besorgte die Küche, und der Ausschießstein war die allgemeine Speisetafel. Wie anders waren die Verhältnisse jetzt. Das Blatt erschien täglich in großem Format, es wurde mit Dampf gedruckt, fünf Redakteure und dreiundzwanzig Setzer arbeiteten daran, der Abonnementspreis war sechzehn Dollar jährlich, die Einrückungsgebühren waren maßlos hoch, die Spalten stets gedrängt voll. Das Blatt warf monatlich zwischen sechs- und zehntausend Dollar ab und wurde in einem stattlichen, feuerfesten Hause redigiert und gedruckt. Tag für Tag wurden fünf bis elf Spalten neuer Anzeigen wegen Überhäufung entweder zurückgelegt oder in Extrablättern zusammen veröffentlicht.

Die „Gould & Curry-Gesellschaft" stand im Begriff, ein Riesenpochwerk mit hundert Stampfen zu errichten, dessen Herstellungskosten eine knappe Million Dollar betrugen. Die Kuxe dieses Bergwerks brachten schwere Dividenden – ein seltener Fall, der nur bei den zwölf oder fünfzehn Parzellen vorkam, die über der Hauptader, dem Comstock, lagen. Der Direktor dieser Grube wohnte mietfrei in einem schönen Hause, das von der Gesellschaft gebaut und möbliert worden war. Er fuhr mit stattlichen Pferden, die ihm die Gesellschaft geschenkt hatte, und sein Gehalt betrug zwölftausend Dollar jährlich. Der Direktor einer anderen großen Grube reiste wie ein Fürst herum, hatte ein Jahresgehalt von achtundzwanzigtausend Dollar und konnte sogar später auf dem Rechtsweg erreichen, daß ein Prozent der ganzen Silberausbeute ihm zukam.

Geld war in wunderbarer Fülle vorhanden. Es zu verdienen machte keine Mühe, wohl aber es auszugeben und loszuwerden. Und so traf es sich glücklich, daß gerade während jener Zeit per Telegraph die Nachricht kam, daß eine große Sanitätskommission der Vereinigten Staaten gebildet worden sei, welche für die Soldaten und Matrosen der Union, die in den Spitälern des Ostens lagen, Geld brauche. Dieser Nachricht folgte die Kunde auf den Fersen, daß San Fancisco sich an dem Werk in großartiger Weise beteiligt habe, ehe das Telegramm auch nur einen Tag alt gewesen sei. Virginia erhob sich wie ein Mann. Ein Sanitätskomitee wurde in aller Eile organisiert, der neuernannte Präsident bestieg einen leeren Karren in der C-Straße und versuchte der ungeduldigen und lärmenden Menge begreiflich zu machen, daß die übrigen Mitglieder des Komitees aus Leibeskräften arbeiten und daß noch vor Ablauf einer Stunde ein Büro eingerichtet, Bücher aufgelegt und das Komitee bereit sein werde, Beiträge anzunehmen. Seine Stimme wurde übertönt, seine Mitteilung ging in einem unaufhörlichen Jubelgebrüll und dem Verlangen, daß das Geld sofort angenommen werden müsse, verloren. Die Leute waren wie rasend, sie wollten nicht warten. Der Präsident redete mit Engelszungen und versuchte zu beweisen, daß das nicht angehe, aber taub gegen alle Bitten drängte sich die Menge an den Wagen, über den augenblicklich ein wahrer Regen von Goldstücken niederging, worauf alle wieder abtrabten, um noch mehr zu holen. Hände voll Geld hoben sich aus dem Gedränge. Unterstützt von dieser beredten Gebärdensprache hofften viele, sich einen Weg bahnen zu können. Selbst die Chinesen und Indianer wurden von der Aufregung angesteckt und warfen ihren halben Dollar in den Karren, ohne zu wissen oder sich darum zu kümmern, zu welchem Zweck. Sauber gekleidete Frauen stürzten sich in das Gedränge, kämpften sich mit ihrem Geld bis zum Karren durch und tauchten dann nach einer Weile mit jämmerlich zerzausten Kleidern wieder aus der Menge auf. Es war der wildeste Auflauf, den Virginia jemals erlebt hat. Als die Wut schließlich nachließ und alle auseinandergingen, hatte keiner mehr einen Cent in der Tasche. Um in der eigenen Sprache der Leute zu reden: mit vollem Sacke kamen sie, und ausgebeutelt gingen sie hinweg.

Nun begann das Komitee in systematischer Ordnung zu arbeiten, und wochenlang flossen die Beiträge wie ein Strom in seine Kasse. Einzelne Personen und ganze Genossenschaften legten sich eine regelmäßige Steuer für den Sanitätsfonds auf, die sich nach ihren Mitteln abstufte, als aber der berühmte „Sanitätsmehlsack" zu uns kam, gab es einen zweiten großen allgemeinen Ausbruch. Die Geschichte des Sackes ist eigentümlich und interessant. In der kleinen Stadt Austin am Reesefluß war ein früherer Schulkamerad von mir, namens Reuel Gridley, Kandidat der demokratischen Partei für die Bürgermeisterstelle. Er kam mit dem republikanischen Gegenkandidaten dahin überein, daß der Unterliegende von dem Sieger mit einem fünfzig Pfund schweren Mehlsack beschenkt werden und diesen auf seiner Schulter nach Hause tragen solle. Gridley unterlag und erhielt den Mehlsack von dem neuerwählten Bürgermeister. Er lud ihn auf die Schulter und trug ihn an die zwei Meilen weit von Nieder-Austin nach Ober-Austin, begleitet von einem Musikchor und der ganzen Bevölkerung. Bei seiner Ankunft erklärte er, er brauche das Mehl nicht und fragte, was er nach der Meinung des Volkes am besten damit anfangen könnte. Eine Stimme rief:

„Verkaufen Sie es an den Meistbietenden zugunsten des Sanitätsfonds!“

Der Vorschlag wurde ringsum mit lautem Beifall begrüßt, und Gridley stieg auf eine Kiste, um die Rolle eines Auktionators zu übernehmen. Die Gebote gingen rasch in die Höhe, als die Leute sich mehr und mehr für die Sache erwärmten, bis schließlich ein Müller für zweihundertfünfzig Dollar den Zuschlag erhielt. Man fragte ihn, wohin man das Mehl bringen solle, worauf er erwiderte:

„Laßt es hier, verkauft es noch einmal!“

Jetzt brachen donnernde Jubelrufe los, und die Menge geriet ins richtige Feuer. So stand Gridley bis zum Sonnenuntergang schreiend und schwitzend da, und als die Masse auseinanderging, hatte er den Sack an dreihundert verschiedene Leute verkauft und achttausend Dollar in Gold dafür eingenommen. Und noch immer war der Mehlsack in seinem Besitz. Als die Nachricht in Virginia eintraf, kam von dort ein Telegramm zurück:

„Schickt euern Mehlsack her!“

Sechsunddreißig Stunden darauf kam Gridley an. Im Opernhaus wurde eine Nachmittagsversammlung abgehalten, und die Auktion begann. Aber der Mehlsack war früher gekommen, als man erwartet hatte, die Leute waren noch nicht ordentlich ins Feuer geraten, und so schleppte sich der Verkauf nur matt dahin. Bei Einbruch der Nacht hatte man erst fünftausend Dollar in Händen, und es herrschte große Niedergeschlagenheit in der Gemeinde.

Man war nicht geneigt, die Sache damit ruhen zu lassen und dem Dorf Austin den Sieg zuzuerkennen.

Bis spät in die Nacht hinein waren die bekanntesten Bürger am Werk, den Feldzug für den nächsten Tag vorzubereiten, und als sie zu Bett gingen, war ihnen wegen des Ergebnisses nicht mehr bange. Um elf Uhr am Vormittag fuhr ein langer Zug offener Wagen, begleitet von lärmenden Musikkapellen und geschmückt mit wehenden Fahnen, die C-Straße hinunter, wo sie bald in Gefahr gerieten, von einer hurrarufenden Menschenmenge eingeschlossen und am Weiterkommen gehindert zu werden. Im ersten Wagen saß Gridley, der den mit goldenen Buchstaben verzierten und schön geschmückten Mehlsack so hielt, daß er jedem gleich ins Auge fiel, ferner der Bürgermeister und der Syndikus. Die anderen Wagen enthielten den Stadtrat, Redakteure und Berichterstatter und andere Leute von Rang und Namen. Die Menge drängte zu der Ecke der C- und Taylorstraße, in der Erwartung, daß der Verkauf dort beginnen werde, doch sie täuschte sich und erlebte zugleich eine unaussprechliche Überraschung· Die Kavalkade zog weiter, als käme Virginia für die Versteigerung nicht mehr in Betracht, und bahnte sich ihren Weg auf die kleine Stadt Gold Hill zu. Telegramme waren nach Gold Hill, Silver City und Dayton vorausgegangen, so daß deren Bevölkerung bereits in fieberhafter Erregung darauf wartete, sich ins Gefecht zu stürzen. Es war ein sehr heißer Tag und furchtbar staubig. Nach Verlauf einer kurzen halben Stunde stiegen wir unter Trommelschlag mit fliegenden Fahnen, von mächtigen Staubwolken umwallt, nach Gold Hill hinab. Die gesamte Bevölkerung, Männer, Frauen und Kinder, Chinesen und Indianer, war auf der Hauptstraße versammelt, alle Flaggen der Stadt flatterten an den Masten, und das Hurrarufen der Menge übertönte den Lärm der Musikkapellen. Gridley erhob sich und fragte, wer auf den vaterländischen Sanitäts-Mehlsack das erste Gebot tun wolle. General W. erklärte: „Die Yellow-Jacket-Silberbergbaugesellschaft bietet tausend Dollar in Münzen."

Ein Beifallssturm folgte. Der Telegraph trug die Kunde nach Virginia, binnen fünfzehn Minuten war die ganze Einwohnerschaft auf der Straße versammelt und verschlang die Botschaft. Es gehörte nämlich mit zum Programm, daß jeder Drahtbericht auf den Anschlagbrettern sofort bekanntgemacht wurde. Alle paar Minuten erschien ein neuer von Gold Hill her telegraphierter Anschlag, und die Aufregung wuchs immer mehr. Nach einer Stunde hatte die schwache Bevölkerung von Gold Hill für den Mehlsack eine Summe gezahlt, die Virginias höchste Begeisterung weckte, als das Gesamtergebnis an den Plakatstellen zu lesen war. Nun rückte Gridleys Kavalkade weiter – erfrischt mit Strömen von Lagerbier, welches die Leute in verschwenderischem Maß an die

Wagen brachten. Nach weiteren drei Stunden hatte die Expedition Silver City und Dayton im Sturm genommen und befand sich ruhmbedeckt auf dem Heimweg. Das alles war nach Virginia telegraphiert und veröffentlicht worden. Als nun die Prozession um halb neun Uhr abends in Virginia einzog und die C-Straße herunterkam, war die ganze Bevölkerung auf den Straßen, Fackeln loderten, Flaggen wehten. Musikkapellen spielten, Hurra auf Hurra erschütterte die Luft, und die Stadt war bereit, sich auf Gnade und Ungnade zu ergeben. Die Auktion begann. Jedes Gebot wurde mit Beifallsausbrüchen begrüßt, und dreieinhalb Stunden hatte eine Bevölkerung von fünfzehntausend Seelen für einen fünfzig Pfund schweren Mehlsack eine Summe in Gold bezahlt, die in Staatsnoten fünfzigtausend Dollar betragen haben würde. Es kamen ungefähr drei Dollar auf jeden Kopf der Bevölkerung, Frauen und Kinder mitgerechnet. Das Gesamtergebnis wäre zweimal so groß gewesen, aber die Straßen waren sehr schmal, und Hunderte, die gerne mitgeboten hätten, konnten weder bis zum Platz des Auktionators gelangen noch sich vernehmlich machen. Des Wartens überdrüssig gingen viele lange vor Schluß der Auktion wieder nach Hause. Dies war vielleicht der größte Tag, den Virginia jemals erlebte.

Gridley verkaufte den Sack noch in Carson City und in verschiedenen anderen kalifornischen Städten. Dann nahm er ihn mit nach dem Osten und brachte ihn endlich nach St. Louis, wo ein Sanitätsbasar abgehalten und eine große Summe eingenommen wurde. Um die Begeisterung zu erhöhen, hatte man dort die aus Nevadas Schenkung hergestellten stattlichen Silberbarren ausgestellt. Zuletzt ließ Gridley das Mehl in kleine Kuchen backen, die er einzeln zu hohen Preisen verkaufte. Die Kosten seiner ungeheuren, mühevollen Expedition hatte der vortreffliche Mann wenn nicht ganz, so doch größtenteils aus eigener Tasche bezahlt.

Als die Mission des Mehlsacks beendet war, schätzte man die Gesamtsumme, für die der Sack verkauft war, auf hundertfünfzigtausend Dollar in Papier. Dies ist wahrscheinlich der einzige Fall, den die Geschichte verzeichnet, in dem gewöhnliches Brotmehl auf offenem Markt zu dreitausend Dollar das Pfund verkauft worden ist.

Neunzehntes Kapitel

In jener herrlichen Zeit, als es in Nevada flott herging, hatte das Silberland auch seine Nabobs*. An einige kann ich mich noch erinnern. Es waren meist sorglose, leichtlebige Menschen, aus deren Reichtümern das Gemeinwesen ebensoviel Nutzen zog wie sie selber, in manchen Fällen sogar noch mehr.

Einer der ersten Nabobs, die Nevada hervorbrachte, trug Diamanten im Werte von sechstausend Dollar am Busen und war unglücklich, daß ihm sein Geld schneller in die Taschen floß, als er es ausgeben konnte. Das Einkommen eines anderen belief sich oft auf sechzehntausend Doller monatlich. Als er zum erstenmal ins Land kam, hatte er in demselben Bergwerk, aus dem er später seine Schätze bezog, für fünf Dollar am Tag gearbeitet.

Von einem jener Lieblinge des Glücks, die sozusagen über Nacht aus drückender Armut zum größten Überfluß gelangten, erzählt man sich, er hätte gern ein hohes Staatsamt bekleidet und habe hunderttausend Dollar dafür geboten, es aber trotzdem nicht erhalten, da seine Politik nicht so vertrauenerweckend war wie sein Konto auf der Bank.

Auch John Smith darf ich nicht vergessen. Er stammte aus dem einfachen Volk, war eine brave, ehrliche, gutmütige Haut und von einer Unwissenheit, die ans Fabelhafte grenzte. Sein kleiner Rancho und ein Ochsengespann brachten ihm genug ein zum Lebensunterhalt. War die Heuernte auch nicht groß, so wog man ihm doch diesen seltenen Artikel in Gold auf – er erhielt auf dem Markt für das Fuder 250 bis 300 Dollar. Nach einiger Zeit tauschte Smith mehrere Morgen von seinem Wiesenland gegen eine noch unbearbeitete Silbergrube in Gold Hill ein. Er begann den Abbau und errichtete daneben ein anspruchsloses kleines Pochwerk. Anderthalb Jahre später gab er das Heugeschäft auf, denn seine Grube brachte einen besseren Ertrag. Sein Einkommen wurde auf 30 000 Dollar monatlich geschätzt, von manchen sogar auf 60 000 Dollar. Jedenfalls war Smith ein reicher Mann.

Nun ging er auf Reisen. Bei seiner Rückkehr aus Europa konnte er nicht genug von den schönen Schweinen erzählen, die er in Eng-

* Sehr reiche Männer, die praktisch über Nacht zu ihrem Reichtum kamen.

land gesehen hatte, von den herrlichen Schafen in Spanien und dem prächtigen Rindvieh in der Umgebung von Rom. Er war ganz voll von den Wundern der Alten Welt und gab jedem den Rat, sich auf die Reise zu machen. Man glaube gar nicht, was es für Merkwürdigkeiten auf Erden gebe, sagte er, solange man sich nicht mit eigenen Augen davon überzeugt habe.

Während seiner Überfahrt setzten die Passagiere einmal einen Preis von fünfhundert Dollar für denjenigen aus, der erraten könne, wie viele Seemeilen das Schiff in den nächsten vierundzwanzig Stunden zurücklegen würde. Um die Mittagszeit des folgenden Tages übergab jeder dem Zahlmeister einen versiegelten Briefumschlag, in welchem die Meilenzahl stand. Smith triumphierte im voraus: er hatte den Maschinisten bestochen. Als trotzdem ein anderer den Preis gewann, sagte er: „Halt, das geht nicht mit rechten Dingen zu, mein Anschlag kam der Wirklichkeit um zwei Meilen näher als seiner."

„Bewahre", versetzte der Zahlmeister, „Sie haben es von allen an Bord am schlechtesten getroffen, Herr Smith, wir sind 208 Meilen gefahren."

„Nun ja", rief Smith, „und ich habe 209 geraten. Sehen Sie sich doch meine Zahlen ordentlich an; eine 2 und zwei 00 sind 200, nicht wahr – und noch eine 9 (2009) macht zweihundert und neun. Da muß ich denn doch sehr bitten, daß mir der Preis zuerkannt wird."

In einer Bergschlucht in unmittelbarer Nähe von Virginia City wohnte ein armer Mexikaner, auf dessen Anwesen eine Quelle am Felsen herabsickerte, die kaum eine halbe Spanne breit war. Für dieses Wässerchen gab ihm die Ophirgesellschaft eine kleine Parzelle von hundert Fuß, welche sich als der ergiebigste Teil des ganzen Bergwerks erwies. Vier Jahre nach dem Tausch betrug ihr Marktwert einschließlich des Pochwerks 1 500 000 Dollar.

Ein neunzehnjähriger Telegraphist in Virginia wurde dadurch zum reichen Manne, daß er die Depeschen der Grubenbesitzer las, die ihm durch die Hände gingen, und je nach dem Stand der Bergwerksangelegenheiten über einen Freund in San Francisco Aktien kaufte oder verkaufte. Einmal kündigte eine Privatdepesche aus

Virginia einen reichen Fund in einer bedeutenden Grube an, mit der Weisung, die Sache so lange geheimzuhalten, bis die Unternehmer sich den Besitz von möglichst vielen Anteilscheinen gesichert hätten. Der Telegraphist kaufte sofort einen Kux von 40 Fuß zu 20 Dollar den Fuß, wovon er später die Hälfte zu 800 Dollar den Fuß verkaufte, den Rest um das Doppelte. Nach drei Monaten besaß er ein Vermögen von 150 000 Dollar und hatte seine Telegraphenstelle aufgegeben.

Ein anderer Telegraphenbeamter hatte Amtsgeheimnisse verraten und war deshalb von seinen Vorgesetzten entlassen worden. Er versprach einem wohlhabenden Mann in San Francisco, ihm das Ergebnis eines großen Bergwerksprozesses, der in Virginia geführt wurde, mitzuteilen, und zwar nur eine Stunde später, als die streitenden Parteien in San Francisco, davon privatim Kenntnis erhielten. Hierfür sicherte ihm sein Mitverschworener einen hohen Prozentsatz des Gewinns, welchen er durch rechtzeitigen An- und Verkauf von Aktien zu erzielen gedachte. Um den Plan auszuführen, begab sich der verabschiedete Telegraphist, als Fuhrmann verkleidet, in eine kleine abgelegene Telegraphenstation im Gebirge, machte mit dem dortigen Beamten Bekanntschaft, saß Tag für Tag, seine Pfeife rauchend, bei ihm im Büro und klagte, daß sein Gespann so erschöpft sei und er nicht weiterfahren könne. Zugleich horchte er bei allen Depeschen aus Virginia auf das Ticken des Apparats, bis endlich ein Privattelegramm die Entscheidung des Prozesses verkündete. Sofort telegraphierte er an seinen Verbündeten:

„Kann nicht mehr warten. Werde das Gespann verkaufen und heimgehen."

Dies war das verabredete Zeichen. Hätte er das Wort „warten" fortgelassen, so würde es den entgegengesetzten Ausgang des Prozesses bedeutet haben. Der Spekulant in San Francisco kaufte nun von den betreffenden Bergwerksaktien zu einem niedrigen Preis, soviel er kriegen konnte, bevor die Nachricht öffentlich bekannt wurde, und sicherte sich somit ein Vermögen.

Zahllose Beispiele ähnlicher Art wären noch aus dem Silberland zu verzeichnen, die angeführten werden jedoch genügen, um dem Leser einen Begriff von den Zuständen in jener flotten Zeit zu machen. Mit den meisten dieser Nabobs bin ich persönlich in Berührung gekommen. Sie waren damals hochberühmt, aber jetzt spricht niemand mehr von ihnen, da fast alle sehr schnell wieder in Armut und Dunkelheit zurückgesunken sind.

In Nevada erzählte man sich ein lustiges Abenteuer, das zwei solcher Nabobs einmal gehabt haben sollen. Ich kann mich für die Wahrheit nicht verbürgen und gebe es nur wieder, wie ich es gehört habe:

Oberst Jim hatte früher etwas von der Welt gesehen und kannte ihr Tun und Treiben ein wenig, aber Oberst Jack stammte aus den Hinterwäldern, sein Leben war eitel Mühe und Arbeit gewesen, und er war nie in eine Stadt gekommen. Urplötzlich reich geworden, beschlossen die beiden, nach New York zu reisen. Oberst Jack, um die Sehenswürdigkeiten in Augenschein zu nehmen, und Oberst Jim, um des Freundes arglose Unschuld vor Schaden zu bewahren. Sie kamen bei Nacht nach San Francisco und segelten früh am nächsten Morgen ab. Als sie New York erreichten, sagte Oberst Jack:

„Ich habe mein Lebtag so viel von Kutschen reden hören, jetzt will ich einmal eine Spazierfahrt machen, einerlei was es kostet. Also vorwärts!"

Oberst Jim winkte eine schöne Kutsche herbei, aber Oberst Jack sagte:

„Wo denkst du hin? Ich soll doch nicht etwa bloß so 'ne billige Spritzfahrt machen! Nein, was Ordentliches muß ich haben. Aufs Geld kommt's mir nicht an, aber es soll das vornehmste Fuhrwerk sein, das sich sehen läßt. Schau, da kommt genau so etwas, wie ich es möchte. Ruf mal den gelben Wagen mit den schönen Bildern heran. Sei nur ohne Sorgen – ich trage alle Kosten."

So stiegen sie denn in den leeren Omnibus.

„Das nenne ich lustig", rief Oberst Jack. „Kissen und Fenster und Bilder überall. Was wohl die Jungens sagen würden, wenn sie uns so vornehm durch New York kutschieren sähen? Meiner Treu, ich gäbe was drum, mich ihnen so zu zeigen." Er steckte den Kopf zum Fenster hinaus. „Famos!" rief er dem Kutscher zu. „Herzensjunge, du gefällst mir. Fahr nur zu, den ganzen Tag lang meinetwegen. Laß die Pferde laufen, wir wollen's schon wieder wettmachen, verlaß dich drauf!" Der Kutscher streckte die Hand durch das Guckloch nach dem Fahrgeld aus, wie es damals noch Sitte war. Oberst Jack schlug ein und schüttelte sie ihm herzlich.

„Du willst Vorauszahlung, Alterchen", rief er. „Na, nichts für ungut. Hier hast du etwas, das gar nicht so übel ist."

Er drückte ihm ein goldenes Zwanzigdollarstück in die Hand, und als der Kutscher sagte, daß er nicht wechseln könne, rief er lustig:

„Laß gut sein, wir wollen's schon verfahren. Steck es nur in die Tasche." Dann schlug er seinem Gefährten laut klatschend auf das Bein und fuhr vergnügt fort: „Hol mich dieser und jener, ich miete das Ding für die ganze Woche!"

Jetzt hielt der Omnibus, und eine junge Dame stieg ein. Oberst Jack starrte sie erst verwundert an, dann stieß er Oberst Jim mit dem Ellenbogen. „Du, sag kein Wort", flüsterte er. „Laß sie mitfahren, wenn sie will. An Platz fehlt's ja wahrhaftig nicht."

Das Fräulein zog den Beutel und reichte Oberst Jack ihr Fahrgeld.

„Was soll das?" fragte er.

„Wollen Sie es bitte dem Kutscher geben."

„Behalten Sie Ihr Geld, Verehrteste, Sie dürfen nicht zahlen. Fahren Sie nur mit unserer Staatskutsche, so lange Sie wollen."

Das Fräulein drückte sich verwirrt in die Ecke. Jetzt kletterte eine alte Frau mit einem Handkorb herauf und bot ihr Fahrgeld an.

„Setzen Sie sich, gute Frau", sagte Oberst Jack, „wir lassen Sie gern mitfahren, aber ohne Bezahlung. Machen Sie sich's nur bequem und tun Sie ganz so, als ob es Ihr Wagen wäre."

Nach wenigen Minuten waren noch drei Herren, zwei dicke Frauen und mehrere Kinder eingestiegen.

„Nur immer herein, meine Freunde", rief Oberst Jack, „geniert euch nicht. Hier wird jeder freigehalten." Dann flüsterte er Oberst Jim zu: „Ist aber dies New York eine gesellige Stadt! Man sollte so was doch kaum für möglich halten!"

Da er sich hartnäckig weigerte, dem Kutscher das Fahrgeld der Passagiere auszuhändigen und jedermann freundlich willkommen hieß, ging den Leuten allmählich ein Licht auf. Sie steckten ihr

Geld wieder ein und belustigten sich insgeheim über den Spaß. Es nahmen wohl noch ein halbes Dutzend Fahrgäste Platz. „Kommt nur, kommt“, rief Oberst Jack, „eine Spazierfahrt ist nichts, wenn man keine Gesellschaft hat.“ Dann flüsterte er Oberst Jim wieder leise zu: „Die Freundlichkeit der New Yorker geht doch über die Bäume – und wie kaltblütig sie die Sache nehmen! Was man nicht alles erlebt!“

Immer mehr Passagiere stiegen ein, alle Plätze waren besetzt, und die Männer, welche im Mittelgang standen, hielten sich an den Riemen fest, die von der Decke herabhingen. Leute mit Körben und Bündeln kletterten oben auf das Dach. Ein halb unterdrücktes Gelächter ließ sich von allen Seiten hören.

„Na, wenn eine so himmlische Unverfrorenheit nicht alles übertrifft, was je dagewesen ist, will ich nicht Jack heißen“, flüsterte der Oberst.

Jetzt drängte sich ein Chinese herein.

„Nun wird mir's aber doch zu bunt“, sagte Oberst Jack. „Halt an, Kutscher. Bitte, bleiben Sie sitzen, meine Damen und Herren, fahren Sie ruhig weiter, es ist alles bezahlt. – Kutscher, rumpeln Sie nur fort mit den Herrschaften, solange es ihnen gefällt. Sie müssen wissen, es sind unsere Gäste. Zeigen Sie ihnen alles, und wenn Sie mehr Geld brauchen, so kommen Sie in das Sankt-Nikolas-Hotel und holen Sie Zuschuß. Recht vergnügte Fahrt, meine Herrschaften – empfehle mich Ihnen.“

Als die beiden Kameraden ausstiegen, sagte Oberst Jack:

„Höre, Jimmy, daß die Geselligkeit in New York so weit getrieben würde, hätte ich nicht für möglich gehalten. Der Chinese kam so gemütlich hereinspaziert wie jeder andere, hätten wir länger gewartet, es wären noch ein paar Neger mitgefahren, darauf möchte ich wetten. Weißt du was – heute nacht verrammeln wir aber unsere Türen ordentlich, sonst wollen vielleicht ein paar von den Herzblättchen herein, um bei uns zu schlafen!“

Zwanzigstes Kapitel

Irgend jemand hat einmal gesagt, daß sich der Geist, der in einer Gemeinde herrscht, am besten danach beurteilen läßt, wen von ihren Gliedern sie mit der größten Feierlichkeit zu Grabe trägt.

Zur flotten Zeit in Virginia erwiesen die beiden Hauptklassen der Bevölkerung ihren großen Toten ungefähr die gleiche Ehre. Wer sich durch seine Wohltaten für das Gemeinwesen den berühmtesten Namen gemacht hatte, erhielt ein ebenso prächtiges Begräbnis wie der berühmteste Raufbold.

Als Buck Fanshaw das Zeitliche segnete, machte man viel Aufsehens davon. Er galt als ein würdiger Vertreter der Bürgerschaft, stand einer großartigen Schankwirtschaft vor und hatte auch „seinen Mann getötet", allerdings nicht im eigenen Streit, sondern um einen Fremden gegen die Angriffe der feindlichen Übermacht zu schützen. Er hatte ein flottes Weibsbild besessen, von dem er sich auch ohne die Umstände einer Ehescheidung hätte trennen können. Bei der Feuerwehr bekleidete er ein hohes Amt und war ein Held ohnegleichen in der Politik. Als er starb, ging lautes Klagen durch die ganze Stadt, aber ganz besonders wurde sein Tod in den untersten Schichten der Gesellschaft beweint. Aus dem Totenschein war ersichtlich, daß Buck Fanshaw im Fieberwahn einer zehrenden Krankheit Arsen genommen, sich dann in die Brust geschossen und die Kehle durchgeschnitten hatte, worauf er im vierten Stock aus dem Fenster gesprungen war und sich den Hals gebrochen hatte. Die Jurg (das heißt die Behörde, welche die Totenschau vornahm) ließ sich durch ihren Kummer die Klarheit des Urteils nicht trüben. Sie tat nach längerer Verhandlung den Ausspruch, daß Fanshaws Tod durch eine „Heimsuchung Gottes" verursacht worden sei.

Für die Leichenfeier wurden die großartigsten Vorbereitungen getroffen. Alle Fuhrwerke im Ort waren bestellt, sämtliche Schankwirtschaften kleideten sich in Trauerflor, die Fahnen der Stadt und der Feuerwehr hingen auf halbmast, und die ganze Löschmannschaft zog in Uniform mit schwarzverhüllten Pumpen auf.

Beiläufig muß ich noch bemerken, daß im Silberland jedes Volk der Erde durch irgendeinen Abenteurer vertreten ist und jeder dieser Abenteurer das seinem Geburtsort eigentümliche Kauderwelsch mitgebracht hat. Es gibt daher keine reichere, kräftigere und abwechslungsvollere Ausdrucksweise in der ganzen Welt als in Nevada. Selbst Prediger mußten sich entschließen, in diesem Kauderwelsch zur Gemeinde zu sprechen, wollten sie sich verständlich machen. Gewisse Redensarten waren fortwährend in aller Munde und flossen jedem ganz unbewußt über die Lippen, ohne daß sie irgendwelchen Sinn hatten oder den geringsten Bezug auf das Thema, das gerade besprochen wurde.

Nachdem die Totenschau über Buck Fanshaw gehalten worden war, kam die trauernde Bürgerschaft zur Beratung zusammen, denn an der Küste des Stillen Ozeans finden bei jeder Gelegenheit Versammlungen statt, um die Volksstimmung öffentlich zum Ausdruck zu bringen. Man faßte mancherlei Beschlüsse wegen der Bestattung, und verschiedene Komitees wurden eingesetzt, unter anderem auch eines, das den Auftrag erhielt, die Leichenpredigt zu bestellen.

Dies zu besorgen hatte „Scotty“ Briggs übernommen, welcher denn auch rechtzeitig dem Geistlichen seinen Besuch machte. Letzterer, ein zarter, friedliebender junger Mann aus dem Osten, war eben erst auf einem theologischen Seminar flügge geworden und mit den Sitten und Gebräuchen der Bergwerksbevölkerung völlig unbekannt. Wenn er in späteren Jahren seine Unterredung mit Scotty, dem Komiteemitglied, schilderte, lohnte es wohl der Mühe, ihm zuzuhören.

Scotty Briggs war ein kühner Raufbold, dessen Amtstracht bei feierlicher Gelegenheit – wenn er z. B. wie jetzt im Namen des Komitees auftrat – aus einem Feuerwehrhelm und einem scharlachroten Flanellhemd bestand; der Revolver hing ihm vom breiten Ledergürtel herab, den Rock trug er über dem Arm, und seine Hosen steckten in hohen Stulpenstiefeln. Kein Wunder, daß er von dem blassen jungen Theologen gewaltig abstach. Scotty besaß übrigens, nebenbei gesagt, ein warmes Herz und große Anhänglichkeit an seine Freunde. Auch fing er keinen Streit an, wenn es sich irgendwie vermeiden ließ. Meist stellte es sich bei Scottys Raufereien heraus, daß er ursprünglich gar nichts mit der Angelegenheit zu tun gehabt und sich nur aus angeborener Gutmütigkeit hineingemischt hatte, um dem Schwächeren beizustehen. Schon seit Jahren waren Buck Fanshaw und Scotty Busenfreunde gewesen und hatten einander getreulich beigestanden in manchem Kampf und Abenteuer. Man erzählt zum Beispiel, daß sie eines Tages mehrere fremde Burschen im Handgemenge sahen, rasch die Jacken abwarfen und für den gerade unterliegenden Teil eintraten. Als sie sich nach schwer errungenem Sieg umsahen, was aus ihren Schützlingen geworden sei, waren diese längst über alle Berge und hatten die Jacken der Beschützer zu eigenem Gebrauch mitgenommen.

Doch kehren wir zu Scottys Besuch bei dem Prediger zurück. Er hatte eine Trauerbotschaft auszurichten, und tiefer Gram sprach aus seinen Zügen. Ohne weiteres nahm er dem Geistlichen gegenüber Platz, stellte seinen Feuerwehrhelm dem Pfarrer dicht vor die Nase, gerade auf eine halbfertig geschriebene Predigt, wischte sich mit einem rotseidenen Taschentuch die Stirn ab und stieß einen schweren Seufzer aus, als passendste Einleitung für sein trübseliges Geschäft. Vor Rührung war ihm zuerst die Kehle wie zugeschnürt, und seine Augen wurden feucht, doch er bezwang sich mannhaft und sagte mit wahrer Grabesstimme:

„Sind Sie der Herr, der bei dem frommen Grubenbau hier nebenan zum Schichtmeister bestellt ist?"

„Ob ich der – entschuldigen Sie – ich habe nicht recht verstanden – wie meinen Sie?"

Scotty ließ ein schmerzliches Schluchzen vernehmen.

„Sehen Sie", sagte er, „wir sitzen in der Klemme, und die Jungens glaubten, Sie könnten uns vielleicht heraushelfen, wenn wir Sie ins Schlepptau nehmen. Das heißt, im Fall ich hier an der rechten Schmiede bin und den Obermeister das Halleluja-Fahrschachts von nebenan vor mir habe."

„Ich bin der Hirte, dem die Sorge für die Schafe obliegt, deren Hürde hier in der Nachbarschaft steht."

„Wer, sagen Sie?"

„Der geistliche Berater einer kleinen Schar von Gläubigen, deren Heiligtum dicht an mein Wohnhaus stößt."

Scotty kratzte sich hinter dem rechten Ohr und sagte dann:

„Da sind Sie mir über. Die Karte kann ich nicht bekennen, Meister. Man muß den Eimer weitergeben."

„Wie meinen Sie? – Verzeihung, aber ich weiß nicht recht –"

„Mir scheint, wir sind beide noch nicht im richtigen Fahrwasser. Sie haben keine Witterung mit mir, und ich habe keine Witterung mit Ihnen. – Die Sache ist nämlich so: Einer von uns Jungens kann nicht mehr im Geschirr gehen, und wir möchten für ihn einen ordentlichen Kehraus haben, deshalb bin ich hier, um jemand aufzutreiben, der uns ein wenig Klingklang dazu macht, damit der Tag noch ein gutes Ende nimmt."

„Bester Freund, mir wird bei Ihren Worten immer verwirrter zu Sinn. Was Sie sagen, ist mir völlig unklar. Könnten Sie sich nicht etwas einfacher ausdrücken? Anfänglich glaubte ich schon zu verstehen, was Sie wünschen, aber jetzt tappe ich wieder im dunkeln. Würde es nicht die Angelegenheit wesentlich beschleunigen, wenn Sie sich auf kategorische Angaben der Tatsachen beschränken, ohne das Verständnis durch Anhäufung von Bildern und Allegorien zu erschweren?"

Eine abermalige Pause und Überlegung. Dann bemerkte Scotty Briggs:

„Ich kann wieder nicht bekennen – ich passe."

„Wie?"

„Sie haben mich übertrumpft, Meister."

„Ich weiß nicht, was Sie meinen."

„Was Sie zuletzt ausgespielt haben, kann ich nicht stechen, kann auch nicht mit der Farbe bedienen."

Der Pfarrer lehnte sich verblüfft in seinen Stuhl zurück. Scotty stützte den Kopf auf und versank in tiefes Nachdenken. Bald blickte er jedoch wieder auf und fuhr mit trübseliger Miene, aber doch voll Zuversicht fort:

„Jetzt hab ich's so, daß Sie's schlucken können. Wir brauchen einen Predigtmacher – einen Pfarrer."

„Warum haben Sie das denn nicht gleich gesagt? Ich bin der Geistliche – der Pfarrer."

„Bravo, das ist einmal ein Wort! Sie sehen, ich war zuerst gegen die Mauer gerannt und bin nun mit einem Satz hinüber. Schlagen Sie ein!"

Er streckte seine nervige Faust aus, umschloß des Predigers kleine Hand und schüttelte sie in brüderlichem Mitgefühl und herzlichem Vertrauen. „Jetzt ist die Sache in Ordnung, Meister", fuhr er fort. „Fangen wir nun von vorne an, und wenn ich dabei etwas greine, so achten Sie nicht weiter darauf, denn wir sind eben in einer argen Klemme, weil einer von den Jungens plötzlich Schicht gemacht hat."

„Schicht gemacht?"

„Ja, er hat den Eimer umgeworfen, wissen Sie."

„Ach, Sie meinen, er ist in jenes geheimnisvolle Land gefahren, von dessen Gestaden kein Wanderer jemals wiederkehrt?"

„Nein, er kehrt nicht wieder. Die Rechnung stimmt. Er ist ja tot, Meister."

„Ja, ja, ich verstehe schon."

„Wirklich? Na, ich dachte doch, daß ich Sie irgendwie anhaken könnte. Es ist ganz richtig, er ist wieder tot –"

„Wieder? Ist er denn schon früher einmal gestorben?"

„Früher einmal? Bewahre! Glauben Sie denn, ein Mensch hat neun Leben wie eine Katze? Aber, was gilt die Wette – jetzt ist er ganz und gar tot, der arme Junge. Hätte ich nur den Tag nie erlebt. Einen besseren Freund wie Buck Fanshaw gibt es nicht auf der Welt. Ich kannte ihn durch und durch – und wenn ich einen kenne und liebe, mit dem bin ich wie zusammengewachsen, das können Sie mir glauben. Solche Kernmenschen findet man nicht wieder, da kann man lange suchen. Keinen Freund hat Buck Fanshaw je im Stich gelassen. Aber nun ist das alles aus – und vorbei. Er hat ihn doch untergekriegt."

„Wer denn?"

„Nun, der Tod. – Ja, ja, es hilft nichts, wir müssen ihn aufgeben. Eine arge Welt ist's doch, in der wir leben, nicht wahr? Aber Meister, das sag ich Ihnen, einen Ringkämpfer wie den gibt's nicht zum zweitenmal. Es war eine Lust, ihm zuzusehen – bloß seine Fäuste brauchte er und freien Spielraum, dann ging's drauf und dran. Er war ein ganzer Teufelskerl. Ich sage Ihnen, er hielt sich dran, er blieb nichts schuldig."

„Wie meinen Sie?"

„Nun, er zahlte heim beim Faustkampf, verstehen Sie – wo's gerade hinging: auf Schädel, Schultern, Brust! Heiliges Donnerwetter! – Entschuldigen Sie dieses Wort, aber ich kann nicht alles so sanft und mild herausbringen. Und nun müssen wir ihn aufgeben, es hilft nichts, die Rechnung stimmt. Wenn Sie uns nun beistehen möchten bei der Verpflanzung –“

„Ich soll die Leichenpredigt halten und der Begräbnisfeier beiwohnen?“

„Begräbnisfeier – ja, ja. Das ist's, worauf wir hinauswollen. Er war sein Lebtag nicht knickerig, und bei seiner Bestattung soll nichts abgeknapst werden. Echt silberne Beschläge am Sarg und sechs Trauerfahnen über der Bahre. Auf dem Bock ein Neger in feiner Wäsche und den Seidenhut auf dem Kopf – es mag so hoch kommen, wie es will. Für Sie, Meister, werden wir auch Sorge tragen, seien Sie nur ganz ruhig. Sie bekommen einen Wagen, und wenn Sie sonst noch was brauchen, nur heraus damit, es soll schon angeschafft werden. Im Trauerhaus wird so ein Dingrich aufgerichtet, hinter den Sie sich stellen können. Seien Sie nur nicht bange, sondern blasen Sie kräftig in Ihr Horn und bringen Sie unseren Kameraden so glatt durch wie nur möglich. Wer ihn gekannt hat, wird Ihnen sagen, daß er der bravste Kerl in der ganzen Gegend war. Sie können das gar nicht stark genug betonen. Wenn Unrecht geschah, war er außerstande, es mit anzusehen. Daß es hier in der Stadt so ruhig und friedlich zugeht, ist hauptsächlich sein Verdienst. Ich war selbst einmal dabei, wie er in einer einzigen Viertelstunde vier Schwindler durchgebleut hat. Wenn es galt, Ordnung zu schaffen, sah er sich nicht lange um, wer wohl Hand anlegen könnte, sondern griff selbst zu. Mit den Katholiken wollte er nichts zu tun haben. Sein Wahlspruch war: ‚Irländer sind ausgeschlossen‘, aber doch stand er für ihre Rechte ein, als einmal ein paar wüste Kerle sich Bauplätze auf dem katholischen Begräbnisort abstecken wollten. Die mußten schleunigst Reißaus nehmen – ich hab's mit angesehen.“

„Die Gesinnung war jedenfalls lobenswert, ob die Tat selbst, lasse ich dahingestellt. Hatte denn der Verstorbene religiöse Überzeugungen? Das heißt – fühlte er seine Abhängigkeit von einer höheren Macht und unterwarf er sich ihren Fügungen?“

Abermaliges Nachdenken.

„Jetzt bin ich wieder wie vor den Kopf geschlagen, Meister. Könnten Sie das nicht noch einmal sagen – so recht langsam?"

„Ich meine nur – um mich ganz klar auszudrücken –, hat er je in Verbindung mit irgendeiner Gemeinschaft gestanden, die sich dem weltlichen Getriebe fernhielt, sich in Selbstverleugnung übte und im Gehorsam gegen das Sittengesetz?"

„Das war ein Fehlschuß, tun Sie noch einmal Pulver auf die Pfanne."

„Was sagen Sie?"

„Jedesmal, wenn Sie so loslegen, bleibe ich im Hintertreffen. Sie bekommen die beste Hand, und ich habe kein Glück. Mischen wir lieber noch einmal von neuem."

„Was? Soll ich von vorn anfangen?"

„Ja, das wäre mir gerade recht."

„Nun denn – war er ein guter Mann und –"

„Halt – das leuchtet mir ein. Warten Sie erst einmal, ehe wir weitergehen. Ein guter Mann – das will ich meinen! Der beste Mann von der Welt, Sie hätten ihn auch liebhaben müssen. Noch beim letzten Wahlgang hat er die Unruhen beschwichtigt, bevor sie recht zum Ausbruch kamen; außer ihm hätte das keiner gekonnt. Vierzehn Männer mußte man in den ersten fünf Minuten vom Platz tragen, so hat er's ihnen eingetrichtert. Er stimmte für den Frieden, jeder Aufruhr war ihm ein Greuel, und sein Tod ist ein großer Verlust für die Stadt. Es würde die Jungens freuen, wenn Sie ihm die Gerechtigkeit erwiesen, das anzubringen. Schneller laufen konnte er, höher springen, derber treffen und flotter trinken als irgend jemand auf hundert Meilen in der Runde. Das vergessen Sie nicht, Meister, die Jungens werden es Ihnen hoch anrechnen. Dann können Sie auch noch sagen, daß er seine Mutter nie geschüttelt hat."

„Warum sollte er das denn tun? Das wäre ja entsetzlich!"

„Das meine ich auch, aber es gibt doch Leute, die es tun."

„Aber doch niemand, der Ehre im Leibe hat!"

„Doch – welche, die sonst gar nicht so übel sind."

„Nach meiner Meinung sollte ein Mann, der die Hand gegen seine Mutter zu erheben wagt –"

„Wo denken Sie hin, Meister – da haben Sie mal gründlich fehlgeschossen. Was ich sagen will, ist, daß er seine Mutter nicht abgeschüttelt hat, sie verstoßen, wissen Sie. Er hat ihr ein Haus zum Wohnen gegeben und Ackerland und Geld die Fülle, hat für sie gesorgt und immer nach ihr gesehen. Und als sie die Blattern kriegte, hat er nachts bei ihr gesessen und sie gepflegt – ich will verdammt sein, wenn's nicht wahr ist. Bitte um Verzeihung – das fuhr mir nur so heraus. Ich wollte Sie nicht kränken, Meister. Sie haben mich anständig behandelt; ich glaube, Sie sind weiß und rein und meinen es ehrlich. Ich habe Gefallen an Ihnen gefunden und jeden, der Sie nicht liebt, will ich durchbleuen, daß er das Aufstehen vergißt. Da, schlagen Sie ein!"

Er schüttelte dem Pfarrer abermals herzlich die Hand, und fort war er.

Das Leichenbegängnis fiel ganz so aus, wie die Jungens es sich wünschten. Eine solche Trauerfeier hatte Virginia noch nie erlebt. Alle Geschäfte waren geschlossen, die Blasinstrumente ließen Totenlieder erklingen, die Bahre war schwarz verhängt, die Fahnen auf halbmast. Bei dem Trauergefolge sah man lange Züge von Militärpersonen, Feuerwehrleuten, Mitgliedern geheimer Gesellschaften in Uniform, umflorte Feuerspritzen, Wagen mit Vertretern von Behörden, Bürger in allerlei Fuhrwerken und zu Fuß. Das großartige Gepränge zog Scharen von Zuschauern herbei, von denen die Straßen, Fenster und Dächer wimmelten. Noch lange Jahre nachher kannte man keinen anderen Maßstab für die Pracht und Größe einer öffentlichen Schaustellung in Virginia als den Vergleich mit Buck Fanshaws Begräbnis.

Scotty Briggs ging als einer der Hauptleidtragenden hinter dem Sarg. Als die Leichenrede zu Ende war und das letzte Gebet für die Seele des Toten verhallte, sagte er mit leiser Stimme und tiefem Gefühl: „Amen. Irländer sind ausgeschlossen." Dies war des Verstorbenen Lieblingsredensart gewesen, und wahrscheinlich wiederholte sie Scotty in diesem Augenblick nur zum ehrenden Gedächtnis für seinen verschiedenen Freund.

In späteren Jahren zeichnete sich Scotty Briggs dadurch aus, daß er der einzige unter den Raufbolden Virginias war, der sich für religiöse Belehrung zugänglich erwies. Der Mann, welcher sich aus eigenem Antrieb und angeborenem Edelmut stets der Sache der

Schwächeren gegen ihre Feinde angenommen hatte, war gar kein ungeeignetes Glied für die Christengemeinde. Er fand als solches Gelegenheit, den Großmut und die Unerschrockenheit seines Charakters auf einem weiteren fruchtbringenden Feld einzusetzen. Die Kinder, die er in der Sonntagsschule unterrichtete, machten raschere Fortschritte als alle übrigen, was gar nicht verwunderlich war, denn er redete mit den kleinen Sprößlingen der Bergleute in einer Sprache, die sie verstanden.

Noch einen Monat vor seinem Tod hatte ich das Glück, zu hören, wie er seiner Klasse die schöne Geschichte von Joseph und seinen Brüdern auswendig erzählte, ohne dabei auch nur einmal ins Buch zu sehen. Ich überlasse es dem Leser, sich vorzustellen, welchen Eindruck diese Geschichte aus dem Munde des eifrigen Lehrers auf die kleinen Schüler machte. Sie lauschten seinen Worten in atemloser Spannung, und weder er noch sie schienen sich im geringsten bewußt, daß der biblischen Erzählung Gewalt angetan, ihre Heiligkeit entweiht oder überhaupt ein Verstoß gegen die althergebrachte Sitte begangen wurde.

Einundzwanzigstes Kapitel

Nun war ich lange genug Berichterstatter bei der „Enterprise" gewesen und sehnte mich nach Abwechslung. Es befriedigte mich nicht mehr, jährlich einmal nach Carson City zu gehen, um über die Gerichtsverhandlungen zu schreiben, und alle drei Monate einmal wegen der Wettrennen und Kürbisausstellungen. Man hatte nämlich im Washoe County angefangen, Kartoffeln und Kürbisse anzubauen; natürlich gehörte dazu vor allem eine landwirtschaftliche Ausstellung, deren Kosten 10 000 Dollar betrugen, während für 40 Dollar Kürbisse zu sehen waren.

Ich wollte irgendwo anders hin, wennmöglich nach San Francisco. Was ich dort eigentlich wollte, wußte ich selber nicht; ich hatte einfach das „Frühlingsfieber“ und brauchte eine Luftveränderung. Wenn die Bergwerksanteile, die ich besaß, hunderttausend Dollar wert waren, was nach meiner Ansicht bald der Fall sein mußte, gedachte ich sie zu verkaufen und heimzukehren. Zwar war das eine weit geringere Summe, als ich erwartet hatte, aber ich konnte mich doch anständigerweise damit begnügen, ohne zu fürchten, in Not zu geraten.

San Francisco ist eine Stadt, in der es sich prächtig leben läßt. Es nimmt sich in gehöriger Entfernung auch stattlich und hübsch aus, von nahem gesehen merkt man aber, daß die Bauart meist altmodisch ist. Viele Straßen bestehen aus verfallenen, rauchgeschwärzten, hölzernen Häusern, und die öden Sandhügel in der nächsten Umgebung fallen gar zu sehr ins Auge. Selbst das heitere Klima macht sich bisweilen angenehmer, wenn man davon liest, als wenn man es persönlich kennenlernt. Ein klarer, wolkenloser Himmel verliert mit der Zeit seinen Reiz, doch wenn der ersehnte Regen endlich eintritt, so bleibt er um so länger. Ein Erdbeben ist zwar lustig, doch tut man auch besser daran, es von ferne zu betrachten. Hierüber gehen jedoch die Ansichten auseinander.

Das Klima von San Francisco ist, wie gesagt, mild und gleichmäßig. Während des ganzen Jahres steht das Thermometer ungefähr auf 25 Grad C. Es wechselt kaum jemals. Sommer wie Winter schläft man unter einer leichten Decke und braucht nie ein Moskitonetz. Man trägt keinen Sommeranzug, sondern schwarze Tuchkleider, wenn man welche hat, im August wie im Januar, zieht keinen Überrock an und braucht keinen Fächer. In den Sommermonaten ist es zwar oft windig, aber wer das nicht liebt, kann nach Oakland hinübergehen, nur ein paar Meilen weit, wo gar kein Wind weht. In neunzehn Jahren hat es in San Francisco nur zweimal geschneit, und selbst dann blieb der Schnee nur so lange auf dem Boden liegen, daß die Kinder sich verwundert fragen konnten, was das wohl für federiges Zeug sein könnte.

Acht Monate hintereinander ist der Himmel hell und wolkenlos, da fällt kein Tropfen Regen. Wer aber keinen Regenschirm hat, wenn die anderen vier Monate kommen, muß sich einen stehlen, denn ohne den geht es nicht. Man braucht ihn nicht etwa nur einen Tag, sondern hundertundzwanzig Tage hintereinander ohne Ausnahme. Will man einen Besuch machen, in die Kirche oder ins Theater gehen, so sieht man nicht nach den Wolken, ob Regen droht oder nicht, man fragt nur den Kalender. Ist es Winter, so regnet es, ist es Sommer, so regnet es nicht, dagegen läßt sich nichts machen. Blitzableiter sind unnötiger Firlefanz, denn es gibt kein Gewitter. Hat man sechs bis acht Wochen lang gehört, wie der Regen gleichförmig und trübselig herniederströmt, dann wünscht man von ganzem Herzen, der Donner möchte einmal durch die schläfrigen Himmelsräume rollen und krachen und brüllen, damit die dort oben wieder aufwachten, der Blitz möchte das düstere Firmament zerreißen und es nur für einen einzigen Augenblick mit blendendem Glanz erhellen. Was würde man nicht alles darum geben, den lieben alten Donner zu hören und zu sehen, wie jemand vom Blitz erschlagen wird! – Und hat man im Sommer vier Monate hindurch den grellen, mitleidlosen Sonnenschein erduldet, so möchte man auf den Knien um Regen, Hagel, Schnee, Donner und Blitz flehen – um irgendeine Abwechslung in dem trostlosen Einerlei. Sogar mit einem Erdbeben wäre man zufrieden, wenn man nichts Besseres haben kann, und das ist noch am ersten zu bekommen.

San Francisco ist auf Sandhügeln erbaut, aber es sind fruchtbare Sandhügel, die einen reichen Pflanzenwuchs erzeugen. Die seltenen Blumen, welche die Leute im Osten sorgfältig in Treibhäusern und Töpfen ziehen, gedeihen dort das ganze Jahr hindurch unter freiem Himmel in üppiger Fülle: Kallas, Geranien, Passionsblumen, Moosröschen – ich weiß nicht den zehnten Teil von allen Namen. Wenn in New York alles von Schnee und Eis starrt, bedeckt sich der Boden in Kalifornien mit Blumen und Blüten. Der Mensch braucht nur alles wachsen zu lassen, wie es will, ohne sich hineinzumischen.

Ich habe an einer anderen Stelle von dem ewigen Winter in Mono gesprochen und jetzt eben von dem endlosen Frühling in San Francisco. Reist man nun etwa hundert Meilen in direkter Linie weiter, so kommt man in den fortwährenden Sommer von Sacramento. In San Francisco hat man weder Sommerkleider noch Moskitos, aber in Sacramento ist beides zu finden. Nicht immer, zugegeben, aber im Laufe von zwölf Jahren etwa 143 Monate lang.

Der Leser kann sich leicht vorstellen, daß dort immer Blumen blühen, daß die Menschen morgens, mittags und nachts schwitzen, fluchen und ihre beste Lebenskraft damit verbrauchen, sich Luft zuzufächeln. Es ist dort heiß, aber wenn man nach Fort Yuma hinunterkommt, dürfte man es noch heißer finden. Dort steht das Thermometer fast unabänderlich auf 50 Grad im Schatten, außer wenn es noch höher steigt. Dieser heißeste Ort der Erde ist ein Militärposten der Vereinigten Staaten, und seine Bewohner gewöhnen sich so an die schreckliche Hitze, daß sie es ohne diese nicht aushalten können. Die Sage erzählt, daß dort einst ein gottloser Soldat starb und natürlich sofort in den heißesten Winkel der Hölle hinunterfuhr. Und siehe da, am nächsten Tage telegraphierte er zurück, man möge ihm seine Decken schicken! – An der Wahrheit dieser Überlieferung ist nicht zu zweifeln, ich habe selbst die Schenke gesehen, in die der Soldat einzukehren pflegte.

In dem beständigen Sommerwetter von Sacramento kann der Reisende um acht oder neun Uhr morgens Rosen pflücken, Erdbeeren und Eis essen, sich in weiße Leinwand kleiden, nach Luft schnappen und schwitzen. Setzt er sich dann in die Eisenbahn, so kann er um 12 Uhr den Pelz anziehen, die Schlittschuhe anschnallen und über den gefrorenen Donnersee dahinschweben, 7000 Fuß über dem Tal, zwischen fünfzehn Fuß hohen Schneewehen und in unmittelbarer Nähe der gewaltigen Berggipfel, die ihre eisigen Klippen 10 000 Fuß über der Meeresfläche erheben. In der ganzen westlichen Hemisphäre findet sich nirgends ein so plötzlicher Übergang. Die Eisenbahn fährt in kühnen Windungen durch die schneebedeckte Gegend 6000 Fuß über dem Meer bis zum Stillen Ozean. Wie ein Vogel aus der Luft schaut man hinab auf den ewigen Sommer des Sacramento-Tales, das mit seinen fruchtbaren Feldern, seinen blühenden Bäumen und seinen Silberströmen in den weichen Duft der Atmophäre eingehüllt ruht. Auf dies köstliche, traumhafte Bild aus dem Feenland blickt der Reisende durch ein furchtbares Tor von Eis und Schnee, durch wilde Klüfte und Abgründe – ein wirkungsvoller Gegensatz, der den Eindruck mächtig erhöht.

Zweiundzwanzigstes Kapitel

Das eben geschilderte Tal des Sacramento war der Schauplatz der ersten und ergiebigsten Goldgräbereien. Noch jetzt sieht man viele Stellen in der Ebene und am Bergabhang, wo die Habgier jener Zeit das Erdreich aufgewühlt und ausgehöhlt hat, um nach Beute zu suchen. Solche Verunstaltungen der Gegend findet man in Kalifornien weit und breit. Man kommt auch durch Strecken, wo sich jetzt nur Wiesen und Wälder ausdehnen, wo man kein Haus, kein lebendes Wesen erblickt, nicht einmal die Balken oder Steine eines verfallenen Gebäudes, und kein Laut die Grabesstille unterbricht. Da ist es schwer, sich vorzustellen, daß dort vor Jahren ein rasch emporgeblühtes Städtchen gestanden hat, mit zwei- bis dreitausend Einwohnern, die ihre Zeitung, ihre Feuerwehr, eine Musikkapelle, ein Freiwilligenkorps, Gasthäuser, eine Bank und Spielhöllen besaßen, wo Männer aus allen Nationen der Erde mit struppigen Bärten rauchten und fluchten und wo der Goldstaub, der sich an den Spieltischen häufte, mehr wert war als die Einkünfte eines deutschen Fürstentums.

Das Leben wogte geschäftig hin und her in den Straßen, man verkaufte Bauplätze zu vierhundert Dollar den Fuß, es wurde gearbeitet, gelacht, getanzt, Musik gemacht, gezecht, gerauft und Dolch und Revolver gehandhabt. Alles war vorhanden, was zum Blühen und Gedeihen einer neuerstandenen Stadt nötig und förderlich ist, was das Leben schmückt und erfreut – und jetzt sieht man dort nichts als eine verlassene, wüste Einöde, die Menschen sind fort, von den Häusern ist keine Spur geblieben, sogar der Name des Ortes ist vergessen. Nirgends in der Welt sind in unserem Jahrhundert Städte so völlig vom Erdboden verschwunden wie in den alten Goldgräbergegenden von Kalifornien.

In jenen Tagen aber herrschte ein rastloses Drängen und Treiben, Hasten und Arbeiten unter der eigenartigen, zusammengewürfelten Bevölkerung des damaligen Kalifornien, wie sie sich schwerlich jemals wieder irgendwo zusammenfinden wird. Sie bestand aus zweihunderttausend jungen Männern, keine gezierten, verwöhnten, behandschuhten Schwächlinge, sondern kräftige, muskelstarke, tapfere und unerschrockene Leute, voll Mut und

Tatkraft, die mit allen Eigenschaften, welche wahrer Männlichkeit zu Schmuck und Zier gereichen, im vollsten Maße ausgestattet waren, die Auserlesensten unter den Herren der Schöpfung. Man sah dort weder Frauen noch Kinder, noch gebückte, hinfällige Greise, nur junge Riesengestalten mit aufrechtem Gang, hellem Blick, starker Hand und geschmeidigen Gliedern. Ein schönes, ein herrliches Volk, die tapfersten Scharen, die jemals in die menschenleeren Einöden eines noch unbekannten Landes einzogen. Und wo sind sie heute? – Zerstreut in alle Winde, vorzeitig gealtert und verkommen, bei einem Straßenaufruhr ermordet, an gebrochenem Herzen und getäuschten Hoffnungen gestorben – alle dahin, als Opfer auf dem Altar des goldenen Kalbes verblutet. Es ist ein jammervoller Gedanke.

Nur starke, beherzte Männer waren ausgezogen, die Faulen, Schwerfälligen und Trägen hatten sie daheimgelassen. Die kann man als Pioniere nicht gebrauchen, dazu gehören Leute von anderem Schrot und Korn. Aber wild ging es damals unter ihnen her. Sie schwelgten in Gold und Branntwein, in Raufereien und Tanz und waren unaussprechlich glücklich. Ein wackerer Goldgräber holte sich täglich seine hundert bis tausend Dollar aus dem Boden. Wenn dann die Spielhöllen und anderen Vergnügungslokale dafür sorgten, daß er bis zum nächsten Morgen keinen Cent mehr in der Tasche hatte, konnte er noch von Glück sagen. Die Leute kochten sich selbst ihre Bohnen mit Speck, nähten sich die abgerissenen Knöpfe an und wuschen ihre baumwollenen Hemden. Wer öffentlich mit weißer Wäsche und einem hohen Hut erschien, war in eine Schlägerei verwickelt, ehe er sich's versah. In dieser wilden, freien, zügellosen Gesellschaft waren alle Aristokraten verhaßt, auch ließ sich weder ein ganz jugendliches noch ein weibliches Element dort blicken. Man sagt, die Goldgräber hätten sich oft scharenweise versammelt, wenn es galt, das für sie seltsamste und herrlichste Schauspiel, den Anblick einer Frau, zu genießen.

In einem ihrer Lager verbreitete sich einmal am Morgen die Nachricht, daß eine Frau angekommen sei. Man hatte aus einem Wagen auf dem Lagerplatz ein Kattunkleid heraushängen sehen – es mochten wohl Auswanderer von der großen Ebene jenseits der Berge hergekommen sein. Alles drängte sich zu dem Wagen, und als man wirklich ein Kleid im Wind flattern sah, entstand ein großes Geschrei, bis der Auswanderer erschien. Dann hieß es wie aus einem Munde:

„Bringt sie heraus!"

Er erwiderte: „Es ist meine Frau, ihr Herren, sie ist krank, die Indianer haben uns alles geraubt, Geld und Mundvorrat – wir brauchen dringend Ruhe."

„Bringt sie heraus, wir müssen sie sehen!"

„Aber ihr Herren, das arme Ding kann nicht –"

„Bringt sie heraus!"

Als er ihnen endlich den Willen tat, schwenkten sie die Hüte in der Luft und brachten ein dreimaliges donnerndes Hoch aus, dann umringten sie sie alle, betrachteten sie, berührten ihre Kleider und horchten auf den Ton ihrer Stimme. Die Frau schien für sie mehr eine Erinnerung aus früherer Zeit als etwas Wirkliches, Lebendiges zu bedeuten. Zuletzt brachten sie die Summe von 2500 Dollar in Gold zusammen, händigten sie dem Mann aus, schwenkten abermals die Hüte, riefen wieder dreimal hoch und gingen befriedigt ihrer Wege.

Ich speiste einmal bei einem Herrn, der mir ein Abenteuer erzählte, das seine Tochter erlebt hatte, als die Familie zuerst in San Francisco landete. Die junge Dame selbst erinnerte sich nicht mehr daran, da sie erst zwei Jahre alt war, als sich diese wahre Geschichte zutrug. Sie waren gerade vom Schiff gekommen und gingen die Straße hinunter, voran die Dienerin mit der Kleinen auf dem Arm. Da trat ihnen ein riesiger Goldgräber mit großem Bart und breitem Gürtel entgegen, der über und über von Waffen starrte. Offensichtlich kam der Mann soeben von einem längeren Aufenthalt im Gebirge zurück. Er hielt die Dienerin an und betrachtete sie mit Staunen und Wohlgefallen. Nach einer Weile sagte er in ehrerbietigem Ton: „Wahrhaftig, ich glaube, das ist ein Kind!" Dann zog er ein Ledersäckchen aus der Tasche und fuhr, zur Wärterin gewandt, fort:

„Dieser Sack enthält Goldstaub im Wert von hundertfünfzig Dollar. Lassen Sie mich das Kind einmal küssen, und Sie sollen ihn haben."

Wie sich doch die Zeiten ändern. Hätte ich damals, als ich mit bei Tisch saß und die Anekdote anhörte, die doppelte Summe für die Erlaubnis geboten, dasselbe Kind küssen zu dürfen, man würde es mir abgeschlagen haben. Der Preis hatte sich in den siebzehn Jahren, welche seitdem verflossen waren, sehr beträchtlich gesteigert.

Hier will ich noch erwähnen, daß ich einmal bei meinem Aufenthalt in Star City im Humboldt-Gebirge mit einer Schar von Bergleuten im Gänsemarsch aufmarschiert bin, um durch den Spalt einer Hütte zu sehen, worin ein ganz neues, wunderbares Schauspiel uns erwartete, nämlich der Anblick einer wirklichen, lebendigen Frau. Als endlich nach einer halben Stunde geduldigen Harrens die Reihe an mich kam, durch die Spalte zu gucken, stand sie auch tatsächlich da, die eine Hand in die Seite gestemmt und mit der anderen damit beschäftigt, Pfannkuchen zu stürzen. Sie sah aus, als sei sie hundertfünfundsechzig Jahre alt, und hatte keinen Zahn mehr im Mund.

Dreiundzwanzigstes Kapitel

Einige Monate führte ich nun ein wahres Schmetterlingsdasein, wie ich es früher nicht gekannt hatte. Ich lebte in süßem Nichtstun, war niemandem verantwortlich, und die Geldfrage machte mir keine Sorgen. Nach den Alkaliwüsten und der öden Salbeigegend von Washoe erschien mir San Francisco wie ein Paradies, und ich verliebte mich sterblich in diese Stadt herzlichster Geselligkeit.

Ich wohnte im besten Hotel, trug meine neuen Kleider auf allen Hauptplätzen und Straßen zur Schau, ging jeden Abend in die Oper und lernte von den Klängen der Musik hingerissen zu scheinen, die mein ungeschultes Ohr häufiger verletzten als bezauberten. Wenn ich nicht die gemeine Ehrlichkeit besaß, dies einzugestehen, so bin ich vermutlich in diesem Punkt nicht schlimmer als die meisten meiner Landsleute. Ich besuchte Privatgesellschaften im prächtigsten Ballanzug, tat zimperlich, entfaltete meine ganze natürliche Anmut wie ein geborener Stutzer und tanzte Polka und Schottisch mit einem Schritt, der mir eigentümlich ist – mir und dem Känguruh. – Kurz, ich lebte als Schmetterling, wonach ich mich längst gesehnt hatte, und trat wie ein Mann auf, der (voraussichtlich) seine hunderttausend Dollar besaß und wahrscheinlich zu unbeschränktem Überfluß gelangen würde, sobald der Verkauf jener Silbermine im Osten zum Abschluß kam. Inzwischen streute ich mein Geld reichlich umher, beobachtete das Steigen und Fallen der Aktien mit lebhaftem Interesse und behielt nebenbei im Auge, was sich in Nevada zutrug.

Dort ereignete sich etwas sehr Wichtiges. Die besitzende Klasse stimmte gegen die Staatsverfassung, aber die Leute, die nichts zu verlieren hatten, waren in der Mehrheit und setzten die Annahme der Verfassung durch. Das war ohne Frage ein Unglück, auch wenn es anfangs nicht so aussah. Ich schwankte hin und her, berechnete die möglichen Veränderungen des Geldmarktes und entschied mich endlich dafür, nicht zu verkaufen.

Die Aktien stiegen höher und höher, und es begann ein tolles Spekulationsfieber. Bankiers, Kaufleute, Advokaten, Ärzte, Handwerker, Tagelöhner, selbst Waschfrauen und Dienstmädchen legten ihre Ersparnisse in Silberkuxen an. Die Spielwut hatte sich der ganzen Bevölkerung bemächtigt. Jede Sonne, die am Morgen aufging, schien beim Untergang auf Bettler, die reich geworden, und auf Reiche, die an den Bettelstab gekommen waren. Die Gould-and-Curry-Kuxe stiegen bis auf 6300 Dollar per Fuß, dann nahm die ganze Herrlichkeit plötzlich ein jähes Ende, und alle Welt war zugrunde gerichtet. Ein schrecklicher Schiffbruch! Das Faß hatte den Boden verloren, es blieb kaum ein Tropfen darin hängen. Ich war unter den ersten, die gründlich an den Bettelstab kamen. Meine sämtlichen Aktien konnte ich einfach wegwerfen, sie galten nicht einmal so viel wie das Papier, auf dem sie gedruckt waren. Ich hatte als glücklicher Narr mit dem Geld um mich geworfen und geglaubt, das Mißgeschick könne mich nicht erreichen. Nachdem meine Schulden zusammengerechnet und bezahlt waren, besaß ich keine fünfzig Dollar mehr.

Ich verließ das Hotel, bezog eine sehr bescheidene Pension, nahm eine Stelle als Zeitungsschreiber an und machte mich an die Arbeit. Noch hatte ich nicht jede Hoffnung verloren, denn ich baute zuversichtlich auf den Verkauf der Silbermine im Osten. Mein Freund Dan ließ jedoch nichts von sich hören. Entweder gingen meine Briefe alle verloren, oder sie blieben ohne Antwort.

Eines Tages fühlte ich mich wenig aufgelegt, meine Beschäftigung aufzunehmen, und ging nicht ins Büro. Als ich mich tags darauf wie immer gegen Mittag dort einstellte, fand ich auf meinem Pult ein Briefchen, das schon vierundzwanzig Stunden dagelegen hatte. Es war mit „Marshall" unterzeichnet und enthielt die Bitte, ihn und seine Gefährten am Abend im Hotel zu besuchen. Sie seien auf der Durchreise nach dem Osten und wollten am nächsten Morgen absegeln. Es handle sich um eine große Bergwerksspekulation.

So außer mir bin ich in meinem ganzen Leben nicht gewesen. Ich schalt mich einen Narren, daß ich von Virginia fortgegangen war und einem anderen die Sache überlassen hatte, statt sie selbst in die Hand zu nehmen. Ich war wütend, daß ich an dem einzigen Tag im Jahr aus dem Büro wegbleiben mußte, an dem es sich gelohnt hätte, dort zu sein. Unter allerlei Selbstvorwürfen trabte ich eine Meile weit bis zum Hafen und kam gerade richtig an, als es zu spät war. Das Schiff war bereits abgefahren und unter Segel.

Zunächst tröstete ich mich mit dem Gedanken, daß bei der Spekulation so und so nichts herausgekommen wäre, aber ein armseliger Trost. Dann nahm ich mein Sklavenjoch wieder auf, entschlossen, mich mit meinen 33 Dollar die Woche zu begnügen und mir die Sache aus dem Sinn zu schlagen.

Einen Monat später genoß ich mein erstes Erdbeben, das noch lange Zeit danach das „große Erdbeben" genannt wurde. Es war an einem hellen Oktobersonntag, als ich kurz nach zwölf Uhr die dritte Straße herunterkam. Um diese Stunde war in dem dicht bebauten und bevölkerten Stadtteil weit und breit nichts in Bewegung als ein Mann im Einspänner hinter mir und ein Omnibus, der langsam eine Nebenstraße herauffuhr. Sonst war alles wie gefegt, und es herrschte Grabesstille. Als ich bei einem Bretterhaus um die Ecke bog, hörte ich ein großes Krachen und Poltern, es mußte wohl drinnen eine Prügelei vor sich gehen, da gab es gewiß etwas zu berichten. Bevor ich aber noch die Tür gefunden hatte, kam ein wahrhaft entsetzlicher Stoß. Der Boden unter mir schien in wellenförmiger Bewegung zu sein, dann folgte ein heftiges Heben und Senken und ein dumpfes, knirschendes Geräusch, als würden Backsteinhäuser aneinandergerieben. Ich fiel gegen das Bretterhaus und verletzte mich am Ellbogen. Jetzt wußte ich, was das bedeutete, und zog aus reinem Reportertrieb meine Uhr heraus, um mir Zeit und Stunde zu merken. In diesem Augenblick folgte ein dritter, weit stärkerer Stoß, und während ich noch auf dem Pflaster umhertaumelte, bemüht, mich auf den Füßen zu halten, bot sich mir ein Anblick sondergleichen: Die ganze Vorderseite eines vierstöckigen Backsteinhauses ging auf wie eine Tür und stürzte mit lautem Geprassel quer über die Straße, daß der Staub aufwirbelte wie eine mächtige Rauchsäule.

In diesem Augenblick kam der Einspänner vorbei – der Mann flog herunter, und schneller als ich es zu berichten vermag, war das Fuhrwerk in kleinen Stücken längs der dreihundert Meter langen Straße verstreut. Der Omnibus hielt an, die Pferde drängten rückwärts und bäumten sich auf, die Fahrgäste strömten zu beiden Seiten heraus, und ein dicker Herr, der mit dem Oberkörper durch ein Glasfenster hing und darin festgekeilt war, kreischte wie wahnsinnig, als stecke er am Spieß. Aus jeder Haustür, so weit das Auge reichte, ergoß sich ein Strom menschlicher Wesen, in einem Moment war die ganze Straße, die ich überblicken konnte, von einer dichtgedrängten Menschenmasse bedeckt. Statt der feierlichen Stille herrschte urplötzlich das wildeste Wogen und Treiben.

Das Erdbeben brachte die wunderlichsten Erscheinungen zutage. Herren und Damen, die krank waren oder gerade ihr Mittagsschläfchen hielten oder nach durchschwelgter Nacht der Ruhe pflegten, kamen in den seltsamsten Aufzügen auf die Straße gestürzt, viele nur sehr mangelhaft bekleidet oder auch gar nicht. Angesehene Bürger, die für äußerst streng in bezug auf die Sonntagsheiligung galten, liefen in Hemdsärmeln aus den Schankstuben heraus, den Billardstab noch in der Hand. Aus den Barbierstuben flohen zu Dutzenden Leute mit umgebundenen Servietten, bis unter die Augen eingeseift, auf einer Seite noch die Bartstoppeln, während die andere bereits glatt rasiert war. In einem Hotel kam ein bekannter Redakteur, nur mit dem Hemd auf dem Leib, die Treppe heruntergelaufen. „Was soll ich tun?“ jammerte er. „Wohin soll ich nur gehen?“

„Am besten in einen Kleiderladen“, sagte das Zimmermädchen, dem er begegnete, in heiterer Unbefangenheit.

Pferde brachen aus den Ställen aus, und ein Hund sprang in seiner Angst die Bodenleiter zum Dach hinauf, getraute sich dann aber nicht mehr, denselben Weg auch wieder zurückzukommen. In der Stadt fiel der Putz von so vielen Zimmerdecken herab, daß man große Felder damit hätte bestreuen können. Tagelang standen die Leute noch in Gruppen vor den Häusern, die in breiten Zickzackrissen von oben bis unten zerborsten waren. Ein hundert Fuß langer Spalt tat sich in einer Straße sechs Zoll breit auf und schloß sich dann wieder mit solcher Gewalt, daß die Erde sich an der Stelle wie ein Grabhügel aufwölbte. An einem Gebäude waren drei Schornsteine in der Mitte durchgebrochen und so herumgedreht, daß der Rauch keinen Abzug fand.

Eine Dame fühlte plötzlich, daß der Salon, in dem sie saß, zu schwanken begann, gleich darauf sah sie, wie sich die Decke über ihr zweimal auftat und wieder schloß, wobei ein Backstein herunterfiel wie ein Zahn aus einem offenen Mund. Eine andere Dame, welche die Treppe hinuntereilte, bemerkte zu ihrem Erstaunen, daß ein bronzener Herkules auf seinem Fußgestell sich zu ihr hinneigte, als wolle er sie mit der Keule erschlagen. Statue und Frau erreichten den Fuß der Treppe zu gleicher Zeit, letztere bewußtlos vor Entsetzen.

In einer der Kirchen warf der erste Stoß drei mächtige Orgelpfeifen herunter. Der Geistliche stand gerade mit emporgehobenen Händen da, um den Gottesdienst zu schließen. „Den Segen wollen wir heute fortlassen“, sagte er kurz – und an der Stelle, wo er gestanden hatte, war nur noch ein leerer Raum.

„Bleibt auf euren Sitzen“, rief ein Prediger in Oakland nach dem ersten Stoß, „wenn ihr sterben sollt, so findet ihr nirgends einen besseren Platz dazu als hier.“ Nach dem dritten Stoß fügte er jedoch hinzu: „Aber draußen ist es auch nicht schlecht“, und verschwand durch eine Hintertür.

Die Frauen und Mädchen der Stadt erlitten schwere Verluste an Fläschchen mit Essenzen, Wohlgerüchen und allerlei Nippessachen, die das Erdbeben auf Kaminsimsen und Toilettentischen zertrümmerte. Aufgehängte Bilder wurden herabgeworfen oder – was noch häufiger geschah – vom Erdbeben aus mutwilliger Laune so herumgewirbelt, daß die Gesichter der Wand zugekehrt waren. Von dem Schaukeln und Schwanken der Straßen und Fußböden bekamen viele Tausende die Seekrankheit und fühlten sich noch Stunden danach schwach und elend; einige litten sogar tagelang an dem Übel, und ganz verschont blieb kaum einer.

Bald nach diesem Ereignis traf mich ein recht grausamer Schlag. In einer Nummer der „Enterprise“, die ich zufällig zur Hand nahm, fiel mein Blick auf folgende Mitteilung:

Nevada-Bergwerke in New York

Ende Juli brachten die Herren G. M. Marshall, Sheba Hurst und Amos Rose Erzproben aus Gruben im Pine-Wood-Distrikt und am Reese River nach New York.

Die eine, im Humboldt County gelegene Grube, haben die Eigentümer für den Preis von drei Millionen Dollar verkauft. Zur Inbetriebnahme ist bereits ein Kapital von einer Million Dollar eingezahlt worden, und die Maschinen für das große Quarz-Pochwerk, das sogleich eingerichtet werden soll, sind schon angeschafft. Sämtliche Aktien der Gesellschaft sind vollbezahlt und steuerfrei.

Sheba Hurst, der Entdecker dieser Gruben, hat sich, bevor er seinen Fund veröffentlichte, den Besitz der besten Erzgänge gesichert sowie den erforderlichen Grund und Boden und das nötige Bauholz. Seine Erzproben ergaben bei der Untersuchung einen außerordentlich reichen Gehalt an Silber und Gold, jedoch ist das Silber vorherrschend. Wir haben die Proben gesehen und uns überzeugt, daß es sich hier um keinen Schwindel handelt und die Gruben jenes Bezirks wirklich sehr wertvoll sind; deshalb vernehmen wir mit Befriedigung, daß sich das New Yorker Kapital bereitwillig an dem Unternehmen beteiligt.

So hatte denn die mir angeborene Einfalt wieder den Sieg davongetragen, und ich hatte eine Million verloren.

Verweilen wir nicht länger bei dieser kläglichen Geschichte. Hätte ich sie erfunden, so wäre es mir ein leichtes, sie humoristisch auszuschmücken, da sie aber nur allzu wahr ist, kann ich sie selbst heute noch nicht leichten Herzens erzählen, obwohl sie schon so weit hinter mir liegt. Ich will nur noch erwähnen, daß ich allen Mut verlor, mich in törichtem Murren und Seufzen und fruchtlosem Gram verzehrte, darüber meine Pflichten versäumte und als Berichterstatter einer „flotten" Zeitung kaum mehr zu brauchen war. Zuletzt nahm mich der Eigentümer des Blattes beiseite und erwies mir eine Wohltat, deren ich mich noch jetzt voll Ehrerbietung erinnere. Er gab mir Gelegenheit, auf die Stelle zu verzichten, und rettete mich dadurch vor der Schande, meine Entlassung zu erhalten.

Vierundzwanzigstes Kapitel

Eine Zeitlang schrieb ich allerlei Literarisches für die „Goldene Ära" und andere Blätter. C. H. Webb hatte den „Kalifornier" gegründet, ein ganz vortreffliches Wochenblatt, dessen hoher literarischer Wert jedoch keine Bürgschaft für den Erfolg war. Das Journal siechte dahin, und Webb verkaufte es an drei Drucker. Damals wurde Bret Harte* für ein Gehalt von 20 Dollar die Woche Redakteur, und ich verpflichtete mich, für 12 Dollar jede Woche einen Artikel beizusteuern. Da der Absatz aber viel zu wünschen übrigließ, verkauften die Drucker das Journal an den reichen Kapitän Opden, einen sehr angenehmen Herrn, der sich diesen teuren Luxus gestattete, ohne viel nach den Kosten zu fragen. Er bekam das neue Spielzeug jedoch bald satt und gab es den Druckern zurück. Nicht lange darauf starb das Blatt eines sanften Todes, und ich war wieder ohne Arbeit.

In den nächsten zwei Monaten hatte ich keine andere Beschäfti-

* Später berühmter Kurzgeschichten-Autor

gung, als meinen Bekannten aus dem Weg zu gehen. Ich verdiente keinen Cent, schaffte mir nicht die geringste Kleinigkeit an und bezahlte auch Kost und Wohnung nicht. Dagegen erwarb ich mir eine große Geschicklichkeit, mich überall und vor allem und jedem zu drücken. Von einem Hintergäßchen drückte ich mich ins andere; sah ich von fern ein Gesicht, das mir bekannt vorkam, so drückte ich mich; auch zu meinen Mahlzeiten schlich ich gedrückt, aß sie demütig und mit stummer Bitte um Verzeihung für jeden Bissen, den ich meiner großmütigen Wirtin stahl; drückte mich bis Mitternacht herum, jeden Ort meidend, wo Helligkeit und Heiterkeit zu finden waren, und schlich dann zu Bett. Ich kam mir niedriger, erbärmlicher und verächtlicher vor als ein Wurm. Meine ganze Barschaft bestand in einem silbernen Zehn-Cent-Stück. Das hielt ich fest und wollte es um keinen Preis ausgeben, aus Furcht, der Gedanke, daß ich völlig mittellos sei, könnte mich überwältigen. Außer den Kleidern, die ich am Leib trug, hatte ich alles versetzt, und so hing ich denn mit verzweifelter Hartnäckigkeit an meinem letzten Geldstück, das schon ganz abgegriffen war, so oft hatte ich es durch die Finger gleiten lassen.

Das Elend liebt Gesellschaft. Dann und wann stieß ich nachts an irgendeinem abgelegenen, schwach erleuchteten Ort mit einem anderen Kind des Unglücks zusammen. Der Mensch sah so schmierig und verkommen, so heimatlos, freudlos und verlassen aus, daß ich mich zu ihm hingezogen fühlte wie zu einem Bruder. Auch er muß wohl eine ähnliche Empfindung gehabt haben, denn die Anziehung war gegenseitig; wenigstens trafen wir uns allmählich häufiger, wenn auch allem Anschein nach noch immer zufällig. Wir sprachen zwar nicht zusammen, ließen auch nicht merken, daß wir einander wiedererkannten, aber sobald wir uns sahen, schwand die dumpfe Beklommenheit aus unserem Herzen. Wir taumelten dann beide in gemessener Entfernung befriedigt weiter, freuten uns unserer stummen Genossenschaft und blickten aus dem nächtlichen Schatten verstohlen in Fenster hinein, nach den freundlichen Lichtern und den Familiengruppen am traulichen Kamin.

Endlich redeten wir einander an und waren seitdem unzertrennlich. Litten wir doch beide fast dieselben Schmerzen. Auch er war

Berichterstatter gewesen und hatte seine Stelle eingebüßt. Dann war er immer mehr heruntergekommen und unaufhaltsam tiefer und tiefer gesunken – von der Wohnung auf dem Russenhügel zu dem Kosthaus in der Kearney-Straße, von dort zu Dupont und dann in eine Matrosenkneipe. Zuletzt hatte er sich in Warenkisten und leeren Tonnen auf der Werft ein Quartier gesucht. Durch das Zunähen geplatzter Getreidesäcke, die eingeschifft werden sollten, fristete er eine Zeitlang notdürftig sein Dasein. Als dieser Verdienst aufhörte, suchte er sich seine Nahrung bald hier, bald da, wie es der Zufall gerade wollte. Bei Tage ließ er sich nirgends mehr blicken, denn ein Reporter kennt arm und reich, hoch und niedrig und kann es am hellichten Tag nicht gut vermeiden, bekannten Gesichtern zu begegnen.

Dieser Bettler – ich will ihn Blücher nennen – war ein prächtiger Mensch, voll Hoffnung, Tatkraft und ein echter Philosoph. Er war belesen und hoch gebildet, besaß einen hellen Verstand und trefflichen Witz. Sein freundliches Wesen und sein großmütiges Herz gaben ihm in meinen Augen ein wahrhaft königliches Ansehen, sein Sitz auf dem Eckstein erschien mir wie ein Thronsessel und sein schäbiger Hut wie eine Krone.

Ein Abenteuer, das er mir erzählte, hat durch seine Absonderlichkeit mein Mitgefühl aufs höchste erregt und sich unauslöschlich in mein Gedächtnis eingegraben.

Seit zwei Monaten besaß er keinen Heller und war in den dunklen Straßen beim Schein der matt brennenden, freundlichen Lichter umhergeschlichen, bis ihm die Sache zur zweiten Natur wurde. Endlich aber trieb ihn der Hunger an das Tageslicht. Achtundvierzig Stunden hatte er keinen Bissen gegessen und konnte das müßige Warten in seinem Versteck nicht länger ertragen. Er schlich durch eine Hintergasse, starrte voll gierigen Verlangens nach den Fenstern der Bäckerläden und hätte sein Leben für ein Stück Brot verkaufen mögen. Der Anblick der Eßwaren verdoppelte seinen Hunger, aber doch war es ihm eine Wohltat, sie wenigstens zu sehen und sich vorzustellen, wie ihm zumute sein würde, wenn er etwas zu essen hätte. Da sah er auf einmal mitten auf der Straße einen glänzenden Punkt. Er blickte wieder hin – durfte er seinen Augen trauen? Er wandte sich ab und sah dann noch einmal nach der Stelle, um ganz sicher zu sein. Nein, es war keine Sinnestäuschung, die der Hunger erzeugte, sondern Wirklichkeit – da lag ein silbernes Zehn-Cent-Stück. Er schoß darauf zu, hob es auf, starrte es an, nahm es zwischen die Zähne – kein Zweifel, es war echt. Sein Herz jubelte laut, er konnte kaum ein Jauchzen und Halleluja unterdrücken. Dann sah er sich um – niemand beobachtete ihn. Er warf die Münze wieder hin, wo sie gelegen hatte, trat ein paar Schritte zurück, näherte sich abermals und tat, als wisse er nicht, daß sie da sei, damit er noch einmal das Entzücken genießen könne, sie zu finden. Nun betrachtete er sie von verschiedenen Punkten aus, schlenderte mit den Händen in den Taschen umher, schaute nach den Ladenschildern, warf dann wieder einen raschen Blick auf das Geldstück und fühlte sich von Wonneschauern durchrieselt. Endlich hob er es auf und ging, es in der Tasche streichelnd, davon. Er wählte die menschenleersten Straßen, stand von Zeit zu Zeit an einem Torweg oder an der Ecke still und zog seinen Schatz heraus, um ihn zu betrachten. In seinem Quartier, einem leeren Geschirrfaß, angelangt, überlegte er bis in die Nacht hinein, was er dafür kaufen solle. Ein schwerer Entschluß. Ihm lag daran, soviel wie möglich zu bekommen. In der Bergmannsschenke, das wußte er, gab man einen Teller voll Bohnen und ein Stück Brot für zehn Cent oder einen Fischkloß mit Zubehör, aber ohne Brot. In Peters Speisehaus konnte er ein Kalbskotelett nebst einigen Rettichen und Brot für zehn Cent haben oder eine große Tasse Kaffee mit einer Brotschnitte, die aber schändlicherweise oft nur sehr dünn ausfiel.

Um sieben Uhr empfand er einen wahren Wolfshunger, doch hatte er noch keine Entscheidung getroffen. Er machte sich auf den Weg, ging noch immer rechnend die Straße hinauf und kaute an einem Holzstückchen, wie es Leute, die nahe am Verhungern sind, zu tun pflegen. Vor Martins erleuchtetem Restaurant, dem vornehmsten der ganzen Stadt, blieb er stehen. In besseren Tagen hatte er da oft gespeist, und Martin kannte ihn gut. Er trat abseits, um aus dem Bereich der Lichter zu kommen, blickte andächtig nach den Wachteln und Beefsteaks im Schaufenster und stellte sich vor, die Zeit der Märchen sei noch nicht vorüber und ein verkleideter Prinz könnte daherkommen und ihn auffordern, einzutreten und zu nehmen, was er wolle. Je mehr er sich in den Gedanken vertiefte, um so hungriger kaute er an dem Holzstückchen.

Da fühlte er plötzlich, daß jemand neben ihm stand und seinen Arm berührte. Er sah auf und erblickte ein Gespenst – das wahre Abbild des Hungers. Es war ein baumlanger, hagerer Mensch, in Lumpen gehüllt, Haar und Bart ungeschoren, mit ausgemergeltem Gesicht, eingesunkenen Wangen und Augen, die ihn jammervoll anblickten.

„Kommen Sie mit mir", sagte er und hängte sich an Blüchers Arm. Als sie eine Stelle erreicht hatten, wo das Licht nur schwach schien und wenige Leute vorübergingen, blieb er stehen und hob die Hände flehend empor.

„Freund – Fremder, sehen Sie mich an", stammelte er. „Sie freuen sich Ihres Lebens in Ruhe und Behagen, wie ich einst in meiner guten Zeit. Sie haben dort drinnen herrlich zu Abend gespeist, ein Liedchen gesummt und bei sich gedacht, wie schön es doch auf der Welt ist. Sie haben nie Not gelitten, Sie wissen nicht, was Kummer und Elend ist, Sie kennen den Hunger nicht! – Sehen Sie mich an, Fremder, haben Sie Erbarmen mit einem heimatlosen Menschen ohne Freunde. So wahr Gott lebt – seit achtundvierzig Stunden habe ich keinen Bissen gegessen; schauen Sie mir in die Augen, ich lüge nicht. Geben Sie mir nur eine Kleinigkeit, damit ich nicht den Hungertod sterben muß; was Sie wollen – 25 Cent genügen mir. Tun Sie es, Fremder, ich bitte, ich beschwöre Sie. Ihnen ist es ein leichtes, und mein Leben hängt daran. Ich will vor Ihnen im Staube liegen und den Boden küssen, den Ihr Fuß betritt. Nur 25 Cent! Ich gehe zugrunde, ich sterbe, ich verhungere! Um des Himmels willen, verlassen Sie mich nicht!"

Blücher war außer sich, bis ins Innerste gerührt und ergriffen. Er überlegte hin und her, dann rief er, von einem plötzlichen Gedanken beseelt:

„Ja, so wird es gehen!" Er ergriff den Arm des Elenden, führte ihn in Martins Restaurant, ließ ihn dort an einem Marmortisch Platz nehmen, legte den Speisezettel vor ihn hin und sagte:

„Bestellen Sie jetzt, was Sie wollen, Freund. Es geht auf meine Rechnung, Herr Martin."

„Schon gut, Herr Blücher", versetzte der Speisewirt.

Gegen den Schanktisch gelehnt, sah Blücher zu, wie der Mensch ein Stück Buchweizenkuchen zu 75 Cent nach dem anderen heißhungrig verschlang, verschiedene Tassen Kaffee hinunterstürzte und Beefsteaks, die Portion zu zwei Dollar, verzehrte. Als der Fremde Speisen im Wert von etwa sechs und einem halben Dollar vertilgt hatte und sein Hunger gestillt war, begab sich Blücher in Peters Speisehaus, kaufte für sein Zehn-Cent-Stück ein Kalbskotelett und ein Stück Brot, machte sich darüber her und schmauste wie ein König.

Fünfundzwanzigstes Kapitel

Nach mancherlei Irrfahrten befand ich mich endlich wieder zu Hause in San Francisco ohne Geld und ohne Beschäftigung. Ich zermarterte mir das Hirn, um einen Platz zu finden, der mich retten könnte, und verfiel zuletzt darauf, eine öffentliche Vorlesung zu halten. In fieberhafter Erregung setzte ich mich voll Hoffnung hin und brachte einen Vortrag zu Papier. Ich zeigte ihn verschiedenen Freunden, aber sie schüttelten alle die Köpfe und meinten, höchst wahrscheinlich würde niemand kommen, um mir zuzuhören, und ich würde beschämt wieder abziehen müssen. Aber selbst wenn die Vorlesung zustande käme, müßte sie schmählich mißlingen, da ich ja nie zuvor öffentlich gesprochen hätte. Das machte mich ganz trostlos. Endlich klopfte mir ein Redakteur vertraulich auf den Rücken und meinte: „Ich will Ihnen was sagen! Mieten Sie den größten Saal in der Stadt und fordern Sie einen Dollar Eintrittsgeld. Bange machen gilt nicht."

Die Tollkühnheit des Vorschlags reizte mich, um so mehr, als viel praktische Weisheit und Weltkenntnis darin lag. Auch ein Theaterbesitzer hielt den Rat für gut und bot mir sein großes neues Opernhaus für fünfzig Dollar an – die Hälfte des gewöhnlichen Preises. Aus reiner Verzweiflung ging ich darauf ein und mietete es auf Kredit – aus triftigen Gründen. Während der nächsten drei Tage ließ ich nun für 150 Dollar Anzeigen und Zettel drucken und war wohl das verzagteste und ängstlichste Menschenkind an der ganzen Küste des Stillen Ozeans. Schlafen konnte ich nicht, das wäre wohl unter solchen Umständen niemand möglich gewesen. Wenn anderen Leuten die letzte Zeile meines Anschlagzettels vielleicht scherzhaft erschienen ist, so hatte sie doch für mich einen sehr kläglichen Anstrich. Mir war furchtbar beklommen zumute, als ich schrieb:

„Die Türen werden um 7.30 Uhr geöffnet.
Um 8 Uhr beginnt das Unheil."

Der Satz hat manchem seither gute Dienste geleistet. Besitzer von Schaubuden haben ihn mir geborgt, und einmal fand ich ihn sogar am Schluß einer Anzeige, durch welche den Schülern der Beginn des neuen Kurses nach den Ferien angekündigt wurde.

Während die drei Tage in peinlicher Erwartung langsam vergingen, wurde ich immer unglücklicher. Ich hatte zweihundert Eintrittskarten an meine persönlichen Bekannten verkauft, aber ich fürchtete, sie würden sämtlich fortbleiben. Meine Vorlesung, die mir zuerst humoristisch vorgekommen war, wurde von Stunde zu Stunde langweiliger und trübseliger, bis nicht einmal mehr der Schatten eines Witzes darin zu entdecken war, und ich bedauerte, daß ich nicht einen Sarg auf die Bühne bringen und die ganze Geschichte in ein Leichenbegängnis verwandeln konnte.

Zuletzt befiel mich eine solche Höllenangst, daß ich mich entschloß, drei alte Freunde – gutherzige Gemüter und wahre Riesengestalten – aufzusuchen, welche Stimmen besaßen, die dem Brüllen des Sturmwinds glichen.

„Hört einmal", sagte ich zu ihnen, „ich falle gewiß mit der Sache durch; die Witze sind so tiefsinnig, daß kein Mensch sie verstehen wird. Würdet ihr mir wohl den Gefallen tun, euch ins Parkett zu setzen, um mir Beistand zu leisten?"

Als sie dies versprochen hatten, ging ich zu der Frau eines bekannten und beliebten Bürgers und bat sie, mit ihrem Mann in der Loge links von der Bühne Platz zu nehmen, wo alle Welt sie sehen könne. Ich stellte ihr vor Augen, wie sehr ich ihrer Hilfe bedürfe, und machte mit ihr aus, ich würde mich jedesmal zu ihr hinwenden und lächeln, zum Zeichen, daß ich einen schwerverständlichen Witz losgelassen hätte. „Dann aber grübeln Sie, bitte, nicht lange darüber nach“, fügte ich hinzu, „sondern folgen Sie meinem Wink!“

Sie gab mir ihre Zusage, und ich entfernte mich. Auf der Straße begegnete mir ein Mann, den ich in meinem ganzen Leben noch nie gesehen hatte. Er war angetrunken und strahlte vor Gutmütigkeit.

„Mein Name ist Sawyer“, sagte er, „Sie kennen mich nicht, doch das ist einerlei. Ich habe einen Cent in der Tasche, aber wenn Sie wüßten, wie gern ich einmal lachen möchte, schenkten Sie mir sicherlich eine Eintrittskarte. Na, was meinen Sie dazu?“

Statt einer Antwort fragte ich: „Wie verhält es sich denn mit Ihren Lachmuskeln? Ich meine – platzen Sie leicht heraus, oder sind Sie sehr wählerisch bezüglich der Späße?“

Meine langsame, gedehnte Sprechweise kam ihm so komisch vor, daß er sogleich einige Proben seiner Lachkunst zum besten gab, und ich sah, daß es genau die Sorte war, die ich brauchte. So schenkte ich ihm denn eine Eintrittskarte, Mitte der zweiten Abteilung, für die er alle Verantwortlichkeit übernahm, und belehrte ihn darüber, wie er etwaige unverständliche Scherze erkennen könne. Als wir uns trennten, kicherte er wohlgefällig über die Neuheit des Planes.

An dem letzten der drei schicksalsschweren Tage aß ich keinen Bissen – ich litt nur Qualen. An diesem Tag sollte der Verkauf der reservierten Logenplätze stattfinden. Als ich mich gegen vier Uhr nachmittags an die Theaterkasse schlich, um zu sehen, ob Eintrittskarten gelöst worden seien, fand ich sie verschlossen – der Kartenverkäufer hatte sich entfernt. Ich mußte heftig schlucken, denn das Herz schlug mir bis zum Hals. „Also gar nichts verkauft“, sagte ich mir, „das hätte ich vorher wissen können.“ Ich dachte in vollem Ernst daran, die Flucht zu ergreifen, Krankheit vorzuschützen oder einen Selbstmord zu begehen, so erbärmlich war mir zumute. Aber natürlich mußte ich mir das alles aus dem Sinn schlagen und meinem Schicksal die Stirn bieten. Es war mir unmöglich, bis acht Uhr zu warten, ich muß dem Greuel ins Angesicht sehen und damit fertig werden. Ähnliche Gefühle mag ein Mensch haben, der gehenkt werden soll.

Um sechs Uhr ging ich auf Schleichwegen zum Theater und trat durch eine Hintertür ein. Ich stolperte an Reihen von Leinwandkulissen vorbei zur Bühne und sah den Zuschauerraum düster und stumm, in entsetzlicher Leere vor mir liegen. Darauf zog ich mich wieder in das Dunkel hinter die Kulissen zurück und verharrte dort anderthalb Stunden, in Grauen und Entsetzen versunken. Ich war vollkommen taub für alles, was um mich herum vorging.

Plötzlich vernahm ich ein Geräusch, das sich immer mehr steigerte. Lauter und lauter wurde das Gemurmel und endete mit einem Krach, in den sich Hochrufe mischten. Der wahrhaft betäubende Lärm erhob sich jetzt ganz in meiner Nähe, und ich fühlte, daß mir die Haare zu Berge standen. Nun folgte eine Pause, dann kam ein abermaliges Hoch und gleich darauf ein drittes. Ehe ich noch recht wußte, wie mir geschah, stand ich mitten auf der Bühne. Vor mir wogte ein Meer von Gesichtern, der helle Glanz der Lichter verwirrte mich, und ich zitterte an allen Gliedern vor tödlichem Schrecken. Das ganze Haus war gedrängt voll, selbst die Gänge zwischen den Sitzreihen.

Es dauerte eine volle Minute, bis sich meine Aufregung in Kopf, Herz und Beinen gelegt hatte und ich meine Selbstbeherrschung einigermaßen wiedergewann. Ich las Wohlwollen und Freundlichkeit in allen Gesichtern, meine Furcht verschwand allmählich, und ich begann zu sprechen. Schon nach drei bis vier Minuten fühlte ich mich ganz behaglich und zufrieden. Meine drei Hauptverbündeten waren mit drei Gehilfen zur Hand; sie saßen beieinander im Parkett, mit Knotenstöcken bewaffnet und kampfbereit, um beim geringsten Scherzwort zum Angriff zu schreiten. Bei jedem Witz, den ich zum besten gab, stießen sie mit den Stöcken gewaltig auf den Boden und verzogen den Mund von einem Ohr zum anderen. Sawyer, dessen treuherziges Gesicht sich mitten in der zweiten Abteilung rötlich abhob, stimmte in ihr Gelächter ein, und das ganze Haus wurde vom Beifall mitgerissen. Selbst die mittelmäßigsten Witze erzielten eine nie geahnte Wirkung.

Nach einer Weile kam ich an eine ernsthafte Stelle, die ich mit großer Salbung vortrug; es war mein Leibstück, und die Zuhörerschaft lauschte in atemlosem Schweigen, was mir wohltuender war als der rauschendste Beifall. Bei dem letzten Wort meiner Einschaltung wandte ich mich zufällig um und begegnete dem aufmerksam und erwartungsvoll auf mich gerichteten Blick der Frau K. – Mein kürzliches Gespräch mit ihr fiel mir plötzlich ein, und wie sehr ich mich auch zusammennahm, ich konnte ein Lächeln nicht unterdrücken. Sie hielt dies für unser verabredetes Zeichen und brach sogleich in ein wohlklingendes Gelächter aus, von welchem sich die ganze Zuhörerschaft anstecken ließ. Die Explosion, die nun erfolgte, bildete den Triumph des ganzen Abends. Ich fürchtete schon, der wackere Sawyer würde vor Lachen ersticken, und die Knotenstöcke arbeiteten, als gälte es Pfähle einzurammen. Mein armes bißchen Pathos war freilich zugrunde gerichtet. Man hielt es im guten Glauben für einen beabsichtigten Witz, und zwar für die Krone der ganzen Unterhaltung. Ich war natürlich klug genug, den Irrtum nicht aufzuklären.

Alle Zeitungen brachten am anderen Morgen freundliche Besprechungen. Meine Eßlust kehrte zurück, und ich hatte Geld in Hülle und Fülle. Ende gut – alles gut.

Mark Twain auf Reisen

Die Besteigung des Riffelberges

Nachdem ich die Schilderungen berühmter Hochgebirgstouristen und zuletzt über Whympers Besteigung des Matterhorns gelesen hatte, war ich wie verwandelt. Ich war berauscht, erhoben und angesteckt von den unglaublichen Gefahren und Abenteuern, die die Autoren bestanden hatten, und mehr noch von ihren Triumphen, an denen ich auf das lebhafteste teilnahm. Nachdenklich saß ich in meinem Zimmer, suchte dann meinen Freund Harris auf und sagte: „Jetzt weiß ich, was ich zu tun habe!"

Etwas in meiner Stimme erschreckte ihn. Und als er in mein Auge und meine Miene sah und las, was dort geschrieben stand, wurde er kreidebleich. Nach einigem Zögern bat er: „Sag, was es ist."

Ich erwiderte mit großer Ruhe: „Ich werde den Riffelberg besteigen."

Wenn ich auf meinen Freund geschossen hätte, so hätte er nicht plötzlicher von seinem Stuhl fallen können. Und wenn ich sein Vater gewesen wäre, so würde er sich nicht entschiedener ins Zeug gelegt haben, um mich von meinem Vorhaben abzubringen. Ich aber blieb allen seinen Einwänden gegenüber taub. Zuletzt mußte er einsehen, daß mein Entschluß unerschütterlich feststand. Er verstummte. Und für längere Zeit herrschte Schweigen zwischen uns, das nur dann und wann von seinen Seufzern unterbrochen wurde. Ich saß da wie eine Statue. Meine Augen waren ins Leere gerichtet, denn im Geiste schlug ich mich bereits mit den Gefahren der Gletscher herum. Mein Freund starrte mich durch Tränen voller Bewunderung an. Zuletzt warf er sich liebevoll um meinen Hals und rief mit gebrochener Stimme: „Dein Harris wird dich nicht verlassen. Nein, wir werden zusammen sterben!"

Ich heiterte das edle Herz mit vielen Lobreden auf. Bald hatte

Harris seine Furcht vergessen und war Feuer und Flamme für das Abenteuer. Er wollte sogleich die Führer bestellen und, wie es seiner Meinung nach Brauch war, um zwei Uhr morgens aufbrechen. Ich wandte ein, daß niemand zu dieser Stunde uns sehen würde und daß der Aufbruch im Dunkeln für gewöhnlich nicht von der Ortschaft, sondern vom ersten Lager im Gebirge aus erfolge. Ich setzte fest, daß wir Zermatt am nächsten Morgen zwischen drei und vier Uhr nachmittags verlassen würden. In der Zwischenzeit konnte er die Führer bestellen und die Öffentlichkeit von dem geplanten Unternehmen in Kenntnis setzen.

Ich ging zu Bett, kam aber natürlich zu keinem Schlaf. Niemand kann schlafen, der ein solches alpines Wagnis vor sich hat. Die ganze Nacht hindurch schudderte ich wie im Fieber und war recht froh, als die Uhr halb zwölf meldete und ich mich also zum Diner erheben konnte. Übernächtigt und verkatert stand ich auf und begab mich zum Mittagstisch. Dort war ich sogleich der Mittelpunkt des Interesses und der Unterhaltung. Die Neuigkeit war bereits allgemein bekannt. Es ist nicht einfach, in Gemütsruhe zu speisen, wenn man sich wie ein Löwe fühlen darf, aber es ist trotzdem sehr angenehm.

Wie es in Zermatt bei dem Aufbruch zu einer großen Hochtour so üblich ist, verschob ein jeder sein eigenes Vorhaben und suchte sich einen günstigen Fleck, um unseren Abmarsch zu beobachten. Meine Expedition bestand, die Maultiere eingerechnet, aus einhundertachtundneunzig Seelen, jedoch aus zweihundertfünf, wenn man noch die Kühe mitzählte. Der Abmarsch vollzog sich folgendermaßen:

Es wurde vier Uhr nachmittags, bis meine Karawane vollzählig versammelt war. Was die Größe und Augenweide betrifft, so war es die bei weitem eindrucksvollste Expedition, die Zermatt je verlassen hat.

Ich hieß den Ersten Führer die Menschen und Tiere im Abstand von je zwölf Fuß in einer einzigen Linie aufstellen und sämtliche an ein kräftiges Seil hängen. Er wandte ein, daß der Weg über die ersten zwei Meilen flach und breit genug wäre und daß man nur vor besonders gefährlichen Stellen anseilte. Ich aber wollte davon nichts wissen. Meine Lektüre hatte mich belehrt, daß viele schwere Unfälle in den Alpen nur dadurch entstehen, daß die Leute nicht rechtzeitig ans Seil gelegt werden. Ich hatte keine Lust, die Liste der Unfälle zu vermehren. So mußte sich der Führer meiner Anweisung fügen.

Als der Zug so fertig dastand, gänzlich angeseilt und bereit, sich in Bewegung zu setzen, mußte ich mir eingestehen, niemals in meinem Leben etwas Großartigeres gesehen zu haben. Er dehnte sich über eine halbe Meile. Alle außer Harris und mir waren zu Fuß und trugen grüne Hütchen, blaue Brillen und am Hütchen einen grauen Rasierpinsel, des weiteren ein Seil von der rechten Schulter quer über die Brust, am Gurt den Eispickel, in der linken Hand den Alpenstock, in der rechten den (geschlossenen) Regenschirm und Tragbahrenteile über den Rücken geschnallt. Die Lasten der Maultiere und die Hörner der Kühe waren mit Alpenrosen und Edelweiß geschmückt.

Mein Freund und ich waren als einzige beritten. Wir bildeten für alle Fälle der Gefahr die Nachhut und waren ein jeder an fünf Führer angeseilt. Die Träger schleppten unsere Eispickel, Alpenstöcke und weitere Ausrüstungsgegenstände. Zur größeren Sicherheit ritten wir zwergenhafte Esel. Bei drohender Gefahr brauchten wir einfach nur die Füße auszustrecken und aufzusetzen und die Esel unter uns hindurchgehen zu lassen. Doch kann ich diese Tiere – soweit es sich vorwiegend um Vergnügungspartien handelt – nicht weiterempfehlen, da ihre Ohren die Aussicht versperren. Mein Freund und ich hatten zwar eine vollkommene Kletterkluft mit nach Zermatt gebracht, hatten jedoch beschlossen, sie daheim zu lassen. Allen Touristen beiderlei Geschlechts zum Trotz, die unseren Abzug von den Hotelterrassen aus beobachten würden, und gleichfalls allen Kraxelbrüdern zum Trotz, denen wir unterwegs zu begegnen hofften, hatten wir uns dafür enschieden, den Aufstieg im Abendanzug zu bewältigen.

Ein Viertel nach vier Uhr erteilte ich das Kommando zum Aufbruch, das von meinen Untergebenen längs der Linie weitergegeben wurde. Die Menschenmenge vor dem *Hotel Monte Rosa* teilte sich und brach in Hurrageschrei aus. Als meine Spitze sie erreichte, rief ich den Befehl: „Fertigmachen! . . . Achtung! . . . Hißt!" Und mit einer einzigen rauschenden Bewegung schoß eine halbe

Meile geöffneter Regenschirme in die Höhe. Eine fabelhafte Überraschung für die Zuschauer! Dergleichen war in den ganzen Alpen bislang noch nicht gesehen worden. Der Beifall, den man zollte, erfüllte mich mit tiefer Genugtuung. Ich ritt mit dem Hahnenfederhütchen in der Hand vorbei, um meine Dankbarkeit zu bezeigen.

Wir tränkten die Karawane an der kalten Quelle, die am Ende des Ortes in einen breiten Trog mündete. Dann ließen wir die Stätten der Zivilisation hinter uns. Gegen halb sechs erreichten wir die Brücke, die über die Visp führt, schickten eine Abteilung voran, um ihre Sicherheit zu prüfen, und überschritten sie alsdann ohne Zwischenfall. Der Weg führte nun in sanfter Steigung und mit fettem Gras gepolstert auf die Kirche von Winkelmatten zu. Ohne mich mit ihrer Besichtigung aufzuhalten, ließ ich nach rechts abbiegen und nach gewissenhafter Prüfung die Brücke über den Findelenbach passieren. Dann ging ich abermals nach rechts und gelangte in einladendes Almengelände, das einsam dalag und nur am Rande von einigen Stadeln bestanden war. Wir schlugen unsere Zelte auf, aßen zu Abend, stellten Wachen auf, verzeichneten die Erlebnisse des Tages im Fahrtenbuch und begaben uns dann zur Ruhe.

Um zwei Uhr am Morgen standen wir auf und zogen uns bei Kerzenlicht an. Ein trübes und frostiges Geschäft. Es waren nur einige Sterne zu sehen, im übrigen war der Himmel bezogen, und der riesige Schaft des Matterhorns war von schwarzen Wolkenmänteln umhüllt. Der Erste Führer riet zum Abwarten. Er befürchtete Regen. Wir warteten bis neun Uhr und zogen dann bei einigermaßen klarem Wetter los.

Unser Weg führte an schrecklichen Schluchten empor, die dicht von Lärchen und Zedern bewaldet waren, und wurde von Pfaden gekreuzt, die der Regen ausgewaschen und mit Geröll blockiert hatte. Die Gefahr wurde noch dadurch vermehrt, daß uns beständig von oben Touristen zu Fuß und im Sattel entgegenkamen. Und von hinten wurden wir von aufsteigenden Wanderern bedrängt, die es sehr eilig hatten und möglichst schnell an uns vorbei wollten.

Das Ungemach nahm zu. Am Nachmittag riefen unsere siebzehn Führer „Halt!“ und berieten sich miteinander. Nach gut einer

Stunde ließen sie wissen, daß ihr Verdacht sich bestätigt habe: wir hätten uns verlaufen. Sie möchten das wenigstens annehmen. Ich fragte sie, ob sie das denn nicht genau wüßten. Nein, erwiderten sie, ganz genau könnten sie es nicht wissen, da noch keiner von ihnen je zuvor in dieser Gegend gewesen sei. Aber man hätte seit längerer Zeit schon keine Touristen mehr getroffen. Das hielten sie für ein verdächtiges Zeichen.

Da saßen wir nun in der Klemme. Da die Führer allein nicht losziehen wollten, um einen rettenden Ausweg zu suchen, so gingen wir alle miteinander. Der Sicherheit halber bewegten wir uns nur langsam und sehr behutsam voran, denn der Wald war dicht. Wir stiegen nicht höher, sondern zogen in der Hoffnung, den alten Weg zu kreuzen, längs des Berges dahin. Mit Einbruch der Nacht, als wir schon ganz von Kräften waren, gelangten wir vor einen Felsen, der so groß wie ein Landhaus war. Diese Barrikade nahm uns den letzten Mut. Furcht und Mutlosigkeit griffen um sich. Man seufzte und weinte sogar und meinte, daß man niemals die Lieben daheim wiedersehen würde. Dann begann man mir Vorwürfe zu machen, weil ich diese unselige Expedition unternommen hatte. Drohungen wurden gegen mich ausgestoßen.

Ohne Zweifel durfte ich mich jetzt nicht schwach zeigen. Ich hielt also eine kleine Rede, in der ich darauf hinwies, daß auch andere Hochgebirgstouristen sich schon in einer solchen gefahrvollen Lage befanden, sie jedoch durch Kühnheit und Ausdauer bestanden hätten. Ich beteuerte, meine Leute nicht im Stich zu lassen und sie retten zu wollen. Ich schloß damit, daß ich auf unsere großen Vorräte hinwies, mit denen wir eine lange Belagerung aushalten könnten, und erinnerte daran, daß Zermatt es wohl nicht so sang- und klanglos hingehen lassen würde, daß eine halbe Meile von Menschen und Eseln für längere Zeit auf so geheimnisvolle Weise verschollen bliebe. Natürlich würde man nach uns ausschikken und uns befreien.

Meine Ansprache verfehlte nicht ihre Wirkung. Mit sichtlich neuem Mut bauten die Männer die Zelte auf, so daß wir bei Beginn der Nacht wohlbehütet unter unseren Planen saßen. Ich erntete jetzt die Früchte meiner Weisheit, indem ich ein Etwas mitgenommen hatte, das in keinem anderen Bergsteigerbuch erwähnt wird: Whisky! Er war natürlich nur für mich und Harris bestimmt. Die anderen mußten schlafen, sie wären am nächsten Morgen sonst nicht frisch genug gewesen für die schwere Aufgabe, die ihnen bevorstand. Ich hingegen fühlte mich verantwortlich für alle und mußte wach bleiben, schon im Hinblick auf die Lawinengefahr. Heute weiß ich, daß es dort gar keine Lawinen gibt, damals konnte ich das ja nicht ahnen.

Wir beobachteten also die ganze Nacht hindurch das Wetter und behielten das Barometer im Auge, um beim leisesten Wechsel auf dem Sprunge zu sein. Dieses Instrument jedoch zeigte während der ganzen Nacht nicht die geringste Veränderung an. Ich vermag mit Worten nicht auszudrücken, wie sehr dieses treue, unerschütterliche kleine Dinge mich beruhigte. Erst später bemerkte ich, daß es kaputt war und nur noch einen unbeweglichen kupfernen Zeiger besaß. Wenn ich mich jemals wieder in der gleichen Lage befinden sollte, wünsche ich mir kein anderes Barometer als dies.

Um zwei Uhr morgens nahmen alle ihr Frühstück ein. Sobald es heller wurde, seilten wir uns an und gingen auf jenen Felsen zu. Eine ganze Zeit lang versuchten wir es mit dem Kletterseil und mit anderen Methoden, hatten jedoch keinen Erfolg, vielmehr nur einen Teilerfolg. Einmal nämlich verfing sich das Seil, und Harris machte sich auf, um sich Fuß um Fuß an ihm emporzuziehen. Der Halt jedoch bröckelte oben ab. Und wenn drunten nicht gerade ein Kaplan gesessen hätte, so wäre Harris wohl mit zerschmetterten Gliedern gelandet. Ich befahl, das Kletterseil beiseite zu legen. Das war, da hier so viele Leute herumstanden, ein zu gefährlicher Versuch.

Ziemlich verdrossen standen wir da. Dann erinnerte jemand an die Leitern. Wir lehnten eine an den Felsen, und die Menschen stiegen, immer zu mehreren aneinandergebunden, hinauf. Eine zweite Leiter wurde für den Abstieg nach oben geschickt. Nach einer halben Stunde waren alle drüben, der Fels war überwunden. Wir stimmten unser erstes Siegesgeheul an. Aber die Freude währte nur kurz. Jemand fragte, wie wir denn die Tiere hinüberbekommen wollten.

Ja, dies war nicht nur eine große Schwierigkeit, sondern einfach eine Unmöglichkeit. Der Mut der Männer begann abermals zu sinken, eine erneute Panik drohte auszubrechen. Als die Gefahr schon am höchsten stieg, wurden wir auf die wunderbarste Weise aus der Verlegenheit gerettet. Eins der Maultiere nämlich, das schon von Anbeginn zu allerlei mutwilligen Unternehmungen geneigt war, hatte sich – und zufällig genau unter dem Felsen – über eine Fünfpfundkanne mit Nitroglyzerin hergemacht. Die Explosion schleuderte uns alle zu Boden und bedeckte uns mit Staub, Trümmern und Fetzen. Unser Schreck war beträchtlich, denn der Krach war ohrenbetäubend, und die Heftigkeit des Schlages ließ den Boden erbeben. Bald aber waren wir des Dankes voll, denn der Felsen war verschwunden. An seiner Stelle gähnte ein Kamin von dreißig Fuß Breite und fünfzehn Fuß Tiefe. Die Explosion war sogar noch in Zermatt zu hören gewesen. Anderthalb Stunden später wurden dort viele Bürger platt hingeworfen und von niederhagelnden und aufs beste durchgefrorenen Mauleselfetzen ernstlich verletzt. Dies beweist wohl deutlicher als alle Zahlenangaben, wie hoch unser Vorkoster geflogen sein muß.

Wir brauchten nun einfach nur den Kamin zu überbrücken und weiterzumarschieren. Rüstig gingen die Männer ans Werk. Ich überwachte persönlich die technischen Arbeiten. Ich hieß eine starke Abteilung, mit den Eispickeln Bäume zu fällen und sie zu Pfählen zurechtstutzen. Das war eine langwierige Arbeit, da Eispickel zur Bearbeitung von Holz nicht sonderlich geeignet sind. Ich ließ die Pfosten in Reihen im Kamin aufstellen und sechs Vierzigmeterleitern über sie legen. Und über diese noch einmal sechs. Dann ließ ich die Brücke mit Zweigen und Erde fest ausfüllen, ließ Seile zu beiden Seiten spannen und durfte alsdann gewiß sein, daß sogar eine Horde von Elefanten sie bequem überschreiten konnte. Bei Einbruch der Nacht war die Karawane auf der anderen Seite, und die Leitern wurden abmontiert.

Am nächsten Morgen zogen wir einige Zeit mit gutem Mut weiter, obwohl wir nur langsam und mühselig vorankamen, da die Schlucht steil und felsig und der Wald sehr dicht waren. Doch bald erschien wieder Kleinmut auf den Gesichtern der Männer. Nicht nur sie, sondern auch die Führer waren jetzt überzeugt, daß wir uns elend verirrt hatten. Die Tatsache, daß wir auf keinen Touristen trafen, war ein gar zu beredter Beweis. Und wie schlimm wir uns verlaufen hatten, ließ sich daran ermessen, daß auch von den inzwischen sicherlich längst entsandten Rettungsexpeditionen nichts zu sehen war.

Die allgemeine Verstörung sagte mir, daß etwas geschehen mußte, und zwar sofort. Zum Glück war ich ja um Auskünfte nie verlegen. Ich entschloß mich zu einem Mittel, das sich durch sich selbst empfahl, da es unbedingt zum Erfolge führen mußte. Ich nahm ein Dreiviertelmeilenseil, seilte einen der Führer am einen Ende an und hieß ihn losziehen und den Weg suchen, während die Karawane hier warten sollte. Ich sagte ihm, daß er sich nötigenfalls längs des Seiles wieder zurückfinden könnte. Sollte er jedoch sein Ziel erreichen, so möge er mehrere Male heftig an dem Seil reißen. Dann würde die Expedition sofort zu ihm stoßen. Er brach auf und war nach zwei Minuten zwischen den Bäumen verschwunden. Ich legte das Seil selbst aus, wobei alle die davonkriechende Schlange beobachteten. Das Seil schlüpfte bald gemächlich, bald rascher davon. Zwei- oder dreimal glaubten wir bei strafferer Spannung, daß es das Zeichen sei. Die Leute wollten schon aufschreien, als sie merkten, daß es nur ein blinder Alarm gewesen war. Nachdem über eine halbe Meile des Seils davongeglitten war, hielt es inne und blieb still liegen. Minuten vergingen, wir warteten mit verhaltenem Atem.

Ruhte der Führer sich aus? Überprüfte er die Umgebung von einem höher gelegenen Punkt? Fragte er einen zufällig angetroffenen Bergsteiger um Auskunft? Oder war er erschöpft und angstvoll zusammengebrochen?

Dieser letzte Gedanke traf uns wie ein Schlag. Ich wollte gerade eine Hilfsexpedition zusammenstellen, als das Seil plötzlich von einer solchen Folge kräftiger Risse angespannt wurde, daß ich es kaum noch festzuhalten vermochte. „Gerettet, gerettetet!" schrien alle wie aus einem Munde längs der unabsehbaren Kette der Karawane.

Wir brachen sogleich auf. Zuerst war der Weg ganz gut, bald aber wurde er immer schwieriger und schwieriger. Nachdem wir glaubten, eine halbe Meile zurückgelegt zu haben, hielten wir nach unserem Führer Ausschau, konnten ihn jedoch nirgends entdekken. Da das Seil sich immer noch fortbewegte, so tat er wohl das gleiche. Das ließ darauf schließen, daß er den richtigen Weg noch nicht gefunden hatte, jedoch mit irgendeinem Einheimischen auf ihn zuging. Wir konnten also nichts Besseres tun, als uns immer weiter abzurackern. Nach drei Stunden rackerten wir uns noch immer ab. Das war ebenso rätselhaft wie erschöpfend. Denn wenn der Führer auch nur langsam gehen mochte, so kam er doch schneller voran als eine auf diesem Gelände vielfach gehemmte Karawane.

Gegen drei Uhr am Nachmittag waren wir zum Umfallen entkräftet – das Seil aber glitt noch immer vorwärts. Das Gemurre über den Führer nahm stetig zu und wurde zuletzt laut und wütend. Eine Meuterei kam auf. Die Leute weigerten sich, weiterzugehen. Sie erklärten, daß wir den ganzen Tag lang im Kreise gegangen wären. Sie verlangten, daß unser Seilende an einem Baum festgemacht würde, um dem Führer Einhalt zu gebieten, ihn festzunehmen und abzuschlachten. Da dieser Vorschlag Sinn und Verstand hatte, so erteilte ich den geforderten Befehl.

Sobald das Seil festgemacht war, bewegte sich die Expedition mit jener Eile voran, zu der einzig der Rachedurst befähigt.

Nach einem ermüdenden Marsch von ungefähr einer halben Meile gelangten wir vor einen Hang, der so über und über mit Geröll bedeckt war, daß niemand von uns ihn zu erklimmen vermochte. Binnen fünf Minuten hatte ich fünf Leute auf Tragbahren. So oft einer der Kletterer sich an dem Seil festhalten wollte, gab es nach und ließ ihn hintenüberfallen. Die Wiederholung dieser Erscheinung brachte mich auf einen Gedanken. Ich hieß die Karawane kehrtmarsch machen und wand das Seil um den letzten Maulesel.

Der Zug setzte sich mit einem kriegerischen Marschlied in Bewegung, und ich dachte für mich: „Wenn das Seil jetzt nicht reißt, so wird unser Führer bald zur Stelle sein." Ich beobachtete, wie das Seil den Hang hinunterglitt, und wollte schon triumphieren, als sich eine neue bittere Enttäuschung einstellte: Am Ende des Seils hing nicht der Führer, sondern ein bösartiger alter schwarzer Geißbock. Die Wut der genarrten Expedition machte sich in allen Tonarten Luft. Man wollte seinen blinden Rachedurst an dem unschuldigen dummen Tier auslassen. Ich aber stellte mich zwischen die Rasenden und ihr Opfer, von allen Seiten von Eispickeln und Alpenstöcken bedroht, und rief, daß der Weg zu diesem Mord nur über meine Leiche führe. In dem Augenblick, wo ich dies ausrief, erkannte ich auch, daß mein Schicksal besiegelt war, wenn nicht irgendein Wunder geschah und die Tollwütigen von ihrem Plan zurückhielt. Noch heute sehe ich den starrenden Wall von Waffen, sehe die Horde auf mich eindringen mit haßerfüllten Augen, erinnere mich, wie ich den Kopf auf die Brust sinken ließ, und fühle erneut den erdbebengleichen Stoß in meinem Rücken, den derselbe Bock vollführte, den ich mit Einsatz meines Lebens retten wollte. Und noch heute höre ich das schallende Gelächter in meinen Ohren, als ich über die vordringende Reihe im hohen Bogen hinwegflog.

Ich war gerettet. Gerettet durch den lobenswerten Hang zur Undankbarkeit, den die Natur jener verräterischen Bestie eingepflanzt hatte. Die Verzeihung, die ich von meinen Leuten mit aller Beredsamkeit nicht hatte erreichen können, das befreiende Gelächter führte sie herbei. Der Bock wurde freigelassen, und mein Leben blieb verschont.

Wir gelangten zu der Überzeugung, daß der Führer uns im Stich gelassen hatte, sobald er zwischen sich und uns eine halbe Meile gelegt hatte. Um Verdacht zu vermeiden, war er darauf ausgewesen, daß das Seil sich trotzdem fortbewegte, und hatte es also um den Bock gebunden. Dies hatte jenen Aufenthalt herbeigeführt, von dem wir uns eingebildet hatten, daß unser Mann ohnmächtig vor Erschöpfung am Boden liege. Sobald er das Tier laufen ließ, rannte es in Bocksprüngen davon, um sich von dem Seil zu befreien. Und das hatten wir – mit Siegesgeheul – für das verabredete Zeichen gehalten! Tatsächlich waren wir dem Bock den ganzen Tag hindurch im Kreis gefolgt . . . Beweis war dieselbe Quelle, an der wir unsere Tiere siebenmal in sieben Stunden getränkt hatten. Als kundiger Waldläufer, der ich bin, machte mich doch erst ein Eber auf diese Tatsache aufmerksam, der sich dort an der Quelle herumtrieb. Da er der einzige blieb, den wir trafen und sich selbst immer wieder auffallend ähnlich sah, so gelangte ich schließlich zu dem Schluß, daß dies immer derselbe Eber und also auch dieselbe Quelle sein müsse. Es war dann auch wirklich so.

Ich bin noch eine Erklärung über den Führer schuldig. Nachdem er den Bock verlassen hatte, ging er eine Weile vor sich hin und traf dann auf eine Kuh. In der Meinung, daß eine Kuh besser Bescheid wissen dürfte als ein Führer, hielt er sich an ihrem Schwanz fest. Der Erfolg gab ihm recht. Sie graste gemächlich bergab, bis die Melkzeit kam. Dann stapfte sie heimwärts und führte ihn hinter sich drein nach Zermatt.

An den nächsten Tag erinnere ich mich mit besonderem Vergnügen, denn er ließ uns unseren Weg wiederfinden. Wir waren ungefähr zweieinhalb Stunden marschiert, als wir vor ein festes Felsmassiv von zwanzig Fuß Höhe gelangten. Diesmal brauchten wir nicht erst durch einen Esel belehrt zu werden. Ich wußte selbst mehr als jeder Esel der Expedition. Ich nahm eine Ladung Dynamit und räumte den Felsen aus dem Weg. Zu meiner Bestürzung jedoch hatte sich auf seiner Kuppe ein Gasthaus befunden.

Ich sammelte alle Familienmitglieder auf, die in meiner Nähe niederfielen, die anderen wurden von Untergebenen meines Heerbanns aufgelesen. Zum Glück war niemand von den bedauernswerten Leuten zu Schaden gekommen, jedoch fühlten sie sich reichlich gestört. Ich erklärte dem Besitzer des Gasthauses, daß ich lediglich auf der Suche nach unserem Wege wäre und daß ich ihn sicherlich rechtzeitig benachrichtigt hätte, wenn ich nur eine Ahnung von seiner Anwesenheit gehabt hätte. Ich beteuerte, es nicht böse gemeint zu haben, und sprach die Hoffnung aus, nicht dadurch in seiner Wertschätzung gesunken zu sein, daß er ein paar Meter durch die Luft gewirbelt worden wäre. Ich sagte noch viele andere gute Worte und erbot mich, sein Gasthaus wieder aufzubauen und den Bruch zu bezahlen. Auch einen hübschen Keller wollte ich ihm einbauen. Das besänftigte ihn. Das Gasthaus hatte vorher überhaupt keinen Keller gehabt, dafür aber eine bessere Aussicht. Die wurde nun durch den Keller aufgewogen. Er versicherte, noch niemals ein solches Sprengloch in diesen Bergen gesehen zu haben. Das stimmte – bis auf das des Maultiers, welches das Nitroglyzerin auffressen wollte.

Ich schickte hundertsechzehn Leute ans Werk, die die Alm binnen einer Viertelstunde aus ihren eigenen Trümmern wieder aufbauten. Jetzt war sie viel malerischer als zuvor. Der Mann erklärte uns, daß wir uns auf dem Feli-Stutz oberhalb Schwegmatt befänden. Ich war für diese Erklärung sehr dankbar, da wir seit vierundzwanzig Stunden nicht mit solcher Genauigkeit gewußt hatten, wo wir eigentlich waren. Wir erfuhren ferner, daß wir unmittelbar am Fuß des Riffelberges stünden und daß also der erste Abschnitt unseres Unternehmens bewältigt wäre.

Wir hatten von hier oben einen schönen Blick auf die tosende Visp, die aus einem mächtigen Eisbogen unterhalb des großen Gornergletschers ihre ersten Sprünge in die Welt begann, und konnten ferner den Furggenbach sehen, der aus dem Furggengletscher entspringt.

Der Maultierpfad zur Spitze des Riffelberges führte unmittelbar rechts an der Alm vorbei, was wir sehr schnell daran erkannten, daß die ganze Zeit eine wahre Prozession von Touristen auf ihm hinanstieg. Der Inhaber des Gasthauses machte mit Erfrischungen für die Bergsteiger Geschäfte. Meine Sprengung hatte sein Geschäft für einige Zeit unterbrochen, da alle Flaschen zersplittert waren. Da ich jedoch dem Mann ein paar Flaschen Whisky schenkte, den er als Gletschersekt verkaufen konnte, und ferner genügend Essig, aus dem er Rheinwein machen konnte, so blühte sein Geschäft bald wie zuvor.

Ich stellte die Karawane im alten Gänsemarsch auf, ritt die Linie entlang, um mich zu vergewissern, daß alle gut angeseilt waren, und gab den Befehl zum Abmarsch. Nach einiger Zeit führte uns der Weg in kahles, nur noch von Gras bewachsenes Gelände. Wir waren nun endlich über den leidigen Wald hinausgekommen und sahen vor uns die Spitze des Riffelberges.

Wir hielten uns auf dem Zickzack des Maultierpfades, auf dem wir durch ein beständiges Hinauf und Hinab leichtsinniger Touristen, die sämtlich ohne Seil gingen, in die Enge getrieben wurden. Um so mehr mußte ich auf der Hut sein, da der Weg selten breiter als zwei Meter war und häufig an Senken von acht bis neun Fuß Tiefe entlangführte. Unablässig sprach ich meinen Leuten Mut zu, damit sie ihren unmännlichen Befürchtungen nicht nachgeben sollten.

Wir hätten den Gipfel wohl vor Einbruch der Dunkelheit erreichen können, wenn ein Regenschirm, der den Abhang hinuntersauste, uns nicht aufgehalten hätte. Ich wollte ihn aufgeben, die Leute jedoch murrten, und dies mit einigem Recht, da wir in dieser freiliegenden Höhe unbedingt einen Schutz gegen Lawinen brauchten. So ließ ich also das Lager aufschlagen und entsandte eine stärkere Abteilung zur Bergung des Regenschirms.

Die Schwierigkeiten, die sich uns am nächsten Morgen entgegenstellten, waren zwar beträchtlich, doch wahrten wir guten Mut, da unser Ziel so nahe vor unseren Augen lag. Gegen Mittag nahmen wir das letzte Hindernis und standen endlich auf dem Gipfel. Die große Unternehmung war ohne Verlust eines Menschenlebens und lediglich unter Einbuße des Nitroglyzerinesels geglückt! Wir hatten das Unmögliche möglich gemacht. Voll Stolz gingen Harris und ich in den Speisesaal des *Riffelberg-Hotels* und lehnten unsere Alpenstöcke in die Ecke.

Ja, der gewaltige Aufstieg war wirklich bewältigt worden. Ein Fehler nur war es gewesen, ihn in Abendanzügen zu unternehmen. Unsere Zylinder waren verbeult, die Schwalbenschwänze waren hängende Fetzen, und der viele Schmutz war auch keine große Zierde. Wir boten einen wenig erquicklichen, ja ziemlich unerfreulichen Anblick.

Im Speisesaal saßen ungefähr fünfundsiebzig Touristen, meist Damen und kleine Kinder. Ihr geräuschvoller Empfang entschädigte uns für alle Opfer und Leiden. Der Aufstieg war geglückt, ein Stein verewigte unser aller Namen und Daten für alle kommenden Geschlechter.

Ich kochte nach meinem Geheimverfahren eins meiner Thermometer und stellte eine überraschende Höhenangabe fest: Dieser Gipfel war niedriger als der Hang drunten, auf dem ich die erste Höhenmessung durchgeführt hatte! Diese Feststellung führte mich zu einer wichtigen Entdeckung, die es zu erhärten galt. Es gab da oberhalb des Hotels einen noch höheren Gipfel, nämlich den Gornergrat. Ungeachtet der Tatsache, daß er wiederum von einer Gletscherspitze überragt wurde, und ungeachtet auch des schwierigen und gefahrvollen Anstiegs, entschloß ich mich, ihn zu erklimmen und dort erneut mein Thermometer zu kochen. Ich entsandte also eine größere Mannschaft mit entliehenen Hacken, die Stufen längs des ganzen Anstiegs in den Stein zu hauen hatten, und kletterte dann, angeseilt an zwei Führer, hinauf. Diese luftige Höhe war der eigentliche Gipfel. So hatte ich also mehr erreicht, als ich mir vorgenommen hatte. Die tollkühne Unternehmung ist auf einem anderen Stein verewigt worden.

Ich kochte mein Thermometer und fand, daß dieser Gipfel, von dem man annehmen muß, daß er zweitausend Fuß oberhalb des Hotels liegt, tatsächlich neuntausend Fuß unterhalb des Riffelbergplateaus gelegen war. Jetzt war der Tatbestand einwandfrei bewiesen: *Oberhalb eines bestimmten Punktes ist eine Spitze, je höher sie erscheint, tatsächlich um so niedriger!* Diese meine neue wissenschaftliche Erkenntnis dürfte doch wohl noch viel bedeutsamer sein als die glückliche Durchführung unseres Aufstiegs.

Cavillers wendet ein, daß Wasser bei immer niedrigen Temperaturen kocht, je höher man steigt. Ich habe dem entgegenzuhalten, daß meine Theorie nicht auf den Siedezuständen des Wassers, sondern auf den Angaben des gekochten Thermometers beruht. Um das Thermometer kommt auch Cavillers nicht herum.

Jetzt einige Worte über den *Baedeker*. Das ist doch ein recht merkwürdige Buch. Alle meine Leser wissen jetzt, was alles dazugehört und zu überwinden ist, um den großen Aufstieg von Zermatt zum Riffelberg-Hotel zu bewältigen.

Der *Baedeker* jedoch erteilt die folgenden höchst befremdlichen Angaben:

1. *Zeit: drei Stunden.*
2. *Der richtige Weg kann nicht verfehlt werden.*
3. *Führer nicht notwendig.*
4. *Weg vom Riffelberg-Hotel zum Gornergrat: anderthalb Stunden.*
5. *Aufstieg leicht und bequem. Ohne Führer.*
6. *Höhe von Zermatt über dem Meeresspiegel: 5315 Fuß.*
7. *Höhe des Riffelberg-Hotels über dem Meeresspiegel: 8429 Fuß.*
8. *Höhe des Gornergrats über dem Meeresspiegel: 10289 Fuß.*

Ich habe den Verlag um Berichtigungen gebeten und die folgenden Richtigstellungen eingesandt:

1. Zeit für den Aufstieg von Zermatt zum Riffelberg-Hotel: sieben Tage.
2. Der richtige Weg kann verfehlt werden.
3. Führer sind unbedingt notwendig, denn nur ein Einheimischer vermag die Wegweiser zu lesen.
4. Die Höhenschätzungen, die *Baedeker* angibt, sind soweit richtig, er irrt sich nur jeweils um hundertundachtzig- bis hundertundneunzigtausend Fuß.

Nachdem meine Mannschaft wieder zu Kräften gelangt war, widmete ich mich völlig der Frage, wie ich sie nun wieder den Berg hinunterbekommen sollte. Wenn es sich nur irgend vermeiden ließ, wollte ich meine tapferen Begleiter nicht noch einmal den Schwierigkeiten und Gefahren des bewältigten Weges aussetzen. Zuerst dachte ich an Luftballons, mußte diesen Gedanken jedoch fallenlassen, da sie nicht zu beschaffen waren. Nachdem sich auch manche anderen Überlegungen am Ende als undurchführbar erwiesen hatten, kam ich auf die rettende Idee. Ich erinnerte mich daran, daß die Bewegung der Gletscherfelder eine feststehende Tatsache ist, da sie im *Baedeker* erwähnt wird. Ich beschloß also, auf dem Gornergratgletscher nach Zermatt zu fahren.

So weit, so gut. Wie aber zum Gletscherfeld hinabgelangen? Der Maultierpfad war lang, gewunden und anstrengend. Ich dachte nach und wußte bald, was zu tun war. Man blickt vom Gornergrat hinunter auf den vergletscherten Gornerfluß, der nur zwölfhundert Fuß tiefer liegt. Wir hatten hundertvierundfünfzig Regenschirme. Was ist ein Regenschirm anderes als ein Fallschirm?

Voller Begeisterung erzählte ich Harris von meinem Plan und wollte der Expedition schon den Befehl geben, sich auf dem Gornergrat aufzustellen, um rottenweise mit den Regenschirmen abzuspringen, als Harris mich bat, doch nur ja nichts zu überstürzen. Er fragte mich, ob diese Art des Abstiegs in den Alpen schon jemals erprobt worden sei. „Nein“, antwortete ich, „nicht daß ich wüßte.“ Darauf meinte er, daß die Sache wohl doch recht verantwortungsvoll sei und daß es wohl ratsamer wäre, nicht gleich die ganze Mannschaft in den Abgrund zu schicken, sondern erst einmal zu versuchen, wie ein einzelner dabei führe.

Das leuchtete mir ein. Ich dankte meinem Freund aufrichtig für diesen klugen Vorschlag, bat ihn, seinen Regenschirm zu nehmen und den Versuch sofort durchzuführen. Sobald er drunten angelangt sei und einen weichen Aufsprung gefunden hätte, solle er seinen Zylinderhut schwenken, dann würde ich die ganze Expedition sofort hinter ihm dreinschicken.

Harris war geradezu bestürzt über soviel Vertrauen und sprach sich auch mit merklich bewegter Stimme dahingehend aus. Dann wandte er jedoch ein, daß er sich einer solchen Bevorzugung nicht würdig fühle und daß es leicht Eifersüchteleien geben könne, da viele glauben würden, daß er sich diese Vergünstigung mit heimlichen Mitteln erschlichen habe, während er doch mit reinem Gewissen beteuern könne, sich diese Auszeichnung weder gewünscht noch sich um sie beworben zu haben.

Ich erwiderte, daß seine Bedenken ihm alle Ehre machten, daß er sich jedoch nicht die unvergleichliche Gelegenheit entgehen lassen dürfte, als erster Mensch einen Bergabstieg mit einem Fallschirm bewältigt zu haben. Die Rücksicht auf die Empfindlichkeiten einiger unbedeutender Neidlinge sei diesen Verzicht nicht wert. Und schließlich sei er einfach verpflichtet, meinen Vorschlag zu befolgen. Ich spräche jetzt keine Bitte mehr aus, sondern einen Befehl.

Er dankte mir überschwenglich, erklärte, daß sich ja nunmehr jeder weitere Widerspruch verbiete, und ging seinen Regenschirm holen. Seine Augen brannten vor Stolz, und seine Wangen waren bleich vor Freude. Genau in diesem Augenblick kam der Erste Führer vorbei. Der Ton meines Freundes war der liebreichster Milde, als er sagte: „Dieser Mann hat mich vor vier Tagen furchtbar beleidigt. Ich aber beschloß in meinem Herzen, ihn dahin zu belehren, daß die wahrhaft vornehme Rache darin bestehe, Böses mit Gutem zu vergelten. Ich verzichte also zu seinen Gunsten. Würdige ihn bitte des Auftrages!“

Ich schloß Harris in meine Arme und rief: „Harris, du bist wirklich der anständigste Kerl, der sich nur denken läßt. Deine edle Handlungsweise soll dich nicht gereuen, und alle Welt soll davon wissen. Ich werde dir eine andere Gelegenheit bieten, dich auszuzeichnen, die diese hier noch bei weitem übertrifft!“

Ich rief den Ersten Führer herbei und setzte ihm meinen Auftrag auseinander. Er war nicht eben begeistert davon, entgegnete vielmehr: „Es gibt bequemere Wege, zum Teufel zu fahren, als sich mit einem Regenschirm vom Gornergrat zu stürzen!“

Jetzt war ich am Ende meines Lateins.

Es blieb also nichts anderes übrig, als auf dem Maultierpfad abzusteigen. Dazu stellte ich die Karawane auf dem mittleren Gletscherfluß auf, da *Baedeker* behauptet, daß dieser am schnellsten wandere. Zur Vermeidung einer Überbelastung ließ ich einen Teil des Gepäcks auf die Seitenfelder packen. Dort konnte es als kleines Stückgut gehen.

Ich wartete und wartete. Aber der Gletscher bewegte sich nicht. Die Dämmerung kam, die Nacht breitete sich aus, wir aber rührten uns nicht von der Stelle. Mir fiel ein, daß sich im *Baedeker* ein Fahrplan befinden mußte, aus dem man die Abfahrtzeiten ablesen konnte. Ich verlangte das Buch, aber es war nicht zu finden. Auch der *Bradshaw* enthielt einen Fahrplan. Aber es war auch kein *Bradshaw* aufzutreiben.

Wir konnten nichts anderes tun, als uns so gut wie möglich einzurichten. Ich ließ die Zelte aufschlagen, die Tiere an die Leine legen, die Kühe melken, das Abendbrot zurichten, gab den Leuten Rizinus, stellte Wachen aus und legte mich mit der Anweisung zur Ruhe, daß man mich wecken sollte, sobald Zermatt in Sicht käme.

Ich erwachte am nächsten Morgen gegen halb elf und blickte um mich. Wir waren um keine Fußbreite vorangekommen. Das verstand ich einfach nicht. Dann kam mir der Gedanke, daß das alte Vehikel vielleicht auf Grund festgefahren war. Also ließ ich Bäume fällen und sie auf Backbord und Steuerbord auftakeln. Drei Stunden lang mühten wir uns damit ab, uns flottzumachen. Vergeblich. Unser Feld war eine halbe Meile breit und an die zwanzig Meilen lang, außerdem konnte man nicht ahnen, an welcher Stelle es auf Grund gelaufen war. Zudem waren die Männer verdrießlich. Und plötzlich kamen sie mit verstörten Gesichtern auf mich zugestürmt und riefen, daß wir leck geworden seien.

Einzig meine Kaltblütigkeit bewahrte uns vor einem neuen Aufruhr. Ich ließ mir die Stelle zeigen. Sie führten mich vor ein Loch, in dem ein mächtiger Stein im klaren, glitzernden Wasser lag. Das sah allerdings verdammt nach einem ordentlichen Leck aus, doch ließ ich mir nichts anmerken. Ich ließ eine Pumpe herbeischaffen und befahl meinen Leuten, den Gletscher leerzupumpen. Das half. Ich erkannte bald, daß von einem Leck keine Rede sein konnte. Der Stein war von einem Abhang hier auf das Feld gerollt und war am Tage von der Sonne in das Eis eingeschmolzen worden.

Jetzt wurde auch der *Baedeker* gefunden. Ich suchte hastig nach dem Fahrplan, fand aber keinen. Das Buch besagte lediglich, daß der Gletscher beständig wandere. Das genügte mir. Ich schloß den Führer und suchte mir einen günstigen Platz, um die Naturbilder, an denen wir vorüberglitten, mit Genuß betrachten zu können. Eine Zeitlang vergnügte ich mich so, dann mußte ich mir eingestehen, daß das Landschaftsbild unverändert das gleiche blieb. Abermals schlug ich den *Baedeker* auf, las genauer und fand die folgende Bemerkung, durch die ja nun manches klar wurde: „*Der Gornergletscher wandert etwas weniger als 2,5 cm binnen vierundzwanzig Stunden.*“ Nur selten in meinem Leben fühlte ich mich so betrogen und meinen guten Glauben dermaßen getäuscht. Ich machte einen kleinen Überschlag: 2,5 cm je Tag, das ergibt dreißig Fuß im Jahr. Zermatt liegt ungefähr drei Meilen entfernt. Demnach dürfte der Gletscher bis dorthin etwas über fünfhundert Jahre brauchen! „Da kommen wir zu Fuß immer noch schneller hin“, überlegte ich, „und wir werden das auch versuchen, statt uns einem solchen schändlichen Betrug noch weiterhin auszusetzen!“

Als ich Harris weckte und ihm eröffnete, daß wir mit der Geschwindigkeit dieses mittleren Gletscherteils, dieses Expreßzuges des Gletschers sozusagen, nicht vor dem Jahre 2378 in Zermatt eintreffen dürften, und daß unser Gepäck auf den Nebenfeldern gar erst einige Generationen später ankommen würde, rief er empört aus: „Typisch europäische Wirtschaft! Eine Fußbreite am Tag! Fünfhundert Jahre für lumpige drei Meilen! Na, mit meiner Hochachtung für Gletscher ist es damit ein für allemal vorbei!“

Ich dachte ähnlich. Ich bin mit dem Kanalboot, mit Flößern, Ochsenkarren und sogar mit der Ephesus-Smyrna-Bahn gereist. Wenn jedoch jemand mit mir eine Wette auf die denkbar geringste

Geschwindigkeit abschließen wollte, würde ich mein ganzes Vermögen auf den Gorner-Expreß setzen.

Ich ließ die Zelte abbrechen und die Vorbereitungen für den Landweg nach Zermatt durchführen. Am nächsten Tage langten wir dort an und wurden verschwenderisch mit Ehrungen und Beifall bedacht. Man überreichte mir eine Urkunde, die von allen Größen des Bergsteigens unterzeichnet und gesiegelt worden war und die die Tatsache anerkannte, daß ich den Riffelberg bezwungen hatte. Dieses Dokument, das ich an einem Halsband trage, wird mit mir verbrannt werden, wenn ich eines Tages nicht mehr sein sollte.

Der verfehlte Sonnenaufgang

Nach dreitägiger Wanderung von Wäggis (der *Baedeker* gibt drei und eine Viertelstunde an!) erreichten wir das *Rigi-Kulm-Hotel,* das einzige, das sich auf diesem ansehnlichen Gipfel befindet und dessen flimmernde Lichter wir des Nachts von Luzern aus schon oft genug gesehen hatten. Der bärbeißige Portier ließ uns jenen Empfang zuteil werden, den seinesgleichen während der Hochsaison beliebt. Durch ganz besondere Ergebenheit und Freundlichkeit bewogen wir ihn jedoch dazu, uns das von uns bestellte Zimmer anweisen zu lassen.

Nach dem Abendessen sanken wir sofort und ungewiegt in die klammen Betten. Wir waren dermaßen übermüdet, daß wir uns nicht eher rückten und rührten, bis das Geschmetter des Alpenhorns uns aufscheuchte. Da wir ja den Sonnenaufgang erleben wollten, war es ganz klar, daß wir nicht lange fackelten. Wir streiften dies und jenes an Wäschestücken über, wickelten uns in die hübschen roten Bettdecken und stürzten barhäuptig hinaus durch die Korridore in die frische Luft. Wir entdeckten einen niedrigen Aussichtsturm auf der eigentlichen Spitze des Gipfels und strebten auf ihn zu, eilten über die Stufen hinauf zu der Plattform und standen nun dort hoch über der um uns gebreiteten Welt, mit flatterndem Haar und feuerroten Bettdecken, die in dem scharfen Luftzug wehten und knatterten.

„Mindestens fünfzehn Minuten zu spät!“ rief Harris ärgerlich. „Die Sonne steht ja schon über dem Horizont!“

„Macht nichts“, gab ich zurück, „es ist auch so ein herrlicher Anblick.“

Augenblicks waren wir ganz an das Wunder verloren und für alles andere taub. Die gewaltige, von Wolkenbänken getragene Scheibe stand über einer unabsehbaren Zeile aufstrebender Zukkerhüte, wenn man das wogende Meer der Gipfel und Zacken so bezeichnen darf, die von Schnee bedeckt waren und von fließenden Glorienscheinen mit wechselnden Färbungen überflutet wurden, während durch Risse in der düsteren Wolkenbank oberhalb der Sonne Speere von glitzerndem Lichtdunst in den Himmel stießen. Die Spalten und Täler in der Tiefe verschwammen unter einem rosa getönten Nebel, der ihre Schroffen und Schründe und knorrigen Wälder verschleierte und nie betretene Gründe zu lieblichen Paradiesen verzauberte.

Wir konnten nicht sprechen und wagten kaum zu atmen. Wir konnten nur immer wie berauscht hinüberstarren und mit den Augen trinken. Plötzlich rief Harris aus: „Aber um alles in der Welt, die geht ja unter!“

So war es dann auch. Wir hatten das Hornsignal am Morgen nicht vernommen und den ganzen Tag überschlafen. Wir blickten uns ziemlich töricht an. „Du“, meinte Harris, „nicht die Sonne, sondern wir geben hier eine Vorstellung . . . aufgepflanzt wie wir hier mit unseren verrückten Bettdecken stehen und staunen! Von unten gaffen mindestens zweihundertfünfzig Leite in Abendtoilette zu uns herauf und kümmern sich wenig darum, ob die Sonne nun auf- oder untergeht. Das lächerliche Schauspiel, das wir hier darbieten, ist für ihre Reisetagebücher viel interessanter. Die scheinen sich ja Falten über uns anzulachen – das eine Mädchen da wird sich gleich in ihre Bestandteile auflösen. Solch ein Kerl, wie du einer bist, ist mir noch nicht vorgekommen! Ich glaube, daß du der vertrotteltste aller nur denkbaren Trottel bist!“

„Ich? Was habe ich denn getan?“ versetzte ich hitzig.

„Was du getan hast? Du bist am Abend um halb acht aufgestanden, um den Sonnenaufgang zu erleben. Das hast du getan!“

„Ja und du? Du hast genau dasselbe getan! Zeit meines Lebens bin ich mit den Lerchen aufgestanden, bis ich unter deinen verdammten Einfluß geriet!“

„Du! Jawohl, du bist mit den Lerchen aufgestanden! Du wirst nächstens noch mit dem Henker aufstehen! Du solltest dich was schämen, dich hier in einem roten Bettuch auf einem vierzig Fuß hohen Schafott hoch über den Alpen herumzuzanken! Und die Zahl der Neugierigen zu unseren Füßen nimmt noch beständig zu! Das ist doch hier wirklich nicht der Ort für Temperamentsausbrüche.“

In dieser Weise nahm unser üblicher Zank seinen Fortgang. Nachdem die Sonne strahlend untergegangen war, schlichen wir im Schutze der Dämmerung in das Hotel zurück und gingen wieder zu Bett. Unterwegs hatten wir den Hornbläser getroffen, der uns nicht nur für die Ankündigung des Sonnenuntergangs, den wir ja genossen hatten, sondern auch für den Sonnenaufgang, den wir nicht erlebt hatten, ein Trinkgeld entlocken wollte. Wir wiesen ihn ab und erklärten, daß wir nur für die Sonnenseite von unserem „Europaplan“ aufzukommen gedächten (bezahle nur für das, was du erhalten hast!). Er versprach uns, daß wir sein Horn am nächsten Morgen schon hören sollten, sofern wir noch am Leben wären.

Er hielt Wort. Wir vernahmen sein Tuten und standen sogleich auf. Es war dunkel, kalt und ungemütlich. Indem ich mit bibbernder Hand nach den Streichhölzern suchte und dabei einiges umwarf, wünschte ich inständig, daß die Sonne doch in der Tagesmitte, wenn es hübsch warm und klar sei, aufgehen möge. Wir kleideten uns an, vermochten jedoch kaum etwas richtig zuzuknöpfen, weil wir noch ganz verschlafen waren und weil unsere Hände nur so flogen. Ich dachte daran, wie viele glückliche Leute es doch in Europa, Asien, Afrika und Amerika gebe, die jetzt noch friedlich in ihren Betten liegen und schlummern durften, Menschen, die nicht zum Sonnenaufgang auf den Rigi-Kulm steigen mußten und die auch keineswegs ihren Ehrgeiz darein setzten und sich keinen sonderlichen Vorteil davon versprechen würden, die sich vielmehr, wenn sie am Morgen aufstanden, vom Schicksal Vergünstigungen ganz anderer Natur erwünschten. Während ich dies alles dachte, laut und unbekümmert gähnend, und mit dem großen Zeh auf einen Nagel trat und einen Stuhl bestieg, um ihn zu befreien, zog Harris die Vorhänge zurück und rief: „Haben wir ein Glück! Wir brauchen gar nicht hinauszugehen. Da drüben liegt die ganze Ansicht der Berge vor uns!"

Welch eine erfreuliche Neuigkeit! Sie versetzte uns in die allerbeste Laune. Man konnte tatsächlich die gewaltigen Massive der Hochalpen sehen, die sich matt vor dem düsteren Himmel abzeichneten. Ein oder zwei Sterne blinkten zwischen den Gipfeln im noch nächtlichen Himmel. Fertig angekleidet und in die Bettdecken eingemummt, hockten wir uns an die Fenster, saugten an unseren Pfeifen und hielten einen Schwatz, während wir in schönster Bequemlichkeit darauf warteten, wie sich ein Sonnenaufgang in den Alpen bei Kerzenlicht ausnehmen würde. Nach und nach breitete sich ein zarter, sozusagen geistiger Lichtglanz, kaum wahrnehmbar fortrückend, auf den luftigsten Höhen der Gletschereinsamkeiten aus . . . hielt dann jedoch inne. Ich meinte schließlich: „Es stimmt da irgend etwas nicht mit diesem Sonnenaufgang. Das scheint doch nicht weiterzugehen? Was denkst du?"

„Weiß nicht. Es scheint so, als ob irgendwo ein Feuer stünde. Ich habe noch nie einen solchen Sonnenaufgang gesehen. Hältst du es für möglich, daß das Hotel uns einen Streich spielt?"

„Weshalb sollte es? Das Hotel zieht aus dem Sonnenaufgang doch nur geschäftlichen Nutzen und besitzt auf seinen Vollzug keinen Einfluß. Und es ist dies sogar ein sehr unsicheres Geschäft. Eine Folge von totalen Sonnenfinsternissen würde diese Gaststätte wahrscheinlich unter den Hammer bringen. Ja, was ist nun aber wirklich mit diesem Sonnenaufgang los?"

Harris sprang auf seine Füße und rief: „Jetzt weiß ich's! Mir ist alles klar. Wir haben ja in die Richtung geblickt, in der die Sonne gestern abend unterging!"

„Wahrhaftig, das stimmt. Das hätte dir auch schon eher auffallen können! Jetzt haben wir's wieder verpaßt! Und alles nur wegen deiner Tölpelhaftigkeit! Das war mal wieder so ganz du: sich mit der Pfeife ins Fenster zu setzen und darauf zu warten, daß die Sonne im Westen aufgeht!“

„Nein, vielmehr war es wieder mal so ganz ich, den Irrtum zu bemerken! Du wärst ja nie darauf gekommen! Immer bin ich es, der alle Fehler aufdeckt!“

„Nachdem du sie alle machst, jawohl! Anders hätte dein großartiges Talent dich ja längst um die Ecke gebracht! Aber vielleicht hören wir jetzt mal auf, uns zu zanken! Möglich, daß wir noch nicht zu spät kommen.“

Aber natürlich kamen wir zu spät. Die Sonne stand bereits hoch über dem Beobachtungsturm.

Auf demWege trafen wir ganze Rudel von Menschen, Männer und Frauen, die die merkwürdigsten Maskeraden trugen und alle Grade der Verfrorenheit und Müdigkeit in Gesicht und Haltung verrieten. Ungefähr ein Dutzend jedoch befand sich bei unserer Ankunft noch auf der Kanzel, dicht aneinandergedrängt und die Rücken dem schneidenden Sturm zugekehrt. Sie hatten ihre roten *Baedeker* auf dem metallenen Orientierungsplan aufgeschlagen, stellten mit großer Sorgfalt die einzelnen Spitzen fest und bemühten sich, die Namen ihrem Gedächtnis einzuprägen. Selten bot sich mir ein so trauriger Anblick.

Die Maus von Heilbronn

Wir begaben uns auf den Heimweg zu unserem Hotel in Heilbronn. Ich zog meinen Schrittmesser auf und steckte ihn wieder in meine Tasche. Morgen wollte ich ihn mitnehmen und feststellen, wieviel Kilometer wir zurücklegten. Der Dienst, den meine Schrittuhr an dem heutigen, nahezu abgeschlossenen Tag hatte verrichten müssen, hatte sie nicht sonderlich angestrengt.

Gegen zehn Uhr gingen wir zu Bett, da wir am nächsten Morgen früh auf den Beinen sein wollten. Ich wollte noch mein Pfeifchen rauchen, Harris aber kroch sofort in die Falle. Ich kann Leute nicht leiden, die immer sogleich in die Falle kriechen. Ich empfinde dabei etwas, was nicht gerade als Beleidigung, doch immerhin als eine schwer hinzunehmende Frechheit zu bezeichnen ist. So lag ich da, ärgerte mich über diese Ungezogenheit und versuchte zu schlafen. Je mehr ich mich jedoch darum bemühte, um so wacher wurde ich. Ich fühlte mich verlassen in dieser Finsternis und von nichts anderem beglückt als von einem unverdauten Abendessen. Ich versuchte mir die Entstehung der verschiedensten nur denkbaren Gegenstände und Lebewesen vorzustellen, kam aber nicht weiter damit, da meine Phantasie willkürlich von einem Thema zum anderen sprang. Nach einer Stunde war ich völlig durcheinander und dazu hundemüde und schachmatt.

Die Müdigkeit in mir war so groß, daß sie sich gegen die Überwachheit aufzulehnen begann. Während ich tatsächlich noch ganz wach war, befahl ich mir, unverzüglich in Bewußtlosigkeit zu versinken, und verfiel allmählich in einen Dämmerzustand, der immer tiefer wurde, als . . . was war das?

Meine schon dumpfen Lebensgeister fanden zur Gegenwart zurück und nahmen eine lauschende Haltung ein. In unregelmäßigen Abständen und aus undeutlicher Entfernung regte sich etwas, das immer näher kam. Ich hatte es anfangs für eine Halluzination gehalten, aber nun war es ganz deutlich ein Geräusch. Dieses Geräusch schien bald eine Meile weg zu sein und dem Gemurre des Sturms zu gleichen, dann war es wieder viel näher, kaum eine Viertelmeile entfernt. War es das Geraspel und Gemahle einer Maschine draußen? Nein. Es näherte sich noch mehr. Eine vorbeimarschierende Truppe? Nein, es kam noch immer näher. Und jetzt war es mitten im Zimmer – und war nichts anderes als eine nagende Maus! Um solch einer Geringfügigkeit willen hatte ich nun so lange meinen Atem angehalten!

Ich wälzte mich auf die andere Seite, um zu schlafen und die verlorene Zeit wieder einzuholen. Aber davon konnte gar keine Rede sein. Ohne daß ich es wußte und wollte, horchte ich gespannt auf jenes Geräusch und zählte sogar die einzelnen Nagebisse der Maus. Diese Beschäftigung wurde bald qualvoll, doch hätte ich wohl durchgehalten, wenn die Maus brav dabei geblieben wäre.

Aber mitnichten! Sie hielt dann und wann inne. Und das Lauschen und Warten darauf, daß sie wieder beginne, war viel peinigender als das Nagen selbst. Zu Anfang setzte ich in Gedanken Belohnungen von fünf bis zehn Dollar für die Maus aus. Doch bald schon bot ich Belohnungen an, die mein Vermögen beträchtlich überstiegen. Ich dichtete meine Ohren ab, will sagen, ich klappte sie um und knautschte sie und preßte sie vor die Gehörgänge. Aber das half auch nichts. Mein Horchvermögen war dermaßen überreizt, daß es zu einem Mikrophon geworden war, das die Geräusche durch die Hüllen hindurch aufzunehmen vermochte.

Mein Ärger steigerte sich zur Wut. Schließlich tat ich das, was alle Menschen seit Adams Zeiten getan haben: Ich entschloß mich, mit irgend etwas zu werfen. Ich langte hinunter, bekam meine Wanderstiefel zu fassen, setzte mich im Bett auf und lauschte, um festzustellen, aus welcher Gegend das Geräusch käme. Das ließ sich nicht entscheiden, es war ebensowenig lokalisierbar wie das Gezirpe einer Grille. Es ist ganz bestimmt nicht dort, wo man es vermutet. So schleuderte ich aufs Geratewohl einen der Stiefel mit beträchtlichem Schwung in die Finsternis. Er prallte gegen die Wand über Harris' Bett und plumpste auf ihn nieder. Ich hatte mir gar nicht zugetraut, daß ich so weit werfen könnte. Harris wachte davon auf. Ich freute mich darüber, bis ich merkte, daß es ihm nichts ausmachte. Das tat mir leid. Sehr bald sank er wieder in Schlummer. Das freute mich wiederum. Sogleich machte sich auch wieder die Maus bemerkbar. Mir schwoll abermals der Kamm. Es war nicht gerade meine Absicht, Harris ein zweites Mal aufzuwekken. Das Genage hielt jedoch so lange an, daß ich mich gezwungen fühlte, meinen anderen Stiefel zu werfen. Diesmal zerschmetterte ich den Spiegel. Es befanden sich deren zwei im Raum. Natürlich traf ich den größeren. Harris wachte abermals auf, sagte aber wieder nichts. Und ich war noch bekümmerter. Ich entschloß mich, alle nur erdenklichen Foltern zu erdulden, bevor ich ihn ein drittes Mal aufschreckte.

Die Maus schien müde zu werden. Sie wurde immer schläfriger. Da schlug eine Uhr. Ich zählte sie aus und wurde wieder schlafbefangen. Eine andere Uhr begann anzuschlagen. Ich zählte auch sie aus. Dann ließen die Engel der großen Rathausuhr das sanfte und melodische Getute ihrer langen Posaunen vernehmen. Ich habe gewiß niemals etwas so Liebliches und Stimmungsvolles gehört. Als sie aber auch die Viertelstunden ausbliesen, schienen sie mir doch ein wenig des Guten zuviel zu tun. Immer wieder dämmerte ich ein, immer wieder weckte mich ein neues Geräusch. Und jedesmal vermißte ich mein Deckbett und mußte es vom Boden hochziehen.

Schließlich floh mich jeder Schlummer. Ich mußte mir eingestehen, daß ich hoffnungslos und unermüdlich wach war. Und dazu fröstelnd und durstig. Nachdem ich zusammenschauernd so lange gelegen hatte, wie mir das nur möglich war, überlegte ich, daß es das beste sei, mich anzukleiden, zu dem großen Platz zu gehen, im Marktplatzbrunnen ein erfrischendes Bad zu nehmen, ein Pfeifchen zu rauchen und meinen Gedanken nachzuhängen, bis die Nacht verflogen war.

Ich hoffte, mich im Dunkeln anziehen zu können, ohne Harris zu stören. Meine Schuhe hatte ich zwar an die Maus verschleudert, aber in der schönen Sommernacht würden ja auch die Hausschuhe genügen. So erhob ich mich leise und fand allmählich meine Sachen zusammen. Bis auf einen Strumpf. Wo ich auch hintastete, die Socke war nicht zu finden. Aber ich mußte sie haben. So kroch ich auf allen vieren, mit einem angezogenen Hausschuh und mit dem andern in der Hand, auf dem Fußboden herum. Vergeblich. Ich vergrößerte meine Kreise und fuhr fort, zu tasten und abzufühlen. Bei jedem Druck meiner Knie knackte die Diele, und sobald ich an irgendeinen Gegenstand stieß, verursachte das zwanzigmal soviel Lärm als am Tag. Jedesmal hielt ich inne, lauschte atemlos und überzeugte mich, daß Harris nichts gehört hatte. Dann kroch ich weiter. Die Socke war nicht zu finden, wo ich auch hingriff, waren Möbel. Ich konnte mich nicht entsinnen, derartig viele Möbel beim Zubettgehen im Zimmr gesehen zu haben. Jetzt strotzte der Raum nur so davon, hauptsächlich von Stühlen . . . überall Stühle. Ebenso schien es unmöglich zu sein, einen dieser Stühle rechtzeitig zu entdecken, immer stieß ich mit meinem Kopf dagegen. Mein Zorn wuchs unaufhaltsam. Und wie ich so immer weiter dahinkroch, konnte ich böse Flüche nicht mehr unterdrücken.

Endlich beschloß ich in einem giftigen Wutausbruch, ohne den

Strumpf spazierenzugehen, stand also auf, ging in der vermeintlichen Richtung auf die Tür zu ... und ... stand plötzlich vor meinem trüben gespenstischen Ebenbild in dem noch heilen Spiegel. Für einen Augenblick setzte mein Herzschlag aus. Ich sah, daß ich ein Gefangener war, ich hatte keine Ahnung, wo ich mich befand. Ich war so wütend, daß ich mich auf den Boden setzen und an irgend etwas festhalten mußte, um das Dach nicht mit den bislang mühsam unterdrückten Zornesausbrüchen davonzublasen. Ja, wenn nur ein einziger Spiegel im Zimmer gewesen wäre! Dann hätte er mir doch dazu verhelfen können, mich zurechtzufinden. Es gab aber deren zwei. Und zwei waren ebenso schlimm wie tausend, außerdem befanden sie sich in entgegengesetzten Ecken des Zimmers. Ich konnte zwar die matte Helligkeit der Fenster erkennen, in meiner Verwirrung jedoch erschienen sie mir just dort, wo sie nicht sein konnten, und nützen mir also auch nichts.

Ich wollte mich erheben. Dabei warf ich einen Regenschirm um. Es hörte sich an wie ein Pistolenschuß, als er auf den harten, kahlen Boden fiel. Ich biß mir in die Lippe und horchte – Harris rührte sich nicht. Leise und behutsam lehnte ich den Regenschirm in eine Ecke, im Augenblick jedoch, da ich meine Hand fortzog, rutschte er ab und fiel mit einem erneuten Schlag zu Boden. Ich fuhr zusammen und lauschte in stummer Wut – kein Unglück, alles blieb still. Mit der größtmöglichen Peinlichkeit und Sorgfalt stellte ich den Schirm wieder auf und nahm meine Hand fort. Da schlug er wieder hin. Ich erstarrte zum Standbild. Wenn es jedoch nicht so finster und feierlich und auch schaurig in diesem öden, schlummernden Raume gewesen wäre, so hätte ich gewiß einiges zum besten gegeben, was nicht gerade für die Fibel der Sonntagsschule geeignet war. Wäre nicht jegliche Fähigkeit zur Überlegung infolge all des Mißgeschicks schon völlig gelähmt gewesen, so hätte ich mir ja sagen müssen, daß es selbst am Tag ein Ding der Unmöglichkeit ist, einen Schirm fest auf solch einen blank gebohnerten deutschen Fußboden zu stellen. Der einzige Trost war, daß Harris sich nach wie vor still verhielt und reglos blieb.

Der Regenschirm konnte mir auch nicht sagen, wo ich mich befand – wir hatten im ganzen vier, die sich in nichts unterschieden. Ich gedachte, mich längs der Wand voranzutasten und auf diese

Weise die Tür zu finden. Ich stand auf und begab mich ans Werk, riß aber ein Bild herunter. Es war kein sonderlich großes Bild, machte aber soviel Krach wie eine Gesamtansicht des Schwabenlandes.

Harris gab zwar keinen Laut von sich, doch sagte ich mir, daß ich ihn bestimmt aufwecken würde, wenn ich mir noch weiterhin an den Wänden zu schaffen machte. Ich begab mich jetzt daran, mein Bett auszukundschaften. Wenn ich das Bett gefunden hatte, so wußte ich auch Wasserflasche und Glas zu erreichen. Erst wollte ich mal meinen Durst löschen, dann würde man weitersehen. So machte ich mich abermals auf Händen und Füßen auf die Suche, weil ich auf diese Weise schneller vorankam und weniger zu befürchten brauchte, an irgend etwas anzuecken.

Endlich fand ich den Tisch, natürlich mit meinem Kopf, rieb die Beule ein bißchen, stand dann auf und begann mit ausgestreckten Armen und gespreizten Fingern, Bilanz aufzunehmen. Ich fand einen Stuhl, dann die Wand, dann das Sofa ... einen Alpenstock ... wieder ein Sofa. Das machte mich irre, denn ich war mir nur eines einzigen Sofas bewußt. Ich suchte abermals den Tisch und begab mich erneut auf die Suche. Diesmal fand ich nur einige Stühle.

Erst jetzt wurde mir klar, daß es sinnlos war, den Tisch zum Ausgangspunkt zu wählen, da er ja rund war. Ich begab mich wieder in den Irrgarten der Stühle und Sofas, gelangte in unbekannte Gebiete und schlug pünktlich die Glaskrause eines Armleuchters ab, langte nach der Kerze und schlug eine Glaskrone ab, griff nach der Glaskrone und warf die Wasserflasche mit großem Getöse um. Ich sagte für mich: „Habe ich dich endlich erwischt! Dachte mir schon, daß ich ganz in deiner Nähe sei!“ Harris schrie: „Mörder, Diebe!“ Zuletzt nur noch: „Aber ich ertrinke ja! Bin pischnaß!“

Der Lärm hatte das ganze Haus auf die Beine gebracht, Herr X. und hinter ihm der junge Z. erschienen in Nachthemden und mit Kerzen in unserer Tür. Im gleichen Aufzug drangen der Gastwirt und zwei weitere Deutsche nebst einem Dienstmädchen im Nachtjäckchen durch eine andere Tür ein.

Ich blickte um mich. Ich stand am Bett meines Freundes, eine

Tagesreise von meinem eigenen entfernt. Es war weiterhin nur ein einziges Sofa da, das an der Wand stand, und auch nur ein Stuhl, an den man stoßen konnte und den ich also wie ein Planet beständig umkreist und gleich einem Kometen die halbe Nacht lang angerempelt haben muß.

Ich gab Erklärungen darüber ab, wie und warum ich mir mitten in der Nacht zu schaffen gemacht hätte. Der Gastwirt zog sich mit seiner Gruppe zurück, wir zwei aber rüsteten uns zum Frühstück, da die Dämmerung bereits heraufgekommen war. Ich blickte heimlich auf meine Schrittuhr und stellte fest, daß ich siebenundvierzig Meilen zurückgelegt hatte. Ich fand das ganz in der Ordnung, denn zu einer großen Fußwanderung war ich ja hierher gereist.

Ich spiele den Reiseführer

Demnächst wollten wir von Aix-les-Bains nach Genf fahren und von dort auf tagelangen und umständlichen Reisewegen nach Bayreuth. Dafür brauchte ich natürlich einen Reiseführer, um meine ansehnliche Gesellschaft wohlbehütet ans Ziel zu bringen.

Aber ich verschob die Suche nach dem Führer von einem Tag auf den anderen. Die Zeit eilte dahin. Und eines schönen Morgens befand ich mich vor der Tatsache, daß wir abreisen wollten und keinen Führer hatten. Ich faßte einen Entschluß, den ich selbst für tollkühn hielt, zu dem ich jedoch gerade in Stimmung war. Ich erklärte, daß ich die erste Etappe ohne fremde Hilfe bewältigen wollte, und tat es also.

Ich brachte meine Gesellschaft, vier Menschen, glücklich von Aix nach Genf. Das war eine Reise von drei Stunden gewesen, einmal hatten wir umsteigen müssen. Alles war gut vonstatten gegangen, wenn man von dem Verlust eines Koffers absehen will. Das ist ja etwas so Alltägliches, daß es kaum der Rede wert ist.

Also erbot ich mich, meine Gesellschaft den ganzen Weg bis Bayreuth zu bringen.

Das war, wie sich später herausstellen sollte, eine bodenlose Dummheit von mir gewesen. Es gab da mehr zu bedenken und zu erledigen, als ich vorausgesehen hatte. Zunächst galt es, zwei Personen ausfindig zu machen, die wir vor einigen Wochen in einer Genfer Pension zurückgelassen hatten und in unser Hotel bringen mußten. Ich mußte ferner die Gepäckaufbewahrung am Großen Kai aufsuchen und veranlassen, daß sie sieben von unseren dort hinterlegten Koffern hinaufschickte und sieben andere, die in der Hotelhalle aufgetürmt waren, in Aufbewahrung nahm. Sodann mußte ich feststellen, in welchem Teil Europas Bayreuth lag, und mußte sieben Fahrscheine besorgen. An einen Freund in Holland mußte telegraphiert werden. Und außerdem war es jetzt zwei Uhr mittags. Ich mußte mich sehr beeilen, wenn bis zum ersten Nachtzug einschließlich Bestellung der Schlafwagenplätze alles erledigt sein sollte. Und nicht zuletzt mußte ich Geld von der Bank holen.

Die Schlafwagenplätze schienen mir das wichtigste zu sein. Also ging ich selbst zum Bahnhof. Die Hotelpagen sind nicht immer zuverlässig. Es war heiß, ich hätte mir einen Wagen nehmen sollen, wollte aber sparen und ging also zu Fuß. Ich fragte nach den Fahrscheinen. Man fragte zurück, welche Route ich nehmen wollte. Das verwirrte mich, da viele Leute am Schalter warteten und ich keine Ahnung davon hatte, daß es mehrere Reisewege gab. Ich hielt es also für das beste, umzukehren und erst mal auf einer Karte nachzusehen.

Ich nahm eine Droschke, erinnerte mich während der Heimfahrt zum Hotel, daß ich keine Zigarren mehr hatte, und hielt es für ratsam, sie zu besorgen, solange ich gerade daran dachte. Das Zigarrengeschäft lag gleich hinter der Ecke, dieses kleine Stück konnte ich auch laufen. Ich hieß also den Kutscher hier warten. Ich verlor mich in Gedanken an das Telegramm und dachte über seinen Inhalt nach, vergaß dabei die Zigarren wie die Droschke und ging immer weiter und weiter. Ich wollte das Telegramm durch das Hotel besorgen lassen. Da ich jedoch in der Nähe des Hauptpostamtes sein mußte, so wollte ich es lieber gleich selbst aufgeben. Das Postamt lag weiter ab, als ich geschätzt hatte. Endlich fand ich es, schrieb das Telegramm und reichte es in den Schalter. Der Beamte blickte streng drein und überschüttete mich mit einem solchen Schwall von Fragen in französischer Sprache, daß ich kein Wort verstehen konnte und abermals den Kopf verlor. Ein Engländer, der hinzutrat, sagte mir, daß der Beamte wissen wollte, wohin das Telegramm gehen sollte. Das wußte ich auch nicht, es war ja nicht mein Telegramm. Ich versuchte zu erklären, daß ich die Depesche nur für ein Mitglied meiner Reisegesellschaft besorge. Der Beamte wollte sich aber mit nichts anderem als mit der Angabe des Bestimmungsortes zufriedengeben. Da er so pedantisch war, blieb mir nichts anderes übrig, als zurückzugehen und mich zu erkundigen.

Dann fiel mir ein, daß es wohl das beste sei, zunächst einmal die beiden fehlenden Personen aufzutreiben. Alles hübsch in der Ordnung und eins nach dem anderen! Dabei erinnerte ich mich der Droschke, die drüben, jenseits des Hotels, an meinem Vermögen zehrte. Ich rief eine andere Droschke an, hieß sie die erste holen und hier vor dem Postamt warten, bis ich käme.

Die Suche nach jenen Leuten war heiß und langwierig. Und als ich sie schließlich fand, konnten sie nicht mit mir kommen, weil sie schwere Gepäckstücke bei sich hatten und eine Droschke nehmen mußten. Ich ging eine suchen. Bevor ich jedoch noch eine traf, wurde ich gewahr, daß ich mich in der Nachbarschaft des Großen Kai befand – wenigstens schien es mir so. Ich glaubte also Zeit zu sparen, wenn ich hier zunächst mal die Sache mit den Koffern in Ordnung brachte. Ich lief eine Meile in die Kreuz und Quer, konnte jedoch den Großen Kai nicht finden, entdeckte aber dafür ein Zigarrengeschäft und ging hinein. Ich sagte, daß ich nach Bayreuth reisen wollte und einen größeren Posten für die lange Fahrt benötigte. Der Händler fragte mich, auf welchem Weg ich hinfahren wollte. Das wüßte ich selbst noch nicht, gab ich zurück. Er empfahl mir, über Zürich und viele andere Städte, die er sämtlich herbetete, zu reisen, und bot mir sieben Zweiter-Klasse-Billetts zu zweiundzwanzig Dollar das Stück an. Den Zuschlag, zu dem er durch die Eisenbahngesellschaft berechtigt sei, wolle er mir nicht anrechnen. Ich hatte es satt, mit Erster-Klasse-Billetts stets zweiter Klasse zu fahren und nahm also die Karten.

Schließlich machte ich dann auch die Firma *Natural & Co.* ausfindig und beauftragte sie, sieben unserer Koffer in die Hotelhalle zu bringen. Mir war so, als ob dies nicht der ganze Auftrag sei, konnte mich aber auf nichts weiter besinnen.

Dann traf ich auf die Bank und verlangte eine bestimmte Summe, hatte jedoch meinen Kreditbrief irgendwo liegenlassen und konnte also nichts abheben. Ich entsann mich, daß ich ihn nur auf dem Pult hatte liegenlassen können, auf dem ich vorhin die Depesche geschrieben hatte, nahm eine Droschke, stürzte in das Postgebäude und erfuhr dort, daß allerdings ein Kreditbrief gefunden worden sei, daß er sich jedoch bereits in den Händen der Polizei befinde und daß ich dort meinen Anspruch nachweisen müßte. Sie gaben mir einen Boten mit, der mich durch einen Hinterausgang brachte und einen Weg von mehreren Meilen führte. Unterwegs fielen mir meine Droschken ein. Ich bat den Boten, sie vom Postamt hinter mir dreinzuschicken. Es war bereits Abend. Der Polizeimajor war zum Essen gegangen. Ich wäre inzwischen selbst gern zum Abendessen gegangen, der Offizier vom Dienst jedoch war anderer Meinung und hielt mich zurück. Gegen halb zehn kam der Major, erklärte, daß heute keine Anliegen mehr erledigt würden, und forderte mich auf, morgen früh um halb zehn wiederzukommen. Der Offizier vom Dienst wollte mich sogar dort behalten, weil ich nach seiner Meinung verdächtig aussähe und wohl nur beobachtet hätte, daß irgend jemand den Kreditbrief – er wußte gar nicht, was das war – auf dem Postamt hätte liegenlassen. Der Major hingegen erklärte mich für harmlos und für wohl nur recht vergeßlich. Ich dankte ihm und fuhr mit meinen drei Droschken nach Hause.

Hundemüde und keineswegs in der Stimmung, Rede und Antwort zu stehen, gedachte ich, meine Gesellschaft nicht aufzustören und wollte in einen mir bekannten kleineren Saal des Hotels flüchten. Das gelang mir jedoch nicht, da die Gesellschaft, sehr besorgt um mein Ausbleiben, einen Aufpasser ausgeschickt hatte. Steif und unnahbar saßen sie in einer Reihe auf ihren vier Stühlen, mit Schals, reisefertig angezogen und von Gepäckstücken und Baedekern umgeben. Seit vier Stunden hatten sie so dagesessen und auf mich gewartet. Ich glaubte, diese eiserne Mauer nur mit einem Gewaltritt nehmen und die Stimmung zu meinen Gunsten verändern zu können, warf also meinen Hut in die Luft, sprang und hüpfte hinter ihm drein und rief übermütig: „Na, da säßen wir ja munter im trauten Verein, haha!"

Kein Beifall rührte sich. Ehernes Schweigen. Ich hielt mich, obgleich es um mein Selbstvertrauen kläglich genug bestellt war. Ich wollte einen zweiten mutwilligen Angriff unternehmen, das Haupt der Gesellschaft jedoch ließ es zu nichts Weiterem kommen, sondern fragte mich geradeheraus: „Wo haben Sie sich herumgetrieben?"

Ich hörte am Tonfall der Frage, daß man kalt und geschäftlich mit mir verfahren wollte, und versuchte neue Umschweife, wurde jedoch durch die Frage unterbrochen: „Und wo sind die beiden anderen Herrschaften? Wir haben uns um sie die größten Sorgen gemacht."

„Oh, das ist in Ordnung. Ich wollte gerade eine Drosche für sie holen. Ich will gleich . . ."

„Nein, Sie bleiben hier und setzen sich. Es ist doch elf Uhr, Mann! Wo ließen Sie sie zurück?"

„In der Pension."

„Warum haben Sie sie nicht hergebracht?"

„Weil wir die Gepäckstücke unmöglich tragen konnten. Und da dachte ich . . ."

„Sie dachten! Sie sollten es aufgeben zu denken! Ohne Verstand ist das ziemlich schwer. Zur Pension sind es zwei Meilen. Weshalb haben Sie nicht eine Droschke genommen?"

„Ich, ja . . . ich dachte nicht daran. Es machte sich gerade so."

„Was machte sich gerade so?"

„Nun ja, ich war doch auf dem Postamt und erinnerte mich, daß ich hier eine Droschke hatte warten lassen. So schien es mir, um weitere Kosten zu sparen, das beste zu sein, wenn ich eine andere Droschke ausschickte, um diese . . ."

„Um was?"

„Ach, jetzt weiß ich schon. Ich wollte durch die zweite Droschke das Hotel veranlassen, die erste zu bezahlen."

„Und was war damit gewonnen?"

„Nun, auf diese Weise sparte ich doch Kosten, nicht wahr?"

So ging das weiter. Man wollte meine gute und klare Rechnung mit den Droschken einfach nicht verstehen, man war entsetzt darüber, daß die Depesche noch nicht abgeschickt war, man schlug die Hände zusammen, weil ich noch kein Geld abgehoben und den Kreditbrief hatte liegenlassen, stellte empört fest, daß man jetzt erst den Frühzug um sieben Uhr dreißig nehmen könne, und hoffte, daß ich wenigstens die Fahrkarten besorgt hätte. Ich entschuldigte mich schüchtern dafür, daß die von mir erstandenen Karten nur auf die zweite Klasse lauteten.

„Das ist gut so", meinte das Oberhaupt, „jedermann fährt heute zweiter Klasse. Den Zuschlag für die erste konnten wir uns wirklich sparen. Was haben Sie bezahlt?"

„Zweiundzwanzig Dollar für die Karte bis Bayreuth."

„Aber durchgehende Karten kann man meines Wissens doch nur in London oder Paris kaufen?"

„Es gibt halt Leute, die sie auch anderswo bekommen. Und einer dieser kundigen Thebaner bin eben ich!"

„Der Preis scheint mir aber zu hoch zu sein."

„Im Gegenteil. Der Händler sagte, daß er seinen Zuschlag nicht einrechne."

„Der Händler?"

„Nun ja, ich kaufte sie in einem Zigarrengeschäft."

„Aha. Wir werden also sehr früh aufstehen. Sie müssen Ihre Sachen jetzt noch packen – Regenschirm, Rasierpinsel, Zigarren . . . nichts vergessen."

„Ach je! Jetzt habe ich doch die Zigarren auf der Bank liegenlassen!"

„Da hätten Sie eher dran denken sollen. Sonst alles da?"

„Nur keine Sorge. Wir haben es ja nicht eilig."

„Was soll das heißen?"

„Ach, nichts weiter. Ich werde schon alles besorgen."

„So, wo stecken denn Ihr Regenschirm und Ihr Rasierpinsel?"

„Ach, die sind noch so naß. Werden schon noch trocken werden. Der Offizier sagte ja . . ."

„Was für ein Offizier?"

„Nun, der Major, der Polizeimajor."

„Und was hatten Sie mit dem zu schaffen?"

„Wer, ich? Ach, gar nichts. Man wollte mich nur dabehalten und . . .“

„Wo behalten?“

„Nun ja . . ., die Sache ist die, daß ich . . .“

„Wo haben Sie sich herumgetrieben? . . . Bis halb elf! Wie?“

„Also, sehen Sie mal. Nachdem ich den Kreditbrief liegengelassen hatte . . .“

„Immer reden Sie drum herum. Beantworten Sie jetzt genau und ohne Umschweife meine Frage. Wo ist Ihr Rasierpinsel?“

„Im . . . im Polizeigefängnis.“

Ich versuchte ein besänftigendes Lächeln, das mir jedoch auf dem Gesicht gefror. Die Gesellschaft wollte es keineswegs komisch finden, daß ich vier Stunden in polizeilichem Gewahrsam gewesen war. Ich fand es ja – ganz für mich – auch nicht komisch.

Es blieb mir nichts anderes übrig, als die ganze Geschichte zu beichten, wobei ja nun auch herauskam, daß wir unmöglich den Siebenuhrdreißigzug nehmen konnten. Es schien schon so, als ob wir alle verfeindet und verstimmt zu Bett gehen müßten. Ein glücklicher Zufall verhinderte das. Jemand erinnerte an die Koffer. Ich freute mich, mitteilen zu können, daß ich die entsprechenden Aufträge erteilt hätte.

„Jawohl, Sie haben wirklich so gut und klug und überlegt gehandelt“, sagte das Oberhaupt, „wie man es von Ihnen nur erwarten kann. Es ist eine Schande, daß man Ihnen hier so viele Vorwürfe macht. Jetzt aber auch kein Wort mehr davon!“

Dies traf mich tiefer als alles andere, da ich bei der Koffergeschichte ganz und gar kein gutes Gewissen hatte. Irgend etwas stimmte da nicht. Aber gerade jetzt die Sache aufzutischen, hatte ich keine Lust. Es war spät genug geworden, mochten die Dinge nun ihren Lauf nehmen.

Am nächsten Morgen entzog ich mich allem weiteren Zetergeschrei, indem ich hinunterging, um zunächst einmal nach den Koffern zu forschen. Zu spät. Der Hotelportier teilte mir mit, daß er sie gestern abend bereits nach Zürich geschickt hätte. Die Kosten beliefen sich auf achtundzwanzig Dollar. Mir wurde immer klarer, daß da etwas nicht stimmte.

Der Portier hielt mich mit der Frage zurück: „Der Herr haben wohl heute nacht nicht gut geschlafen? Der Herr sehen elend aus. Vielleicht wünschen der Herr einen Reiseführer? Es ist gestern abend ein ausgezeichneter Führer hier eingetroffen. Er ist fünf Tage frei und heißt Ludi. Wir empfehlen ihn ständig."

Sehr von oben herab lehnte ich ab. Nein, mein Mut war noch nicht gebrochen. Zudem liebte ich es nicht, wenn man sich in dieser Weise um mein Wohlbefinden kümmerte.

In der Hoffnung, daß der Major vielleicht schon vor Dienstbeginn da sei, war ich bereits um neun Uhr auf der Polizei. Dort war es recht stumpfsinnig. Was ich auch anschaute, berührte oder tat, immer bemerkte der Wachtmeister, daß es verboten sei. Ich wollte meine französischen Sprachkünste an ihm erproben, aber auch dies war verboten. Scheinbar ärgerte es ihn, seine eigene Sprache zu hören. Endlich kam der Major. Jetzt ging alles glatt. Er kam gerade vom Obersten Gerichtshof, der bei wichtigen Dingen stets befragt wird, und hatte alle Vollmachten und Stempel erhalten, da mein Kreditbrief, den man entsiegelt und geöffnet hatte, nur einige Bildchen enthielt. Ich entsann mich jetzt, daß ich den Kreditbrief ja aus dem Umschlag genommen hatte, um darin einige Fotos unterzubringen, und daß ich ihn in die linke Rocktasche gesteckt hatte. Dort zog ich ihn jetzt zur allgemeinen Genugtuung und unter hochtönender Anteilnahme hervor. Die Herren Inspektoren und der Major blickten erst sich und dann mich lange an und ließen mich laufen. Zum Abschied meinten sie, daß ich derartigen Geschäften wohl nicht gewachsen sei, und fragten mich, was ich von Beruf sei. Ich sagte Reiseführer. Mit einer Art ehrfürchtigem Augenaufschlag riefen sie: „Ach du lieber Gott!" Ich bedankte mich höflich für ihre offenbare Anerkennung und eilte zur Bank.

Da jedoch ein Reiseführer alles hübsch der Reihe nach erledigt, so ging ich an der Bank vorüber und suchte zunächst unsere beiden fehlenden Leute. Eine Droschke bummelte vorbei, ich nahm sie und redete dem Kutscher gut zu. Ich kam auf diese Weise nicht schneller voran. Es war eine recht ruhige Fahrt. Aber diese Ruhe war mir sehr willkommen. Man beging gerade die Sechshundertjahrfeier der freien Schweiz, die Straßen waren dicht mit wehenden Fahnen behangen.

Pferd und Kutscher hatten schon drei Tage gefeiert und während dieser Zeit weder Stall noch Bett gesehen. Sie sahen so aus, wie ich mich fühlte: schläfrig und übernächtigt. Im Laufe der Zeit jedoch kamen wir natürlich auch mal ans Ziel. Ich ging in die Pension und bat ein Stubenmädchen, die Herrschaften zu rufen. Sie erwiderte etwas, das ich nicht verstand. Ich kehrte zu meiner Droschke zurück. Wahrscheinlich hatte das Mädchen gesagt, daß die Gäste nicht zu ihrem Flur gehörten und daß es ratsam wäre, in den anderen Etagen zu klingeln und zu fragen. In diesen Schweizer Vogelbauern muß man viel Zeit und Geduld haben, wenn man seine Leute finden will. Ich schätzte, daß ich eine Viertelstunde zu warten hätte, da die folgenden Verrichtungen getan sein wollten: 1. Hutaufsetzen, Hinunterkommen und Einsteigen. 2. Rückkehr eines der beiden, um den „zweiten Handschuh" zu holen. 3. Rückkehr des anderen, der seinen französischen Sprachführer vergessen hatte. Ich beschloß, während der fünfzehn Minuten zu dösen und bei guter Laune zu bleiben.

Es folgte eine lange und ungetrübte Stille. Dann fühlte ich eine Hand auf meiner Schulter und blickte auf. Es war ein Polizeibeamter. Außerdem nahm ich wahr, daß das Straßenbild sich beträchtlich verändert hatte. Ich war umringt von einer Menschenmenge, die so befreidigt und neugierig dreinschaute, wie Menschenmengen das immer tun, wenn es einem an den Kragen geht. Pferd und Kutscher waren eingeschlafen. Die Straßenbuben hatten sie und mich mit Girlanden behängt, die sie von den Dekorationen der Sechshundertjahrfeier gemopst hatten. Ein in der Tat Aufsehen erregendes Bild. Der Offizier sagte: „Tut mir leid, mein Herr, aber ich kann nicht zulassen, daß Sie hier den ganzen Tag lang schlafen."

Ich spielte den Empörten. „Verzeihen Sie, mein Herr, ich habe nicht geschlafen, sondern nachgedacht."

„Sie dürfen nachdenken, soviel Sie wollen. Aber bitte zu Hause, nicht unter Störung des gesamten Straßenverkehrs."

Die Menschenmenge kicherte. Nun ja, es ist ja wahr: ich schnarche mitunter des Nachts. Aber doch nicht am Tag und an öffentlichen Plätzen! Der Offizier nahm uns die Dekorationen ab und bemühte sich, recht freundlich zu sein, erklärte jedoch, daß wir uns hier nicht länger aufhalten dürften, da er sonst gezwungen sei, eine

Geldstrafe zu erheben. Ich unterbrach ihn und meinte barsch, daß es in diesen Tagen doch wohl gestattet sei, ein wenig zu feiern, und besonders dann, wenn man an dem Jubiläum persönlich beteiligt sei.

„Persönlich beteiligt?“ fragte er verwundert. „Wieso?“

„Weil vor sechshundert Jahren einer meiner Ahnen das Freiheitsstatut mitunterzeichnete.“

Er überlegte einen Augenblick, blickte mich dann forschend an und erwiderte: „Ein Ahne! Soso. Ich möchte eher glauben, daß Sie selbst mitunterzeichnet haben. Nach allen alten Reliquien zu urteilen, die mir zu Gesicht gekommen sind, möchte man . . . na, schon gut. Und weshalb warten Sie hier eigentlich so lange?“

„Aber ich warte ja gar nicht so lange!“ versetzte ich. „Nur eine Viertelstunde. Ich warte nur darauf, daß sie den Handschuh und den französischen Sprachführer finden und dann zurückkommen.“ Ich ließ ihn dann auch wissen, wer jene „sie“ wären.

Er wurde jetzt sehr gefällig und rief den Zuschauern in sämtlichen Fenstern der Pension Fragen hinauf. Eine weibliche Stimme ganz weit oben rief herunter: „Aber die? Ja, denen habe ich heute morgen um halb neun eine Droschke geholt. Und dann sind sie abgefahren.“

Das war doch nun wirklich verdrießlich. Ich schielte auf meine Uhr, hütete mich jedoch, etwas zu sagen. Meinte der Offizier: „Es ist jetzt viertel eins, wie Sie sehen. Sie hätten sich genauer erkundigen sollen. Sie haben gut anderthalb Stunden geschlafen. Und noch dazu in dieser Sonne. Sie sind ja schon ganz braungebrannt! Jetzt werden Sie wohl auch noch Ihren Zug verpassen. Sie sind wirklich eine interessante Figur. Welches ist Ihr Beruf, bitte?“

Ich sagte ihm, daß ich Reiseführer sei. Er schien zu versteinern. Bevor er noch wieder zu sich kam, kutschierten wir davon. Als ich in den dritten Stock unseres Hotels kam, fand ich die Zimmer geräumt. Ich war keineswegs überrascht. Laßt einen Reiseführer nur einmal auf Besorgungen unterwegs sein, schwupps ist die ganze Bande ausgeflogen und kauft Reiseandenken! Je näher die Abfahrt des Zuges bevorsteht, um so weiter sind sie fortgelaufen. Ich setzte mich, um zu überlegen, was zu tun sei. Zufällig fand mich ein Page und teilte mir mit, daß die Gesellschaft vor einer Stunde zum

Bahnhof gegangen sei. Das war aber auch das erste Mal, daß sie etwas Vernünftiges getan hatten. Es war schon nachgerade beunruhigend. Dies ist es ja, was einem Reiseführer das Leben so schwergemacht. Sobald die Dinge einmal glattgehen, sind seine Leute plötzlich noch viel klüger als er und machen alle seine Pläne und Anordnungen zuschanden.

Der Zug sollte Punkt zwölf Uhr abgehen. Jetzt war es zwölf Uhr zehn. In zehn Minuten konnte ich auf dem Bahnhof sein. Ich sah ein, daß ich nicht viel Zeit zu verlieren hatte. Der Zug war ein Expreß. Und Expreßzüge auf dem Kontinent haben den Ehrgeiz, noch am gleichen Tage, für den sie notiert sind, auch wirklich abzufahren.

Meine Leute saßen einsam im Wartesaal. Alle anderen Reisenden waren schon durch die Sperre gegangen und hatten den Zug bestiegen, wie man hierzulande sagte. Die Gesellschaft war ganz außer sich vor Aufregung. Ich beruhigte und ermunterte sie. Dann brachen wir auf.

Aber wir hatten abermals Pech. Der Beamte hatte an meinen Fahrkarten etwas auszusetzen. Er prüfte sie eingehend und mißtrauisch. Dann faßte er mich ins Auge und rief einen zweiten Beamten herbei. Beide besahen sich die Scheine und riefen einen dritten Beamten, der wiederum andere hinzuzog. Sie redeten und nickten und fummelten mit den Händen durcheinander. Ich machte sie darauf aufmerksam, wieviel kostbare Zeit verlorenginge, und bat sie, zu einem Entschluß zu kommen und uns passieren zu lassen. Sie entgegneten sehr höflich, daß die Billetts nicht in Ordnung seien, und fragten mich, wo ich sie gekauft hätte.

Der Beschleunigung halber beschloß ich, ihnen reinen Wein einzuschenken und erwiderte: „Meine Herren, ich habe diese Eisenbahnbilletts . . ."

„Oh, Verzeihung! Dies sind keine Eisenbahnbilletts!"

„Ach, also daran hapert es?"

„Ja, allerdings, mein Herr. Dies sind Lotterielose, lautend auf eine Lotterie, die im vorigen Jahre gespielt worden ist."

Ich tat sehr belustigt. Das ist das beste, was man in einer solchen Lage tun kann, wenn es auch weiter nichts nützt und nur dazu beiträgt, daß man von allen bemitleidet wird. Zuvorkommend erklärte ich, daß die Sache ja nicht der Rede wert sei, das wäre eben ein kleiner Unglücksfall, wie er sich alle Tage ereigne. Binnen zwei Minuten würde ich die richtigen Fahrscheine haben. So würden wir den Zug noch immer bekommen und hätten während der ganzen Reise etwas zu lachen. Ich erhielt die richtigen Fahrscheine, mußte jedoch zu meinem Leid feststellen, daß ich sie nicht bezahlen konnte, da ich vor lauter Bemühungen um die fehlenden beiden Leute die Bank vergessen und kein Geld bei mir hatte. Der Zug fuhr ab, und uns blieb nichts anderes übrig, als zum Hotel zurückzukehren, was in recht niedergeschlagener Stimmung und schweigsam geschah. Ich wollte die Gesellschaft durch Hinweise auf die Landschaft und durch spiritistische Gespräche auf andere Gedanken bringen, fand aber kein williges Ohr.

Unsere schönen Zimmer waren inzwischen belegt worden. Wir bekamen andere, die weit auseinander lagen, aber sonst auch ganz nett waren. Ich hoffte, daß die Stimmung sich nun bessern würde, als das Oberhaupt befahl: „Lassen Sie die Koffer heraufschicken." Mir lief es kalt über den Rücken. Hatte ich doch immer schon gesagt, daß mit den Koffern etwas nicht stimmte. Jetzt hatten wir die Bescherung! Ich wollte etwas einwenden, das Oberhaupt jedoch schnitt mir das Wort ab und teilte mit, daß wir noch drei Tage hierbleiben würden, um uns von allen Schrecken zu erholen.

„Schon gut", sagte ich, da ich einsah, daß weiterer Widerstand zwecklos war, nahm eine Droschke und fuhr hinunter zu *Natural & Co.* „Wollen Sie mir bitte sagen, was für eine Anordnung ich Ihnen erteilt hatte!" bat ich den Geschäftsführer.

„Sieben Koffer ins Hotel zu schicken."

„Und sollten Sie nicht einige andere wieder mitnehmen?"

„Nein."

„Sie wissen ganz genau, daß ich Ihnen nichts davon sagte, sieben Koffer, die in der Hotelhalle aufgetürmt standen, in Verwahrung zu nehmen?"

„Nein. Sie haben ganz bestimmt nichts Derartiges angeordnet."

„Dann sind also alle vierzehn Koffer nach Zürich oder Jericho oder Gott weiß wohin gegangen! Was mach ich denn jetzt nur, ich darf mich ja vor meiner Gesellschaft . . ."

Ich endete nicht, da mein Hirn ein einziger Wirbel war. Und wenn es so mit dir bestellt ist, dann glaubst du, etwas zu Ende gesprochen zu haben und hast es doch nicht getan und läufst wie vor den Kopf geschlagen herum und gerätst unter den ersten Bierwagen, unter eine Kuh oder sonst etwas.

Ich ließ die Droschke stehen, natürlich aus der eben erklärten Verwirrung, pilgerte heimwärts und hielt es für das beste, meine Stellung zu kündigen. Aber ich wollte es nicht gern persönlich, sondern durch jemand anders tun, ließ also nach Herrn Ludi schicken und setzte ihm auseinander, daß wir unseren Reiseführer wegen unannehmbarer Bedingungen, aber auch wegen Krankheit entlassen müßten, und daß es mich freuen würde, wenn er, der ja noch für vier Tage frei wäre, dafür einspringen wollte. Nachdem alles zwischen uns besprochen war, hieß ich ihn zum Oberhaupt der Gesellschaft gehen und erklären, daß die sämtlichen Koffer durch einen Irrtum der Firma *Natural & Co.* nach Zürich geschickt worden seien, daß wir sie dort jedoch allesamt wohlbehalten vorfinden würden. Es wäre also ratsam, mit dem ersten besten Zug abzufahren.

Herr Ludi richtete das aus und kam – wirklich und wahrhaftig – mit einer Einladung für mich zurück. Ich sollte doch so gut sein, mich mal blicken zu lassen! Und während wir zusammen zur Bank gingen und Geld abhoben, dann zum Zigarrengeschäft, um die liegengelassenen Zigarren zu holen und die Lotterielose zurückzugeben, sodann zu *Natural*, um die Droschke zu bezahlen, die ich dort stehengelassen hatte, und schließlich zum Polizeimajor, um unsere Visitenkarten abzugeben und meinen Rasierpinsel abzuholen – während all dieser Besorgungen berichtete mir Herr Ludi, daß die Stimmung der Gesellschaft auf dem Nullpunkt angelangt sei. Ich durfte feststellen, daß ich mit Herrn Ludi einen guten Griff getan hatte und daß alles in bester Ordnung war.

Bis zwei Uhr trieb ich mich in den Anlagen herum, damit die Stimmung im Hotel Zeit fand, zum Guten umzuschlagen, und begab mich um drei Uhr sogleich zum Bahnhof, um mit der Gesellschaft unter Herrn Ludis Führung, dem keine sonderliche Anstrengung anzumerken war, mit dem Expreß nach Zürich zu fahren.

Ja, ich hatte mich doch nun wirklich wie ein Sklave abgemüht und mein Allerbestes getan. Die Gesellschaft jedoch wollte sich nur noch meiner kleinen Versehen und ganz und gar nicht mehr meiner großen Verdienste erinnern. Unermüdlich schlugen sie während der ganzen Fahrt in dieselben Kerben und wollten sich nur jener einen und einzigen Tatsache nicht mehr entsinnen, daß ich mich freiwillig erboten hatte, den Reiseführer für Genf zu spielen, daß ich eine Arbeitslast auf mich genommen hatte, die genügt hätte, um einen ganzen Zirkus nach Jerusalem zu bringen, und daß ich kein einziges Mal hatte spazierengehen können. Schließlich erklärte ich ihnen, daß ich jetzt von den Redensarten genug hätte und daß ich nie in meinem Leben wieder zum Wohle anderer den Reiseführer abgeben würde. Das wäre ja nur eine einzige Strapaze. Und zum Lohn hätte man dann nichts als Kränkungen und Kopfschmerzen.

Die Verschwörung von Fort Trumbull

Auf den folgenden Seiten lesen Sie die Geschichte, die der Major mir erzählte. Ich gebe sie so wieder, wie ich sie in Erinnerung habe:

Im Winter 1862/63 war ich Kommandant von Fort Trumbull bei New London, Connecticut. Vielleicht war unser Leben dort nicht so munter wie das Leben „vorm Feinde“, immerhin war's auf seine Art lebhaft genug – es bestand keine Gefahr, daß unsere Gehirnsubstanz zusammenbackte, denn es fehlte niemals an irgend etwas, um unsere Gedanken zu beschäftigen. So schwirrrte damals – um nur eines anzuführen – im Norden die ganze Luft von geheimnisvollen Gerüchten: Rebellenspione sollten sich überall herumschleichen, um unsere Forts in die Luft zu sprengen, unsere Gasthöfe niederzubrennen, verpestete Keidungsstücke in unsere Städte zu schmuggeln und was dergleichen mehr war. Sie werden sich dessen erinnern. Dies alles trug dazu bei, uns wach zu halten und die herkömmliche Langeweile des Garnisonlebens nicht aufkommen zu lassen. Zudem hatten wir Rekruten auszubilden, und das bedeutet, daß wir kein bißchen Zeit hatten, um zu faulenzen, zu träumen oder Maulaffen feilzuhalten. Doch trotz all unserer Wachsamkeit entwischte uns von den Rekruten, die wir am Tag einstellten, die Hälfte noch in derselben Nacht. Das Handgeld war so unmäßig hoch, daß der Rekrut einer Schildwache drei- oder vierhundert Dollar bezahlen konnte, damit sie ihn laufenlasse, und doch noch so viel übrigbehielt, daß es für einen armen Mann ein Vermögen bedeutete. Also wie gesagt, auf der faulen Haut lagen wir nicht.

Eines Tages war ich allein in meinem Zimmer, wo ich irgend etwas zu schreiben hatte, als ein bleicher, zerlumpter Bursche von vierzehn oder fünfzehn Jahren eintrat, eine zierliche Verbeugung machte und mich ansprach:

„Ich glaube, hier werden Rekruten angenommen?“

„Ja.“

„Wollen Sie mich bitte einreihen, Herr Major?“

„Ach du lieber Gott, nein! Du bist zu jung und zu klein, mein Junge.“

Enttäuschung malte sich auf seinem Gesicht und ging sofort in einen Ausdruck tiefster Verzagtheit über. Er drehte sich um, als wollte er gehen, dann zögerte er, wandte sich wieder zu mir und sagte in einem Ton, der mir zu Herzen ging:

„Ich habe kein Zuhause und keinen Freund auf der Welt. Ach, wenn Sie mich doch einstellen könnten!“

Dies war natürlich ganz ausgeschlossen, wie ich ihm so freundlich wie möglich auseinandersetzte. Dann hieß ich ihn sich an den warmen Ofen setzen und fügte hinzu:

„Sofort sollst du etwas zu essen bekommen. Du bist doch wohl hungrig?“

Er antwortete nicht, aber das war auch nicht nötig, der dankbare Blick seiner großen sanften Augen sprach deutlicher, als alle Worte es vermocht hätten. Er setzte sich an den Ofen, und ich schrieb weiter. Ab und zu warf ich einen verstohlenen Blick auf ihn. Ich bemerkte, daß seine Kleider und Schuhe, obwohl schmutzig und zerlumpt, doch von gutem Schnitt und Stoff waren. Das gab mir zu denken. Zudem war seine Stimme leise und wohlklingend, sein Auge tief und schwermütig, und sein ganzes Benehmen deutete auf gute Herkunft. Offensichtlich war das arme Bürschchen in arger Bedrängnis. Kurz und gut, er flößte mir Teilnahme ein.

Indessen vertiefte ich mich nach und nach immer mehr in meine Arbeit und vergaß ganz, daß der Junge im Zimmer war. Ich weiß nicht, wie lange dies dauerte, aber schließlich sah ich zufällig einmal auf. Der Knabe hatte mir den Rücken zugedreht, aber er hielt den Kopf so, daß ich seine Wange sehen konnte – und über diese Wange rann ein Strom von stillen Tränen.

„Ach du lieber Gott!“ sagte ich zu mir selbst. „Ich vergaß, daß der arme Bursche sterbenshungrig ist.“ Und um meine Rücksichtslosigkeit wiedergutzumachen, rief ich ihm zu: „Komm her, mein Junge, du sollst mit mir speisen. Ich bin heute allein.“

Wieder sah er mich mit seinen dankbaren Augen an, und ein

Freudenstrahl erhellte sein Gesicht. Bei Tisch blieb er stehen, die Hand auf die Stuhllehne gelegt, bis ich Platz genommen hatte, erst dann setzte er sich. Ich nahm Messer und Gabel zur Hand und – nun, ich behielt sie in der Hand und rührte mich nicht, denn der Knabe hatte sein Haupt geneigt und sprach leise ein Dankgebet. Tausend geheiligte Erinnerungen an Elternhaus und Kinderzeit drangen auf mich ein, und ich seufzte bei dem Gedanken, wie fremd mir Religion geworden war und wie doch der Glaube ein Balsam für die wunde Seele, wie er Trost, Hort und Stütze ist.

Im Verlauf unserer Mahlzeit bemerkte ich, daß der junge Wicklow – Robert Wicklow hieß er mit vollem Namen – mit seiner Serviette umzugehen wußte, und mit einem Wort, ich merkte, daß er trotz seines elenden Aussehens von guter Herkunft war. Dazu hatte er eine einfache Freimütigkeit, die mich für ihn einnahm. Wir sprachen hauptsächlich über ihn selbst, und ohne Schwierigkeit holte ich seine Geschichte aus ihm heraus. Als er erwähnte, daß er in Louisiana geboren und aufgewachsen sei, wurde mir warm, denn ich hatte selbst einige Zeit dort gelebt. Ich kannte den ganzen Küstenstrich am Mississippi. Ich liebte die Gegend und hatte sie erst vor kurzem verlassen, so daß mein Interesse dafür noch nicht verblaßt war. Ich freute mich schon, wenn ich nur die Namen jener Orte aus seinem Mund hörte, und ich brachte deshalb absichtlich das Gespräch auf jene Gegend. Baton Rouge, Plaquemine, Donaldsonville, Sixtymile-Point, Bonnet-Carré, Börsen-Landeplatz, Carollton, der Dampfboot-Landeplatz, der Dampfschiff-Landeplatz, New Orleans, Tchoupitchoulas Street, die Esplanade, die Rue des Bons Enfants, das St.-Charles-Hotel, Tivoli Circle, Shell Road, der Pontechartrain-See – wie vertraut das alles klang! Und eine ganz besondere Freude für mich war es, wieder einmal von „R. E. Lee“, „Natchen“, „Eklipse“, „General Guitman“, „Duncan F. Kenner“ und anderen altbekannten Dampfbooten zu hören. Es war mir fast, als sei ich wieder dort, so lebhaft riefen diese Namen mir die Schiffe und die Örtlichkeiten selbst ins Gedächtnis zurück. Kurz zusammengefaßt, war folgendes Klein-Wicklows Geschichte:

Als der Krieg ausbrach, lebte er bei seiner altersschwachen Tante und seinem Vater in der Nähe von Baton Rouge auf einer großen, reichen Pflanzung, die schon seit fünfzig Jahren im Besitz der Familie war. Der Vater war ein Anhänger der Union. Er wurde darum auf alle mögliche Weise verfolgt, blieb aber standhaft bei seinen Grundsätzen. Endlich brannten eines Nachts maskierte Männer sein Haus nieder, und die Familie mußte fliehen, um wenigstens das nackte Leben zu retten. Sie wurden von Ort zu Ort gehetzt und lernten Armut, Hunger und Elend gründlich kennen. Die alte Tante wurde schließlich erlöst: Hunger und die Unbilden der Witterung töteten sie, sie starb auf freiem Feld wie ein Bettelweib unter strömendem Regen und krachendem Donner. Nicht lange darauf wurde der Vater von einer bewaffneten Bande gefangengenommen, und während der Sohn bat und flehte, vor dessen Augen aufgeknüpft. (Hier schoß ein haßerfüllter Blick aus des Knaben Augen, und er sagte, als ob er mit sich selber spräche: „Wenn ich nicht eingestellt werden kann – macht nichts! Ich werde einen Weg finden – ja, ich werde einen Weg finden.") Nachdem die Leute festgestellt hatten, daß der Vater tot war, sagten sie dem Sohn, wenn er nicht binnen vierundzwanzig Stunden aus der Gegend verschwunden wäre, würde es ihm übel ergehen. Er schlich sich in der Nacht zum Flußufer hinunter und verbarg sich dicht bei der Anlegestelle einer Pflanzung. Nach einiger Zeit hielt die „Duncan F. Kenner" dort an, er schwamm an den Dampfer heran und verbarg sich in dem Boot, das im Kielwasser des Schiffes schwamm. Vor Tagesanbruch war das Dampfboot in New Orleans bei der Börsen-Landungsbrücke, er schlüpfte aus seinem Versteck heraus und schwamm an Land. Er marschierte die drei Meilen von dieser Stelle bis zum Haus eines Onkels, der in der Good-Children-Straße in New Orleans wohnte, und dann war er für eine Zeitlang aus der Not heraus. Aber sein Onkel hielt es ebenfalls mit der Union und kam sehr bald zu der Überzeugung, daß er besser daran täte, den Süden zu verlassen. Er machte sich also mit dem jungen Wicklow heimlich davon, und sie fuhren mit einem Segelschiff nach New York, wo sie im „Astor House" abstiegen. Wicklow junior führte nun eine Zeitlang ein ganz angenehmes Leben, schlenderte auf dem Broadway herum und studierte das für ihn neue Leben im Norden. Schließlich aber kam eine Wendung – und zwar nicht zum Besseren. Der Onkel war zu Anfang guter Dinge gewesen, mit der Zeit aber fing er an, unmutig und kleinlaut dreinzuschauen, ja, er wurde verdrießlich und reizbar, sprach von den vielen Geldausgaben und den wenigen Einnahmen – „nicht mehr genug für einen, geschweige denn für zwei". Dann, eines Morgens, war er nicht mehr da – kam einfach nicht zum Frühstück. Der Junge erkundigte sich im Hotel und erfuhr, daß sein Onkel am Abend zuvor sein Zimmer bezahlt habe und abgereist sei – nach Boston, meinte man, wußte es aber nicht genau.

Der Junge stand nun also allein und ohne Freunde auf der Welt da. Er wußte nicht, was er anfangen sollte, aber es schien ihm das beste, wenn er versuchte, seinen Onkel wiederzufinden. Er ging zum Dampfschiff-Landeplatz und erfuhr, daß das bißchen Geld, das er in der Tasche hatte, für die Fahrt nach Boston nicht ausreichte, daß er dafür aber nach New London kommen könnte. Er fuhr also dorthin, in der Hoffung, daß die Vorsehung ihn die Mittel würde finden lassen, um den Rest der Reise zurückzulegen. Jetzt war er drei Tage und drei Nächte lang in den Straßen von New London herumgelaufen und hatte hier und da um der Barmherzigkeit willen einen Bissen Brot bekommen oder ein Eckchen zum Schlafen angewiesen erhalten. Aber jetzt konnte er nicht mehr, Mut und Hoffnung waren entschwunden. Wenn er als Rekrut in die Armee eintreten könnte, wäre er überaus dankbar; wenn er aber nicht Soldat werden könnte, wäre er dann nicht wenigstens als Trommlerjunge zu gebrauchen? Oh, er wollte so fleißig sein und so dankbar!

So lautete unter Weglassung einiger Kleinigkeiten die Geschichte des jungen Wicklow, genau wie er sie mir erzählte. Ich sagte:

„Junge, du bist jetzt unter Freunden – mach dir keine Sorgen mehr." Wie glänzten da seine Augen! Ich rief den Sergeanten John Rayburn herein – er war aus Hartford und wohnt jetzt wieder dort, vielleicht kennen Sie ihn – und sagte: „Rayburn, geben Sie dem Jungen hier Quartier bei den Musikern. Ich werde ihn als Trommlerjungen einstellen, und es ist mir lieb, wenn Sie ein Auge auf ihn haben und darauf sehen, daß er gut behandelt wird."

Der Verkehr zwischen mir, dem Festungskommandanten, und dem Trommerljungen hörte jetzt natürlich auf, aber die Gedanken an den freundlosen armen kleinen Burschen lagen mir trotzdem schwer auf der Seele. Ich behielt ihn im Auge und hoffte, er würde sich aufheitern und fröhlich und lustig werden. Aber nein! Ein Tag verging nach dem anderen, und er blieb wie er war. Er verkehrte mit keinem Menschen, war immer geistesabwesend und in Gedanken versunken, und sein Gesicht war immer traurig . . . Eines Morgens bat Rayburn mich um eine vertrauliche Unterredung.

„Ich hoffe, Sie nehmen's mir nicht übel, Herr Major", sagte er. „Aber die Sache steht so: Die Musiker sind so außer sich, daß ja wohl einer für sie sprechen muß."

„Na, was ist denn los?"

„Es ist wegen des Jungen, des Wicklow, Herr Major. Die Musiker haben eine Wut auf ihn – Sie können sich's nicht denken."

„Na na! Warum denn? Was hat er denn angestellt?"

„Betet, Herr Major!"

„Er betet?"

„Jawohl, Herr Major. Die Musiker finden ihre Seelenruhe nicht mehr wegen des Bengels Beten. Kaum ist er morgens wach – betet er; mittags – betet er; und nachts – nachts, da scheint es gerade, als sei er besessen von seinem Beten. Schlafen? Ach herrje, sie können ja nicht schlafen. Er hat's Wort, wie man zu sagen pflegt, und wenn er mal seine Gebetmühle in Bewegung gesetzt hat, gibt's kein Unterbrechen. Zunächst nimmt er den Kapellmeister vor und betet für den, dann kommt der erste Hornist dran, für den betet er auch, dann kriegt der Mann mit der großen Trommel sein Teil und so weiter, die ganze Kapelle durch, bis jeder sein Gebet hat, und das alles mit einer Inbrunst, als dächte der Junge, er hätte nur noch eine kurze Weile auf Erden zu leben und könnte im Himmel nicht glücklich sein, wenn er nicht seine Regimentsmusik für sich hätte, und man sollte meinen, er suchte sich seine Kapelle aus, um dem da oben in einem der Örtlichkeit angemessenen Stil unsere Nationalhymne vorzuspielen. Schön und gut – Stiefel nach ihm schmeißen nützt ganz und gar nichts, es ist dunkel im Saal, und außerdem ist er bei seinem Beten auch noch so niederträchtig, hinter der großen Trommel zu knien, und da macht es ihm nichts aus, wenn Stiefel auf ihn hageln. Er muckt nicht mal dabei und plappert weiter, als wäre es bloß Beifallsklatschen. Und sie brüllen: ‚Sofort Mund halten!' ‚Laß uns in Frieden!' ‚Schmeißt ihn raus!' ‚Scher dich zum Teufel!' usw., usw. Aber was nützt das alles? Ihn rührt es nicht. Er merkt es gar nicht!"

Und nach einer Pause fuhr Rayburn fort: „Dabei ist er ein gutmütiger kleiner Narr; steht frühmorgens eher auf und trägt alle Stiefel auf einen Haufen und sortiert sie und setzt jedem Mann sein Paar auf den richtigen Platz. Sie sind so oft nach ihm geschmissen worden, daß er jetzt jeden Stiefel kennt – kann sie mit geschlossenen Augen sortieren."

Wieder eine Pause, die ich natürlich nicht unterbrach, dann fuhr er fort: „Aber nun kommt noch das Allerschlimmste der Geschichte: Wenn er mit Beten fertig ist – wenn er endlich und endlich überhaupt mal damit fertig ist –, dann legt er los und fängt an zu singen! Na, Sie wissen ja, was für eine honigsüße Stimme er schon hat, wenn er spricht, Sie wissen, er könnte damit einen gußeisernen Hund von der Schwelle locken, um ihm die Hand zu lecken. Nun, auf mein Wort, Herr Major, gegen sein Singen ist das noch gar nichts! Flötentöne sind rauh im Vergleich mit dem Gesang dieses Burschen. Die Töne kommen ihm so sanft und so süß und so lieblich aus dem Mund, daß man denkt, man ist im Himmel."

„Aber was ist denn da Schlimmes dabei?"

„Nichts, das ist's ja gerade, Herr Major! Man hört ihn zum Beispiel singen:

So wie ich bin – unglücklich, arm und blind –,

ja, das braucht man ihn bloß einmal singen zu hören, und schon kommt einem 's Wasser in die Augen. Einerlei, was er singt, es geht einem tief hinein, da wo's Leben ist – und 's packt einen jedesmal. Hören Sie ihn bloß mal singen:

Kind von Sünd' und Sorgen,
Voll von Angst und Not,
Warte nicht bis morgen,
Folge heute Gott –
Stoß' nicht fort die Vaterhand,
Die vom fernen Himmelsland . . .

und wie's weitergeht. Man kommt sich dabei vor wie der verruchteste, undankbarste Kerl, der auf der Erde rumläuft. Und wenn er dann die Lieder singt vom Elternhaus und von der Mutter und den Kindertagen und den alten Erinnerungen und von längst entschwundenen Dingen und von alten Freunden, die tot oder fern sind – ach, das bringt einem alles vors Auge, was man je in seinem ganzen Leben geliebt und verloren hat – und 's ist so wunderschön, ja, 's ist göttlich, wenn man's anhört, Sir – aber, ach du lieber gütiger Herrgott, wie herzbrechend ist's auch! Die ganze Kapelle – jawohl, alle heulen sie! Der größte Lump unter ihnen schluchzt dabei – und gibt sich nicht mal Mühe, es zu verbergen. Und dieselben Kerls, die vorher ihre Stiefel nach ihm geschmissen haben – auf einmal springen sie alle von den Pritschen auf und laufen in der Finsternis zu ihm hin und herzen ihn und schlecken ihn ab – jawohl, das tun sie – und geben ihm Schmeichelworte und bitten ihn, er möge ihnen verzeihen. Und wenn in dem Augenblick ein Regiment käme, um dem Bürschchen ein Haar zu krümmen – wahrhaftig, sie gingen gegen das Regiment, und wenn's ein ganzes Armeekorps wäre!"

Wieder eine Pause. Dann fragte ich:

„Ist das alles?"

„Jawohl, Herr Major."

„Nun, du lieber Gott, was gibt's denn da zu klagen? Was wollen denn die Leute?"

„Was Sie wollen? Aber ich bitte Sie, Herr Major – Sie möchten, daß Sie ihm das Singen verbieten."

„Was für ein Einfall! Sie sagten ja selber, sein Gesang sei überirdisch schön."

„Das ist's ja eben. Er ist zu überirdisch. Kein gewöhnliches Menschenkind kann ihn vertragen. Es regt einen so fürchterlich auf, das Herz im Leib dreht sich einem dabei um! Es zerrt einem alle Gefühle zu Fetzen, man fühlt sich elend und verflucht und denkt, man sei bloß noch zum Sterben gut. Man ist dermaßen in einem ewigen Zustand von Zerknirschung, daß einem kein Essen mehr schmeckt und man am ganzen Leben keine Lust mehr hat. Und dann das Heulen – verstehen Sie, jeden Morgen schämen sie sich voreinander und können sich nicht ins Gesicht sehen."

„Hm, das ist ja ein sonderbarer Fall und eine merkwürdige Beschwerde. Sie verlangen also wirklich, daß das Singen aufhört?"

„Ja, Herr Major, so denken sie. Sie möchten nicht um zuviel bitten. Sie wären ja mächtig froh, wenn auch die Beterei aufhörte, oder wenn er wenigstens damit ein Haus weiter ginge. Aber die Hauptsache ist die Singerei. Wenn sie bloß das Singen loswerden, so denken sie, das Beten können sie aushalten, auch wenn es ein hartes Stück ist, in solcher Weise heruntergeputzt zu werden."

Ich sagte dem Sergeanten, ich würde die Sache in Erwägung ziehen. In derselben Nacht schlich ich mich zu den Musikern ins Quartier und horchte. Der Sergeant hatte nicht übertrieben. Ich hörte die laute betende Stimme in der Dunkelheit; ich hörte die Flüche der ermüdeten Mannschaften; ich hörte den Stiefelregen durch die Luft sausen und die Geschosse rund um die große Trommel herum mit Gepolter niederfallen. Die Sache rührte mich, aber sie belustigte mich zugleich. Dann folgte eine eindrucksvolle Stille. Nach einer Weile begann das Singen. O Gott, diese Begeisterung, die darin lag, dieser bezaubernde Ausdruck! Niemals, so lange ich auf der Welt war, hörte ich etwas so Süßes, so Anmutiges, so Zartes, so Heiliges, so Rührendes. Ich ging sehr bald fort, denn ich begann eine Bewegung zu verspüren, wie sie sich für den Befehlshaber einer Festung nicht schickt.

Am nächsten Tag gab ich Befehle aus, die dem Beten und Singen ein Ende machten. Dann folgten drei Tage so voll vor Spektakel, wobei ausgelassene Rekruten ihr Werbegeld vertranken, daß ich gar nicht an meinen Trommlerjungen dachte. Aber eines Morgens kommt Sergeant Rayburn und sagt:

„Der neue Junge benimmt sich sonderbar, Herr Major."

„Wieso?"

„Hm, er schreibt die ganze Zeit über."

„Schreibt? Was schreibt er denn? Briefe?"

„Weiß ich nicht, Herr Major. Aber sobald er keinen Dienst hat, streicht er immer mutterseelenallein stöbernd und schnüffelnd im Fort herum – hol mich der . . ., wenn ich glaube, 's gibt noch 'ne Ecke oder 'n Loch, wo er noch nicht hineingekrochen ist. Und alle paar Augenblicke bringt er Papier und Bleistift heraus und kritzelt was hin."

Mich beschlich ein höchst unangenehmes Gefühl. Ich hätte mich gerne darüber lustig gemacht, aber es war damals nicht die Zeit dazu, sich über das Geringste lustig zu machen, was irgendwie etwas Verdächtiges an sich hatte. Überall um uns herum, im ganzen Norden, gingen Dinge vor, die uns veranlassen mußten, immer auf dem Sprung zu sein und immer guten Ausguck zu halten. Ich erinnerte mich jetzt wieder an mein erstes Gespräch mit dem Jungen, in dem er mir erzählt hatte, er stamme aus dem Süden und sogar aus dem äußersten Süden, Louisiana, und dieser Gedanke war unter den herrschenden Verhältnissen nicht gerade ermutigend. Immerhin kostete es mich einige Überwindung, Rayburn die Befehle zu geben, die ich ihm erteilen mußte. Mir war zumute wie einem Vater, der sich auf etwas einläßt, wodurch er sein eigenes Kind in Schimpf und Schande bringen kann. Ich befahl Rayburn zu schweigen, seine Zeit abzuwarten und mir irgend etwas von den Schreibereien zu verschaffen, wenn er's tun könnte, ohne daß der Junge es merkte. Und vor allen Dingen sollte er nichts tun, wodurch der Knabe merken könnte, daß er beobachtet würde. Ich befahl ferner, dem Jungen seine gewohnten Freiheiten zu lassen, ihm aber in einiger Entfernung zu folgen, sobald er in die Stadt ginge.

Während der nächsten beiden Tage erstattete Rayburn mir mehrmals Bericht. Kein Erfolg. Der Junge schrieb zwar noch immer, aber er steckte jedesmal, wenn Rayburn in seiner Nähe erschien, mit einer unbefangenen Miene sein Papier in die Tasche. Zweimal war er in der Stadt in einen alten, verlassenen Stall hineingegangen, war eine Minute oder zwei darin geblieben und dann wieder herausgekommen. Man konnte solche Dinge nicht auf die leichte Schulter nehmen – sie sahen sehr verdächtig aus. Nun muß ich selber eingestehen, daß ich anfing, mich unbehaglich zu fühlen. Ich begab mich in meine Privatwohnung und ließ den nächsthöheren Offizier holen – einen klugen Offizier mit gesundem Urteilsvermögen, Sohn des Generals James Watson Webb. Er war überrascht und beunruhigt. Wir besprachen die Angelegenheit lang und breit und kamen zu dem Schluß, es sei wohl angebracht, eine geheime Nachforschung anzustellen. Ich übernahm dies selbst. So ließ ich mich denn um zwei Uhr morgens wecken und war einen

Augenblick später im Schlafsaal der Musiker. Auf dem Bauch zwischen den schnarchenden Soldaten am Boden entlangkriechend, gelangte ich schließlich, ohne jemanden aufzuwecken, zur Pritsche meines schlummernden kleinen Vagabunden, holte mir seine Kleider und seinen Tornister und kroch vorsichtig wieder zurück. In meiner Wohnung fand ich Webb, der bereits ungeduldig auf mich wartete. Wir gingen sofort an die Untersuchung. Die Kleider enttäuschten uns. Wir fanden in den Taschen lediglich unbeschriebenes Papier und einen Bleistift, sonst nichts außer einem Taschenmesser und allerhand wertlosem Kram, wie ihn jeder Junge mit sich herimschleppt. Daraufhin machten wir uns an den Tornister heran. Wieder ein Fehlschlag. Eine kleine Bibel lag darin, und auf dem Vorsatzblatt stand geschrieben: „Fremder, sei freundlich zu meinem Knaben, um seiner Mutter willen."

Ich sah Webb an – er schlug die Augen nieder. Er sah mich an – ich schlug die meinigen nieder. Keiner von uns sprach ein Wort. Ich legte das Buch ehrfürchtig wieder auf seinen Platz. Plötzlich stand Webb auf und ging weg, ohne ein Wort zu sagen. Nach einer Weile nahm ich mich zusammen, um meine nicht gerade angenehme Aufgabe zu vollenden, und brachte den Plunder wieder an seinen Platz. Ich kroch dabei wieder wie vorher auf dem Bauch, und das schien mir für eine solche Tätigkeit auch die einzig angemessene Haltung zu sein.

Ich war aufrichtig froh, als alles vorüber und vorbei war.

Am nächsten Tag um die Mittagszeit kam Rayburn wie gewöhnlich, um Meldung zu machen. Ich fuhr ihn an:

„Hören Sie jetzt auf mit diesem Unsinn! Wir machen einen Popanz aus einem armen kleinen Burschen, der so harmlos ist wie ein Gesangbuch!"

Der Sergeant machte ein erstauntes Gesicht und sagte:

„Hm, Sie wissen doch, es war Ihr eigener Befehl, Herr Major, und ich habe etwas von seiner Schreiberei erwischt!"

„Und was soll ich damit? Wie bekamen Sie's?"

„Ich guckte durch das Schlüsselloch und sah ihn schreiben. Als ich dachte, er sei wohl ungefähr damit fertig, hustete ich ein bißchen, und da sah ich, wie er's zusammenknäulte und ins Feuer warf. Dann guckte er sich nach allen Seiten um, ob jemand käme, und setzte sich dann so bequem und harmlos hin wie nur irgendeiner. Und dann kam ich herein und sagte ihm freundlich guten Tag und schickte ihn mit einem Auftrag weg. Er sah durchaus nicht verlegen drein, sondern ging ohne weiteres. Im Kamin war eben ein Kohlenfeuer angemacht worden und das Geschreibsel lag hinter einem Kohlenblock verborgen. Ich holte es heraus, und hier ist es. Es ist, wie Sie sehen, kaum angesengt."

Ich sah mir das Papier an und las einen oder zwei Sätze. Dann schickte ich den Sergeanten fort und ließ durch ihn Webb sagen, er möchte zu mir kommen.

Der Zettel lautete wörtlich:

Fort Trumbull, den 8.

Herr Oberst! Ich war im Irrtum betreffs des Kalibers der drei Geschütze, die ich am Schluß meiner Liste aufführte. Es sind Achtzehnpfünder; im übrigen ist jedoch die Armierung so, wie ich angab. Die Garnison ist noch so, wie ich zuletzt berichtet, doch bleiben die beiden Kompanien leichte Infanterie, die nach dem Kriegsschauplatz abgehen sollten, augenblicklich noch hier – für wie lange noch, kann ich jetzt nicht sagen, werde es aber bald herausbekommen. Wir sind der Meinung, daß es in Anbetracht der ganzen Sachlage besser sei, es noch zu verschieben, bis . . .

Hier brach das Schreiben ab – genau an dieser Stelle hatte Rayburn gehustet und den Schreiber unterbrochen. Meine ganze Zuneigung zu dem Knaben, all meine Achtung vor ihm und mein Mitleid wegen seiner trostlosen Lage schwanden augenblicklich angesichts dieser Schurkerei, die eine kaltblütige Niederträchtigkeit enthüllte.

Doch darum handelte es sich jetzt nicht. Hier gab es Arbeit – Arbeit, die höchste Aufmerksamkeit erforderte, und zwar augenblicklich. Webb und ich betrachteten die Sachlage von allen Seiten und Gesichtspunkten, und Webb meinte:

„Wie jammerschade, daß er unterbrochen wurde! Irgend etwas soll verschoben werden, bis . . . bis wann? Und was ist das für ein ‚es'? Möglicherweise hätte er's noch erwähnt, das heuchlerische kleine Reptil."

„Ja", sagte ich, „wir haben eine Gelegenheit verpaßt. Und was

bedeutet das ‚Wir' in dem Brief? Bezieht sich das auf Verschwörer innerhalb oder außerhalb des Forts?"

In dem „Wir" waren recht unbequeme Möglichkeiten angedeutet. Doch lohnte es sich nicht, sich darüber in Vermutungen zu ergehen, und so gingen wir zu Sachen über, die eine praktischere Bedeutung hatten. Vor allen anderen Dingen beschlossen wir, die Schildwachen zu verdoppeln und die allerstrengste Wachsamkeit walten zu lassen. Als nächstes dachten wir daran, uns Wicklow kommen zu lassen und ihn zum Sprechen zu bringen, doch uns schien das dann doch nicht das Klügste zu sein, solange uns noch andere Wege offenblieben. Wir mußten uns zunächst noch einiges mehr von seinen Schreibereien beschaffen. Und da hatten wir einen Einfall. Wicklow ging niemals zur Post – vielleicht war der leerstehende Stall sein Postamt. Wir ließen meinen Privatsekretär kommen, einen jungen Deutschen namens Stern, der eine Art von geborenem Detektiv war. Wir machten ihn mit den näheren Umständen bekannt und sagten ihm, er solle ans Werk gehen. Binnen einer Stunde bekamen wir Bescheid, daß Wicklow wieder etwas schreibe. Kurz darauf kam die Meldung, er habe um Stadturlaub gebeten. Er wurde eine kurze Weile hingehalten, und in der Zwischenzeit lief Stern in die Stadt und versteckte sich im Stall. Nach einiger Zeit sah der Deutsche, wie Wicklow hereingeschlendert kam, sich nach allen Seiten umsah, dann etwas unter einem Schutthaufen in einem Winkel versteckte und sich gemächlich wieder entfernte. Stern fiel über den versteckten Gegenstand her – es war ein Brief. Er brachte ihn uns. Das Schreiben hatte weder eine Adresse noch eine Unterschrift. Zunächst waren darin die Sätze wiederholt, die wir bereits gelesen hatten, dann hieß es weiter:

Wir halten es für das beste, es aufzuschieben, bis die beiden Kompanien fort sind. Ich meine damit, daß die vier drinnen so denken; mit den anderen habe ich mich nicht in Verbindung setzen können – befürchte Aufmerksamkeit zu erregen. Ich sage „vier", weil wir zwei verloren haben. Sie waren kaum eben angeworben und ins Fort gekommen, als sie eingeschifft wurden, um zur Front abzugehen. Es wird unbedingt notwendig sein, an ihrer Stelle zwei andere hier zu haben. Die beiden Abgegangenen waren die Brüder von Thirtymi-

le-Point. Ich habe etwas von größter Wichtigkeit mitzuteilen, darf es aber diesem Verkehrsweg nicht anvertrauen. Werde es auf dem anderen versuchen.

„Der kleine Schuft!" rief Webb. „Wer hätte auch annehmen können, daß er ein Spion ist? Doch lassen wir das! Wir wollen einmal die einzelnen Umstände, so wie sie sind, aufrechnen und sehen, wie die Angelegenheit in diesem Augenblick steht. Erstens: Wir haben in unserer Mitte einen Rebellenspion, den wir kennen. Zweitens: Wir haben in unserer Mitte noch drei andere, die wir nicht kennen. Drittens: Diese Spione sind über den einfachsten und leichtesten Weg in das Fort hineingeschmuggelt worden, indem sie sich nämlich als Soldaten in die Unionsarmee einreihen ließen. Offenbar sind zwei von ihnen dabei angeführt worden, da sie nach dem Kriegsschauplatz abrücken mußten. Viertens: Es sind noch verbündete Spione ‚draußen' vorhanden, deren Zahl unbekannt ist. Fünftens: Wicklow ist im Besitz sehr wichtigen Materials, das er sich nicht getraut, auf dem ‚gewöhnlichen Wege' mitzuteilen – will's ‚auf dem anderen versuchen'. So steht also der Fall zur Zeit. Sollen wir Wicklow beim Kragen packen und ihn zu einem Geständnis zwingen, oder sollen wir die Person abfangen, die die Briefe aus dem Stall abholt, und sollen wir diese zum Sprechen bringen? Oder sollen wir uns ruhig verhalten, um noch mehr zu erfahren?"

Wir entschieden uns für das letztere. Es schien uns nicht nötig, schon jetzt zu durchgreifenden Maßnahmen überzugehen, denn aller Wahrscheinlichkeit nach würden die Verschwörer warten, bis die beiden Kompanien leichte Infanterie ihnen nicht mehr im Wege wären. Wir gaben Stern ziemlich weitgehende Vollmachten und sagten ihm, er müsse sich die größte Mühe geben, um Wicklows anderes Verkehrsmittel ausfindig zu machen. Wir wollten alles auf eine Karte setzen und die Spione so lange wie möglich nicht merken lassen, daß wir Verdacht geschöpft hatten. Wir befahlen daher Stern, sofort wieder zu dem Stall zu gehen und dort, wenn die Luft rein sei, Wicklows Brief wieder an dem Ort zu verstecken, wo er ihn gefunden hatte, und ihn dort zu lassen, damit die Verschwörer ihn finden konnten.

Die Nacht brach an, ohne daß sich etwas ereignet hätte. Es war kalt und finster; ein rauher Wind blies und brachte Hagelschauer. Trotzdem verließ ich in dieser Nacht mehrere Male mein warmes Bett und machte in eigener Person die Runde, um nachzusehen, ob alles in Ordnung und ob jede Schildwache auf dem Posten sei. Ich fand sie stets wach und aufmerksam. Offensichtlich war ein Gerücht über geheimnisvolle Gefahren umgegangen, und die Verdoppelung der Wachposten hatte diesem Gerücht einen gewissen Rückhalt verliehen. Gegen Morgen begegnete ich bei einer solchen Runde Webb, der sich, den schneidend kalten Wind im Gesicht, seinen Weg bahnte. Ich hörte, daß er ebenfalls mehrere Male die Runde gemacht hatte, um nach dem Rechten zu sehen.

Der nächste Tag brachte die Ereignisse dann in ziemlich lebhaften Schwung. Wicklow schrieb wieder einen Brief. Stern lief zum Stall voraus und sah, wie er ihn dort niederlegte. Er nahm ihn an sich, sobald Wicklow wieder draußen war, dann schlich er sich ebenfalls hinaus und folgte dem kleinen Spion in einiger Entfernung. Ihm selber war ein Detektiv in Alltagskleidern unmittelbar auf den Fersen, denn wir hielten es für ratsam, für den Notfall gleich die Hilfe des Gesetzes zur Hand zu haben. Wicklow ging zum Bahnhof und lungerte dort herum, bis der Zug von New York einlief. Dann musterte er mit scharfen Blicken die Gesichter der Passagiere, die den Wagen entströmten. Auf einmal kam ein alter Herr mit grüner Brille und einem Stock herangehinkt, blieb in Wicklows Nähe stehen und begann sich umzusehen, als ob er jemanden erwartete. Blitzschnell trat Wicklow vor, drückte ihm einen Briefumschlag in die Hand, glitt wieder davon und verschwand im Gedränge.

Im nächsten Augenblick hatte Stern den Brief erhascht. Er eilte an dem Geheimpolizisten vorbei und flüsterte diesem zu: „Folgen Sie dem alten Herrn und verlieren Sie ihn nicht aus den Augen!“ Dann entfernte er sich eiligst mit der Menge und ging auf dem schnellsten Weg zum Fort.

Wir berieten bei geschlossenen Türen und wiesen den Wachposten draußen an, daß wir durchaus keine Störung haben wollten.

Zunächst öffneten wir den im Stall abgefangenen Brief. Er lautete:

Heilige Allianz! Fand in der gewöhnlichen Kanone Befehle vom Meister, die in der vergangenen Nacht dort hinterlassen wurden. Die Weisungen, die ich bisher vom untergeordneten Kommando empfing, sind dadurch umgestoßen. Ließ in der Kanone das gewöhnliche Zeichen, daß die Befehle in die richtige Hand gekommen sind ...

Hier unterbrach Webb mich mit der Frage:

„Ist denn der Bursche jetzt nicht unter beständiger Beobachtung?"

Ich bejahte dies. Er war seit der Beschlagnahme des vorigen Briefes unablässig streng bewacht worden.

„Wie konnte er dann irgend etwas in eine Kanone stecken oder etwas herausnehmen, ohne dabei gefaßt zu werden?"

„Nun ja", gab ich zu, „dies gefällt mir ganz und gar nicht."

„Mir erst recht nicht", bemerkte Webb. „Es bedeutet ganz einfach, daß sogar unter den Schildwachen Verschwörer sind. Wenn diese nicht in der einen oder anderen Weise mit im Einverständnis wären, so wäre die Sache nicht möglich gewesen."

Ich ließ Rayburn kommen und befahl ihm, die Batterien zu durchsuchen und sich Mühe zu geben, etwas zu finden. Dann las ich den Brief weiter:

Die neuen Befehle lauten sehr bestimmt: die M.M.M.M. sollen morgen früh um 3 Uhr F.F.F.F.F. sein. Zweihundert werden in kleinen Trupps mit der Eisenbahn und auf anderen Wegen aus verschiedenen Richtungen ankommen und zur rechten Zeit am verabredeten Ort sein. Ich werde heute das Zeichen verteilen. Erfolg ist augenscheinlich sicher, obwohl irgend etwas herausgekommen sein muß, denn die Schildwachen sind verdoppelt worden und die höheren Offiziere machten letzte Nacht mehrere Male die Runde. W.W. kommt heute vom Süden her und wird noch heute geheime Befehle empfangen – auf dem anderen Wege. Ihr müßt alle sechs genau um 2 Uhr morgens in 166 sein. Dort findet ihr B.B., der euch genaue Weisungen geben wird. Losungswort dasselbe wie letztesmal, nur umgekehrt – setzt erste Silbe hinten und letzte Silbe vorn an. Gedenket XXXX! Vergeßt das nicht! Seid guten Mutes, bevor wieder die

Sonne aufgeht, werdet ihr Helden sein! Euer Ruhm wird ewig sein, und ihr werdet der Weltgeschichte ein unvergängliches Blatt hinzugefügt haben. Amen.

„Donner und Mars!" rief Webb. „Aber da kommen wir ja, wie mir scheint, in eine ganz brenzliche Geschichte hinein!"

Ich antwortete, es sei keine Frage, daß die Sache ernste Formen annehme.

„Ein zweifelhaftes Unternehmen", sagte ich, „ist im Gange, das ist ganz klar. Und heute nacht soll es stattfinden – das ist ebenfalls klar. Die wahre Natur des Anschlags – ich meine die Art und Weise der Ausführung – ist durch diese Bündel von F und M verschleiert, aber das Endziel, scheint mir, ist die Überrumpelung des Forts. Jetzt gilt es scharf zu überlegen und schnell zu handeln. Ich glaube, durch die geheime Überwachung Wicklows kann nichts mehr erreicht werden. Wir müssen wissen, und zwar so schnell wie möglich, wo ‚166' gelegen ist, so daß wir um zwei Uhr in der Frühe die Bande dort fangen können. Der schnellste Weg, es zu erfahren, ist ohne Zweifel der, daß wir den Burschen zum Geständnis zwingen. Aber vor allen Dingen muß ich, ehe wir irgendeinen wichtigen Schritt unternehmen, den Sachverhalt dem Kriegsdepartement unterbreiten und um Vollmachten bitten."

Es wurde ein chiffriertes Telegramm aufgesetzt. Ich las und genehmigte es und sandte es sofort ab.

Damit schloß unsere Beratung in bezug auf den Spionenbrief, und ich öffnete den anderen, welchen Stern dem lahmen Herrn aus der Hand gerissen hatte. Er enthielt nichts weiter als zwei vollkommen unbeschriebene Blätter aus einem Notizbuch! Das war ein kalter Guß auf unsere hochgespannten heißen Erwartungen Einen Augenblick lang kamen wir uns so leer vor wie das Papier und zweimal so albern. Aber das dauerte nur einen Augenblick, denn natürlich dachten wir unmittelbar darauf an „sympathetische Tinte". Wir hielten das Papier dicht übers Feuer und dachten, nun würden unter dem Einfluß der Hitze die Buchstaben gleich zum Vorschein kommen, aber es erschien nichts als ein paar schwache Striche, aus denen wir nicht klug werden konnten. Wir ließen darauf den Regimentsarzt rufen und beauftragten ihn, alle ihm bekannten chemischen Verfahren anzuwenden, um die Schrift sichtbar zu machen. Sobald er die Schriftzeichen an die Oberfläche brächte, sollte er mir sofort den Inhalt des Briefes mitteilen. Der Fehlschlag war ausgesprochen ärgerlich, und natürlich tobten wir über die Verzögerung, denn wir hatten steif und fest erwartet, durch den Brief einige der wichtigsten Geheimnisse der Verschwörung zu erfahren.

Nun erschien Sergeant Rayburn. Er zog aus der Tasche ein etwa fußlanges Stück Bindfaden mit drei Knoten und hielt es in die Höhe.

„Ich fand es in einer Kanone an der Wasserseite", sagte er. „Ich nahm die Mündungsdeckel von allen Geschützen ab und sah ganz genau nach, aber diese Schnur war das einzige, was ich finden konnte."

Dieses Endchen Bindfaden war also Wicklows Zeichen, wodurch er kundgab, daß des „Meisters" Befehle nicht in falsche Hände gekommen waren. Ich befahl, jeden Mann, der während der letzten vierundzwanzig Stunden in der Nähe jenes Geschützes Schildwache gestanden hatte, sofort in Einzelgewahrsam zu setzen und mit keinem Menschen ohne meine ganz besondere Erlaubnis sprechen zu lassen.

Vom Staatssekretär des Kriegsdepartements kam ein Telegramm, das folgendermaßen lautete:

Suspendiert Habeascorpus-Akte. Erklärt die Stadt in Belagerungszustand. Veranlaßt die notwendigen Verhaftungen. Handelt energisch und schnell. Haltet das Kriegsdepartement auf dem laufenden.

Jetzt waren wir soweit, daß wir ans Werk gehen konnten. Ich schickte Leute aus, die, ohne Aufsehen zu erregen, den lahmen Herrn aufsuchten und ihn unauffällig ins Fort brachten. Ich gab ihm eine Schildwache und verbot jedem, mit dem Herrn zu sprechen oder ihn anzuhören. Anfangs hatte er große Lust, Lärm zu schlagen, doch sie verging ihm bald. Dann kam eine Meldung, es sei beobachtet worden, wie Wicklow zwei von unseren neuen Rekruten etwas zugesteckt habe. Die Leute seien festgenommen und in Haft gebracht worden. Bei beiden fand man einen kleinen Papierschnitzel, auf dem mit Bleistift geschrieben stand:

Adlers Dritter Flug.
Gedenke XXXX.
166.

Meinen Weisungen gemäß telegraphierte ich dem Departement in Chiffren, welche neuen Entdeckungen wir gemacht hatten. Unsere Stellung schien jetzt stark genung zu sein, um vor Wicklow die Maske fallenlassen zu können; ich ließ ihn also holen. Gleichzeitig ließ ich den mit sympathetischer Tinte geschriebenen Brief wieder anfordern. Der Regimentsarzt sandte ihn zurück mit der Bemerkung, daß seine Bemühungen bisher vergeblich gewesen seien, es gebe aber noch andere Verfahren, die er anwenden könne, falls ich es wünschen sollte.

Wicklow trat ein. Es lag etwas Müdes und Erwartungsvolles in seinem Blick, aber er war gefaßt und unbefangen, und wenn er irgendeinen Vedacht hegte, so trat dieser jedenfalls in seinen Gesichtszügen und in seinem Benehmen nicht zutage. Ich ließ ihn ein paar Augenblicke stehen; dann sagte ich freundlich:
„Na, mein Junge, warum gehst du denn sooft zu dem alten Stall?“

Er antwortete einfach und ohne Verlegenheit:

„Ja, Herr Major, das weiß ich selber nicht recht; es ist eigentlich kein besonderer Grund vorhanden, als daß ich gerne allein bin und daß ich mich dort unterhalte.“

„Ach so, du unterhältst dich dort?“

„Jawohl, Herr Major“, antwortete er so einfach und unschuldig wie zuvor.

„Und weiter tust du da nichts?“

„Nein, Herr Major“, sagte er, und dabei sah er mich mit einem Ausdruck kindlicher Verwunderung in seinen großen sanften Augen an.

„Weißt du das auch ganz gewiß?“

„Jawohl, Herr Major, ganz gewiß.“

Nach einer Pause fragte ich weiter:

„Wicklow, warum schreibst du soviel?“

„Ich? Ich schreibe nicht viel, Herr Major.“

„Nicht?“

„Nein, Herr Major. Oh, wenn Sie ‚kritzeln‘ meinen – kritzeln tue ich manchmal zu meiner Unterhaltung.“

„Was machtst du denn mit deinem Gekritzel?“

„Nichts, Herr Major – ich werfe es weg.“

„Schickst du’s niemals an irgend jemand?“

„Nein.“

Plötzlich hielt ich ihm den Brief an den „Oberst“ vors Gesicht. Er fuhr leicht zusammen, faßte sich aber sofort wieder. Eine flüchtige Röte überzog seine Wangen.

„Wie kamst du dann aber dazu, dieses Gekritzel abzuschicken?“

„Ich dach . . . ich dachte mir gar nichts Böses dabei, Herr Major!“

„Nichts Böses dabei! Du verrätst die Armierung des Forts und die Stärke der Besatzung und denkst dir nichts Böses dabei?“

Er ließ den Kopf hängen und schwieg.

„Höre, sprich frei von der Leber weg und laß das Lügen sein! Für wen war dieser Brief bestimmt?“

Er verriet jetzt Zeichen von Angst, doch schnell hatte er sich wieder zusammengenommen und erwiderte in tiefstem Ernst:

„Ich will Ihnen die Wahrheit sagen, Herr Major – die ganze Wahrheit. Der Brief war überhaupt niemals für irgendeinen Menschen bestimmt. Ich schrieb ihn bloß für mich selbst, um mir einen Spaß zu machen. Ich sehe jetzt ein, wie verkehrt und wie albern das war; aber das ist auch das einzige Anstößige dabei, Herr Major, bei meiner Ehre.“

„Ah, das freut mich. Es ist gefährlich, solche Briefe zu schreiben. Ich hoffe, du bist sicher, daß dies der einzige ist, den du schriebst.“

„Jawohl, Herr Major, vollkommen sicher.“

Diese Verstocktheit war verblüffend. Er sagte seine Lüge mit dem ehrbarsten Gesicht der Welt. Ich wartete einen Augenblick, um den in mir aufsteigenden Ärger niederzuzwingen, dann sagte ich:

„Wicklow, rüttle jetzt mal ein bißchen dein Gedächtnis auf und sieh zu, ob du mir nicht bei zwei oder drei kleinen Sachen helfen kannst, die ich gerne wissen möchte."

„Ich will mir die allergrößte Mühe geben, Herr Major."

„Also, zunächst: Wer ist der ,Meister'?"

Meine Frage hatte die Wirkung, daß er schnell einen unruhigen Blick über unsere Gesichter gleiten ließ. Aber das war auch alles. In einem Augenblick war er wieder heiter und antwortete ruhig:

„Ich weiß es nicht, Herr Major."

„Du weißt es nicht?"

„Ich weiß es nicht."

„Du weißt es ganz bestimmt nicht?"

Er bot alle Kraft auf, um mir fest in die Augen zu sehen, aber das war zuviel für ihn. Sein Kinn sank langsam auf die Brust, und er schwieg. Er stand da und drehte nervös an einem Knopf. Er sah kläglich aus, und ich fühlte unwillkürlich, trotz seiner niederträchtigen Handlungen, Mitleid mit ihm. Dann unterbrach ich plötzlich die Stille mit der Frage:

„Was ist die ,Heilige Allianz'?"

Er zuckte sichtlich zusammen und machte eine halb unbewußte Bewegung mit den Händen wie ein verzweifeltes Geschöpf, das um Mitleid fleht. Aber kein Laut kam über seine Lippen. Er hielt hartnäckig seine Augen auf den Fußboden geheftet. Wir sahen ihn an und warteten darauf, daß er sprechen würde, und da bemerkten wir, wie dicke Tränen anfingen, ihm über die Wangen zu rollen. Aber er blieb still. Nach einer kleinen Weile sagte ich:

„Du mußt mir antworten, mein Junge, und mußt mir die Wahrheit sagen. Wer ist die ,Heilige Allianz'?"

Er weinte leise weiter. Schließlich sagte ich ziemlich scharf:

„Antworte auf die Frage!"

Er bemühte sich, seiner Stimme wieder Herr zu werden. Dann sagte er mit einem flehenden Blick auf uns, wobei er die Worte mühsam zwischen seinem Schluchzen herauspreßte:

„Oh, haben Sie Erbarmen mit mir, Herr Major! Ich kann nicht antworten, denn ich weiß nichts!"

„Was?"

„Gewiß, Herr Major, ich spreche die Wahrheit. Ich habe bis zu diesem Augenblick niemals was von der ,Heiligen Allianz' gehört!"

„Himmelherrgott.. Sieh mal hier deinen zweiten Brief an. Da, siehst du hier die Worte ‚Heilige Allianz‘? Was sagst du jetzt?“

Er starrte mir ins Gesicht mit dem beleidigten Blick eines Menschen, dem man ein großes Unrecht angetan hat. Dann sagte er in empfindlichem Ton:

„Das ist irgendein grausamer Scherz, Herr Major. Und wie konnte man mir so was antun – mir, der sich alle Mühe gab, das Rechte zu tun, und der niemals einem Menschen etwas zuleide getan hat! Irgendeiner hat meine Handschrift nachgemacht; ich schrieb niemals eine Zeile davon; ich habe diesen Brief nie vorher gesehen.“

„Das ist doch der Gipfel der Unverschämtheit! Sieh her, was sagst du hierzu?“ Und ich riß den Brief mit der sympathetischen Tinte aus meiner Tasche und hielt ihn ihm vor die Augen.

Sein Gesicht wurde weiß – so weiß wie das einer Leiche. Er schwankte und faßte mit der Hand nach der Wand, um sich zu stützen. Einen Augenblick darauf fragte er mit so schwacher Stimme, daß man's kaum hören konnte:

„Haben – Sie's gelesen?“

Unsere Gesichter mußten die Wahrheit geantwortet haben, bevor meine Lippen das falsche „Ja!“ hervorbringen konnten, denn ich sah deutlich, wie der Junge neuen Mut faßte. Ich wartete darauf, daß er etwas sagen würde, aber er blieb still. So sagte ich schließlich:

„Nun, was hast du zu den Enthüllungen zu bemerken, die in diesem Brief enthalten sind?“

Er antwortete völlig gefaßt:

„Nichts – ausgenommen, daß ich gänzlich harmlos und unschuldig bin; sie können keinem Menschen Schaden tun.“

Ich war jetzt ein wenig in der Klemme, da ich seine Behauptung nicht Lügen strafen konnte. Ich wußte nicht recht, wie ich weiter vorgehen sollte. Es kam mir jedoch zum Glück ein guter Gedanke, und ich sagte:

„Du weißt ganz bestimmt nichts von dem ‚Meister‘ und der ‚Heiligen Allianz‘ und hast auch ganz bestimmt den Brief nicht geschrieben, der, wie du sagst, eine Fälschung ist?“

„Nein, Herr Major – ganz bestimmt nicht!“

Ich zog langsam den geknoteten Bindfaden hervor und hielt ihm denselben hin, ohne ein Wort zu sagen. Ersah ihn gleichgültig an, dann wandte er sich mit einem fragenden Blick zu mir. Meine Geduld war jetzt an der Grenze angelangt. Ich bezwang jedoch meinen Ärger und fragte in ruhigem Ton:

„Wicklow, siehst du das?"

„Ja, Herr Major."

„Was ist es?"

„Es scheint ein Stück Bindfaden zu sein."

„*Scheint*? Es ist ein Stück Bindfaden. Erkennst du es?"

„Nein, Herr Major!" antwortete er auf die ruhigste Art von der Welt.

Seine Kaltblütigkeit war geradezu wunderbar! Ich machte jetzt eine Pause von mehreren Sekunden, um durch das Schweigen den Worten, die ich äußern wollte, einen größeren Nachdruck zu verleihen. Dann stand ich auf, legte meine Hand auf seine Schulter und sagte ernst:

„Deine Lügen, armer Junge, werden dir nicht weiterhelfen. Dies Zeichen für den ‚Meister', dieser geknotete Bindfaden, der in einer der Kanonen an der Wasserseite gefunden . . ."

„Gefunden *in* der Kanone? Oh, nein, nein, nein! Sagen Sie nicht in der Kanone, sondern in einer Fuge des Mündungsdeckels – er muß in der Fuge gewesen sein!" Und er fiel auf die Knie und faltete seine Hände und hob sein Gesicht zu uns empor, so bleich und angstverzerrt, daß es einem Mitleid einflößte.

„Nein, er war *in* der Kanone."

„Oh, dann ist etwas nicht in Ordnung! Mein Gott, ich bin verloren!" Und er sprang auf und versuchte sich den Händen zu entwinden, die sich nach ihm austreckten. Er wollte durchaus entfliehen. Aber das war natürlich ganz undenkbar. Dann warf er sich wieder auf die Knie, schrie aus Leibeskräften und umklammerte meine Beine und ließ mich nicht los und bat und flehte und rief: „Haben Sie Erbarmen mit mir! Seien Sie gnädig mit mir! Verlassen Sie mich nicht! Sie würden keinen Augenblick zögern, mich zu töten! Beschützen Sie mich, retten Sie mich! Ich will alles gestehen!"

Wir brauchten ziemlich lange Zeit, um ihn zu beruhigen und ihm die Angst auszureden und ihn wieder in eine einigermaßen vernünftige Geistesverfassung zu bringen. Dann begann ich ihn auszufragen: Er antwortete demütig, mit niedergeschlagenen Augen, von Zeit zu Zeit die unablässig rinnenden Tränen abwischend.

„Du bist also in deinem Herzen ein Rebell?“

„Ja, Herr Major.“

„Und ein Spion?“

„Ja.“

„Und hast nach Befehlen von außerhalb gehandelt?“

„Ja.“

„Mit Freuden, vielleicht?“

„Ja. Es hätte keinen Zweck, das zu leugnen. Der Süden ist mein Vaterland; mein Herz gehört der Sache des Südens – Herz und Leib und Seele!“

„Dann war also die Geschichte, die du mir von euren Leiden und den Verfolgungen gegen deine Familie erzähltest, reine Erfindung?“

„Sie – sie befahlen mir, es zu sagen, Herr Major!“

„Und du wolltest also die Leute, die dir aus Mitleid Obdach gaben, verraten und vernichten? Begreifst du eigentlich, wie gemein das ist, du armes Geschöpf?“

Er erwiderte darauf nur mit einem Schluchzen.

„Nun, lassen wir das! Zur Sache! Wer ist der ‚Oberst‘ und wo ist er?“

Er fing herzbrechend an zu weinen und bat himmelhoch, ihm die Antwort zu erlassen. Er sagte, man würde ihn töten, wenn er spräche. Ich drohte ihm, ich würde ihn in die dunkle Zelle einsperren lassen, wenn er nicht mit der Sprache herauskäme. Gleichzeitig versprach ich ihm, ihn gegen jede Gefahr zu beschützen, wenn er durch ein Geständnis sein Gewissen erleichterte. Er antwortete nicht, sondern preßte die Lippen zusammen und setzte eine verstockte Miene auf. Es war nichts mit ihm anzufangen. Schließlich nahm ich ihn mit in die dunkle Zelle, und der bloße Blick in ihr Inneres brachte ihn herum. Er brach in ein leidenschaftliches Weinen und Flehen aus und erklärte, er wolle alles sagen.

Ich nahm ihn also wieder mit zu meinem Zimmer, und er gab den Namen des „Obersten“ an und beschrieb dessen Erscheinung ganz genau. Er sei im vornehmsten Gasthof der Stadt in bürgerlicher Kleidung zu finden. Dann mußte ich neue Drohungen anwenden, bis er mir endlich auch den „Meister“ mit Namen nannte und beschrieb. Er sagte, der Meister sei in New York, Bondstreet Nr. 15, zu finden; er wohne dort unter dem Namen R. F. Gaylord. Ich telegraphierte Namen und Personalbeschreibung an den Polizeipräsidenten der Metropole und bat, Gaylord zu verhaften und festzuhalten, bis ich ihn abholen lassen könne.

„Nun“, sagte ich, „befinden sich, wie es scheint, verschiedene von den Verschwörern ‚außerhalb‘, vermutlich in New London. Nenne und beschreibe sie!“

Er nannte und beschrieb drei Männer und zwei Frauen – sämtliche im ersten Gasthof von New London wohnend. Ich schickte Leute in der Stadt und ließ sie nebst dem „Oberst“ in aller Ruhe verhaften; bald saßen sie auf dem Fort in sicherem Gewahrsam.

„Jetzt wünsche ich noch ganz genaue Auskunft über deine drei Mitverschwörer, die hier im Fort sind.“

Es kam mir vor, als wollte er mir wieder Lügen erzählen; ich brachte aber die beiden geheimnisvollen Papierschnitzel zum Vorschein, die bei den Rekruten gefunden worden waren, und dies übte eine heilsame Wirkung auf ihn aus. Ich sagte ihm, wir hätten zwei von den Leuten schon in unserer Gewalt, und er müßte uns noch den dritten bezeichnen. Dies jagte ihm einen fürchterlichen Schreck ein, und er rief:

„Oh, bitte, erlassen Sie mir das; er würde mich auf der Stelle töten!“

Ich sagte ihm, das sei alles Unsinn. Ich würde ihm jemand zum Schutz mitgeben, außerdem würden die Mannschaften ohne Waffen antreten. Ich befahl, daß alle unausgebildeten Rekruten zum Appell kommen sollten, dann mußte der arme, zitternde kleine Kerl herauskommen. Er schritt die Front ab, wobei er sich bemühte, so gleichgültig wie möglich dreinzusehen. Schließlich sprach er zu einem von den Leuten ein einziges Wort, und ehe er fünf Schritte weiter war, war der Mann auch schon verhaftet.

Sobald Wicklow wieder bei uns war, ließ ich die drei Soldaten vorführen. Einer von ihnen mußte vortreten, und ich sagte:

„Nun, Wicklow, denk dran: Du mußt uns die Wahrheit sagen! Wer ist der Mann, und was weißt du von ihm?“

Da er nun doch einmal „festsaß“, schob er alle Gedanken an etwaige Folgen beiseite, heftete seine Augen auf das Gesicht des Mannes und sagte ohne jedes Zögern:

„Sein wahrer Name lautet: George Brichow. Er ist aus New Orleans; war vor zwei Jahren zweiter Steuermann auf dem Küstendampfer ‚Capitol‘; ist ein hinterhältiger Charakter und hat schon zweimal wegen Totschlags im Gefängnis gesessen: das einemal, weil er einen Matrosen namens Hyde mit einer Handspake getötet hat, das anderemal, weil er einen Schiffsarbeiter totschlug, der sich weigerte, das Lot zu heben, womit auch ein solcher Schiffsarbeiter nichts zu tun hat. Er ist ein Spion und wurde in dieser Eigenschaft vom Obersten hergeschickt. Er war dritter Steuermann auf dem ‚St. Nicholas‘, als dieser Dampfer in der Nähe von Memphis in die Luft flog, im Jahre 1858, und er wäre beinahe gelyncht worden, weil er die Toten und Verwundeten ausplünderte, während sie in einem leeren Holzboot an Land gebracht wurden.“

Und so weiter und so weiter! Er lieferte eine vollständige Lebensbeschreibung des Mannes. Als er fertig war, sagte ich zu diesem:

„Was haben Sie dazu zu bemerken?“

„Nichts für ungut, Herr Major – aber das ist die teuflischste Lüge, die je gesprochen wurde!“

Ich schickte ihn wieder in Arrest und ließ die beiden anderen einzeln vortreten. Dasselbe Ergebnis. Der Junge erzählte über jeden von ihnen eine bis in die kleinsten Einzelheiten gehende Geschichte, ohne sich jemals auf ein Wort oder eine Tatsache besinnen zu müssen, aber alles, was ich aus den beiden Kerlen herauskriegen konnte, war die entrüstete Versicherung, es sei alles gelogen. Sie wollten nichts gestehen. Ich ließ sie wieder abführen und dann die übrigen Gefangenen, einen nach dem anderen, antreten. Wicklow gab die ausführlichste Auskunft über sie – aus welchen Städten im Süden sie waren, und schilderte mit allen Einzelheiten ihre Beteiligung an der Verschwörung.

Aber sie bestritten sämtlich seine Angaben, und kein einziger von ihnen bekannte auch nur das geringste. Die Männer tobten, die Frauen weinten. So wie sie es darstellten, waren sie alle unschuldige Leute aus dem Westen und liebten die Union über alles in der Welt. Voll Ekel ließ ich die Bande wieder einsperren und fuhr in Wicklows Verhör fort:

„Wo liegt Nr. 166 und wer ist B. B?"

Aber hier war die Grenze, die er sich selber gesetzt hatte. Weder Schmeicheln noch Drohen übte irgendwelche Wirkung auf ihn. Die Zeit flog dahin – es war unumgänglich nötig, zu scharfen Maßnahmen zu greifen. Ich ließ ihn also, an den Daumen gebunden, hochziehen. Als die Schmerzen größer wurden, stieß er ein herzzerreißendes Geschrei aus, das ich kaum mit anhören konnte. Aber ich blieb fest, und sehr bald schrie er:

„Oh, bitte, bitte, lassen Sie mich herunter; dann will ich sprechen!"

„Nein – du wirst sprechen, bevor ich dich herunterlasse."

Jeder Augenblick bedeutete Todesqual für ihn. Und so kam's heraus:

„Nr. 166, Adler-Gasthof!"

Dies war der Name einer verrufenen Wirtschaft drunten am Hafen, wo gewöhnliche Arbeiter, Küstenschiffer und zweifelhaftes Gesindel zu verkehren pflegten.

Ich ließ ihn also los und verlangte sodann Auskunft über den Zweck der Verschwörung.

„Das Fort heute nacht zu nehmen", sagte er mürrisch und schluchzend.

„Habe ich alle Häupter der Verschwörung erwischt?"

„Nein. Sie haben sie alle mit Ausnahme derer, die sich bei 166 treffen sollten."

„Was bedeutet: *‚Gedenke XXXX'?"*

Keine Antwort.

„Wie lautet das Losungswort für 166?"

Keine Antwort.

„Was bedeuten diese Haufen Buchstaben: FFFFF und MMMM? Antworte, oder du kriegst es noch einmal zu fühlen!"

„Ich werde *niemals* antworten. Lieber sterbe ich."

„Überlege dir, was du sagst, Wicklow! Ist das dein letztes Wort?"

Er antwortete standhaft und ohne ein Zittern in seiner Stimme:

„Es ist mein letztes Wort. So wahr ich meine mißhandelte Heimat liebe und so wahr ich alles hasse, was hier im Norden die Sonne bescheint: Ich sterbe eher, als daß ich diese Dinge verrate!"

Ich ließ ihn abermals an den Daumen hochziehen. Als er die furchtbarsten Schmerzen litt, war es herzzerbrechend, des armen Jungen Schreie mit anzuhören – aber wir brachten nicht anderes aus ihm heraus. Auf jede Frage kreischte er dieselbe Antwort:

„Ich kann sterben und ich will sterben. Aber sprechen werde ich niemals!"

Nun, wir mußten es aufgeben. Wir waren überzeugt, daß er ganz bestimmt lieber sterben als gestehen würde. Wir ließen ihn daher herunter und setzten ihn unter strenger Bewachung in Haft.

Dann hatten wir ein paar Stunden lang alle Hände voll zu tun, um die telegraphischen Berichte an das Kriegsdepartement abzuschicken und alle Vorbereitungen für unseren Überfall auf Nr. 166 zu treffen.

Es ging aufgeregt her in jener schwarzen, bitterkalten Nacht. Es war allerlei durchgesickert, und die ganze Garnison war auf dem Posten. Die Schildwachen waren verdreifacht, und kein Mensch hätte sich drinnen oder draußen rühren können, ohne durch eine Gewehrmündung vor seinem Kopf zum Stehen gebracht zu werden. Webb und ich waren indes jetzt weniger in Sorgen als zuvor, weil die Verschwörung notwendigerweise in ziemlich krüppelhaftem Zustand sein mußte, seitdem so viele von den hervorragendsten Führern in unsere Klauen geraten waren.

Ich beschloß, beizeiten bei Nr. 166 zu sein, B. B. zu fesseln und zu knebeln und somit fertig zu sein, wenn die übrigen ankämen. Ungefähr ein Viertel nach eins in der Frühe schlich ich mich an der Spitze von einem halben Dutzend kräftiger und beherzter altgedienter Soldaten aus der Festung hinaus. Bei uns hatten wir Wicklow, dem die Hände auf den Rücken gebunden waren. Ich erklärte ihm, wir seien auf dem Weg nach Nr. 166, und wenn sich herausstellte, er habe uns abermals belogen und uns auf eine falsche Fährte gebracht, so müsse er uns den richtigen Ort zeigen, oder er habe die Folgen auf sich zu nehmen.

Wir erreichten ungesehen das Wirtshaus. In der kleinen

Schankstube brannte ein Licht, sonst war das ganze Haus dunkel. Ich versuchte die Haustür zu öffnen. Sie gab nach, und wir traten leise ein, die Tür hinter uns schließend. Dann zogen wir unsere Stiefel aus, und ich ging voran zur Schankstube. Da saß der deutsche Wirt in seinem Lehnstuhl und schlief. Ich weckte ihn vorsichtig und sagte ihm, er solle seine Stiefel ausziehen und uns den Weg zeigen, dabei aber keinen Laut von sich geben. Er gehorchte ohne Widerrede, war aber augenscheinlich in fürchterlicher Angst. Ich befahl ihm, uns zum Zimmer Nr. 166 voranzugehen. Wir stiegen leise wie die Katzen zwei oder drei Treppen hinauf und gingen einen großen Flur entlang bis fast zu seinem äußersten Ende. Dort war eine Tür, durch deren matte Glasscheibe wir bemerkten, daß drinnen ein trübes Licht brannte. Der Wirt tastete sich in der Dunkelheit zu mir heran und wisperte mir zu, es wäre 166. Ich faßte an den Türgriff – die Tür war von innen verschlossen. Dann flüsterte ich einem von meinen stärksten Soldaten einen Befehl zu. Wir stemmten unsere breiten Schultern gegen die Tür und sprengten sie mit einem einzigen Druck aus ihren Angeln. Ein schneller Blick zeigte mir undeutlich eine Gestalt, die in einem Bett lag – ich sah, wie der Kopf sich der Kerze näherte, das Licht ging aus, und wir standen in pechschwarzer Finsternis! Mit einem einzigen großen Satz war ich auf dem Bett und hielt den darin Liegenden mit meinen Knien nieder. Mein Gefangener wehrte sich kräftig, aber ich kriegte seine Gurgel mit meiner linken Hand zu fassen, und das war eine gute Hilfe für meine Knie. Dann riß ich schnell meinen Revolver heraus, spannte ihn und legte den kalten Lauf zur Warnung gegen seine Wange. Dabei rief ich:

„Jetzt zünde schnell einer ein Licht an! Ich hab ihn sicher."

Ein Streichholz flammte auf. Ich sah mir meinen Gefangenen an und – Himmeldonnerwetter! Es war ein junges Frauenzimmer.

Ich ließ sie los und sprang vom Bett herunter. Ich kam mir ziemlich dämlich vor. Jeder von uns sah verdutzt seinen Nachbarn an. Es war, als hätten wir alle die Vernunft verloren, so plötzlich und überwältigend wirkte die Überraschung. Das junge Frauenzimmer begann zu schreien und bedeckte sich das Gesicht mit dem Bettlaken. Der Wirt sagte in demütigem Ton:

„Meine Tochter hat wohl was getan, das nicht recht ist?"

„Ihre Tochter? Ist das Ihre Tochter?"

„O ja, das ist meine Tochter. Sie ist gerade heute abend von Cincinnati ein klein bißchen krank nach Hause gekommen."

„Verflucht noch mal, der Bengel hat also wieder gelogen! Das ist nicht die richtige Nr. 166, das ist nicht B. B. Höre, Wicklow, jetzt wirst du uns die richtige Nr. 166 finden, sonst – hallo! Wo ist denn der Junge?"

Fort war er – das war bombensicher. Und noch mehr, es gelang uns nicht, eine Spur von ihm zu finden. Das war eine eklige Klemme! Ich verwünschte meine Dummheit, daß ich ihn nicht an einen von den Leuten angebunden hatte, aber es hatte ja keinen Zweck, jetzt darüber zu fluchen. Was sollte ich unter den herrschenden Umständen tun? – Das war die Frage. Das Mädchen *konnte* immerhin doch B. B. sein. Ich glaubte das allerdings nicht, aber es wäre ja nicht gegangen, Zweifel für Gewißheit anzunehmen. Schließlich ließ ich meine Leute ein leeres Zimmer auf der anderen Seite des Flurs gegenüber von Nr. 166 beziehen und befahl ihnen, jeden, der sich des Mädchens Zimmer nähere, ohne Unterschied zu verhaften; den Wirt hatten sie bis auf weiteren Befehl unter strenger Bewachung zu halten. Dann eilte ich zum Fort zurück, um zu sehen, ob dort alles in Ordnung sei.

Ja, da war alles in Ordnung. Und alles blieb in Ordnung. Ich blieb die ganze Nacht auf, um sicherzugehen. Es passierte nichts. Ich war unbeschreiblich froh, als ich den Morgen dämmern sah und an das Kriegsdepartement telegraphieren konnte, daß die Sterne und Streifen noch immer über Fort Trumbull wehten.

Ein ungeheurer Druck war mir vom Herzen genommen. Trotzdem ließ ich natürlich in meiner Wachsamkeit und Tätigkeit nicht nach, dazu war der Fall zu ernst. Ich ließ die Verhafteten einen nach dem anderen vorführen und machte ihnen ganz gehörig die Hölle heiß, um sie zum Gestehen zu bringen – aber das nützte mir nichts. Sie knirschten bloß mit den Zähnen und rauften sich die Haare aus, aber sie verrieten nicht.

Gegen Mittag kamen Nachrichten über meinen verschwundenen Jungen. Man hatte ihn um sechs Uhr früh etwa acht Meilen von der Stadt auf der Landstraße gesehen. Er wanderte westwärts. Sofort schickte ich einen Kavallerieleutnant mit einem Gemeinen auf seine Spur. Zwanzig Meilen von der Stadt bekamen sie ihn zu Gesicht. Er war über einen Zaun geklettert und schleppte sich müde quer über eine morastige Wiese auf ein großes altmodisches Haus zu, das am Ende eines Dorfes lag. Sie ritten durch ein kleines Gehölz hindurch, machten einen Umweg und näherten sich dem Haus von der entgegengesetzten Seite. Dann stiegen sie ab und liefen schnell in die Küche. Da war niemand. Sie schlüpften in das nächste Zimmer, das ebenfalls leer war. Die Tür nach dem Vorder- oder Wohnzimmer stand offen. Sie wollten gerade hineingehen, als sie eine leise Stimme hörten: irgend jemand sagte ein Gebet. Sie blieben daher ehrfurchtsvoll stehen, und der Leutnant streckte seinen Kopf vor und sah einen alten Mann und eine alte Frau, die in einer Ecke des Wohnzimmers auf den Knien lagen. Der Betende war der alte Mann, und gerade als er mit seinem Gebet zu Ende war, machte der junge Wicklow die Vordertür auf und trat ein. Die beiden alten Leute sprangen auf ihn zu, umarmten ihn voll Zärtlichkeit und riefen:

„Unser Junge! Unser Liebling! Gott sei gepriesen! Der Verlorene ist wiedergefunden. Der tot war, ist wieder am Leben!“

Nun, mein lieber Herr, was meinen Sie dazu? Die junge Kröte war da in dem Hause geboren und aufgewachsen und war sein ganzes Leben lang nicht weiter als fünf Meilen weg gewesen, bis er vor vierzehn Tagen in meine Wohnung gestrolcht kam und mich mit seiner rührseligen Räubergeschichte an der Nase herumführte! Das ist so wahr wie das Evangelium. Der alte Mann war sein Vater – ein gelehrter alter Geistlicher, der sich zur Ruhe gesetzt hatte, und die alte Dame war seine Mutter.

Ich möchte mit ein paar Worten erklären, wie der Junge auf seine Streiche verfallen war. Er war, wie sich herausstellte, ein besessener Leser von Schauergeschichten und Sensationszeitungen – dunkle Geheimnisse und strahlende Heldentaten waren daher gerade so recht sein Fall. Er hatte in den Zeitungen gelesen, daß sich Rebellenspione fortwährend in unserer Mitte herumtrieben. Die Geschichten von ihren grauslichen Absichten und von den zwei oder drei aufregenden Heldentaten, die sie wirklich ausführten, hatten auf seine Einbildungskraft gewirkt, bis sie schließlich in hellen Flammen stand. Mehrere Monate lang war sein beständiger

Kamerad ein Yankeejunge von großer Redegewandtheit und lebhafter Phantasie gewesen. Dieser hatte als „Dreckschreiber", das heißt als Unterzahlmeister, auf mehreren von den Dampfbooten gedient, die von New Orleans aus zwei- oder dreihundert Meilen den Mississippi aufwärts fahren – daher seine Gewandtheit in der Verwendung der Namen und gewisser Einzelheiten, die sich auf jene Gegend bezogen. Nun hatte ich selber in jenem Teil von Louisiana vor dem Ausbruch des Krieges zwei oder drei Monate zugebracht, und ich wußte gerade genug, um mit Leichtigkeit auf die Geschichten des Burschen hereinzufallen, während ein geborener Louisianer ihn wahrscheinlich binnen fünfzehn Minuten bei seinem Schwindeln ertappt haben würde. Und wissen Sie, warum er sagte, er wollte lieber sterben, als gewisse Rätsel seiner Verschwörung zu erklären? Ganz einfach, weil er sie nicht erklären *konnte*. Sie hatten gar keine Bedeutung! Er hatte sie ohne jeden Hinter- oder Vordergedanken reinweg aus seiner Einbildung geschöpft. Als nun plötzlich von ihm verlangt wurde, eine Erklärung davon zu geben, da konnte er diese nicht so schnell erfinden. So z.B. konnte er das in dem mit „sympathetischer Tinte" geschriebenen Brief verborgene Geheimnis nicht enthüllen – aus dem mehr als hinreichenden Grunde, weil darin überhaupt nichts verborgen war; es war bloß leeres Papier. Er hatte nichts in einer Kanone verborgen und hatte nie die Absicht gehabt, es zu tun – denn seine Briefe waren sämtlich an Personen geschrieben, die nur in seiner Phantasie existierten. Er wußte also auch nichts von dem geknoteten Bindfaden, denn er sah das Ding zum erstenmal, als ich es ihm zeigte. Sobald er aber von mir herausgebracht hatte, wo die Schnur gefunden war, machte er sich den Umstand in seinem romantischen Gemüt sofort zunutze und erzielte einige schöne Effekte damit. Er erfand Herrn „Gaylord"; es gab zufällig gerade damals gar keine Nr. 15 in Bondstreet – das Haus war drei Monate vorher abgebrochen worden. Er erfand den „Oberst", er erfand die mit glatter Zunge erzählten Geschichten der unglückseligen Leute, die ich verhaftete und ihm gegenüberstellte. Er erfand „B. B.", er erfand sogar, sozusagen, Nr. 166, denn er wußte nicht eher, daß es im Gasthof „Zum Adler" diese Zimmernummer gab, als bis wir mit ihm hingingen. Er war bereit, alles und jedes zu erfinden, wie es gerade erforderlich war. Wenn ich nach Spionen „außerhalb des Forts“ fragte, nun, da beschrieb er sofort Fremde, die er im Hotel gesehen und deren Namen er zufällig gehört hatte. Ah, er lebte in einer ungeheuerlichen, geheimnisvollen, romantischen Welt während dieser paar Tage, und ich glaube, für ihn war es *Wirklichkeit,* und er hatte an ihr seine Freude bis in die tiefste Tiefe seiner Seele hinein.

Aber uns brachte er schreckliche Unannehmlichkeiten und wirklich endlose Scherereien. Sie begreifen: Auf seine Veranlassung hin hatten wir fünfzehn oder zwanzig Leute aufs Fort gebracht und sie, mit einer Schildwache vor jeder Tür, in Einzelhaft gesetzt. Zum Teil waren die Verhafteten Soldaten und dergleichen Leute, und denen gegenüber brauchte ich mich nicht zu entschuldigen. Aber die übrigen waren Herrschaften erster Güte, aus allen Gegenden der Union, und so viele Entschuldigungen, wie die verlangten, konnte ich gar nicht zustande bringen! Sie schäumten und tobten einfach vor Wut und machten einen unendlichen Lärm. Und dann die beiden Damen – die eine war die Gemahlin eines Kongreßmitgliedes aus Ohio, die andere die Schwester eines Bischofs aus dem Westen – na, *der* verächtliche Hohn und *die* ärgerlichen Tränen, womit sie mich überschütteten! Ich dachte mir gleich, die Damen würde ich wohl recht lange im Gedächtnis behalten, und so ist's wirklich eingetroffen und wird auch so bleiben. Der lahme alte Herr mit der grünen Brille war ein College-Vorsteher von der Universität Philadelphia, der nach New London gekommen war, um dem Begräbnis eines Neffen beizuwohnen. Er hatte natürlich Jung-Wicklow niemals vorher gesehen. Nun, er versäumte nicht nur die Beerdigung und wurde als Rebellenspion ins Loch gesteckt, sondern Wicklow war in meiner Wohnung vor ihn hingetreten und hatte ihn ganz kaltblütig als Urkundenfälscher, Niggerhändler, Pferdedieb und Brandstifter aus der verruchtesten Schurkenhöhle in Galveston bezeichnet, und das war etwas, was der arme alte Herr anscheinend durchaus nicht verdauen konnte.

Und das Kriegsdepartement! – Aber du lieber Gott, ziehen wir lieber den Vorhang darüber zu!